JN315477

庫 SF
7〉

ディック短篇傑作選

小さな黒い箱

フィリップ・K・ディック
大森 望編

早川書房
7396

日本語版翻訳権独占
早　川　書　房

©2024 Hayakawa Publishing, Inc.

THE LITTLE BLACK BOX AND OTHER STORIES

by

Philip K. Dick

Copyright © 2014 by
Philip K. Dick
All rights reserved

Edited and translated by
Nozomi Ohmori
Translated by
Hisashi Asakura
Published 2024 in Japan by
HAYAKAWA PUBLISHING, INC.
This book is published in Japan by
direct arrangement with
THE WYLIE AGENCY (UK) LTD.

The official website of Philip K. Dick : www.philipkdick.com

目次

小さな黒い箱

小さな黒い箱

The Little Black Box

浅倉久志◎訳

1

　国務省の役人、ボガート・クロフツがいった。

「ミス・ハヤシ、われわれはきみをキューバに派遣して、あそこの中国人に宗教教育をほどこしたいと考えている。きみの東洋的背景、そいつが物をいいそうだよ」

　小さくため息をついて、ジョーン・ハヤシは考えた。その東洋的背景なるものの中身は、ロサンジェルスに生まれたことと、カリフォルニア大学サンタバーバラ校で受講したことぐらいだ。しかし、学歴という点から見れば専攻はアジア学だし、求職調査票にもそう記入しておいた。

「では、カリタスという言葉を考えてみようか」クロフツがしゃべっている。「きみの意見を聞きたいんだが、聖ヒエロニムスの使ったその言葉は、いったいなにを意味すると思う？　慈善か？　ちがうな。しかし、それじゃなんだろう？　親愛の情か？　愛徳か？」

　ジョーンはいった。「わたしの専攻は禅なんです」

「しかし」とクロフツは意外そうに反論した。「後期ローマ帝国時代の用法でカリタスがなにを意味するかは、だれでも知っているよ。善良な人びとがおたがいに感じる尊敬の念。そういう意味だ」威厳のある灰色の眉をつりあげて、「きみはこの仕事をやりたいかね、ミス・ハヤシ？　もしやりたいとすれば、なぜ？」

「キューバの共産系中国人に、禅の思想を普及させたいからです。なぜなら――」ジョーンは口ごもった。真実は単純、給料がいいからだ。はじめてありついた、本当に高給の仕事だからだ。職業的見地からすれば、最高においしい。「とにかく」と彼女はいった。「一道の本質とはなにか？　そんな問いに答えはありませんわ」

「どうやらきみは正直な返事を避ける方法を自分の専攻分野からまなんだようだな」クロフツは不機嫌にいった。「それと、言いぬけの方法も。しかし――」そこで肩をすくめて、「まあ、それはきみが充分な訓練を受けていること、この仕事に適した人物であることの証明だともいえる。キューバでのきみは、非常に世故にたけた、如才ない連中を相手にすることになる。しかも、彼らは、合衆国の標準からしても、きわめて恵まれた生活を送っている。わたしをうまくさばいたように、どうか彼らをうまくさばいてほしい」

「ありがとうございます、ミスター・クロフツ」ジョーンは立ちあがった。「では、通知をいただけるのを楽しみにしています」

「きみには感服しているんだよ」クロフツはなかばひとりごとのようにいった。「なにしろ、サンタバーバラ校の大コンピュータに禅の公案を入力することを、最初に思いついた女性だからな」

「最初にそれを実行した人間、とおっしゃってください」ジョーンは訂正した。「でも、あの思いつきは、友人のレイ・メリタンのものなんです。グレー・グリーン・ジャズのハープ奏者の」

「ジャズと禅か」クロフツはいった。「たぶん国務省は、きみにキューバで働いてもらうことになると思うよ」

レイ・メリタンにむかってジョーンはいった。

「ロサンジェルスからどうしても出ていきたいのよ、レイ。ここでのこんな生活には耐えられない」

彼女はレイのマンションの窓ぎわに寄って、遠くできらめいているモノレールをながめた。銀色の客車がものすごいスピードで通りすぎ、ジョーンはあわてて目をそらした。

もし、苦しむことさえできたら、と彼女は思った。わたしたちに欠けているのはそれだ。真実苦しむという経験がない。どんなことからでも逃げられるんだもの。このことからさえも。

「だが、きみは出ていく」レイはいった。「きみはキューバへ行き、裕福な商人や銀行家を禁欲主義者に改宗させる。しかも、ここからが正真正銘の禅のパラドックスだ。きみはその仕事で金をもらう」彼はクックッと笑った。「そんな考えを入力されたら、コンピュータがこわれちゃうぜ。なんにしても、毎晩クリスタル・ホールにじっとすわって、ぼくの演奏を聞く必要はなくなる——もし、あの音から逃げだしたいんならね」

「いいえ。わたしはテレビであなたの演奏を聞きつづけるつもりよ。ひょっとしたら、布教にもあなたの音楽が使えるかもしれない」

部屋の奥にあるローズウッドの整理だんすから、彼女は三二口径の拳銃をとりだした。それはレイ・メリタンの二度目の妻、エドナのものだった。エドナはその前年の二月、ある雨の午後に、その拳銃を使って自殺したのだ。

「これをもらってっていい？」

「思い出のよすがに？」レイはいった。「彼女がきみのためにああしたから？」

「エドナはわたしのためにああしたんじゃないわ。エドナはわたしが好きだったのよ。あなたの奥さんの自殺に責任をとらされるなんてまっぴら。たとえ彼女がわたしたちの関係に気づいていたとしてもね——つまり、ふたりでときどき会っていたことに」

レイは思案深げにいった。

「きみの口からそんな言葉を聞かされるとはな。いつも人には、進んで咎を負いなさい、世の中のせいにしないように、と教えている女性なのに。あれは何主義っていうんだ？わかった」ニヤリと笑って、「反パラノイア主義。ジョーン・ハヤシ博士の新精神療法。すべての責任を吸い上げ、自分でひきうけよ」ちらと彼女を見てから、鋭くつけたした。「きみがウィルバー・マーサーの帰依者でないのが意外だよ」

「あんな道化師」

「だが、それも彼の魅力の一部なんだぜ。いま見せてやるから」レイは部屋のむこう側にあるテレビをリモコンでつけた。黒塗りで脚のないオリエンタル・スタイルの受像機で、宋朝風の竜の装飾がついている。

「ふしぎね、いつマーサーがテレビに出てるかを、あなたが知っているなんて」

レイは肩をすくめ、つぶやいた。

「興味があるんだ。あの新しい宗教は、禅にとって代わって中西部を席巻し、カリフォルニアをのみこもうとしている。きみも注意をはらうべきだよ、宗教を職業にしている以上はな。こんどの仕事にも、そのおかげでありつけたんじゃないか。宗教がきみの生活費をはらってくれてるんだから、こきおろしちゃ申し訳ない」

テレビのスイッチはすでにはいり、ウィルバー・マーサーが画面に出ていた。

「なぜ彼はなにもしゃべらないの？」ジョーンがたずねた。

「なぜって、今週のマーサーはひとつの誓いを立てたからだ。無言の行」レイはタバコに火をつけた。「国務省は、きみの代わりにぼくを派遣すべきだな。きみはニセモノだ」

「すくなくとも、わたしは道化師じゃないわ。道化師の帰依者でもないし」

　レイは穏やかにさとした。

「禅にはこんな格言があるじゃないか。〝仏陀は一枚のトイレット・ペーパーである〟それにもうひとつ、〝仏陀はしばしば――〟」

「だまってて」ジョーンは鋭くいった。「マーサーを見たいんだから」

「見たいだって？」レイの声には強い皮肉がこもっていた。「あきれたね、本当にそうしたいのか？　だれもマーサーを見たりしない。そこが肝腎なんだよ」

　タバコを暖炉の中に投げこむと、レイはつかつかとテレビに歩みよった。テレビの前にふたつの取手がついた金属の箱があるのを、ジョーンは目にとめた。その箱からツインコードが伸びて、受像機につながっている。ふたつの取手をつかむのと同時に、レイの顔に苦痛が走った。

「どうしたの？」彼女は心配そうにきいた。

「な、なんでもない」

　レイは取手を握りつづけた。画面では、ウィルバー・マーサーが、荒れ果てた山腹、ごつごつした不毛の斜面を、顔をあげてゆっくり歩いていく。その痩せた中年男の顔には、平穏な――それとも空虚な――表情がある。あえぎをもらして、レイが取手を放した。

「こんどは四十五秒間しか握ってられなかった」レイはジョーンに説明した。「これが共感(エンパシー)ボックスなんだよ。どうやって手に入れたかは話せない――正直いって、よく知らない。これを持ってきたのが、一種の配給組織――ウィルサー・インコーポレーテッドだということしか。だが、これだけはいえる。その取手を握ったとき、きみはもうウィルバー・マーサーを見てはいない。きみは彼の神格化(アポテオシス)に直接参加することになる。そうなんだ、彼の感じることをそのまま感じるんだ」

「なんだか痛そうだったわ」

レイ・メリタンは静かに答えた。

「うん。それはウィルバー・マーサーがこれから殺されるからだ。彼は自分が死ぬ場所にむかって歩いてる」

恐ろしいものを見たように、ジョーンはその箱からあとずさった。

「われわれに必要なものはそれだと、きみはいったじゃないか」レイは言葉をついだ。「忘れないでくれ、ぼくはかなり能力の高いテレパスなんだぜ。それほどがんばらなくっても、きみの考えは読める。〝もし、苦しむことさえできたら〟ついさっき、きみはそう考えていた。ここにそのチャンスがあるんだ、ジョーン」

「そんなの――病的よ」

「きみの考えだって病的だろう？」

「そうよ！」

「いまじゃ二千万人の人間がウィルバー・マーサーの帰依者だ。世界中で。そして、彼らはマーサーといっしょに苦しんでいる。コロラド州プエブロにむかって歩きつづけるマーサーといっしょに。すくなくとも、そこがマーサーの行先だと彼らは教えられたんだ。ぼく個人としては懐疑的だがね。とにかく、いまやマーサー教は、かつての禅の地位にとって代わった。きみがキューバへ行って、裕福な中国人の銀行家たちに教えようとしているのは、すでに盛りを過ぎ、時代遅れになった禁欲主義の一形態だよ」

無言でジョーンは彼に背を向け、マーサーが歩くのを見まもった。

「きみはぼくが正しいのを知っている」レイはいった。「ぼくはきみの感情を受信できる。たぶん、きみは気づいてもいないだろうが、そんな気持がそこにある」

画面では、石ころがひとつ、マーサーにむかって投げつけられた。石ころはマーサーの肩に当たった。

ジョーンは気づいた――共感ボックスにとりついているだれもが、あの痛みをマーサーといっしょに感じたんだわ。

レイがうなずいた。「そのとおりだよ」

「じゃ――マーサーが本当に殺されるときはどうなるの？」ジョーンは身ぶるいした。

「どうなるかは、そのときになればわかる」レイは静かに答えた。「いまはわからない」

2

ボガート・クロフツにむかって、国務長官のダグラス・ヘリックがいった。

「それはどうかな、ボーギー。その娘がメリタンの愛人だとしても、彼女が秘密を知っているとはかぎらん」

「ミスター・リーが知らせてくれるのを待ちましょう」クロフツは苛だたしげにいった。

「彼女がハバナに着いたときに、彼が出迎えるはずです」

「ミスター・リーが、直接にメリタンを走査するわけにはいかんのかね？」

「テレパスがテレパスを走査するんですか？」

ボガート・クロフツは苦笑した。考えただけでもナンセンスな状況だ。ミスター・リーがメリタンの心を読み、おなじくテレパスであるメリタンは、ミスター・リーの心を読んで、ミスター・リーが自分の心を読んでいるのを知り、一方、リーはメリタンの心を読んで、メリタンが気づいたことを知る――この連続。果てしない回帰のすえに、ふたつの心はひとつに融けあい、その中でメリタンは用心深く思考のガードを固めて、ウィルバー・

マーサーのことを考えまいとするだろう。

「わたしが確信を持ったのは、名前の類似だ」ヘリックがいった。「メリタン、マーサー。最初の三文字がともにMERで――」

クロフツはさえぎった。

「レイ・メリタンはウィルバー・マーサーではありません。なぜそれがわかったかをお話ししましょう。CIAで、マーサーのテレビ放送をアンペックスのビデオ・テープにとり、それを拡大分析してみたんです。マーサーが歩いている場所は、いつものわびしい背景です。サボテンと砂と岩と……ご存じでしょう」

「ああ」ヘリックはうなずいた。「〈荒野(あらの)〉だな、いわゆる」

「画面を拡大してみると、空になにかが現われたんです。そいつを調べてみました。地球の月(ルナ)ではありません。衛星ではあるが、ルナにしては小さすぎる。マーサーのいる場所は、地球じゃないんですよ。わたしは彼が地球人ではないとにらんでます」

腰をかがめて、クロフツは小さい金属の箱を持ちあげた。ふたつの取手にさわらないように注意していた。

「これも地球上で設計され、製造されたものじゃありません。マーサー教運動の全体が、まったく地球外のものなんです。われわれはその事実に対処しなければ」

「もし、マーサーが地球人でないとすると、彼はどこかよその惑星で苦しんでいることになる。それとも、すでに死んでいるかもしれん」

「そうなんです」クロフツはいった。「マーサーは――それとも、彼またはその生物の本名がなんであろうと――こういうことにはきわめて熟練しているんでしょう。だが、われわれの知りたいことは、まだわかっていない」

われわれの知りたいこととは、もちろんこれだ――共感ボックスの取手を握りしめている人びとに、いったいなにが起こるのか？

クロフツは自分のデスクの前にすわり、目の前にある箱と、誘惑的なふたつの取手を、しげしげとながめた。まだ一度もこの取手にさわったことはないし、これからもさわるつもりはない。しかし――

「マーサーは、いつ死ぬことになってるんだ？」ヘリックがたずねた。

「予想では、来週の後半です」

「それまでに、ミスター・リーがその娘の心の中からなにかをつかめると、きみは思うかね？　マーサーが実はどこにいるのかという手がかりが？」

「そう期待しています」

クロフツはそう答えた。共感ボックスの前にすわったままだが、まだ手をふれていなかった。きっとふしぎな経験にちがいない、と彼は思った――ありふれた感じの金属の取手を両手で握って、とつぜん自分がもう自分でなくなっていることに気がつくのは。自分がべつの場所でまったくの別人になり、荒れ果てた長い斜面をとぼとぼ登りながら、確実な死へと近づいているのに気がつくのは。すくなくとも、そういう話だ。しかし、話でそう聞かされるだけでは……いったいどんな実感が伝わってくるのだろう？　よし、自分で試してみるか。

絶対的な苦痛の感覚……それを考えただけで彼はたじろぎ、出しかけた手をひっこめた。信じられない、苦痛を避けようとせず、進んで苦痛を求める人びとがいるとは。共感ボックスの取手を握るのが、逃避を求める人間のやることでないのはたしかだ。それはなにかの回避ではなく、なにかの探求だ。といっても、対象は苦痛そのものじゃない。マーサー教徒を不快さにこがれる単純なマゾヒストの集まりと想像するほど、クロフツはばかではなかった。彼は知っていた。マーサーの帰依者たちを惹きつけているのは、苦痛のもつ意味なのだ。

帰依者たちは、なにかのために苦痛に耐えている。

声に出して、クロフツは上司にいった。

「彼らは自分たちのプライベートで個人的な存在を否定する方法として、苦痛に耐えているんです。あれは、彼らがマーサーの苦しい試練をわかちあう、ひとつの霊的交流なんですよ」

　最後の晩餐とおなじようなものだ、と彼は思った。そこに謎をとく鍵がある——霊的交流。すべての宗教の背後にある——それとも、あるはずの——参加行為。宗教は人びとを結びつけてひとつの集合体を共有させ、そのほかのみんなを外へ置きざりにする。

　ヘリックがいった。

「しかし、本来のあれは政治運動だ。すくなくとも、政治運動として扱わねばならん」

「われわれの立場からはね」クロフツは同意した。「彼らの立場はちがいます」

　デスクの上のインターコムが鳴り、クロフツの秘書がいった。

「ミスター・ジョン・リーがお見えになりました」

「お通ししてくれ」

　長身でほっそりした若い中国人がやってきて、微笑しながら手をさしだした。古風なシングルの三つ揃いに、先のとがった黒靴。握手しながら、ミスター・リーはきいた。

「まだハバナへ出発してませんよね、彼女は？」

「まだです」とクロフツ。

「美人ですか？」とミスター・リー。

「ええ」クロフツはヘリックに微笑を送りながら答えた。「しかし——難物ですよ。つんけんした娘でね。解放された女性といえば、おわかりいただけるかな」

「ああ、婦人参政権論者のタイプですか」ミスター・リーはにっこりした。「あのタイプの女性は苦手だ。これは世話がやけそうですな、ミスター・クロフツ」

「いやいや」クロフツはいった。「あなたの役目は、改宗のまねごとをするだけです。禅に関する彼女のプロパガンダに耳をかたむけ、そのうちに、たとえば〝この棒が仏陀ですか？〟というような質問をして、不可解にも脳天を二、三発どやされる——これも禅の一方法で、悟りを吹きこむため、ということになっています」

ニヤリと笑って、ミスター・リーはいった。

「それとも、たわごとを吹きこむためですかな。これでも予習はしてきたんですよ。悟りも、たわごとも、禅においてはおなじものだとか」真剣な口調にかえって、「もちろん、わたし自身は共産主義者です。わたしがこんなことをする理由はただひとつ——ハバナの党本部が、マーサー教は危険であり、抹殺しなければならない、という公式見解をとっているからでして」陰気な表情だった。「あのマーサー教徒どもは狂信者だといわざるをえませんね」

「まったくです」クロフツは相づちを打った。「このさい一致協力して、彼らの抹殺にあたらなければ」共感ボックスを指さして、「あなたはこれを——？」

「知ってます」ミスター・リーは答えた。「一種の刑罰ですよ。自己に対する刑罰——理由はきっと罪悪感ですな。レジャーを活用すれば、人びとはそうした感情をとり除けます。それ以外には無理です」

　クロフツは思った――この男はまるで問題の本質がわかっていない。単純な唯物論者だ。共産主義の家庭に生まれ、共産主義社会で育った人間の典型。あらゆるものを黒か白かで割り切ろうとする。

「それはちがいますよ」ミスター・リーがいった。クロフツの考えを読んだのだ。顔を赤くして、クロフツはいった。「失礼、忘れていました。気を悪くなさらずに」

「あなたの心の中を見たところでは」とミスター・リーがいった。「ウィルバー・マーサーと自称する人物が、宇宙人かもしれないと考えておられるようだ。この問題に関する党の見解をご存じですか？　つい数日前にそのことが論議されました。党の公式見解はこうです。太陽系に地球人以外の種族は存在しない。かつての高等種族の生き残りがまだ存在すると信じるのは、病的な妄想である」

　クロフツはため息をついた。

「経験的な問題を投票で決定する――しかも純然たる政治的立場から決定するというのは、理解に苦しみますな」

　そこでヘリック長官が割ってはいり、双方をなだめた。

「まあまあ、横道にそれないように。神学的問題では、どのみちおたがいに意見が合わんのだから。本題にそって話しあおうじゃないですか――マーサー教運動と、地球上におけるその急速な発展に」

ミスター・リーがいった。

「おっしゃるとおりです」

3

ハバナ空港で、ジョーン・ハヤシはまわりをキョロキョロ見まわした。ほかの乗客は、足早に二十番コンコースの入口へと向かっている。

例のとおり、乗客の身内や友人たちが、空港規則にさからって、発着場の中までぞろぞろとあふれだしていた。その中に、歓迎の微笑をうかべた、若く、すらりと背の高い中国人の姿が見つかった。

その男に近づきながら、彼女は呼びかけた。

「ミスター・リー？」

「そうです」相手は駆けよってきた。「ちょうど夕食の時間です。いかがですか？ハンファーロ飯店へご案内しますよ。プレストダックと燕の巣のスープ、すべて広東風で……甘味は濃いが、たまにはいいもんですよ」

まもなくふたりはその料理店に着き、まがいのチーク材に赤い革張りのボックス席をとった。まわりでは、キューバ人や中国人の客がぺちゃくちゃしゃべっている。店内には、揚げた豚肉の匂いと葉巻の煙がたちこめていた。

「あなたがハバナ国立アジア教育大学の総長さん？」念には念を入れようと、彼女はたずねた。

「そう。キューバ共産党からは、宗教色が強いとにらまれていますがね。しかし、島内の中国人の多くが、わが校の講義や通信教育を受けているんです。それに、ご存じと思うが、ヨーロッパや南アジアから、有名な学者がよく講演にきてくれます……そういえば、禅のたとえ話で、理解できないのがあるんですがね。子猫をまっぷたつにした禅僧の話です──わたしもいろいろ考えてみたんですが、動物虐待の場にどうして仏陀が存在できるのか、よくわかりません」急いでつけたした。「べつに、議論をふっかけるつもりはないんですよ。ただ、情報を求めているだけで」

「あれはたくさんある禅のたとえ話の中でも、いちばん難解なものですわ。ここでの問いかけはこういうことなんです。いま、その子猫はどこにあるのか？」

「それで思いだしましたよ、『バガヴァッド・ギーター』の冒頭を」ミスター・リーはこっくりうなずいていった。「アルジュナ王子がこういうでしょう──

ガンディーヴァの弓が

わが手からすりぬける……

悪の前兆だ！

こうして同族を殺したとて、なにが得られるのか？」

「ええ」とジョーンはいった。「もちろん、クリシュナの答えはご存じですわね。あれは仏教以前のすべての宗教の中で、死と行動の問題にふれた、もっとも深遠な言葉ですわ」

給仕が注文をとりにきた。カーキ色の制服にベレー帽のキューバ人だった。

「揚げワンタンを試してごらんなさい」ミスター・リーがいった。「それに焼きそば、それに、もちろん春巻。きょうは春巻ができるかね？」彼は給仕にきいた。

「シー、セニョール・リー」給仕はつまようじで歯をせせっていた。

ミスター・リーが料理の注文をすませると、給仕は去っていった。

「実は」とジョーンはいった。「わたしのようにテレパスと身近につきあっていると、強烈な走査がはじまったとき、それと感じるようになるんです……レイがわたしの心からなにかをほじくりだしているときはすぐにわかります。あなたはテレパスね。いまも、わたしをずいぶん強烈に走査していらっしゃる」

ほほえみながら、ミスター・リーはいった。

「そうできればいいんですがね、ミス・ハヤシ」

「わたしには隠しごとなどありません」ジョーンはいった。「でも、なぜあなたがわたしの考えにそれほど興味をお持ちなのか、それが気になるんです。ご存じのように、わたしはアメリカ国務省の職員、そこになんの秘密もありませんわ。わたしがスパイとしてキューバへやってきたとでも、お考えなんですか？　軍事施設をさぐりにきたとでも？　そういうことなんですか？」彼女は気がめいってきた。「最初からこれではね。あなたはわたしを信用なさってない」

「あなたはとても魅力的な女性です、ミス・ハヤシ」ミスター・リーは動じることなく答えた。「わたしのはたんなる好奇心ですよ——あけすけに言いましょうか？　あなたのセックスに対する態度が知りたかったんです」

「嘘だわ」ジョーンは静かにいった。

穏やかな微笑がけしとんだ。彼はまじまじと彼女を見つめた。

「燕の巣のスープです、セニョール」給仕がやってきて、テーブルの真ん中にほかほか湯気のたつ深鉢をおいた。「お茶です」ティーポットと、小さな、白い、取手のない茶碗をふたつおいた。「セニョリータ、箸はお入り用ですか？」

「いいえ」彼女はぼんやりと答えた。

ボックス席の外から苦しそうなさけびが聞こえた。ジョーンとミスター・リーは、さっと立ちあがった。ミスター・リーがカーテンを開いた。給仕もそっちを見つめて笑っていた。

むかい側の奥のテーブルで、キューバ人の老紳士が、共感ボックスの取手を両手で握りしめているのだ。

「ここでも」とジョーンはいった。

「まったく困り者ですな」ミスター・リーがいった。「せっかくの食事が」

給仕は、「狂人（ロコ）」と一言いって、まだ含み笑いしながら、首をふってみせた。

「ミスター・リー」とジョーンはいった。「いまのことは水に流して、わたしはここで自分の仕事をつづけていきます。なぜ、わたしの出迎えにわざわざテレパスをよこしたのか、よくわかりませんが——たぶん、それは共産主義者が外部の人間にいだくパラノイア的疑惑なんでしょう。いずれにせよ、わたしはここでやる仕事があるし、それをやるつもりですわ。それでは、さっきのまっぷたつにされた子猫の話にもどりましょうか」

「食事の最中にですか？」ミスター・リーが弱々しい声を出した。

「その話題を持ちだしたのはあなたよ」

燕の巣のスープを口に運んでいるミスター・リーが、ひどく情けなそうな顔をするのにもかまわず、ジョーンは話をつづけた。

ロサンジェルスのＫＫＨＦテレビ局で、レイ・メリタンはハープの前にすわり、キューを待っていた。最初の曲は〈ハウ・ハイ・ザ・ムーン〉にするつもりだった。副調整室のほうに目をそそぎながら、彼はあくびをした。

彼のかたわら、黒板の前から、ジャズ解説者のグレン・ゴールドストリームが、ふちなしメガネを薄地の麻のハンカチでふきながら話しかけた。

「今夜はグスタフ・マーラーとの抱きあわせでいこうかと思うんだよ」

「だれだい、そりゃ？」

「十九世紀末の大作曲家だ。とてもロマンチックな作風でね。長い、風変わりな交響曲と、民謡的な歌曲を書いた。しかし、わたしの頭にあるのは、〈大地の歌〉の中の〈春に酔える者〉に見られるリズム形式だよ。聞いたことがないか？」

「ない」メリタンは落ちつかないようすだった。

「とてもグレー・グリーンなんだ」

今夜のメリタンは、あまりグレー・グリーン的な気分ではなかった。ウィルバー・マーサーに投げつけられた石で、まだ頭が痛い。その石が飛んでくるのを見て、共感ボックスから手を放そうとしたが、間に合わなかったのだ。石はマーサーの右のこめかみに当たり、血が流れだした。

「今夜は三人のマーサー教徒にでくわしたよ」グレンがいった。「みんな、ひどい顔色だった。きょうはマーサーになにが起こったんだね？」

「知るわけないだろう」

「きみのようすは、あの連中そっくりだ。頭だな、ちがうか？　きみの性格はよく知っているんだよ、レイ。新しくて風変わりなものなら、なんにでも首をつっこむたちだ――かりにきみがマーサー教徒だとして、わたしが気に病む理由があるか？　ただ、鎮痛剤でもどうかと思っただけさ」

　ぶっきらぼうにレイ・メリタンはいった。

「それじゃなんにもならない、そうだろう？　鎮痛剤か。もしもし、マーサーさん、あの丘を登る前にモルヒネの注射でもいかがです？　なんの痛みもなくなりますよ」

　自分の感情をぶちまけるように、彼は二、三度ハープをかき鳴らした。

「はい」プロデューサーが副調整室からキューを出した。

　番組のテーマ曲〈ザッツ・ア・プレンティ〉が、副調整室のテープ・デッキから流れだし、ゴールドストリームとむかいあった二カメに赤ランプがついた。腕組みをしたまま、ゴールドストリームはしゃべりはじめた。

「みなさん、こんばんは。ジャズとはなにか？」

　それはこっちがいいたいよ、とメリタンは思った。ジャズとはなにか？　人生とはなにか？　ずきずき痛むこめかみをさすりながら、どうしたら来週を耐えていけるかと不安だった。ウィルバー・マーサーは、いよいよそこへ近づいている。一日一日と、苦しみはひどくなっていく……。

「では、ここで重要なお知らせをはさんで」とゴールドストリームがしゃべっていた。

「そのあと、みなさんにグレー・グリーンの男女の世界、この風変わりな人たちのことと、ワン・アンド・オンリーなレイ・メリタンの芸術の世界についてお話ししたいと思います」

メリタンの真むかいにあるモニター・テレビに、録画のCMが出た。

メリタンはゴールドストリームに声をかけた。

「鎮痛剤、もらうよ」

黄色の、平べったい、真ん中に線の入った錠剤がさしだされた。

「パラコデイン」とゴールドストリームは説明した。「ご禁制だが、効果は抜群。ただし、習慣性がある……きみともあろう男が、これを使ってないとは意外だな」

「前には使ってた」

レイは紙コップに水をくんでもらって、その錠剤をのみこんだ。

「で、いまはマーサー教中毒か？」

「いまは――」彼はちらとゴールドストリームに目をやった。この男とは、職業上の立場から、もう数年来のつきあいだ。「ぼくはマーサー教徒じゃないよ。だから、気にするな、グレン。今夜のぼくが頭痛に悩んでるのは、たんなる偶然の一致なんだ。たまたまその日に、だれかうすのろのサディストが投げた石ころでマーサーがこめかみにけがをしたとしても、それは関係ない」彼はゴールドストリームをにらみつけた。

「噂によると」ゴールドストリームがいった。「近く、精神保健省が法務省に、マーサー教徒の一斉検挙を働きかけるらしいぜ」

とつぜん彼は二カメにむきなおった。ちらと微笑をうかべると、よどみなくしゃべりだした。

「グレー・グリーンのはじまりは、約四年前のこと。場所はカリフォルニア州ピノール、いまや当然にも有名になったダブル・ショット・クラブでした。そこにレイ・メリタンが一九九三年から九四年まで出演していたのです。今夜のレイがみなさんにお送りするのは、彼が作曲した中でもいちばん有名で人気のある〈ワンス・イン・ラブ・ウィズ・エミー〉です」メリタンのほうにむきなおって、「レイ……メリタン！」

ポロロン、ポロロン、とレイの指はハープの絃にさざ波をたてた。

反面教師、と彼は演奏しながら考えた。ＦＢＩはティーンエイジャーの前でおれを反面教師に仕立てあげるだろう。こういうおとなになるな、という見本に。最初はパラコディン、こんどはマーサー教。用心せよ、諸君！

カメラに映らないところで、グレン・ゴールドストリームが、こんな走り書きをした紙を上にさしあげた。

マーサーは宇宙人か？

その下に、ゴールドストリームはマークペンでこう書きたした。

それだよ、政府が
知りたがっているのは

宇宙のどこかからの侵略、とメリタンは演奏しながら考えた。政府はそれをこわがっている。未知のものに対する、子供のような恐怖。それがこの国の支配階級なんだ。おじけづいた小さい子供たちが、超強力なおもちゃを使って、儀式的なゲームをつづけている。

副調整室にいるテレビ局の職員のひとりから、こんな思考が伝わってきた——《マーサーが負傷》

さっそくレイ・メリタンはそっちに注意を集中し、全力で走査した。指は機械的にハープの絃をはじきつづけた。

《政府はいわゆる共感ボックスを法令で禁止》

まっさきにメリタンの頭にうかんだのは、マンションの居間のテレビの前にある、自分の共感ボックスのことだった。《共感ボックスの配給販売組織は非合法。ＦＢＩ主要都市で一斉検挙開始。各国もこれにならう見込み》

負傷の程度はひどいのだろうか、と彼は思った。瀕死の重傷？　だとすれば——その瞬間に共感ボックスの取手を握っていたマーサー教徒たちは？　いま彼らはどうしてるんだろう？　病院で手当を受けているのか？　《このニュースをいますぐ放送するか？》とテレビ局の職員は考えていた。《それとも、ＣＭまで待つか？》

レイ・メリタンはハープの演奏を中断し、ブーム・マイクにむかってはっきりといった。「ウィルバー・マーサーが負傷しました。これはだれもが予想していたことですが、やはり大きな悲劇です。マーサーは聖者ですから」

グレン・ゴールドストリームが、目をまんまるにして彼を見つめた。「ぼくはマーサーに帰依しています」レイ・メリタンはいい、全米のテレビ視聴者が彼の信仰告白を聞いた。「ぼくは、彼の苦難と負傷と死が、われわれの一人ひとりにとって意味を持つと信じています」

さあ、やったぞ。これでおれの言葉は記録に残った。しかも、たいした勇気も必要とせずに。

「ウィルバー・マーサーのために祈りましょう」そういうと、彼はグレー・グリーン風のハープの演奏にもどった。

このたわけ、とグレン・ゴールドストリームが考えていた。自分で白状するなんて！　一週間もしないうちに、おまえさんはブタ箱行きだぞ。せっかくのキャリアがパーだ！

ポロロン、ポロロン。レイはハープをひきつづけ、グレンにむかってひややかに笑いかけた。

4

ミスター・リーがいった。

「子供たちとかくれんぼをして遊んだ禅僧の話、ご存じですね？　あれを物語ったのは、芭蕉(ばしょう)でしたか？　禅僧は納屋の中に隠れ、子供たちはそこまで探してみることに気がつかず、そのまま彼のことを忘れてしまいました。彼は非常に単純な男でした。翌日――」

「たしかに、禅は愚鈍さの一形態ですわ」ジョーン・ハヤシはいった。「禅は単純でのろま(ガリブル)であることの徳を讃えます。それに、思いだしてください。〝ガリブル〟の本来の意味は、詐欺にかかりやすい人、だまされやすい人の意味だったんです」

彼女は茶を一口すすって、もうそれがさめてしまったのに気づいた。

「では、あなたは本当の禅の実践者だ。コロリとだまされたのだから」ミスター・リーは上着の内側に手を入れると、ピストルを抜きだしてジョーンにつきつけた。「きみを逮捕する」

「キューバ政府の指令ですか?」彼女はなんとか声をしぼりだした。

「合衆国政府の指令だ」ミスター・リーはいった。「きみの心を読んでわかった。きみはレイ・メリタンが熱烈なマーサー教徒であることを知っており、また、きみ自身もマーサー教に惹かれている」

「ちがいます!」

「無意識のうちに惹かれているんだ。改宗するのは目に見えている。いくらきみが否定しても、わたしにはそういう思考がちゃんと読めるんだよ。これからわたしはきみを合衆国へ連れもどし、そこでミスター・レイ・メリタンを見つける。彼がわれわれをウィルバー・マーサーのところへ導いてくれるだろう。実に簡単なことだ」

「そのために、わたしはキューバへ派遣されたの?」

「わたしはキューバ共産党中央委員会の一員だ。委員会ただひとりのテレパスでもある。票決の結果、合衆国と協力して、今回のマーサー教の脅威に対抗することになったんだ。ミス・ハヤシ、ワシントンDC行きの飛行機は半時間後に出る。すぐに空港へ行こう」

ジョーン・ハヤシは途方に暮れて、料理店の中を見まわした。ほかの食事客、給仕……だれひとり、こちらに注意をはらうものはない。彼女が立ち上がるのといっしょに、料理を山盛りにしたトレイをかかえて、給仕が通りかかった。彼女はミスター・リーを指さしていった。

「この男はわたしを誘拐する気なの。助けてちょうだい」

給仕はミスター・リーのほうをちらと見てそれがだれであるかを知ると、ジョーンに笑いかけ、肩をすくめた。

「ミスター・リーはとても偉い人です」

そういうと、給仕は料理を届けに行ってしまった。

「彼がいったことは事実だよ」ミスター・リーは彼女にいった。

ジョーンはボックス席から駆けだして、料理店の中を横ぎった。

「助けてちょうだい」共感ボックスの前にいるマーサー教徒の老キューバ人に訴えた。

「わたしもマーサー教徒なの。逮捕されかけてるのよ」

しわだらけの顔がもたげられた。老人は彼女をじっと見つめた。

「助けてちょうだい」

「マーサーに栄えあれ」と老人はいった。

あなたじゃむりね、と彼女はさとった。うしろをふりむくと、あとからついてきたミスター・リーが、まだ拳銃を彼女につきつけていた。

「この老人はなにもしてくれないよ」ミスター・リーがいった。「立ち上がろうともしない」

彼女は肩を落とした。

「ええ。よくわかったわ」


店内の一隅にあるテレビが、とつぜん低俗なコマーシャルをわめきたてるのをやめた。女の顔と洗剤の画像が消え、画面は真っ暗になった。やがて、スペイン語で、ニュース・アナウンサーがしゃべりはじめた。

「マーサーが負傷した」ミスター・リーはそれを通訳した。「だが、死んではいない。どんな気分だね、ミス・ハヤシ？　マーサー教徒として？　苦しみを感じるか？　ああ、そうだった。まず、取手を握らなくちゃだめなんだ、それが伝わるためには。自発的な行為でないと」

ジョーンは老キューバ人の共感ボックスをとりあげると、しばらくそれをにらんでから、取手を握りしめた。ミスター・リーはびっくりして彼女を見つめ、そばに近づいて、共感ボックスに手をのばそうと……。

彼女が感じたのは、苦痛ではなかった。これがそうなの？——そう思いながら、周囲を見まわした。料理店の内部がおぼろに薄れていく。ひょっとしたら、ウィルバー・マーサーは意識がないのかもしれない。きっとそうだわ。これであなたから逃げられる、と彼女は心の中でミスター・リーにいった。あなたはもう追ってこられない――すくなくとも、もう追ってこようとはしない。これからわたしが行くのは、ウィルバー・マーサーの墓穴世界。彼はあの不毛の平原のどこかで、敵にかこまれて死にかけている。いま、わたしは彼とともにある。それはもっと悪いものからの脱出だ。あなたからの。もうこれで、あなたもわたしをひきもどせない。

彼女が自分のまわりに見いだしたのは、荒涼とした大地のひろがりだった。空気はきつい花の匂いがする。ここは砂漠だ、ここには雨がない。

ひとりの男が彼女の前に立っていた。苦痛に満ちた灰色の両眼には、悲しそうな光が宿っていた。

「わしはあんたの友人だ。だが、あんたはわしが存在しないつもりで生きぬかなくちゃならん。わかるかな？」

男はからの両手をひろげ、肩をすくめた。

「いいえ」と彼女はいった。「わかりません」

「わしにどうしてあんたを救うことができよう？　おのれを救うことさえできぬわしに？」男はほほえんだ。「まだわからんかね？　救済はどこにもないのじゃ」

「じゃ、このすべてはなんのためなんですか？」

「あんたがたに示すためじゃよ」ウィルバー・マーサーはいった。「あんたがたが孤独でないことをな。わしは、いまもこれからも、つねにあんたがたといっしょにいる。さあ、帰って、あの連中と対決しなさい。あの連中にそういってやりなさい」

彼女は取手を放した。

ミスター・リーが拳銃をつきつけながらいった。

「どうだった？」

「行きましょう」彼女はいった。「合衆国へ。わたしをＦＢＩに引き渡しなさい。かまわないわ」

「なにを見たんだ？」ミスター・リーはふしぎそうにたずねた。

「いいません」

「しかし、どのみちわたしにはわかる。きみの心をのぞけば」

いまや彼は走査をはじめていた。小首をちょっとかしげて、思考に耳をすませていた。

やがて、すねたように口をへの字に曲げた。

「たいしたことじゃないな。マーサーがきみの顔をのぞきこんで、なんにもしてやれないといった——そんな男のために、きみは自分の命を、自分とほかの人びとの命を、投げだすのか？　きみは病気だ」

「狂気の社会では、病人が健常者なんです」

「なんたるたわごとを！」

ボガート・クロフツに、ミスター・リーはいった。

「面白い見ものでしたよ。彼女はわたしの目の前でマーサー教に改宗した。潜在性がいっきに表に現われた……あれで、わたしがそれ以前に彼女の心を正しく読みとっていたことが立証されました」

「もうそろそろメリタンが網にかかるころです」クロフツは上司のヘリック長官にいった。「彼はロサンジェルスのテレビ局でマーサー重傷のニュースを知り、そこを出ました。その後は、だれも彼の行動を知らないようです。彼は自分のマンションにも帰っていません。地元の警察は彼の共感ボックスを没収しましたが、その付近に姿を見せていないのはたしかです」

クロフツはそこでたずねた。

「いま、ジョーン・ハヤシはどこに？」

「ニューヨークで拘留されていますよ」ミスター・リーが答えた。

「なんの容疑です？」クロフツはヘリック長官にきいた。

「合衆国の安全を脅かす政治的扇動だ」

微笑しながら、ミスター・リーはいった。

「しかも、逮捕は共産主義政府の職員の手によって、キューバで行なわれたんです。この禅のパラドックスには、ミス・ハヤシもあまり喜べないでしょうな」

そのあいだに、ボガート・クロフツはこんなことを考えていた。いま、共感ボックスは大量に没収されている。まもなくその破壊がはじまるだろう。四十八時間以内に、合衆国内の共感ボックスの大部分は、もはや存在しなくなるだろう。このオフィスにある一台を含めて。

それはまだ彼のデスクの上に、そのままおかれていた。もともと、それはクロフツがオフィスまで届けさせたものだが、これまでは一度も誘惑に負けず、手をふれたことがなかった。いま、彼はそっちへ歩いていった。

「もし、わたしがこのふたつの取手を握ったら、なにが起こるかな?」彼はミスター・リーにたずねた。「ここにはテレビはない。いまウィルバー・マーサーがなにをしているのか、まったくわたしは知りません。いや、ひょっとすると、すでに彼は死んでいるかもしれない」

ミスター・リーは答えた。

「もし、その取手を握れば――こういう言葉を使うのはためらわれるが、どうもそれが当てはまるようなので――あなたは神秘的な霊的交流にはいるでしょう。ミスター・マーサーとの。どこに彼がいようとね。あなたは、ご存じのように、彼の苦しみを共有することになるが、それだけじゃない。同時にあなたは彼とあるものをわかちあうことになる——」ミスター・リーはじっと考えた。「〝世界観〟という用語では正しくない。イデオロギー？　いや、ちがう」

ヘリック長官が口をはさんだ。「どうだね、トランス状態では？」

「かもしれません」ミスター・リーは眉間にしわをよせた。「いや、やはりちがいますね。どんな言葉でもない。そこが重要なんですよ。それを表現するのは不可能——経験するしかない」

「やってみよう」クロフツは決心した。

「いや」ミスター・リーがいった。「わたしの忠告をお聞きなさい。やめたほうがいい。わたしはミス・ハヤシがそうするのを見たし、彼女の内部に変化が起きるのも見た。根なし草のコスモポリタン的大衆のあいだでパラコデインの人気があったときに、あなたは試してみようと思いましたか？」腹だたしげな口調だった。

「パラコデインは試してみたよ」クロフツはいった。「まったくなんの影響も受けなかった」

「きみはなにをしたいんだ、ボーギー？」ヘリック長官がたずねた。

肩をすくめて、ボガート・クロフツはいった。

「つまり、わたしには理由がわからないということですよ。だれかがそれを好んだり、それを習慣にしたがるというのが」

そういうと、彼はついに共感ボックスの取手を握りしめた。

5

雨の中をのろのろと歩きながら、レイ・メリタンはひとりごとをつぶやいた。警察はおれの共感ボックスをとりあげた。もしマンションに帰ったら、やつらはおれをつかまえるだろう。

彼を救ったのはテレパシー能力だった。マンションにはいろうとしたときに、一団の警官の思考をかぎつけたのだ。

いまは真夜中過ぎ。まずいのは、あのいまいましいテレビ番組のおかげで、おれの顔が知れわたっていることだ、と彼は思った。どこへ行っても、ばれてしまう。

すくなくとも、この地球上では。

ウィルバー・マーサーはどこにいるんだろう、と彼は自問した。この太陽系の中か、それともそのむこうのどこか、まったくべつな太陽の下か？　たぶん、われわれがそれを知ることはないだろう。すくなくとも、おれがそれを知ることはないだろう。

だが、それがどうした？　ウィルバー・マーサーはどこかにいる。重要なのはそれだけだ。そして、彼のところへ行きつく道はつねにある。共感ボックスはつねにある——いや、すくなくともつねにあった。警察の一斉検挙までは。そして、メリタンはある直感をいだいた。これまで共感ボックスを供給してきた会社、どのみち陰の存在でありつづけたあの組織が、なにか警察の目をかすめる方法を考えだすだろう。もし、その直感が正しければ

——


夜の雨をすかして、行く手にバーの赤い灯が見えた。彼はそこへ向かい、中にはいった。

バーテンをつかまえて、彼はきいた。

「ねえ、共感ボックスを持ってないか？　使わせてくれるなら、百ドル払うが」

バーテンは、毛深い腕をした大男だった。

「いや、そんなものはないね。あいにく」

カウンターの客たちはこのやりとりをながめていたが、ひとりがいった。

「いまじゃ禁止だもんな」

「おい、ありゃレイ・メリタンだぜ」べつの客がいった。「ジャズマンの」

三人目の男がのんびりした口調でいった。「なにかグレー・グリーン・ジャズを弾いて

くれよ、ジャズマン」いいながら、ジョッキのビールをちびちびなめている。

メリタンはバーから出ていこうとした。

「おい」とバーテンがいった。「ちょっと待ちなよ。ここを当たってみな」紙マッチにアドレスを書いて、それをメリタンにさしだした。

「借りはいくらだね？」メリタンはきいた。

「五ドルってことにしとくか」

メリタンは金を払って、紙マッチをポケットに入れ、そのバーを出た。おそらく近くの警察署のアドレスだろう、とひとりごとをつぶやいた。だが、とにかく当たってみるさ。もし、もう一度だけ共感ボックスにたどりつければ――

バーテンに教えられたアドレスは、ロサンジェルスのダウンタウンにある、古い、崩れかかった木造の建物だった。彼はドアをノックして待った。

ドアが開いた。中年の肥った婦人が、バスローブに毛皮のスリッパというなりで、外をのぞいた。

「ぼくは警察じゃない」彼はいった。「マーサー教徒なんです。共感ボックスを使わせてくれませんか？」

ドアがゆっくりと開いた。女は彼をしげしげと見て、どうやら信用したらしいが、まだ無言だった。

「こんな夜ふけにおじゃまして悪いけど」と彼はあやまった。

「あんた、どうしたの？」女はたずねた。「ひどい顔色だね」

「ウィルバー・マーサーが負傷したんです」

「中へはいれば」

女はそういうと、先に立って、足をひきずりながら、暗く寒い居間へとはいった。ばかでかい、へこんだ真鍮の鳥かごの中で、オウムが一羽眠っている。そして、古風なラジオ・キャビネットの上に、共感ボックスがあった。それを見たとたん、メリタンは安堵の思いがひろがるのを感じた。

「遠慮しないで」女がいった。

「ありがとう」

彼は取手を握りしめた。

耳の中で声がした。

「あの娘を使おう。尾行すれば、メリタンの居所がわかる。最初に彼女を雇ったおれは正しかった」

レイ・メリタンはその声に聞きおぼえがなかった。ウィルバー・マーサーの声ではない。

茫然とした彼は、取手をきつく握りなおし、耳をすました。両手を前にのばしたまま、体を凍りつかせた。

「地球外勢力は、この社会のいちばんだまされやすい大衆を引き入れたが、その大衆を操っているのは——まちがいなく——上層部にいる醒めた少数派のオポチュニスト、たとえばメリタンだ。やつらはウィルバー・マーサーへの熱狂を利用して、自分のふところを肥やしている」自信たっぷりなその声が単調につづく。

レイ・メリタンは、それを聞きながら恐怖を感じた。むこう側にいるのはほかの人間だ、と気づいた。どういうわけか、おれはその男と共感接触にはいってしまった。ウィルバー・マーサーとではなしに。

それとも、マーサーがこんなことを……故意に仕組んだのだろうか？　耳をすませているうちに、こんどはこんなことが聞こえた——

「……あのハヤシという娘をニューヨークからこっちへ連れもどそう。もっと問いつめるんだ」声はつけたした。「ヘリックにいったように……」

ヘリック——国務長官か。するとこれは、とメリタンは気づいた——国務省のだれかがジョーンのことを考えているんだ。たぶん、ジョーンを雇ったあの役人だろう。

じゃ、彼女はもうキューバにはいないんだ。ニューヨークにいるんだ。なにがあったのか？　いまの話からすると、国務省はおれをつかまえるだけの目的で、ジョーンを利用したらしい。

彼が取手を放すと、声も遠のいていった。

「どう、見つかった？」中年女がたずねた。

「ええ、まあ」

メリタンは落ちつかない気分で、見なれない部屋の中にいる自分の見当識をとりもどそうとした。

「彼はどんなようす？　元気なの？」

「まだ――よくわかりません」

メリタンは正直なところを答えた。そして考えた。どうしてもニューヨークへ行かなくちゃ。そしてジョーンを救いだそう。彼女がこんな目にあったのは、おれのためなんだからな。ほかに選択の道はない。たとえ、そのためにやつらにつかまるとしても……どうして彼女を見殺しにできる？


ボガート・クロフツがいった。

「マーサーとはつながらなかった」

彼は共感ボックスから二、三歩離れ、むきなおって、みじめな顔でそれをにらみつけた。

「つながった相手はメリタンです。しかし、彼の居場所はわからない。わたしがこの箱の取手を握ったとたんに、メリタンもどこかで取手を握った。われわれはつながり、そしていま彼は、わたしの知っているすべてを知ったんです。一方、われわれも彼の知っているすべてを知ったが、それはたいしたものじゃなかった」当惑した顔で、彼はヘリック長官にむきなおった。「彼はウィルバー・マーサーのことを、われわれ同様になにも知らないんです。彼はマーサーと接触しようとしていました。彼は絶対にマーサーではない」

クロフツはそこで黙りこんだ。

「まだそのほかにもあるだろう」ヘリックはミスター・リーにむきなおった。「彼はそのほかにメリタンからなにを知ったのかね、ミスター・リー？」

「メリタンはジョーン・ハヤシを探しに、ニューヨークへやってきます」ミスター・リーは、いわれるままにクロフツの心を読んだ。「これはふたりの心がつながったときに、ミスター・メリタンから得られた情報です」

「では、ミスター・メリタンを迎える準備が必要だな」ヘリック長官が顔をしかめていった。

クロフツはミスター・リーにたずねた。

「わたしがいま経験したのは、あなたがたテレパスがいつもやっているようなことなのか？」

「われわれがべつのテレパスと接触した場合に似てますな」ミスター・リーはいった。「ときには不愉快なものですよ。われわれはそれを避けています。もし、ふたつの心がおたがいにそりが合わず、衝突した場合は、心理的に有害だからです。想像するところ、あなたとミスター・メリタンは衝突したらしい」

クロフツはいった。

「長官、いつまでこんなことをつづけるつもりですか。メリタンが無実なのは、はっきりしたんです。彼はまったくなにも知らない。マーサーについても、また、こうしたボックスを供給している、名前しかわからない組織についても」

一瞬、沈黙が流れた。

「しかし、彼はマーサー教に加わった少数の知名人のひとりだ」ヘリック長官はそう指摘してから、テレタイプの速報をクロフツにさしだした。「しかも、それを大衆の目の前でやってのけた。とにかく、これを読んでみろ——」

「彼が今夜のテレビ番組でマーサー教への信仰を表明したことは、わたしも知っています」

身ぶるいしているクロフツを、ヘリック長官はさとした。

「どこかまったくべつの太陽系から発生した地球外勢力に対処する場合には、慎重な行動が必要だ。われわれはひきつづきメリタンを逮捕すべく努力するが、それにはぜひともミス・ハヤシを利用しよう。彼女を留置場から釈放し、尾行させるんだ。メリタンが彼女と連絡をとるのを待って——」

クロフツにむかって、ミスター・リーがいった。

「その考えを口に出すのはおよしなさい、ミスター・クロフツ。あなたのキャリアが永久にそこなわれますよ」

クロフツはいった。

「長官、これはまちがってます。メリタンは無実だし、ジョーン・ハヤシもそうです。もし、あなたがメリタンを罠にかけるつもりなら、わたしは辞職します」

「じゃ、さっさと辞職願を書いて、わたしによこせ」

ヘリック長官の表情は険悪だった。

「残念ですな」ミスター・リーがいった。「おそらく、ミスター・メリタンとの接触であなたの判断力がゆがめられたのでしょう、ミスター・クロフツ。彼はあなたに有害な影響を与えた。早くそれをふりはらいなさい。あなたのご家族はもちろんのこと、あなたの長いキャリアと祖国のために」

「われわれのやっていることはまちがいだ」クロフツはくりかえした。

ヘリック長官は憤然と彼を見つめた。「あの共感ボックスとやらの害毒がはびこるのもふしぎはない！　いま、わたしはこの目でそれを見た。もう、どんなことがあろうと、あとにはひかんぞ」

長官はクロフツの使った共感ボックスをつかんだ。それを目よりも高くさしあげると、床に投げつけた。箱がパンと音をたてて割れ、ぎざぎざの破片がちらばった。

「これを子供じみた行動だと思うな。われわれとメリタンとの接触を完全に絶ってしまいたいんだ。有害なだけだからな」

「いくら彼を逮捕しても、彼のわれわれにおよぼす影響はつづくかもしれませんよ」クロフツはそこでいいなおした。「いや、すくなくとも、わたしにおよぼす影響は」

「たとえそうであっても、わたしは計画を続行する」ヘリック長官はいった。「どうか辞職願を提出してくれたまえ、ミスター・クロフツ。その問題に関しても、わたしは初志をつらぬくつもりだ」思いつめた、きびしい顔つきだった。

ミスター・リーがいった。

「長官、わたしはミスター・クロフツの心を読めますが、いまの彼は茫然自失状態にあります。彼は状況による無実な犠牲者です。たぶんその状況は、ウィルバー・マーサーがわれわれを混乱させるために仕組んだものでしょう。もし、あなたがミスター・クロフツの辞職を受理すれば、マーサーの狙いが成功することになりますよ」

「受理されようとされまいと、関係ないんだ」クロフツはいった。「どっちにしても、わたしは辞職するんだから」

ため息をついて、ミスター・リーはいった。

「共感ボックスのために、あなたはとつぜん不随意的なテレパスになった。それがひどくこたえたんですよ」クロフツの肩をたたいて、「テレパシー能力と共感とは、言葉がちがうだけでおなじものです。あれは〝テレパシー・ボックス〟という名称にすべきだった。驚きましたな、あの宇宙人どもには。われわれが進化でやっと手に入れた能力を、機械に組みこめるとはね」

「わたしの心を読めるなら」とクロフツはいった。「わたしがなにをしようとしているかもわかるはずだ。きっとそれをヘリック長官にしゃべるんだろうな」

にやにやしながら、ミスター・リーはいった。

「長官とわたしは世界平和のために協力しているんです。ふたりとも指令を受けてましてね」ヘリックにむかって、「この男は動揺のあまり、寝返ることを本気で考えていますよ。すべてのボックスが破壊されないうちに、マーサー教に加わることを。彼は不随意的テレパスになることが気に入ったんです」

「もし寝返れば」とヘリックがいった。「きさまを逮捕してやる。誓ってもいい」

クロフツは無言だった。

「彼は決心をひるがえしてませんよ」

ミスター・リーはふたりの男にむかって首をうなずかせながら、上品な口調でいった。この状況を面白がっているようすだった。

だが、心の中でミスター・リーはこう考えていた――

クロフツとメリタンを直接につないだこのやりくちは、ウィルバー・マーサーと自称する生物の、大胆かつ巧妙な手際だ。あいつは、クロフツが運動の中核から強い感化力を受けるだろうと、予見したのにちがいない。つぎの一歩はこうだ。クロフツはもう一度——もし共感ボックスが見つかれば——それを使おうとするだろう。そして、こんどはマーサーがじかに話しかける。新しい信徒にむかって。

やつらはひとりの男を獲得したんだ、とミスター・リーは気づいた。やつらは有利になった。

しかし、最後にはわれわれが勝つ。なぜなら、最後にはすべての共感ボックスが破壊しつくされるだろうし、それがないと、ウィルバー・マーサーはなにもできないからだ。彼が——それとも、あの怪物が——不運なクロフツに対してやったように、人びとをまるめこんで支配するには、それしか方法がない。共感ボックスがないかぎり、あの運動は無力なのだ。

6

ニューヨーク市ロッキー空港のUWA航空のカウンターで、ジョーン・ハヤシは制服の係員にいった。

「つぎのロサンジェルス行きの片道航空券をください。ジェットでも、ロケットでもかまわないわ。むこうに着ければ」

「ファースト・クラスですか、エコノミーですか？」係員がきいた。

「とにかく」とジョーンは大儀そうにいった。「航空券をちょうだい。なんでもいいから」バッグをあけた。

彼女が航空券の代金を払おうとしたとき、だれかの手がその手を押さえた。彼女はふりかえった──レイ・メリタンが立っている。安堵に顔をくしゃくしゃにして。

「なんて場所だ。これじゃきみの思考も聞きとりようがない」レイはいった。「もっと静かなところへ行こう。きみが乗る便までまだ十分ある」

ふたりは急ぎ足に建物の中を横切り、やっと静かな斜路にやってきた。そこで立ちどまって、ジョーンはいった。

「ねえ、レイ。これはあなたをひきよせる罠なのよ。あいつらがわたしを釈放したのは、そのためだわ。でも、あなたのところ以外にわたしの行き場所がある？」

「いいんだよ、気にするな。あいつらは遅かれ早かれぼくをつかまえる。ぼくがカリフォルニアを発ってここへきたのも、きっと知っているはずだ」レイはあたりをちらと見まわした。「まだＦＢＩの連中は近くにきてないようだ。すくなくとも、それらしい気配はない」レイはタバコに火をつけた。

「もうロサンジェルスへ帰る理由はなくなったわ。あなたがここにいるんだもの。この航空券、キャンセルしちゃう」

「知ってるかい、あいつらが共感ボックスを見つけしだい破壊してるのを」

「いいえ、知らなかったわ。つい半時間前に釈放されたばかり。ひどい扱いだった。あいつら、本気なのよ」

レイは笑いだした。

「本気でこわがってる、というほうが正しいよ」

彼はジョーンを抱きよせてキスをした。

「こうしよう。ふたりでこっそりここを抜けだし、ロウアー・イーストサイドで小さい安アパートを借りるんだ。そこに身を隠して、あいつらが見逃した共感ボックスを見つける」

だが、そいつはむりだろうな、と彼は内心で思った。おそらく、いまごろはすっかり没収されているだろう。もともと、そうたくさんはなかったのだから。

「なんでもあなたのいうとおりに」暗い声だった。

「ぼくを愛してる?」レイは彼女にたずねた。「きみの心を読もう。うん、愛してるね」

それから静かな声でいった。「ついでに、ミスター・ルイス・スキャンランの心も読もう。いまＵＷＡのカウンターを調べにきているＦＢＩのエージェントだよ。きみはなんという名で予約した？」

「ミセス・ジョージ・マッカイザックス。だったと思うわ」ジョーンは航空券の封筒をあらためた。「やっぱり、そう」

「しかし、スキャンランは、この十五分間に日本人の若い女がこなかったかとたずねてるよ。おまけに、係員はきみをおぼえてる。だから――」レイはジョーンの腕をつかんだ。

「ここを出よう」

人けのない斜路を下り、自動ドアを抜けて、手荷物ロビーにはいった。だれもが忙しそうで、ふたりに注意を払うものはなかった。レイとジョーンは人ごみをかきわけて出口にむかい、まもなく肌寒い灰色の歩道に出た。タクシーが二列に長く並んでいる。ジョーンはその一台に手をあげようとした……。

「待て」レイは彼女をひきとめた。「ごっちゃにいり混じった思考がはいってくる。運転手の中にFBIがひとりいるが、どのタクシーだかわからない」

彼はどうしようかと迷いながら、そこに立ちつくした。

「逃げられないのね、それじゃ？」ジョーンがいった。

「骨は折れるな」

心の中でレイは思った――むしろ不可能に近い。きみのいうとおりだ。ジョーンの混乱し、おじけづいた思考が伝わってきた。彼を気づかう思い、自分がFBIの手引きをする結果になってしまったという後悔、もう留置場へはもどりたくないという激しい嫌悪、キューバで会った中国人の大物、ミスター・リーに裏切られたくやしさ。

「なんて人生」ジョーンは彼のかたわらでつぶやいた。

しかし、それでも彼はどのタクシーに乗るか、踏んぎりがつかなかった。そこにじっと立っているあいだに貴重な一秒一秒が過ぎ去っていく。

「ねえ」と彼はジョーンにいった。「べつべつになったほうがいいかも」

「いやよ」ジョーンは彼にすがりついた。「もう、ひとりじゃなにをするにも耐えられないわ。おねがい」

ほおひげを生やした物売りが、箱を首からひもで吊るして近づいてきた。

「やあ、おふたりさん」

「急いでるの」ジョーンはことわった。

「朝食用シリアル食品の無料見本ですよ」物売りはいった。「お代はいただきません。一箱持ってってください、お嬢さん。だんな、おたくも一箱どうぞ」

物売りは、けばけばしい色のカートンが並んだ箱をレイにさしだした。

奇妙だ、とレイは思った。この男の心からはなにも読みとれない。レイは物売りを見つめ、あることに気づいた――いや、気づいたように思った。その男の異様な非実質性、とらえどころのない感じを。

レイは見本を一箱受けとった。

「〈メリー・ミール〉という名前です」物売りはいった。「近く発売される新製品ですよ。中にサービス券がはいってます。それを使って――」

「わかった」レイはその箱をポケットに入れると、ジョーンの手を引いてタクシーの列に近づいた。でたらめに一台を選んで、うしろのドアをあけた。「早く」とジョーンをうながした。

「わたしもメリー・ミールの見本をもらったわ」

ジョーンは悲しげにほほえみながら、横にすわったレイにいった。タクシーは走りだし、列から離れて、空港ターミナルの出入口を通りぬけた。

「レイ、あの物売りはなにか変だったわ。まるで実在してないみたいな、まるでただの――映像みたいな感じ」

タクシーが自動車専用の斜路を降り、ターミナルをあとにするのといっしょに、もう一台のタクシーが列から離れて、あとを追ってきた。上体をひねったレイは、追ってくるタクシーの後部座席に、黒っぽいビジネススーツを着た肉づきのいい男がふたり乗っているのを見てとった。FBIだ、と内心で思った。

ジョーンがいった。

「あの物売りを見て、だれかを連想しなかった？」

「だれを？」

「なんとなくウィルバー・マーサーを。でも、わたしは彼をそんなによく見たわけじゃ――」

レイは彼女の手からシリアルの箱をひったくり、ボール紙のふたをちぎりとった。シリアルの中から顔をのぞかせているのは、あの物売りのいったサービス券の角にちがいなかった。そのサービス券をひっぱりだし、目の前にかざした。サービス券には、大きなはっきりした文字でこう印刷されていた――

ふつうの家庭用品を使って
共感ボックスを組み立てる方法

「あの組織だ」と彼はジョーンにいった。

彼はそのサービス券をていねいにポケットへしまってから、そこで思いなおした。サービス券を小さくたたんで、ズボンの裾の折り返しに隠した。ここなら、ＦＢＩもたぶん気がつかないだろう。

背後からはさっきのタクシーがしだいに近づき、ふたりの乗客の思考が読めるようになった。たしかにＦＢＩ。思ったとおりだ。レイは座席の背にもたれた。

あとは待つしかない。

ジョーンがいった。

「もう一枚のサービス券をもらえる?」

彼はもうひとつの箱をとりだした。彼女はそれをあけて、中のサービス券を抜きとり、ちょっと考えてから、小さくたたんで、スカートのヘムの中に隠した。

「あての物売りがいったいどれぐらいいるんだろう」レイは思案げにつぶやいた。

「取り締まりがくるまでに、彼らがどれぐらいメリー・ミールの無料見本をくばれるか知りたいもんだ」

必要な家庭用品の中で、リストの最初にあったのは、ふつうのラジオだった。それはおぼえていた。二番目は、電球のフィラメント。そのつぎは――もう一度見ないとわからないが、いまはそのひまがない。追ってきたタクシーがぴったり横に並んだのだ。

あとにしよう。それに、ズボンの折り返しに隠したサービス券が、もし当局に見つかったとしても、あの組織がきっとなにかの方法でべつのそれを届けてくれるだろう。

彼はジョーンの肩を抱いた。

「だいじょうぶ、なんとかなるさ」

もう一台のタクシーは、いまや歩道のきわへ近づき、FBIのふたりが威嚇をこめた横柄な手つきで運転手に停車を命じた。

「停めるかね？」運転手がひきつった声できいた。

「うん」

レイは答えると、大きく息を吸って彼らを待ちうけた。

輪廻の車
The Turning Wheel

浅倉久志◎訳

チャイ導師は考えぶかげにいった。「秘密結社だ」受信機からぎいぎい音を立てて出てきた報告テープを調べた。受信機は錆びつき、油もさしてない。耳をつんざく雑音とともに、いがらっぽい煙が立ちのぼった。あばただらけの表面が過熱して、いやな赤い色に変わるのを見て、チャイは機械をとめた。まもなくテープを読みおわって、あふれかえるゴミで詰まりかかったダスト・シュートにほうりこんだ。

「秘密結社がどうしたんですか？」スン・ウー導師はかぼそい声できいた。ようやく自分をおちつかせ、オリーブ・イエローの太った頬に微笑をうかべた。「いまおっしゃったのは？」

「安定した社会は、すべて秘密結社の脅威を受ける。わが社会も例外ではない」チャイは美しい先細りの指を考えぶかげにもみあわせた。「自明のことだが、一部の下層階級は不満をいだいている。輪廻の車が自分たちよりも上位に置いたものに対する羨望で、胸のほむらを燃やしている。そこでひそかに狂信的、反抗的な集団を作る。真夜中に会合する。すでに公認の規準に対して、暗に反対を述べる。基本的な道徳観や慣習を愚弄してうれしがる」

「おえっ」スン・ウーはいそいで言葉をそえた。「つまり、いやしくも民衆がそのような狂信的で不愉快な儀式をおこなっているとは、まったく言語道断です」そわそわと立ちあがった。「わたしはこれにて失礼いたします。お許しを」

「待ちたまえ」チャイがいった。「きみはデトロイト地区にくわしいか」

おちつきなくスン・ウーはうなずいた。「すこしは」

彼一流の精力的なスピードで、チャイは決断した。「きみに行ってもらおう。調査の上、青い用紙で報告を出せ。もしこの集団が危険なら、聖局もそれを承知しておかねばならん。あれはテクノ階級――最悪の分子どもだ」にがい顔をした。「白人ども、大柄な毛ぶかいけだもの。きみが任務から帰還したら、スペインで六カ月の休暇をやろう。見捨てられた都市の廃墟を、心ゆくまでつついてまわれるぞ」

「白人ども！」スン・ウーはさけんだ。顔が緑色になった。「しかし、わたしはこのところ体調がすぐれません。おねがいです。だれか代わりを――」

「もしかすると、きみは〈折れた羽根〉の理論を信じておるんじゃないか？」チャイは眉をあげた。「驚くべき文献学者だよ、あの〈折れた羽根〉は。わたしも彼から二次教化を受けたんだ。わかるか、彼は白人がネアンデルタール人の直系子孫だと考えている。あの巨大な体格、あの体毛、あの概して暴力的な気質、どれもが理解力の先天的欠如を物語っている。純粋に動物的な次元を除いてはな。だから、改宗をすすめるのはむだだ」

チャイは、年下の男をきびしい目でにらんだ。「もし、わたしがきみの献身ぶりになみはずれた信頼をおいていなければ、そこへ派遣したりはせんぞ」

スン・ウーはみじめな顔つきで数珠（じゅず）をまさぐった。「エルロンに栄光あれ」とつぶやいた。「身にあまるお言葉です」

スン・ウーはぎいぎいがたがたやかましい音のする昇降機に乗りこみ、何度も急停止したすえに、大本堂ビルの最上階にたどりついた。まばらな黄色い電球がついている、薄暗い廊下を急ぎ足に進む。まもなく走査室のドアに近づき、ロボット警備員に身分証を見せた。「フェイ・パーン導師はおいでか？」

「まさしくおいでで」ロボットは答えて、かたわらにどいた。

スン・ウーはオフィスにはいり、錆びてほったらかしの機械がならんだ横を通りぬけ、まだ機能している翼棟（よくとう）にはいった。そこのデスクでなにかのグラフの上に背をまるめ、せっせと筆写している義兄を見つけた。

「なんじ、清浄とともにあれ」スン・ウーはつぶやいた。

フェイ・パーンは目を上げて、いやな顔をした。「もうくるなといったのに、個人的な目的でおまえに走査機を使わせてることが、もし聖局に知れたら、おれは拷問台行きだぞ」

「まあまあ」スン・ウーは義兄の肩に手をおいた。「これっきりだ。わたしは旅に出る。もう一回だけ、最後に見ておきたい」オリーブ色の顔に、哀願に似た敬虔な表情がうかんだ。「まもなくわたしには転生が訪れる。おまえと話すのもこれが最後だろう」

スン・ウーの敬虔な表情は、狡猾なそれにおきかえられた。「あの運命を見たら、おまえだって怖じ気をふるう。いまとなっては悔悛も間にあわない」

フェイ・パーンは鼻を鳴らした。「わかった。だが、エルロンの御名にかけておねがいだ、てっとりばやくやってくれ」

スン・ウーは走査母機にいそぎ、ガタガタの籐椅子に腰をおろした。制御装置のスイッチを入れ、ひたいをのぞき窓にくっつけ、身分証をスロットにさしこんで、時空間指示器を作動させる。高齢の機械は咳きこみながら、のろのろと不承不承によみがえり、未来線にそって彼の個人記録をたどりはじめた。

スン・ウーの両手はふるえた。体がわなないた。汗が首すじをつたいおりた。小さい人形のような自分が走りまわっているのが見える。あわれなスン・ウーめ、とみじめな気分で考えた。そのちっぽけな生き物は、せわしなくおのれの務めを果たしている。これがいまからわずか八カ月先だ。悩みもだえながら、生き物は仕事を果たす——それから、それにつづく連続体の中でコロリと死ぬ。

スン・ウーはのぞき窓から目をそらして、脈搏（みゃくはく）がおちつくのを待った。ここまでは——死の瞬間をながめるのは——まだがまんできる。そのあとだ、あまりにも刺激が強すぎるのは。

彼は口の中で祈りを唱えた。いったい自分は充分な断食をしたろうか？　四日間の斎戒（さいかい）と苦行の中で、先に金属、それもできるだけ重い金属のついた鞭を使った。私財はすべてなげうった。母の形見、だいじな家宝の美しい花瓶も割った。町の中央広場で汚物と泥の中にまみれた。何百人もがそれを見た。いくらなんでも、あれだけやれば充分なはずだ。しかし、時間はあまりにも短い！

かすかな勇気がうごめくのを待って、すわりなおし、ふたたびのぞき窓に目をくっつけた。恐怖に身ぶるいがする。もし変わってなかったらどうしよう？　万一、あの苦行でもまだ充分でなければ？　つまみをまわし、自分の時間線をたどっている指示器を、死の瞬間よりも先に進めた。

悲鳴をあげたスン・ウーは、恐怖によろよろとあとずさった。彼の未来は前とおなじ、まったくおなじだった。なんの変化もない。あの罪の大きさは、短時間で洗いながせるようなものではなかったのだ。贖罪（しょくざい）には幾歳月もかかる——だが、余命はいくばくもない。

スン・ウーは走査機から離れて、義兄のそばにもどった。「ありがとう」ふるえる声でつぶやいた。

めずらしく、フェイ・パーンの能吏風な褐色の顔が、いくばくかの同情を見せた。「悪い知らせかね？　つぎの輪廻転生が不運な現身を示したか？」

「悪い知らせどころの騒ぎじゃない」

フェイ・パーンの哀れみは、道徳家ぶった非難に変わった。「自分以外のだれを責められる？」居丈高にそう難詰した。「今生におけるおまえの行為が来世の現身を決定することぐらいは、承知のはずだろうが。もし、下等動物としての来世が予見されたのなら、おのれの行動をふりかえって過ちを悔いよ。われわれを支配している宇宙律は平等だ。因果応報――これが真の公正だ。いまおまえのなすこと、それがつぎにおまえのなるものを決定する――そこになんの責任転嫁も悲しみもあるわけがない。理解と悔悛があるだけだ」

好奇心を抑えきれずに――「いったいなんだった？　蛇か？　リスか？」

「おまえの知ったこっちゃない」スン・ウーはとぼとぼと出口にむかった。

「じゃ、自分でのぞいてみる」

「ご勝手に」スン・ウーはドアを押しあけて廊下に出た。絶望で頭がぼうっとしていた。来世は変わっていない。まだおんなじだ。

自分の余命はあと八カ月。世界の居住地域に蔓延している無数の疫病のひとつに冒される。おそろしい高熱にうかされ、赤い斑点が出て、うわごとをいいながら、苦痛にのたうちまわる。下痢がとまらなくなる。体がしなびてしまう。白目をむきだす。果てしないほど長い病苦のあとで、自分は死ぬ。そして、何百人もの死体といっしょに積みあげられてしまう――さいわいなことに不死身なロボット掃除人が、道路にばたばた倒れた死者を手押し車で片づけるのだ。今生での自分の亡骸(なきがら)は、町はずれにある塵埃(じんあい)処理場で焼きはらわれる。

そのあいだに、スン・ウーの霊魂である永遠の火花は、この時空間での現身からつぎの輪廻転生にむかう。しかし、それは上昇ではない。下降だ。その火花が下降するところは、走査機の画面でもう何回も見てきた。いつもおなじおそろしい映像――耐えられないながめ――自分の魂がまるで小石のように落下して、最低連続体のひとつ、階梯のどん底にある下水だめの現身にとびこむのを。

たしかにスン・ウーは罪をおかした。若いころに、ある女と関係をもったことがある。瞳が黒く、まっすぐな長い髪をつややかな滝のように背中と肩に垂らした女だった。色っぽい紅唇(こうしん)、ゆたかな乳房、誘いかけるように揺れる腰。戦士階級の友人の妻である彼女に、スン・ウーは横恋慕したのだ。当時は、自分の罪を償う時間がまだまだあると確信していた。

だが、それはまちがいだった。まもなく輪廻の車の上で自分の番がくる。あの疫病――

もはや断食し、祈りを唱え、善行を積むだけの時間はない。あの悪臭ふんぷんの赤い太陽系に属する、瘴気にみちたどろんこ惑星へ、まっさかさまに落ちていく運命なのだ。太古からの汚物と腐敗と限りない粘泥の奈落――最低の種類のジャングル世界へ。

そこで、自分は光る羽をもった蠅に生まれ変わる。腹の青光りした、ブンブン唸る死体食いになる。戦いで殺された大トカゲの腐りかけた死骸にたかって、這いまわり、ガツガツむさぼる蠅になる。

あの沼地、あの病んだ汚濁の星系に属する害虫だらけの惑星から、果てしない宇宙の梯子を、またせっせと一段一段上りはじめなければならない。この地球、明るく黄色い太陽系にあるこの惑星で、人間のレベルにたどりつくだけでも、気の遠くなるような歳月がかかった。それをまた最初からやりなおさなくてはならないのだ。

錆びだらけの観察船がロボット乗組員の手で点検されたすえに、限定飛行ならだいじょうぶと判断されると、チャイがにっこりして、「エルロンとともにあれ」と祝福を送った。スン・ウーはのろのろと中にはいり、名ばかりの操縦席にすわった。ものうげに手をふり、扉を閉め、手でボルトをおろした。

船がよたよたと夕方の空に舞いあがったあと、彼はチャイから預かった報告や記録にしぶしぶ目を通した。

　ティンカー教徒は小さな秘密結社だ。教徒の数は公称でも二、三百人。全員がテクノ階級、つまり社会のカースト制の中でもいちばん蔑まれている階級の出身だ。導師は、もちろん最高位。社会の教師であり、人びとを清浄へと導く聖者である。そのつぎは詩人――彼らは、おそろしい狂気の時代に生きたといわれるエルロン・ヒューの偉大な伝説を、叙事詩に書きあらためている。詩人の下は画家。つぎが音楽家。そのつぎがロボットを監督する労働者。そのつぎが商人、戦士、農民、そして最後のいちばん下がテクノ。

　テクノの大部分は白人――猿のように毛ぶかくて白い皮膚をもつ、とてつもなくでっかい生き物だ。もしかすると〈折れた羽根〉の説は正しいのだろうか。もしかすると、白人はネアンデルタール人の血を受けついでいて、清浄になれる可能性から除外されているのだろうか。まえまえからスン・ウーは自分を人種差別反対派だと思ってきた。白人を劣等民族と唱える一派に反感をいだいてきた。過激な連中になると、もし白人との雑婚が許されれば、人類に永遠の損害がもたらされると信じている。

　いずれにせよ、その問題は机上の空論だ。いやしくも分別と自尊心のある高等階級の女性なら――インディアンや、モンゴル人や、バンツー人の女性なら――白人になれなれしい態度を許すはずがない。

　船の真下では、荒涼とした風景が、みにくく、わびしくひろがっている。ところどころの大きな赤いしみは、溶融した金属の表面がまだむきだしのまま、草も生えてこない場所だ。しかし、いまでは焼け跡の大半が土とメヒシバでおおわれてきた。人間とロボットが耕作をしているのが見える。村、緑の農地の中に点々と散らばる無数の褐色の円。ときおり、古代都市の廃墟が見える——ただれた傷痕が、永遠の空にむかって、盲いた口のようにひらいている。それが閉じる日はもうやってこないだろう。いまとなっては。

前方にはデトロイト地区が見えてきた。その名は、すでに忘れられたある精神的指導者にちなんだという話だ。さっきよりも村が多くなってきた。左手には、鉛のような水面がひろがっている。湖かなにかだろう。そのむこうは——エルロンのみぞ知る。だれもそんな遠くまでいったものはない。そこには人間の姿はなく、まだ北のほうに横たわる放射能汚染地帯から生まれた野獣と、奇形の生き物がいるだけだ。

スン・ウーは船を下降させた。右手に農地が現われた。耕作ロボットが、腰に溶接された鉤形の金属をひきずって地面を耕している。捨てられたなにかの機械の部品だ。ロボットが鉤をひきずるのをやめ、びっくりして空を見あげる前で、スン・ウーは不手際に船を着陸させ、どたんばたんととまった。

中から出てきたスン・ウーを見て、ロボットはざらざらした声で従順にあいさつした。

「なんじ、清浄とともにあれ」

スン・ウーは報告と記録をかきあつめて、書類カバンにいれた。船のロックをかけ、都市の廃墟のほうへ足早に歩きだした。ロボットは錆びた鉤で堅い地面を掘りおこす仕事にもどった。重荷をひきずるあばただらけの体はくの字に折れ、ゆっくりした動きだが、ぐちもいわずに黙々と働いていた。

スン・ウーが、ごちゃごちゃにからまりあった廃物とかなくその山を大儀そうにかきわけていくと、小さな男の子がきいた。「どこへ行くの、導師さん？」つぎはぎの赤いぼろを着た、黒い髪のバンツー人だった。少年は、とんだりはねたり、白い歯を出して笑いながら、小犬のようにスン・ウーの横についてきた。

スン・ウーはたちまち警戒を強めた。例の黒髪の女とのいざこざで、基本的なごまかしや言いぬけは身についていた。

「船が故障したんだ」と彼は慎重に答えた。故障はよくあることだ。「まだ飛べる船はこれ一台きりなのに」

少年は跳びはね、笑い、小道のそばに生えている緑の草を折った。「ぼく、直せる人知ってるよ」不用心にもそうさけんだ。

スン・ウーの脈搏はにわかに速くなったが、「ふうん」と気がなさそうにつぶやいた。「このへんには、修理といういかがわしい技術をおこなっているものがいるんだな」

少年はこっくりうなずいた。

「テクノかね？」スン・ウーは問いつめた。「このへんの古い廃墟には、おおぜいのテクノがいるのか？」

おおぜいの黒い顔の少年たちと、黒い目をした小さいバンツーの少女が何人か、かなくそと瓦礫の中から小走りに現われた。

「あの船どうしたの?」ひとりがスン・ウーに呼びかけた。「飛ばないのかい?」

子供たちは、ゆっくりと前進する彼のまわりを、わあわあさけびながら走りまわった──まったくしつけのなってない野性児たちだった。おたがいにとっくみあったり、こづきあったり、追いかけあったりして、いっときも休まない。

「この中で」スン・ウーは問いつめた。「第一教化をさずかったものは、何人ぐらいいる?」

とつぜん不安な沈黙がおりた。子供たちはこそこそ顔を見合わせた。だれも返事をしない。

「おお、エルロンよ!」スン・ウーは恐怖にかられてさけんだ。「おまえたちは未教化なのか?」

子供たちはばつが悪そうにうなだれた。

「そんなことで、どうやって宇宙の意志に自分を合わせることができる? どうやって神のご計画を知ることができる。これはあんまりだ!」

スン・ウーは太った指を少年のひとりにつきつけた。「おまえはいつも来世のための心がまえをしているか? つねに自分の汚れを洗い清めるようにしているか? 肉食と、色欲と、娯楽と、金儲けと、怠惰を遠ざけているか？」

　しかし、見ればわかる。この野放図な笑い声と遊びっぷりが証明している。彼らがまだ混迷のままで、清浄からほど遠いことを……。そして、清浄への道こそ、人間が永遠の計画、あらゆる生き物を乗せて果てしなくまわりつづける輪廻の車について、理解をかちとる唯一の道なのだ。

「蝶々ども！」スン・ウーはうんざりして鼻を鳴らした。「おまえたちは、明日をかえりみない点で、野の獣や鳥とおなじだ。明日はやってこないと考えて、きょう一日を遊びほうける。まるで虫と――」

　しかし、虫という考えから連想されたのは、腐ったトカゲの死骸の上を這いまわっている、光る羽と青い腹を持った蠅だった。スン・ウーの胃はでんぐりがえった。必死に胃を押さえつけ、前方に現われた村にむかって大股に歩きだした。

　農民たちが、四方にひろがる不毛の土地で働いていた。かなくその上に薄く土がかぶっているだけにすぎない。ひょろひょろした小麦の茎が、まばらに風になびいている。この土地はひどい、これまで見た中でも最悪だ。足の下に金属があるのが感じられる。表面すれすれのところにあるようだ。腰を曲げた男女が、ブリキ缶、廃墟から拾ってきた古い金属容器で、貧弱な作物に水をやっている。牡牛が粗末な荷車をひいている。

　べつの畑では、女たちが草取りをしていた。みんながのろのろと、まのぬけた顔で手を動かしていた。土中にいる鉤虫の犠牲者だ。みんながはだしだった。子供たちはまだこの寄生虫に冒されていないが、まもなくそうなるだろう。

スン・ウーは空を仰いで、エルロンに感謝を捧げた。ここでは苦労がことのほかきびしい。どの手にも、まざまざと試練の跡がある。この男女は、熱いるつぼの中で鍛えられている。きっと彼らの魂は驚くほど浄化されていることだろう。木陰には、なかばうたたねしている母親のかたわらで、赤ん坊が眠っていた。蠅が赤ん坊の目にたかっている。母親が口をあけたまま、大きくかすれた息をした。茶色の頰が不健康なほど赤い。腹が大きくふくらんでいる。また妊娠しているのだ。またひとつの永遠の魂が、どこかの下層から引き揚げられたのだ。彼女の偉大な胸は、居眠りの中で身動きするたびにぶるぶると揺れ、きたない腰巻の上に乳のしぶきをとばした。

「ここへおいで」スン・ウーは、あとからついてくる黒い顔をした子供の一団に鋭く呼びかけた。「おまえたちと話がしたい」

子供たちは目を伏せて近づき、彼のまわりに無言の輪を作った。スン・ウーは地べたに腰をおろし、書類カバンをかたわらにおき、巧みに足を組んだ。エルロンが第七の書で教えている伝統的な姿勢だ。

「わたしがたずねたら答えなさい。基本的な教義問答は知っているな?」スン・ウーは鋭く一同を見まわした。「基本的な教義問答を知っているものは?」

ひとりかふたりの手が上がった。大半の子供は困ったように顔をそむけた。

スン・ウーは唱えはじめた。

「一つ！　おまえはだれか？　宇宙の計画の中の小さいけし粒だ。

二つ！　おまえはなにものか？　理解を超えた巨大体系の中のたんなる火花だ。

三つ！　生きる道とはなにか？　宇宙の力が要求するものを満たすことだ。

四つ！　おまえはどこにいるのか？　宇宙の梯子のとある横木の上だ。

五つ！　おまえはどこにいたのか？　果てしない梯子を上り下りしてきた。輪廻の車の一回転ごとに、進んだり退いたりしてきた。

六つ！　来世でのおまえの位置をきめるものはなにか？　今生での行動だ。

七つ！　正しい行動とはなにか？　永遠の力、神の計画を作りあげた宇宙の要素の中に、おのれをゆだねることだ。

八つ！　苦痛の意義とはなにか？　魂を浄化することだ。

九つ！　死の意義とはなにか？　この現身から人間を解放し、梯子の新しい横木へと上れるようにすることだ。

十――」

しかし、その瞬間にスン・ウーは言葉を切った。人間もどきの姿がふたつ、こっちへ近づいてくる。ばかでっかい白い皮膚の人影が、焼け焦げた土地を大股に横ぎり、しょぼくれた小麦の列のあいだを抜けてくる。

テクノどもが——会いにやってきたのだ。彼はぞっとした。白人。彼らの皮膚は青白く不健康に光っている。石の下から掘りだした夜行性の昆虫のようだ。

スン・ウーは不快感を押しかくして、彼らを迎えるために立ちあがった。

スン・ウーはいった。「なんじ、清浄とともにあれ」

ふたりが彼の前で立ちどまると、体臭がにおってきた。羊に似たきついにおい。ふたりの男、ばかでっかい汗みどろの若者、濡れてべとついた肌、伸びたあごひげ、むさくるしい長髪。ふたりがはいているのはズックのズボンとブーツだった。スン・ウーは彼らの濃い体毛を見てぞっとした。むしろのような胸毛——くろぐろとした腋毛、腕にも手首にも、手の甲にまで毛が生えている。〈折れた羽根〉が正しいのかもしれない。たぶん、この大きな、のっそりした金髪のけだものの中には、古代のネアンデルタール人——にせの人間——の血がまだ流れているのかも。その青い瞳の奥から大猿がこっちをのぞいているのが、目に見えるようだ。

「よう」と白人がいった。一瞬おいて、考えなおしたようにつけたした。「おれはジャスミンだ」

「ピート・フェリス」もうひとりがいった。どちらも慣習的な敬語を使わない。スン・ウーはひるんだが、顔には出さなかった。これは故意の遠まわしな侮辱か、それともたんなる無知か？　その判断はむずかしい。チャイがいったように、下層階級には反感と羨望、それに敵意のみにくい波がある。

「これは定期的な調査だ」とスン・ウーは説明した。「田園地帯での出生率と死亡率を調べている。ここには二、三日滞在する予定だ。どこか、わたしの泊れそうな場所はあるかね？　公共の旅館とか宿泊所といったものは？」

ふたりの白人の若者はだまっていた。やがてひとりがぶっきらぼうにきいた。「なぜ？」

スン・ウーは目をぱちくりさせた。「なぜ？　なぜとはどういうことだ？」

「なぜ調査にきた？　もし情報がほしいなら、こっちから届けてやるよ」

スン・ウーは信じられない気分だった。「だれに口をきいているつもりだ？　わたしは導師だぞ！　いいか、おまえたちは十も下の階級なのだ。よくもずうずうしく——」怒りで息がつまった。この片田舎では、テクノどもは完全に自分の分際を忘れたらしい。いったいここの導師はなにをしている。体制が崩壊してもよいのか？

もし、テクノと、農民と、商人が、おたがいにまじりあうことを許されたら——いや、その上に、雑婚をし、おなじ場所で飲み食いすることを許されたら、いったいなにが起こる？　そう考えて、スン・ウーは激しく身ぶるいした。社会ぜんたいの構造が壊滅してしまう。もし、みんながおなじ車に乗り、おなじ便所を使うとなったら……。これは理解のかなただ。とつぜん悪夢のような光景がスン・ウーの目にうかんだ——テクノたちが、導師や詩人階級の女性といっしょに住み、まぐわっているところだ。すべての人間がおなじレベルにある水平型の社会を想像して、彼は恐怖にかられた。それはこの宇宙の性質そのものにそむき、聖なる計画にもそむく。狂気の時代の再現だ。スン・ウーは戦慄した。

「ここの地区監督はどこだ？」と彼は詰問した。「彼のところへ連れていけ。わたしがじかに彼と話しあう」

ふたりの白人は、無言で背を向けて、いまきた道をひきかえしはじめた。一瞬の激怒ののちに、スン・ウーはそのあとを追うことにした。

ふたりは彼の先に立って、しなびた畑を越え、一木一草もない不毛の丘を越えていった。廃墟が多くなった。町はずれにはみすぼらしい村が作られていた。彼は建てつけの悪い丸太小屋をながめ、ぬかるみの道路をながめた。村からは強い悪臭が立ちのぼっていた。腐肉と死のにおいだ。

犬たちが小屋の下で眠っている。子供たちは汚物と腐りかけた生ごみの中で遊んでいる。年寄りが二、三人、うつろな顔、光のない目で、ポーチにすわっている。ニワトリが餌をついばんで歩きまわり、豚や、痩せた猫の姿も見える——そして、永遠に錆びつづける金属の柱、ときには十メートルもの高さにそびえたつそれ。赤いかなくその巨塔が、にょきにょきつったっている。

村のむこうには、廃墟の本体があった――何キロも果てしなくつづく見捨てられた都市、建物の骨格、コンクリートの壁、浴槽とパイプ、むかし車であったもののひっくりかえった残骸。このすべてが狂気の時代、人類史上最悪の時期にとうとう幕をおろしたあの十年間の名残りだ。それ以前の五世紀の狂気と混乱は、いまでは異端の時代と呼ばれている。人間が聖なる計画にさからい、自分の手で運命を握ろうとした時代だ。

三人は、ほかよりも大きい小屋に近づいた。木造の二階建だった。白人たちは朽ちかかったステップを上った。厚板がぎしぎし鳴り、ブーツの下で不気味にたわんだ。スン・ウーは神経質にあとを追った。上りきったところはポーチというか、一種のバルコニーになっていた。

バルコニーの上にはひとりの男がすわっていた。ボタンのはずれた半ズボンをはいた、銅色の肌の太った役人で、つやのある黒い髪をうしろでまとめ、骨のピンで太く赤い首すじの上に留めている。鼻は大きく高い。顔は平べったく幅広で、あごが何重にもなっている。その男はブリキ缶のライム・ジュースを飲み、どろんこ道を見おろしていた。ふたりの白人が現われるのを見て、非常な努力で腰をうかせた。

「この男が」とジャスミンという白人がスン・ウーを指さしていった。「あんたに会いたいとさ」

スン・ウーは憤然と前に出ていった。「わたしは大本堂から来た導師だ。これが目にはいらんのか?」彼は長衣を荒々しくひらいて、聖局の紋章を見せた。燃えさかる赤い帯をかたどった金細工だ。「正当な扱いをしたまえ! ここへきて、こんな連中にひきずりまわされるとは――」

よけいなことをしゃべりすぎた。スン・ウーは怒りをこらえ、書類カバンを握りしめた。太ったインディアンは静かに彼を見つめている。ふたりの白人は、いつのまにかバルコニーの端で、日陰に腰をおろしていた。粗末なタバコに火をつけ、こっちに背を向けてしまった。

「きみはこんなことを許しているのか?」スン・ウーは信じられない思いで聞きただした。「この――混交を?」

インディアンは肩をすくめ、いっそう深く椅子に身を沈めた。「なんじ、清浄とともにあれ」とつぶやいた。「飲み物はいかがです?」彼の穏やかな表情は変わらなかった。なにも気づいたふうに見えない。「ライム・ジュースは? それとも、コーヒーにしますか? ライム・ジュースはこいつによく効きますよ」彼は自分の口をつついた。やわらかい歯茎に、いくつも腫物(はれもの)ができていた。

「いや、けっこう」スン・ウーは不機嫌にいって、インディアンの向かいの椅子にすわった。「ここへきたのは公式調査のためだ」

インディアンが軽くうなずいた。「ほう?」

「出生率と死亡率」スン・ウーは口ごもってから、インディアンに顔を近づけた。「やっぱり、あの白人を追っぱらってくれ。これからきみに話すことは秘密だ」

インディアンは表情を変えなかった。大きな顔はぴくりともしない。しばらくしてかすかに顔の向きを変え、「どうか下へおりてください」と命令した。「すまんね」

ふたりの白人はぶつくさいいながら立ちあがり、ふくれっつらでスン・ウーに敵意のこもった視線を投げつけると、テーブルのわきを通りぬけた。ひとりは大笑いして、手すりのむこうにぺっと唾(つば)を吐いた。明らかな侮辱だ。

「無礼な！」とスン・ウーは息をつまらせた。「どうしてあんなことを許しておく？　いまの彼らを見たかね？　エルロンの御名にかけて、とうてい信じられん！」

インディアンは無関心に肩をすくめ――そしてげっぷをもらした。「輪廻の車の上では、すべての人間は兄弟ですよ。エルロン自身も、この地上にあるとき、そうおっしゃったのでは？」

「もちろんだ。しかし――」

「あの男たちも、われわれの兄弟でしょう？」

「もちろんだ」スン・ウーは横柄に答えた。「しかし、分をわきまえねばいかん。彼らはとるにたりない階級だ。なにかの品物の修理がまれに必要になったとき、彼らは呼びよせられる。しかし、わたしの記憶によると、昨年、なにかを修理するほうが好ましいとみなされたことは、ただの一度もなかった。あのような階級の必要性は、年々減っていく。いずれはあの階級も、また、その構成分子も——」

「というと、断種を唱道なさるので？」インディアンがまぶたをなかば垂れて、狡猾にたずねた。

「なにかを唱道していると思ってくれ。下層階級はウサギなみに繁殖する。のべつまくなしに子供を生む——われわれ導師よりはるかに速い。腹のふくらんだ白人女はしょっちゅう目につくが、最近ではひとりの導師も生まれない。下層階級はつねに姦淫にふけっているにちがいない」

「彼らに残されたものはそれぐらいですからな」インディアンは穏やかにつぶやいて、ライム・ジュースをちびりと飲んだ。「もうすこし寛容におなりなさい」

「寛容だと？　わたしは彼らになんの含むところもない。ただ、彼らが——」

「物の本によると」インディアンは物やわらかにつづけた。「偉大なエルロン・ヒューその方も白人であったそうですが」

スン・ウーは怒りに咳きこみ、いいかえそうとしたが、熱い言葉がのどにつっかえてしまった。道のむこうからなにかがやってくる。

「なんだ、あれは？」スン・ウーは興奮して立ちあがると、いそいで手すりのそばに寄った。

ゆっくりした行列が、おごそかな足どりで近づいてくる。それが合図でもあるかのように、あばら家の中から男女がぞろぞろ出てきて、興奮したようすで道ばたに並んだ。行列が近づくのを見て、スン・ウーはその場に釘づけになった。感覚がきりきりまいした。そのあいだにも刻々と男女の数はふえてくる。何百人という数だ。すし詰めの群集が、熱心な顔でなにかをつぶやき、前後に体をゆらしている。ヒステリックな嘆声が群集の中を通りぬけていく。まるで強風にあおられる木の葉のようだ。

その群集はひとつの集合体、巨大な原始生物だった。それが、行列の接近によって、催眠にかけられたように恍惚境（こうこつきょう）にはいったのだ。

行進者たちは奇妙な装束だった――袖をまくりあげた白いワイシャツ、信じられないほど古臭いデザインのダーク・グレーのズボン、そして黒靴（くろぐつ）。みんながおなじ服装だ。目にまぶしいほど白いワイシャツと灰色のズボンの二列縦隊が、顔をもたげ、鼻孔をひらき、あごをひきしめて、静かに、おごそかに行進していく。どの男女の顔にも狂信が焼きつけられている。その表情のすさまじさに、スン・ウーは思わず身をすくませた。あとからあとから行列はつづいた。太古の白シャツと灰色ズボンをまとったきびしい石像、過去から吹きつけるおそろしい息。彼らの靴がにぶく荒々しいリズムで大地を踏みしめると、その音がみすぼらしい小屋のあいだに反響した。犬が目をさました。子供たちが泣きだした。ニワトリがギャーギャー逃げまわった。

「エルロンの御名にかけて！」スン・ウーはさけんだ。「これはなんとしたことだ？」

　行進者たちは奇妙な象徴的道具を持っていた。その儀式的なイメージが持つ秘教めいた意味は、スン・ウーにわかるはずもない。そこには管があり、棒があり、そして、金属らしいもののピカピカした網があった。金属！　しかも、錆びてはいない。ピカピカに光っている。彼は呆然となった。どう見てもその金属は――新しい。

　行列は彼の真下を通りすぎた。行進者たちのあとには巨大な荷車がガタガタやってきた。その上には明らかに多産のシンボルらしいものがのせてあった。樹木ほどの丈のある螺旋形のドリルの刃だ。それがピカピカの鋼鉄の立方体からつきだしている。荷車が前進するにつれて、ドリルの刃が上下に揺れる。

　荷車のあとからは、また行進者がつづいた。これもやはりきびしい顔、焦点の定まらない目で、管や、棒や、腕いっぱいのピカピカした道具をかかえている。彼らが通りすぎると、畏怖にうたれた男女がどっと道路にあふれだした。まだ陶酔した表情で、彼らは行列を追いかけた。子供たちや、吠える犬が、そのあとにつづいた。

　しんがりに立った行進者はひとりの女だった。大股で歩くにつれて、胸にしっかりかかえた旗竿の上の三角旗がはためいた。そのてっぺんにひるがえる色あざやかな三角旗。スン・ウーはその紋章を見分け、一瞬気絶しそうになった。旗は彼のすぐ下にある。彼の鼻先をかすめていく。これ見よがしに――隠そうともせずに。その旗には大きなTの字が記されているのだ。

「あの連中は――」スン・ウーがそういいかけると、太ったインディアンがさえぎった。

「ティンカー教徒ですよ」インディアンは答えて、ライム・ジュースをすすった。

スン・ウーは書類カバンをひっつかみ、階段のほうへいそいだ。階段の下では、さっきの大柄な白人たちがすでに行動にはいっていた。「こっちへ！」とインディアンがすばやく合図した。ふたりはすごみをきかせて上ってきた。青く小さい意地悪そうな目は、縁が赤くただれ、石のようにひややかだ。毛ぶかい皮膚の下では、ふくれあがった筋肉が波うっている。

スン・ウーは外衣の下をさぐった。振動銃が出てきた。彼はふたりの白人を狙って引き金をひいた。だが、なにも起こらない。銃は機能をやめていた。荒っぽくふりまわすと、錆の鱗と乾ききった絶縁材がぽろぽろこぼれ落ちた。だめだ、すりきれている。彼は銃をほうりだし、やけくそで手すりに体当たりしてとびおりた。

それといっしょに、腐った木材の破片が滝のように降りそそいだ。彼は着地し、横転し、小屋の角に頭をぶつけ、そしてふらふらと立ちあがった。

スン・ウーは走りだした。うしろからは、陶酔状態でゆれ動く群集をかきわけて、ふたりの白人が追いかけてきた。その白い、汗みどろの顔が、ときおりちらりと見えた。彼は角を曲がり、みすぼらしい小屋のあいだを駆けぬけ、下水溝をとびこえ、崩れかかった瓦礫の山を乗りこえたあと、足をすべらせ、ころげ落ちて、あえぎながらようやく木のうしろに横たわった。書類カバンはまだしっかりつかんでいた。

白人たちの姿はどこにもない。うまくまいたらしい。しばらくは安全だ。

彼はあたりを見まわした。船はどっちだ？　午後の太陽に手をかざして目をこらすうちに、曲がった細長い船体が見つかった。ずっと右手のほう、空に陰気にかかった瀕死の日ざしでかろうじてそれと見分けがつく。スン・ウーはおぼつかなげに立ちあがって、その方角へ用心ぶかく歩きだした。

たいへんな窮地だ。この地域ぜんたいがティンカー教徒の味方なのだ——大本堂が任命した地区監督までが。しかも、一階級だけの問題ではない。この秘密結社は社会の最上層まで食いこんでいる。白人だけのものではなくなった。もうバンツー人も、モンゴル人も、インディアンもあてにできない。この地域ではだめだ。この地域ぜんたいが敵意を持ち、こちらを待ちぶせている。

エルロンの御名にかけて、状況は聖局が思っていた以上にひどい！　聖局が報告を求めたのも道理だ。この全地域が狂信的な秘密結社、最も悪魔的な教義にとりつかれた暴力過激派に乗っ取られている。彼はぞっと身ぶるいした。耕地にいる農夫たち、人間とロボット両方の目を避けて進みつづけた。警戒と恐怖に思わず足どりが速くなった。

もし、この秘密結社がひろがっていったら、もしそれが人類のかなりの部分を汚染したら、狂気の時代が逆もどりしかねないのだ。

　船は乗っ取られていた。三、四人のばかでっかい白人がタバコをだらんとくわえて、白い顔と毛ぶかい体で船のまわりにたむろしていた。愕然として、スン・ウーは山腹を下へひきかえした。ちくちくと絶望が心を麻痺させる。船はもうなくなった。むこうに先手を打たれた。これからどうすればいい？

　もう夕暮れだった。隣の居住地域まで、暗闇の中を八十キロも歩かなくてはならない。しかも、なじみのない、敵意にみちた土地だ。日はすでにかたむき、風がつめたい。しかもその上、こっちは汚物だらけのぬるぬるした水でずぶ濡れだ。さっき暗闇の中で足をすべらせて、下水溝にはまってしまった。

　スン・ウーは、うつろな心で、いまきた道をひきかえした。どうすればいい？　孤立無援だ。振動銃はおしゃかだ。ひとりぼっちで、聖局に連絡もとれない。ティンカー教徒がまわりをかためている。つかまったがさいご、内臓をひきぬかれ、血を作物の上にふりかけられるだろう――いや、もっとひどいことになるかも。

　彼は畑のわきを遠まわりした。たそがれの中で、おぼろな人影が働いていた。若い女だ。彼は通りがかりに用心ぶかく相手を見つめた。むこうはこっちに背を向けている。トウモロコシの列のあいだでかがみこんでいる。なにをしているのだろう？　いったい彼女は――

――おお、エルロンよ！

スン・ウーは夢中で畑を横ぎり、用心を忘れて駆けよった。「そこの女！　やめなさい！　エルロンの御名にかけて、いますぐやめろ！」

女は背をのばした。「あんた、だれ？」

息をきらしたスン・ウーは、彼女の前にたどりつき、いたんだ書類カバンをつかんだまま、はあはあとあえいだ。「そのものたちはわれわれの兄弟だ。どうしてそれを殺したりできる？　最近みまかったばかりの近しい親族かもしれんのだぞ」彼はいきなり彼女の手から瓶をはたき落とした。瓶は下に落ち、中に閉じこめられていたカブトムシが四方八方に逃げだした。

娘の頬が怒りに染まった。「一時間もかかってとったのに！」

「おまえは彼らを殺していた。押しつぶしていた！」スン・ウーは怒りで口がきけなかった。「見たぞ！」

「あたりまえでしょ」娘は黒い眉を上げた。「この虫、トウモロコシをかじるのよ」

「彼らはわれわれの兄弟だ！」スン・ウーは大声でくりかえした。「もちろん、彼らはトウモロコシをかじる。それは前世で罪をおかしたがために、宇宙の力に強いられて――」

彼は驚きにうたれて、言葉を切った。「知らないのか？　教えられたことがないのか？」

娘は十六ぐらいだった。薄れる日ざしの中の小さいほっそりした姿。片手にからっぽの瓶を、もう片手に小石を持っている。黒い髪の潮がうなじにかかっている。目が大きく光っている。唇はふっくらした濃い赤、肌はなめらかな銅色――たぶんポリネシア人だろう。かがみこんだ彼女が仰向けになったカブトムシをつかまえようとすると、張りきった褐色の乳房がちらとのぞき、それを見て彼の脈搏は速くなった。きゅうに三年前にもどったようだった。

「きみの名前は？」と、いままでより優しい声できいた。

「フリージャ」

「年はいくつだ？」

「十七」

「わたしは導師だ。これまでに導師と話をしたことはあるか？」

「ううん」娘はつぶやいた。「ないわ」

彼女の姿は、ほとんど闇に隠れていた。スン・ウーにはほとんど彼女が見えなかった。しかし、かろうじて見えたものは、彼の心臓を苦痛の発作に追いこんだ。おなじ黒い髪の雲、おなじ深紅の唇。もちろん、この娘のほうが若い――まだほんの子供だ、しかも農民階級の。しかし、彼女にはリウとおなじ美しさがあり、そして遠からず――ここ何カ月かのあいだに、成熟するだろう。

時代と無関係な女たらしの技術が、彼の声帯を動かした。「わたしは調査のためにこの地域へ着陸したんだよ。ところが船が故障して、今夜はここで過ごさなければならない。しかし、ここには知り合いがいないんだ。実に困った立場で――」

「そうなの」フリージャはたちまち同情を示した。「じゃ、今晩はうちへ泊ったら？　ひとつ部屋があいてるわ、兄がでかけてるから」

「ありがたい」スン・ウーはさっそく答えた。「案内してくれるかね？　きみの親切には、よろこんでお礼をさせてもらう」

娘は暗闇の中にぼうっとそびえているもののほうへ歩きだした。スン・ウーはいそいでそのあとを追った。

「きみが未教化だとは驚いた。この地域ぜんたいが、信じられないほどに退廃している。いったい、きみたちはどこまで堕落したんだ？　わたしたちはいっしょに長い時間を過ごさなければならない。それはもうはっきりしている。きみたちはひとりも清浄に近づいていない――きみたちは混迷している。だれもかれもが」

「それはどういうこと？」フリージャはそうたずねながら、ポーチに上がって、ドアをあけた。

「混迷か？」スン・ウーは驚きに目をぱちぱちさせた。「この調子では、いっしょにたくさんのことをまなぶ必要があるな」熱心のあまり、てっぺんの段につまずいて、もうすこしでころびそうになった。「きみには完全な教化が必要らしい。いちばん最初からはじめることが必要かもしれない。きみのために聖局への滞在を手配してあげよう――もちろん、わたしの保護下でだ。混迷とは、宇宙の各要素と調和を失ったことを意味する。どうしてそんなことになって生きていける？　いいかね、聖なる計画と一致できるよう、正しい道へきみをひきもどさなくてはだめだ」

「それはどういう計画？」

フリージャは彼を暖かい居間にみちびいた。暖炉の火床にはパチパチと火が燃えていた。二、三人の男が粗末な木のテーブルをかこんでいる。長い白髪の老人がひとりと、それより年若いふたりの男。しなびた、弱々しい老婦人が、隅のゆり椅子でうたた寝している。キッチンでは、ふっくらした若い女が夕食の準備をしている。

「きまってるじゃないか、聖なる計画だ！」スン・ウーはあきれはてて答えた。彼の目はきょろきょろあたりを見まわした。とつぜん、書類カバンをとり落としてさけんだ。「白人だ」

彼らはみんな白人だった。フリージャさえもが。彼女は、ただ濃く日焼けしているだけなのだ。彼女の肌は黒に近いが、やはり白人だ。スン・ウーは思いだした。白人は日にあたると色が黒くなり、ときにはモンゴル人よりも色黒になる。この娘は、すでに作業服をドアのフックにひっかけていた。家の中でショーツにはきかえたいま、彼女の太腿(ふともも)はミルクのように白い。それに老人と女も――

ー」

「あたしのおじいさんよ」フリージャは老人を示していった。「ベンジャミン・ティンカ

ティンカー家の年下の男ふたりの監視の下で、スン・ウーは体を洗い、清潔な衣服と食事を与えられた。彼はほとんど食欲がなかった。気分は最悪だった。

「よくわからない」憂鬱そうに皿をむこうへ押しやって、彼はつぶやいた。「大本堂の走査機は、わたしの余命を八カ月といった。あの疫病で――」彼は考えた。「しかし、それが変わる可能性はつねにある。走査機は予測で動く。確定ではない。可能性は無数にある。自由意志……。意味のある明らかな悔悛の行為によって――」

ベン・ティンカーは笑いだした。「生き残りたいのかね？」

「もちろんだ！」スン・ウーは憤然とさけんだ。

みんなが笑いだした――フリージャさえもが。そして、ショールに身を包み、雪のように白い髪と穏やかな青い目をした老婆さえもが。この女たちは、スン・ウーがはじめて見る白人女だった。彼女たちは、白人男のように大きくも、たくましくもなかった。あの野獣的な特質を共有しているようには見えなかった。しかし、ふたりの若い白人の男は、相当にてごわそうだ。そのふたりと父親は、食卓の上で、空になった皿のあいだにひろげたこまかい書類や報告を調べていた。

「この地域は」とベン・ティンカーがつぶやいた。「ここにパイプを通そう。それからこだな。第一に必要なのは水だ。つぎの作物を植える前に、百キロほどの人工肥料を入れてすきかえそう。そのころには動力犂もできあがる」

「そのあとは？」亜麻色の髪をした若者がきいた。

「それから薬剤の散布だ。もしニコチンのスプレーがなければ、もう一度銅粉をまくしかないだろう。できればスプレーを使いたいが、まだ生産が遅れている。しかし、例のドリルでいくつかの貯蔵用洞窟ができた。これからの見通しは明るいぞ」

もうひとりの息子がいった。「それと、ここの干拓が必要だよ。蚊がやたらに繁殖してるから。この前こっちでやったように、油を使う手もある。しかし、できれば埋め立てちまったほうがいいな。浚渫機と大型ショベルを使おうよ。ほかで使う予定がなければ」

スン・ウーはそのすべてを聞いていた。怒りに身をふるわせながら、おぼつかなげに立ちあがった。わななく指をティンカー老人につきつけた。

「おまえたちは――干渉している！」と息をあえがせた。

みんなが顔をあげた。「干渉？」

「計画に対してだ！　宇宙の計画に対してだ！　エルロンの御名にかけて、おまえたちは聖なる過程をじゃましている。どういうつもりだ――」自分の存在を根底から揺るがせるほどの異様な認識に、彼は唖然としていた。「輪廻の車を逆にまわそうとでもいうのか」

ベン・ティンカー老人がいった。「そのとおりだ」

スン・ウーは口もきけずに腰をおろした。彼の心はこのいっさいを拒否していた。

「わからない。いったいなにが起こる？　もしおまえたちが輪廻の車を遅らせたら、もしおまえたちが聖なる計画を破壊したら――」

「この男は厄介だな」ベン・ティンカーが考えぶかげにつぶやいた。「もしこの男を殺せば、聖局がまた代わりを送りこんでくる。あっちにはこんなのが何百人もいるからな。といって、もし殺さずに送り帰せば、この男はむこうで大騒ぎをおっぱじめ、大本堂ぜんたいがここへやってくる。まだそうなってもらっては困る。こっちはどんどん支持者がふえてはいるが、もう数ヵ月は必要だ」

スン・ウーの太ったおでこから脂汗がにじみ出てきた。わななく手でそれをぬぐった。

「もしわたしを殺せば、おまえたちは宇宙の梯子を一気に何段も転落するぞ。やっとここまで這いあがってきたというのに。限りない歳月を経てここまでたどりついた作業を、なぜおじゃんにするのだ？」

ベン・ティンカーはひとつしかない力強い瞳を彼に向けた。「なあ、きみ」とおもむろにたずねた。「どんな人間も、次回の現身(うつせみ)は今回の現身での道徳的行為によって決定される。これは本当なんだろう？」

スン・ウーはうなずいた。「それはよく知られているとおりだ」

「で、正しい行為とはどういうものだね？」

「聖なる計画をみたすことだ」スン・ウーは打ってかえすように答えた。

「もしかすると、われわれの運動ぜんたいがその計画の一部かもしれん」ベン・ティンカーは考えぶかげにいった。「もしかすると、宇宙の力がわれわれに沼地を干拓させ、イナゴを殺させ、子供たちに予防注射をさせたがってるのかもしれん。早い話、宇宙の力がわれわれみんなをこの星においたのだから」

「もし、おまえがわたしを殺せば」とスン・ウーは泣き声でいった。「わたしは死骸にたかる蠅になる。この目で見たんだ。光った羽をした、腹の青い蠅が、死んだトカゲの上を這いまわっているのを——不潔な汚水だめの惑星にある、臭い湯気の立つジャングルの中で」涙があふれてきた。それをぬぐったがむだだった。「遠く離れた星系の中、梯子のどん底だ！」

ベン・ティンカーはおもしろそうに聞いていた。「なぜだね？」

「罪をおかしたからだ」スン・ウーは鼻をくすんと鳴らし、顔を赤らめた。「姦淫（かんいん）の罪を」

「自分を清められないのか？」

「その時間がない！」彼のみじめな気分は狂気じみた絶望に高まった。「わたしの心はまだ不純なんだ！」寝室の戸口に立ったフリージャ、部屋着のショーツだけをまとった、白と褐色のしなやかな肢体を、彼は手で示した。「いまなおわたしは肉欲にとりつかれている。煩悩がどうしても断ちきれない。あと八カ月で疫病はわたしを輪廻の車にのせる——それでおしまいだ！　もし、老人になるまで生きられたら——しなびて歯が抜け、食欲もなくなるまで生きられたら——」彼の太った体は強烈な痙攣にわななないた。「だが、自分を清め、罪ほろぼしをする時間がない。走査機によれば、わたしは若死にする！」

奔流のような告白を聞かされてティンカーはだまりこみ、じっと考えこんだ。ようやく彼はいった。「その疫病だが、症状はどういうものだね？」

スン・ウーはオリーブ色の顔を病的な緑色に変えて説明した。彼が話しおわると、三人の男は意味ありげに顔を見合わせた。

ベン・ティンカーが立ちあがった。「おいで」と導師の腕をとって、簡潔に命令した。「見せるものがある。古い時代から残されたものだ。いずれは、自力でそれを作れるようになるだろう。しかし、いまのところは、ほんのわずかな量しか残されてない。だから、大切にしまいこんで、見張りをつけなくちゃならんのだ」

「これはよい目的のためだ」息子のひとりがいった。「見せるだけの値打ちはあるよ」兄弟のもうひとりと顔を見合わせて、にやりと笑った。

チャイ導師は青い用紙に記されたスン・ウーの報告を読みおわった。疑わしげな顔つきでそれをおき、若い導師を見やった。「本当か？　これ以上調査の必要はないのか？」

「あの秘密結社はほっといても消えていきます」スン・ウーはむぞうさに答えた。「根強い支持者なんていませんからね。あれはたんなる逃がし弁なんです。実際の効力はなにもありません」

チャイはまだ半信半疑だった。報告書のあっちこっちを読みかえした。「どうやらきみのいうとおりらしいな。しかし、聞くところによると――」

「あれはみんな嘘ですよ」スン・ウーはぼんやりといった。「噂です。ただのゴシップです。もう行ってもよろしいか？」彼は戸口のほうへ歩きかけた。

「早く休暇をとりたいのか？」チャイは、わかっているというように微笑した。「その気持はもっともだ。この報告できっと疲れ果てたことだろう。田園地帯、よどんだ片田舎。もっとましな辺地教育計画を立てねばいかんな。あの地域一帯が混迷状態にあることがよくわかった。あそこの連中に清浄を分けあたえなくてはならん。それがわれわれの歴史的な役割だ。わが階級の機能だ」

「仰せのとおりで」スン・ウーは一礼してオフィスを出ると、廊下を歩きだした。歩きながら、彼は感謝をこめて数珠をまさぐった。無言の祈りを唱えつつ、小さな赤い玉の表面に指を走らせた。色あせた古い数珠玉ととりかえられた、色あざやかな新しい玉――ティンカー教徒からの贈り物だ。この数珠玉はいずれ役に立つ。彼はしっかりとそれを握りしめた。これからの八カ月、絶対になくしてはならない。いつも大切に見張っていなくてはならない。スペインの都市廃墟を見物するあいだも——そして、最後に疫病に罹(かか)ったときも。

スン・ウーはペニシリン・カプセルの数珠を身につけた最初の導師だった。

ラウタヴァーラ事件
Rautavaara's Case

大森 望◎訳

球形研究ステーションEX２０８に滞在していた三人の技術者は、恒星間磁場の変動をモニターする仕事を、死の瞬間まで立派にまっとうした。

彼らの球体に対してすさまじい相対速度で接近してきた岩塊が、球体のバリアを破り、空気供給を断った。ふたりの男性は反応が遅く、なにをするひまもなかった。フィンランド生まれの若い女性技術者、アグネタ・ラウタヴァーラは、空気がなくなる前にかろうじて非常用ヘルメットを装着できたものの、呼吸管がからまってしまった。彼女は息を吸おうとし、そして死んだ。自分自身の嘔吐物をのどにつまらせて窒息する、痛ましい死だった。あと一カ月で、三人の技術者たちはEX２０８における観測任務から解放され、地球にもどっていたはずだった。

われわれの到着は、三人の地球種族を救うには間に合わなかった。しかし、ロボットを派遣して、三人のうちだれかを再生させることができないか調査することは実行した。地球種族はわれわれと似ていないが、今回の場合、彼らの球体はわれわれの近くで活動していた。このような緊急事態に際しては、銀河のあらゆる知的種族が守らなければならない規則がある。地球種族を助けたいという欲求はないが、われわれも規則は遵守する。

規則は、三人の死亡した技術者の生命を回復させる努力を求めていたが、われわれは一台のロボットにその責任を担わせることにした。われわれに錯誤があったとすればその点だろう。また、規則は、最寄りの地球船に事故を報告することを求めていたが、われわれはそうしないことを選んだ。この怠慢行為については弁解しないし、その時点でその結論にいたった理由を分析するつもりもない。

ロボットは、ふたりの男性技術者から脳機能が検出されず、両者の神経組織はともに変質していると通知してきた。アグネタ・ラウタヴァーラに関しては、かすかな脳波が認められた。そこで、ラウタヴァーラに対しては、ロボットが再生を試みることになる。しかしながら、ロボットはみずから判断を下すことができないため、こちらに連絡してきた。われわれは、再生を試みるよう、ロボットに命じた。したがって、責任はわれわれにある。罪を問われるべきは、われわれだ。われわれが現場にいれば、もっと分別のある対処ができていただろう。非難は甘んじて受ける。

一時間後、ロボットは、彼女の死体から回収した酸素濃度の高い血液を脳に送ることによって、ラウタヴァーラの重要な脳機能を回復することに成功したと通知してきた。酸素はロボットから供給することができたが、栄養分はそのかぎりではない。われわれはロボットに、ラウタヴァーラの死体を処理することによって栄養分を合成する作業をはじめるよう指示した。この点について、のちに地球当局がきわめて大きな不快感を表明することになる。しかし、栄養源はほかに存在しなかった。われわれ自身はプラズマ体であるため、われわれの体を提供することもできない。

地球種族は、ラウタヴァーラの死亡した同僚の遺体を利用できたはずだと反論した。しかし、ロボットの報告に照らして、他の遺体は放射能汚染がひどく、ラウタヴァーラの脳にとって毒になるとわれわれは判断した。そうした供給源からもたらされた栄養分はほどなく脳を汚染することになる。あなたたちがわれわれのロジックを受け入れないとしても、こちらには関係ない。これは、現地からの情報をそのとおりに解釈した結果なのである。われわれの真の過ちは、自分で現地に赴くのではなく、ロボットを派遣したことにあると述べたのはそのためだ。われわれを告発したいのなら、その理由で告発していただきたい。

われわれは、彼女の神経細胞の物理的な状態にアクセスすべく、ラウタヴァーラの脳に侵入して思考を転送するよう、ロボットに指示した。

受信したデータは、元気で快活な印象だった。この時点で、われわれは地球当局に連絡をとり、ＥＸ２０８を破壊した事故について知らせた。ふたりの男性技術者が死亡し、再生不可能であること、われわれの迅速な行動により、ひとりの女性の全頭活動が安定している――つまり、彼女の脳が生かされている――ことを知らせた。

「彼女のなにが？」地球種族の通信オペレーターがわれわれのメッセージに応えて訊き返した。

「彼女の肉体に由来する栄養分を供給して――」

「おお、神さま（クライスト）」地球種族の通信オペレーターが言った。「そんなやりかたで脳を生かすことなんかできるもんか。脳だけでなんの役に立つ？」

「考えることができる」

「わかった。ここから先は、われわれが引き継ぐ」地球種族の通信オペレーターが言った。「しかし、調査委員会が開かれることになるぞ」

「彼女の脳を救う行為は正しくなかったのか？」われわれはたずねた。「結局のところ、精神は脳に宿っている。物理的な肉体は、脳に関連づけられている単なるデバイスでしかなく――」

「ＥＸ２０８の位置を教えてくれ」地球種族の通信オペレーターが言った。「すぐに船を派遣する。独自の救出活動にとりかかる前に、ただちにこちらに連絡すべきだった。きみら近似生命（アプロキシメイション）は、肉体を有する生命体のことがわかってない」

　アプロキシメイションという呼び名を聞かされるのは不愉快だった。この言葉は、われわれがプロキシマ・ケンタウリ星系の出身であることにひっかけた侮辱的な呼称だ。われわれが本物の生命ではなく、ただのシミュレーションにすぎないという含みがある。

これがラウタヴァーラ事件に対するわれわれの報酬だった。すなわち、嘲笑されることが。そして、ほんとうに調査委員会が開かれた。

損傷した脳の奥底で、アグネタ・ラウタヴァーラは、酸っぱい嘔吐物を味わい、恐怖と嫌悪に尻ごみした。EX208のまわりじゅうに破片が浮かんでいた。トラヴィスとエルムズが見えた。ふたりの体は血まみれのばらばらな部分部分にちぎれ、その血が凍りついている。球体の内部をびっしり霜が覆っていた。空気が抜けて、気温が下がり……わたしはどうして生きているんだろう？　両手を上げて顔に触れた——いや、触れようとした。ヘルメット。装着が間に合ったんだ。

すべてを覆っていた霜が溶けはじめた。ふたりの同僚の切断された手足がもとどおり胴体にくっついた。岩塊が球体の船殻に埋め込まれ、抜け落ちて、飛び去った。

時間が巻き戻ってる。アグネタは気づいた。なんて不思議！

空気圧が正常になった。計器パネルが発する鈍いトーンが聞こえる。トラヴィスとエルムズがふらふらと立ち上がった。困惑した顔であたりを見つめている。アグネタは噴き出したくなったが、笑うにはあまりにも不気味な現象だった。どうやら、ぶつかった衝撃で局所的な時間の乱れが生じたらしい。

「ふたりともすわって」とアグネタは言った。

トラヴィスは不明瞭な声で、「おれは——わかった。きみの言うとおりだ」と言って、自分のコンソールの前に着席し、固定用ストラップのボタンを押した。しかし、エルムズのほうは突っ立ったまま。

「かなり大きな塊がぶつかったのよ」とアグネタ。

「ああ」とエルムズ。

「その衝撃で時間の流れに乱れが生じた」とアグネタ。「そのせいでわたしたちは事故の前にもどされた」

「まあ、ひとつには磁場のせいもあるな」トラヴィスはそう言って目をこすった。両手がふるえている。「ヘルメットを脱げよ、アグネタ。必要ない」

「でも、もうすぐ衝撃が来る」

男ふたりはそろって彼女のほうを見た。

「事故が反復されるのよ」

「くそっ」とトラヴィス。「EXをここから動かそう」コンソールのキーをいくつも叩きながら、「岩塊と衝突せずにすむように」

アグネタはヘルメットをとった。ブーツを脱いで、それを手にとって……そのとき、人の姿を見た。

そのひとがた(フィギュア)は、三人の背後に立っていた。それは、キリストだった。

「見て」アグネタは、トラヴィスとエルムズに言った。

ひとがたは、伝統的な白いローブをまとい、サンダルを履いていた。髪は長く、月光に似た白い輝きを帯びている。あごひげの生えた顔はやさしげで、理知的だった。地球の教会がつくっているホロ広告のキリスト像そっくりだ、とアグネタは思った。ローブ、ひげ、理知的でやさしく、両腕をわずかに上げている。ごていねいに後光まで射してるじゃないの。わたしたちの推測がこんなに正確だったなんて、へんな話！

「おお、神さま(マイ・ゴッド)」とトラヴィスが言った。ふたりの男と、それにアグネスも、まじまじと見つめている。「おれたちを迎えにきたんだ」

「うん、ぼくはそれでいいよ」とエルムズ。

「もちろん、おまえはそれでいいだろうさ」トラヴィスは皮肉っぽく言った。「女房も子供もいないんだからな。で、アグネタはどうなんだ？　彼女はまだたったの三百歳。小娘だぞ」

キリストは言った。「わたしはぶどうの木、あなたがたはその枝である。人がわたしにつながっており、わたしもその人につながっていれば、その人は豊かに実を結ぶ。わたしを離れては、あなたがたは何もできないからである（「ヨハネによる福音書」15章5節）」

「ＥＸをこの進路から動かすぞ」とトラヴィスが言った。

「子たちよ」とキリストは言った。「いましばらく、わたしはあなたがたと共にいる」（「ヨハネによる福音書」13章33節）

「よし」とトラヴィスが言った。ＥＸはいま、シリウス軸方向に最大速度で航行している。星図には巨大なフラックスが出ていた。

「トラヴィス、この莫迦野郎」エルムズは荒々しく言った。「これはすごいチャンスなんだぞ。キリストに会った人間が何人いる？　そいつはキリストなんだ。ねえ、あんた、キリストなんだろ？」と、ひとがたに問いかける。

キリストは言った。「わたしは道であり、真理であり、命である。わたしを通らなければ、だれも父のもとに行くことができない。あなたがたがわたしを知っているなら、わたしの父をも知ることになる。今から、あなたがたは父を知る。いや、既に父を見ている」（「ヨハネによる福音書」14章6－7節）」

「ほらね？」エルムズはしあわせな表情で言った。「こんな機会を得られてたいへん喜ばしく思います、ミスター――」と口をつぐみ、「〝ミスター・キリスト〟と言うつもりだったけど、ばかげてるよな。ほんとに莫迦みたいだ。キリスト、ミスター・キリスト、すわってくれませんか。ぼくの席でもいいし、ミズ・ラウタヴァーラの席でもいい。いいよね、アグネタ？　こっちはウォルター・トラヴィス。彼は違うけど、ぼくはクリスチャンだ。生まれたときからずっと——というか、人生の大部分はクリスチャンだった。ミズ・ラウタヴァーラのことはよくわからない。どうだい、アグネタ？」

「べらべらしゃべるのをやめろ、エルムズ」とトラヴィスが言った。

「彼がぼくらを裁くんだ」とエルムズ。

キリストが口を開き、「わたしの言葉を聞いて、それを守らない者がいても、わたしはその者を裁かない。わたしは、世を裁くためではなく、世を救うために来たからである。わたしを拒み、わたしの言葉を受け入れない者に対しては、裁くものがある（「ヨハネによる福音書」12章47‐48節）」

「ほら」エルムズは重々しくうなずいた。

アグネタは怖くなり、ひとがたに向かって言った。「わたしたちのこと、あんまり厳しく裁かないで。三人とも、大きなトラウマをくぐり抜けたばかりなの」そのときふと思った。トラヴィスとエルムズは、自分たちが死んだこと、遺体がばらばらになったことを覚えているんだろうか。

ひとがたは、安心させるように微笑んだ。

「トラヴィス」アグネタは、コンソールの前にすわっている彼のほうにかがみこんで、「話を聞いて。あなたもエルムズも、あの事故を——あの岩塊を生き延びられなかった。だから彼がここにいるのよ。わたしひとりだけなの——」アグネタは口ごもった。

「事故を生き延びたのはね」とエルムズが言った。「ぼくらは死に、彼が迎えにきた」ひとがたに向かって、「準備はできてます、主よ。連れていってください」

「ふたりとも連れてってやってくれ」とトラヴィス。「おれは救難信号を送る。そして、ここでなにが起きているかを伝える。彼に連れていかれる前に——あるいは連れていかれそうになる前に——報告しないと」

「おまえは死んでるんだよ」とエルムズが言った。

「それでも、報告は送れる」とトラヴィスは言ったが、その顔には落胆が浮かんでいた。それに、あきらめの表情。

アグネタはひとがたに向かって言った。「トラヴィスにちょっと時間をあげて。彼はまだちゃんとわかってないの。でも、わたしが言わなくても知ってるでしょうね。あなたはなんでも知ってるんだから」

ひとがたはうなずいた。

われわれと地球種族から成る調査委員会は、ラウタヴァーラの脳内のこの活動に耳を傾け、観察し、なにが起きたかをともに理解した。しかし、それをどう評価するかについては意見が分かれた。六人の地球種族がそれを有害と見なしたのに対し、われわれはそれを——アグネタ・ラウタヴァーラにとっても、われわれにとっても——すばらしいものだと見なした。損傷をこうむった脳が、誤った指示を与えられたロボットによって修復された結果、われわれはその脳を通じて、来世およびそれを支配する力と接触することができた。

地球種族の見方は、われわれを落胆させた。

「彼女は幻覚を見ている」地球種族の代表は言った。「感覚入力が欠如しているせいだ。肉体が死んでいるからだよ。あなたたちがしたことの結果がこれだ」

われわれは、アグネタ・ラウタヴァーラがしあわせだという事実を指摘した。

「なすべきは」と地球代表が言った。「彼女の脳を停止させることだ」

「そして来世との連絡手段を断つと？」われわれは反対した。「あの世を垣間見るすばらしい機会ですよ。アグネタ・ラウタヴァーラの脳がレンズになる。これは、きわめて重大な出来事だ。科学的メリットは人道主義にまさる」

調査委員会の審問に際し、われわれはこの立場をとった。ご都合主義ではなく、誠意に基づく立場。

地球種族は、映像および音声出力をつけたうえで、ラウタヴァーラの脳を完全に機能させておくことを決定した。もちろん、映像と音声は記録されている。その間、われわれに対する譴責の問題は棚上げになった。

わたしは知らず知らず、救い主という概念に対する地球種族の考えかたに個人的に魅惑されていた。われわれにとっては、古風で風変わりな考えかただ。疑人化されているからではなく、そこには個人に対する教室内での審判のようなもの——善行と悪行を一覧表示する電光掲示板的なもの——が含まれているからだ。言わば、小学生の成績をつけるときに使われる通信簿の神さま版。

われわれにとって、そうした救い主の見方は原始的なものに思える。そして、われわれが一個の多脳的な存在としてアグネタ・ラウタヴァーラを観察しているあいだ、わたしは考えていた。われわれの解釈に基づく救い主（魂の導き手）がもし現れたら、彼女はそれにどう反応するだろう。彼女の脳は、結局いまも、われわれの装置——救助ロボットが事故現場に持ち込んだもともとの機械——によって維持されている。接続を遮断することは危険が大きすぎたからだ。彼女の脳はすでに大きな損傷をこうむっている。彼女の脳を含む全システムは、プロキシマ・ケンタウリと太陽系の中間にある中立的な宇宙ステーションに置かれた司法調査委員会の場に移送されていた。

のちに、仲間との思慮深い議論の席で、わたしはこう提案してみた。人工的に維持されているラウタヴァーラの脳に対し、われわれ自身が持つ〈死後の世界における魂の導き手〉像を導入してみるべきではないか。彼女がどう反応するか知りたいというのがわたしの論点だった。

仲間たちはそくざにわたしの論理の矛盾を指摘した。わたしは調査委員会の場で、ラウタヴァーラの脳は来世に開いた窓であり、したがってこの処置は正当化される——畢竟（ひっきょう）、われわれに罪はない——と主張した。ところが今度は、アグネタ・ラウタヴァーラがいま経験していることは彼女の精神が想像するものの投影でしかないと主張している。

「どちらの主張も正しい」とわたしは言った。「あの世に開いた窓であると同時に、ラウタヴァーラ自身の文化的人種的性向の表象でもある」

いまわれわれが手にしているのは、本質的には、慎重に選び出した変数を導入することができるモデルにほかならない。われわれ自身が持つ〈魂の導き手〉の概念をラウタヴァーラの脳に導入し、われわれの解釈が地球種族の小児的な解釈と実際どのように違っているかをたしかめることができる。

これは、われわれの神学を検証する新たな機会だ。われわれの見解では、地球種族の神学はすでにじゅうぶん検証され、水準に達していないことが判明している。

われわれは、この実験を遂行することにした。ラウタヴァーラの脳を維持する装置は、われわれが管理しているからだ。われわれにとって、この問題は、調査委員会の評決よりもはるかに興味深い。譴責はたんなる文化的な問題であり、種の境界を越えることはない。

地球種族は、この行動が悪意ある意図に基づくものだと考えるかもしれない。わたしはそれを否定する。われわれはそれを否定する。かわりに、娯楽と呼んでほしい。彼女の救い主ではなく、われわれの救い主と対面したラウタヴァーラを観察することは、われわれにとって審美的な喜びとなる。

トラヴィス、エルムズ、アグネタに向かって、ひとがたは両腕を上げ、こう言った。

「わたしは復活であり、命である。わたしを信じる者は、死んでも生きる。生きていてわたしを信じる者はだれも、決して死ぬことはない。このことを信じるか（「ヨハネによる福音書」11章25 - 26節）」

「もちろん信じます」とエルムズは心から言った。

「ばかばかしい」とトラヴィスは言った。

アグネタ・ラウタヴァーラは、心の中でつぶやいた。どうだろう。ほんとにわからない。

「彼といっしょに行くかどうか決めないと」エルムズが言った。「トラヴィス、おまえはもうおしまいだ。終わってる。そこにすわったまま朽ち果てろ――それが運命だ」アグネタのほうを向いて、「きみにはキリストを信じてほしい、アグネタ。ぼくみたいに、永遠の生命を手に入れてほしい。そうなるんですよね、主よ？」とひとがたにたずねる。

ひとがたはうなずいた。

「トラヴィス、わたし――」とアグネタが口を開いた。「わたしもそれといっしょに行ったほうがいい気がする。わたしは――」トラヴィスが死んでいる事実をあらためて持ち出したくなかった。しかし、彼には状況を理解させる必要がある。でなければ、エルムズが言ったとおり、トラヴィスはおしまいだ。「いっしょに来て」

「じゃあ、きみは行くんだな」トラヴィスは苦々しげに言った。

「ええ」とアグネタ。

エルムズはひとがたを見ながら低い声で言った。「見まちがいかもしれないが、変化してるみたいだ」

アグネタはひとがたに目を向けたが、変化には気づかなかった。それでも、エルムズは怯えたようすだった。

白いローブを着たひとがたは、着席したトラヴィスのほうにゆっくり歩いていった。トラヴィスのすぐ近くで止まり、しばらくたたずんでいたが、やがて腰をかがめると、トラヴィスの顔を食べた。

アグネタは悲鳴をあげた。エルムズが大きく目を見開き、そしてトラヴィスは、座席に固定されたまま、手足をばたばたさせた。ひとがたはおだやかに彼を食べつづけた。

「ほら、このありさまだ」調査委員会の地球代表が言った。「この脳は機能を停止する必要がある。深刻な劣化が起きている。彼女にとってはひどい経験だろう。終わりにしないと」

「いや」とわたしは言った。「われわれ、プロキシマ星系の代表は、このなりゆきをきわめて興味深く思っている」

「しかし、救い主がトラヴィスを食べてるんだぞ！」地球種族のべつのひとりが叫んだ。

「あなたがたの宗教では」とわたし。「信徒が神の肉を食べ、神の血を飲むのでは？　ここで起きていることは、その聖餐式の鏡像です」

「彼女の脳の機能停止を命令する！」地球代表が言った。顔面は蒼白で、ひたいに汗が浮いている。

「まず、もっと観察しないと」わたしは言った。われわれのもっとも高次の聖礼(サクラメント)では、救い主がわれわれを飲み込む。その聖礼が目の前で実演されていることに、わたしはいたく興奮していた。


「アグネタ」エルムズが囁いた。「いまの見たか？　キリストがトラヴィスを食べた。グローブとブーツしか残っていない」

ああ、神さま。ラウタヴァーラは思った。どうなってるの？　わけがわからない。

ラウタヴァーラはひとがたからあとずさり、エルムズのほうに歩み寄った。本能的に。

「彼はわが血なり」ひとがたは、唇を舐めながら言った。「わたしはこの血を、永遠の生命の血を飲む。これを飲みほしたとき、わたしは永遠に生きる。彼はわが体なり。わたしはみずからの体を持たない。わたしはプラズマにすぎない。彼の体を食べることにより、わたしは永遠につづく生命を得る。これは、わたしが宣言する、新たな真実である。すなわち、わたしは永遠である」

「おれたちも食べる気だ」とエルムズが言った。

ええ。そのつもりね。アグネタ・ラウタヴァーラは思った。いまはもう、ひとがたが近似生命（アプロキシメイション）であることが見てとれた。プロキシマの生命体だ。自分で言ったとおり、肉体は持っていない。彼が肉体を得る方法はひとつだけ——

「ぼくが殺す」とエルムズが言った。非常用レーザーライフルをラックからとりだし、銃口をひとがたに向けた。

ひとがたは言った。「時は来た」

「近づくな」とエルムズは言った。

「ほどなく、あなたがたにはわたしが見えなくなる」と、ひとがたは言った。「わたしがあなたがたの血を飲み、あなたがたの体を食べないかぎり。わたしが生きることを、あなたがた自身の栄光としなさい」ひとがたはエルムズに近づいた。

エルムズはレーザーライフルを発射した。ひとがたはよろめき、血を流した。

トラヴィスの血だ、とアグネタは思った。ひとがたの血じゃない。おそろしい。アグネタは恐怖に支配され、両手で顔を覆った。

「はやく」とエルムズに向かって言う。「こう言うのよ、『この人の血について、わたしには責任がない（「マタイによる福音書」27章24節）』って。手遅れになる前に、言って」

「この人の血について、わたしには責任がない」エルムズはかすれた声で囁いた。

ひとがたは倒れた。床に横たわり、血を流している。もはや、ひげの生えた男ではなかった。なにかべつのものだったが、アグネタ・ラウタヴァーラには、それがなんなのかわからなかった。それは言った。「エリ、エリ、レマ・サバクタニ？（ヘブライ語で「神よ、なぜわたしを見捨てるのか？」の意）」

アグネタとエルムズが見守る目の前で、ひとがたは死んだ。

「殺した」エルムズが言った。「ぼくはキリストを殺した」レーザーライフルの銃口を自分に向けて、トリガーを指先でまさぐる。

「あれはキリストじゃなかった。なにかべつのものよ。反キリスト」そう言って、アグネタはエルムズの手からライフルをとった。

エルムズはすすり泣いている。

調査委員会では地球種族の票が過半数を占め、彼らは人工的に維持されているラウタヴァーラの脳のあらゆる活動を停止する議案に投票した。われわれにとっては残念な結果だが、決定を覆す方法はない。

われわれが観察したのは、じつにすばらしい科学実験の端緒だった。ある種族の神学が、べつの種族の神学に接ぎ木される。あの脳を停止するのは科学的悲劇だ。たとえば、神との基本的な関係についても、地球種族は、われわれとは正反対の考え方をしている。これはもちろん、彼らが肉体を持ち、われわれがプラズマ生命体であるという事実に起因するにちがいない。地球種族は、彼らの神の血を飲み、肉を食べる。そのようにして、彼らは不死となる。彼らにとって、そこにはなんの道徳的問題もない。完璧に自然なことだと思っている。それでも、われわれから見れば恐るべき行為だ。崇拝者がみずからの信仰する神を食べる？　まったく恐ろしい。不道徳であり、恥辱であり——忌まわしい行為だ。高位のものは、つねに下位のものを捕食する。神が崇拝者を飲み込むべきなのだ。

われわれは、ラウタヴァーラ事件に終止符が打たれるのを見守った——彼女の脳は機能を停止し、脳波の活動が途絶え、モニターになにも表示されなくなった。われわれは失望した。それに加えて、地球種族は、われわれが最初の救出活動を担ったことを非難する決議を出した。

べつべつの星系で発達してきた種族同士を隔てる溝は、まことに深い。われわれは、地球種族を理解しようとして、失敗した。彼らがわれわれを理解せず、われわれのいくつかの習慣に嫌悪を催したことも承知している。そのことは、ラウタヴァーラ事件が実証している。しかしわれわれは、種族にとらわれない、科学研究という目標に奉仕していたのではなかったか？　わたし自身、救い主がトラヴィス氏を食べたときのラウタヴァーラの反応に驚いた。このもっとも神聖なる聖礼が、ほかの者たち、ラウタヴァーラとエルムズに対して行われるところも、ぜひ見たかったと思う。

しかし、その機会は奪われた。実験は、われわれの観点からすると、失敗に終わった。そしていま、われわれは、いわれのない道徳的非難という無言の圧迫にさらされている。

待 機 員
Stand-By

大森 望◎訳

チャンネル6の朝の担当番組がはじまる一時間前、トップクラスのニュースクラウン、ジム・ブリスキンは、オフィスに制作スタッフを集め、入ってきたばかりのニュースについて討議していた。太陽から八百天文単位の距離を航行中の、未知の（ことによると敵かもしれない）小艦隊が発見されたという。もちろんこれは大ニュースだ。しかし、三つの惑星と七つの衛星にまたがる数十億の視聴者に対して、いったいどんなふうに報道すべきなのか。

秘書のペギー・ジョーンズが煙草に火をつけてから口を開いた。「不安を与えちゃだめよ、ジム＝ジャム。気安い調子で行けば」ペギーは椅子の背にゆったり体を預け、ユニセファロン40Dから局に送られてきたテレタイプの速報をぱらぱらめくった。

外敵の可能性があるこの小艦隊を探知したのは、ワシントンDCのホワイトハウスに置かれた恒常的問題解決機構、ユニセファロン40Dだった。ユニセファロンは合衆国大統領の権限において、ただちに軍用艦を哨戒任務に派遣した。問題の小艦隊は他の星系に由来するものらしいが、もちろん事実の確認は哨戒艦の報告を待たなければならない。

「気安い調子ねえ」ジム・ブリスキンはむっつりといった。「にっこり笑ってこういうのかい——やあみんな、とうとう心配してたことが起きちゃったみたいだね、はっはっは」

ペギーのほうをじろっとにらみ、「地球と火星の連中は大笑いしてくれるだろうが、遠い外惑星の衛星にいる視聴者はどうかな」もしこれがなんらかの攻撃だったとしたら、まず最初に被害に遭うのは遠方の植民者だろう。

「ああ、おもしろがってはくれないだろうね」構成作家のエド・ファインバーグがうなずいた。彼自身も不安そうな顔をしていた。エドの家族はガニメデにいる。

「なにかもっと軽いニュースはないの？」とペギーがたずねた。「番組の頭で使えそうなやつ。スポンサーはそっちのほうが気に入りそうだけど」テレタイプ速報の束をブリスキンのほうにさしだし、「なにかないか、自分の目でチェックしてみれば。アラバマ州の裁判でミュータント牛が選挙権を勝ちとったとか、その手のやつ」

「なるほどね」ブリスキンはうなずき、ニュースをチェックしはじめた。前にも一度、数百万視聴者の心の琴線（きんせん）に触れる風変わりなニュースを読んだことがある。突然変異のカケスが、たいへんな試行錯誤のあげく、ついに縫い物の技術を習得したのである。ノースダコタ州ビズマークに生息するそのカケスは、四月のある朝、ブリスキンの局のTVカメラが見守る前で、自分と子孫のためにりっぱな巣を縫い上げた。

　ざっと拾い読みしてゆくうち、ひとつのニュースが目にとまった。見た瞬間、直観的にこれだとわかった。今日の重大ニュースの暗いトーンをやわらげるために必要なものがここにある。ブリスキンはほっと肩の荷を下ろした。八百天文単位の彼方で大事件が起きたにもかかわらず、いつもどおりの日常はつづいている。

「これだ」にっこり笑って、ブリスキンはいった。「ガス・シャッツ老がとうとう死んだよ」

「ガス・シャッツってだれだっけ？」ペギーがけげんな顔でたずねた。「その名前……聞き覚えはあるんだけど」

「組合の男だよ」とジム・ブリスキンは答えた。「覚えてるだろ。大統領の待機員として、二十二年前に組合から派遣された。彼の死去を受け、組合は――」といいながら、ペギーのほうに速報を投げた。短くて明快な記事だった。「シャッツの後釜として、新しい大統領待機員を派遣する。そいつにインタビューしてみるよ。言葉がしゃべれるとしてだけど」

「そうだった」とペギーがいった。「しょっちゅう忘れちゃうのよね、いまでもまだ人間の待機員がいるんだってことを。ユニセファロンが故障したときのために――ねえ、故障したことってあるの？」

「いや」とエド・ファインバーグ。「それに、将来的にもその可能性はないよ。だから、こいつもまた、組合がごり押しする水増し雇用の実例だ。われわれの社会にはびこる疫病」

「しかしそれでも」とジム・ブリスキンはいった。「視聴者はおもしろがるだろう。この国で最高の地位にある待機員の家庭生活……組合はなぜ彼を選んだのか、どんな趣味の持ち主なのか。どこのだれだか知らないが、この男は任期中、退屈で発狂しないために、いったいなにをして過ごすつもりなのか。ガスじいさんは製本が趣味だった。稀覯物の古い自動車雑誌を蒐集して、羊皮紙で装丁し、金の箔押しで文字を入れていた」

エドとペギーはそろってうなずいた。「それでいきましょう」とペギー。「あなたなら、おもしろいレポートに仕立てられる。ジム－ジャム・ブリスキンにかかれば、なんだっておもしろいネタになるんだから。ホワイトハウスに連絡してみるわ。それとも、その新しい人、まだ着任してないのかしら」

「たぶん、まだシカゴの組合ビルにいるだろう」とエドがいった。「そっちにかけてみろよ。国家公務員組合の東支部だ」

ペギーは受話器をとり、てきぱきとダイアルした。

午前七時、マクシミリアン・フィッシャーは夢うつつの中で物音を聞きつけ、枕から頭を持ち上げた。キッチンのほうでひと騒動起きているらしい。大家のかん高い声、それから聞き慣れない数人の男の声。フィッシャーは朦朧(もうろう)としたままそろそろと巨体を動かし、どうにか起き上がった。急ぎはしなかった。すでに肥大している心臓に負担がかかるから、急な動きは避けるようにと医者からいわれている。だから、ゆっくり時間をかけて服を着た。

どうせ基金のどれかに分担金を払えっていうんだろう。あっちのほうの連中みたいだ。しかし、こんな朝っぱらからどうしたんだ。そう考えてもべつに不安にはならなかった。おれはきちんと規則を守っている。心の中できっぱりそう宣言した。びくびくすることなんかひとつもねえぞ。

ピンクとグリーンのストライプが入ったシルクのシャツに袖を通し、慎重にボタンを留める。お気に入りのシャツだった。一流の人間らしく見せなければ。そう考えながら、苦労して身をかがめ、本物らしく模造した鹿革の靴を履いた。対等の人間として接するように、心の準備をしておこう。鏡に向かって薄くなりかけた髪の毛を整えながら、自分にいい聞かせる。向こうのやり口があんまり強引なら、ニューヨーク就労斡旋所(あっせんじょ)のパット・ノーブルに直接かけあってもいい。そうだよ、おれはなにかを我慢したりする必要はない。組合暮らしは長いんだからな。

向こうの部屋から男の声が叫んだ。「フィッシャー――服を着て外に出てこい。おまえに仕事がある。今日からだ」

仕事か。マックスは複雑な気分だった。喜ぶべきか悲しむべきか、自分でもわからない。知り合いの大多数と同様、マックスはもう一年以上前からずっと、組合基金から支給される手当てで生活してきた。どんな仕事だかわかるもんか。くそっ、きつい仕事だったらどうしよう。しじゅうかがみこんだり、動きまわったりするような仕事だったら。そう思うと怒りがこみあげてきた。なんて汚ねえやり口だ。いったい何様のつもりでいやがる。マックスはドアを開け、男たちと対面した。「いいか」と口を開きかけたが、組合職員のひとりがそれをさえぎった。

「荷造りしろ、フィッシャー。ガス・シャッツがくたばった。おまえはこれからワシントンDCに行って、ナンバーワン待機員の地位を引き継ぐ。できるかぎりはやく着任してもらいたい。政府側があのポストを廃止するとか、なにか手を打ってくる前に。そんなことになったら、こっちもストを打つとか裁判に訴えるとか、面倒な対策を講じなきゃいけなくなるからな。要するに、なにか問題が起きないうちに、だれかべつの人間をすばやくあっさり送り込みたい、そういうわけだ。わかるな？　だれも気づかないくらいスムーズに交代させる」

マックスは反射的に聞き返した。「給料は？」

組合職員は高圧的な口調で、「この件に関して、おまえに選択の余地はない。選ばれたんだよ。不労所得の組合手当てがもらえなくなってもいいのか？　その歳で職さがしに歩きたいか？」

「いいかげんにしてくれ」とマックスは抗議した。「なんならいまここでパット・ノーブルに電話して——」

組合職員たちは、アパートメントに置いてあるものをどんどん勝手に動かしはじめていた。「荷造りはこちらで手伝う。パットはおまえが午前十時までにホワイトハウスに入ることを望んでいる」

「パットが！」マックスはつぶやいた。おれは裏切られたのか。

マックスのスーツケースをクローゼットからひっぱりだしながら、組合職員がにやっと笑った。

彼らはほどなく、中西部の平野を走るモノレールに乗っていた。マクシミリアン・フィッシャーは、目の前を飛びすぎてゆく田園風景をむっつり眺めていた。横にすわる組合職員たちとは口をきかず、心の中で何度も何度もおなじことを考えていた。ナンバーワンの待機仕事か。なにをするんだっけ。始業時刻は午前八時——それはなにかで読んだ覚えがある。それに、ホワイトハウスには、ユニセファロン40Dをひとめ見ようとやってくる観光客がいつもおおぜい詰めかけている。とくに多いのが課外授業の生徒たち……。マックスは子供が大嫌いだった。この体重のせいで子供にはいつもばかにされる。あくそ、おれは数百万のガキどもに囲まれるのか。ホワイトハウスの中にこもりっきりでいなきゃならないんだからな。法律によれば、彼は一日二十四時間つねに、ユニセファロン40Dの百ヤード以内にいなければならない。それとも五十ヤード以内だっけ？　どっちにしても、あの機械に縛りつけられているも同然だ——恒常的問題解決システムがもし故障した場合に備えて。たとえ一夜漬けでも多少は勉強しといたほうがいいだろうな。マックスはそう腹をくくった。万が一のときのために、テレビ通信教育の国家行政コースを受講することにしよう。

マックスは、右どなりにすわっている組合職員にたずねた。「なあご同輩、あんたたちがおれに白羽の矢を立てたこの仕事だけど、なにか特権がついてくるのか？　つまり、もしおれが望めば——」

「ふつうの組合仕事だよ、ほかのどんな組合仕事ともかわりはない」職員はうんざりしたように答えた。「椅子にすわる。待機する。そんなことも忘れるほど失業生活が長かったのか？」職員はくすくす笑って、同僚の横腹をひじでつついた。「なあ、こちらのフィッシャーさまが、この仕事にどんな権力が付随するかとご下問だぜ」今度はふたりそろって笑い出した。「教えてやるよ、フィッシャー」と、最初の職員がものうい口調でいった。

「ホワイトハウスにおちついて、椅子だのベッドだのを用意してもらい、食事や洗濯やTV視聴時間の手配をぜんぶすませたら、ユニセファロン40Dのところへぶらぶら歩いてって、せいぜい泣き言を並べるとか、ガリガリひっかくとかしてみろよ、向こうがおまえに気がついてくれるまで」

「うるさい」マックスは力ない声でいった。

「それから」と職員が話しつづける。「こういってやるんだよ。『なあ、ユニセファロン、おれはおまえの新しい相棒だ。ここはひとつギブアンドテイクで行こうじゃないか。おれのためにひとつ法律を通してくれたら――』」

「しかし、こいつはそれとひきかえになにをしてやるんだ?」と、もうひとりの組合職員がいった。

「楽しませるのさ。身の上話でも聞かせてやればいい。貧困から身を起こした名もない男が、週に七日テレビを見て独学で勉強し、一段一段はしごを登ってはるかな高みをめざし、そして驚くなかれ、いまは――」と、職員はせせら笑うように、「待機大統領閣下(スタンバイ)だ」

マクシミリアンは怒りに顔を赤くしたが、なにもいわず、モノレールの窓の外を無表情に見つめた。

ワシントンDCに到着し、ホワイトハウス入りしたマクシミリアン・フィッシャーは、せまい一室に通された。ガスが使っていた部屋で、古い自動車雑誌の山はもう処分されていたが、壁には何枚か写真が飾られたままだった。一九六三年式のボルボS－122や一九五七年式のプジョー403など、過ぎさりし時代のクラシック・カー。本棚には、細部まで完璧に再現された、一九五〇年式スチュードベイカー・スターライト・クーペのフルスクラッチ模型が置いてある。

「じいさん、いやなことがあるといつもそれをつくってたよ」組合職員のひとりがそういいながらマックスのスーツケースを床に置いた。「タービン以前の時代のそういう古い車についちゃ、なんでも知ってたね――役に立たない自動車の知識をありったけ頭に詰め込んでいた」

マックスはうなずいた。

「おまえのほうは、なにをして過ごすかもう決めてるのか？」と職員はたずねた。

「まさか。そんなにすぐ決められるもんか。考える時間をくれ」マックスは憂鬱な顔でスチュードベイカー・スターライト・クーペを手にとり、ひっくりかえして裏側を点検した。モデルカーをたたきこわしてやりたい衝動にかられる。それから、模型を置いて顔をそむけた。

「輪ゴムのボールをつくれよ」と職員がいった。

「なんだって？」

「ガスの前任の待機員、ルイスなんとかって名前のやつ……そいつは輪ゴムを集めて、でかいボールをつくってたぜ。死ぬころには家一軒分ぐらいのサイズになってたな。名前は忘れちまったが、あいつの輪ゴム玉、いまはスミソニアンに陳列されてる」

廊下から足音が聞こえてきた。ホワイトハウスの受付係、いかめしい服装の中年女性が戸口から顔を覗かせた。「大統領閣下、あなたにインタビューしたいというTVニュースクラウンを連れてきました。できるだけはやくすませてくださいね。今日はかなりの数のホワイトハウス見学ツアーが予定されていますし、中にはあなたを見たがる人もいるかもしれませんから」

「オーケイ」といって、マックスはTVニュースクラウンのほうを向いた。そこに立っていたのは、だれあろう、ジム-ジャム・ブリスキンその人――いまトップの人気を誇るニュースクラウンだった。「おれに会いたいって?」マックスはたどたどしい口調でブリスキンにたずねた。「つまり、インタビューしたいって相手は、ほんとにおれでまちがいないのか?」ブリスキンが自分のなにに興味を持ったのか、マックスには想像もつかなかった。握手の手をさしだしながら、もうひと言つけくわえた。「ここはおれの部屋だけど、モデルカーや写真はおれのじゃないよ。ガスの遺品だ。だから、それについて話せることはなんにもない」

ブリスキンの頭には、見慣れたまっ赤な道化(クラウン)かつらがかぶさっていた。この異様な色彩がじつにテレビ映えするのだが、実物にもおなじ効果があった。もっとも生身のニュースクラウンは、テレビで見るよりいくらか老けている。それでもブリスキンの顔には、すべての視聴者が彼に期待する、親しげで自然な笑みが浮かんでいた。その笑みが彼の勲章だ。気さくで気のいい男。いつも沈着冷静だが、必要とあらば辛辣なウィットを発揮する。ジム・ブリスキンは、いってみれば――マックスはうまい言葉をさがした――そう、理想の娘婿だ。

　ふたりは握手を交わした。ブリスキンが口を開き、「もうオンエア中ですよ、ミスター・マックス・フィッシャー。あるいは大統領（ミスター・プレジデント）閣下とお呼びするべきでしょうか。ホワイトハウスからジム＝ジャムがお伝えしています。さて、太陽系各地で番組をごらんの、文字どおり数十億の視聴者を代表しておたずねします。もし一時的にでもユニセファロン40Dが故障した場合には、あなたはたんなる待機員ではなく、本物の合衆国大統領として、あらゆる人間にとってもっとも重要な地位につくわけですが、それについてどんなお気持ちでしょうか？　夜中に不安になったりしませんか？」ブリスキンがにっこりした。その背後では、カメラクルーが可動式のレンズを前後に動かしている。ライトに目を焼かれ、マックスは脇の下やうなじや唇の上が暑さで汗ばんでくるのを感じた。

「いまこの瞬間、どんな感情を抱いていてらっしゃいますか？」ブリスキンがなおも質問を重ねる。「おそらくはこれからの人生すべてを捧げることになるだろうこの新しい仕事のはじまりにあたり、こうして現実にホワイトハウスに来てみて、どんなことをお考えですか？」

しばし間を置いて、マックスはいった。「たいへんな——たいへんな責任だ」そのとき、ブリスキンが自分を笑っているのに気がついた。そこに立ったまま、ひそかにおれのことを笑っている。ブリスキンはただギャグを飛ばしているだけなのだ。三惑星と七衛星の視聴者たちにもそれがわかっている。ジム‐ジャムのユーモアはもうすっかりおなじみなのだから。

「大きなお体ですね、ミスター・フィッシャー」とブリスキンがいった。「こういってよろしければ、じつに恰幅がいい。運動はなさるほうですか？　というのは、この新しいお仕事では、ほとんどの時間、この部屋にこもって過ごすことになるわけで、それによってあなたの人生にどんな変化が訪れるのかと思いまして」

「ふむ」とマックスはいった。「国家公務員たるもの、つねに職分をまっとうすべきだというのがおれの信念だからね。そう、あんたのいうとおりだよ。これからは夜も昼もこの部屋で過ごすことになる。しかし、べつに気にはならん。その覚悟はある」

「教えてください」とジム・ブリスキンはいった。「あなたは——」ブリスキンはそこで口をつぐんだ。背後の撮影クルーに向かって、妙な声でいった。「中継が切れた」

ヘッドフォンをした男がカメラのあいだを縫うようにして急ぎ足でやってきた。「TV

モニターの音声だ、これを聞いてくれ」とブリスキンにそそくさとヘッドフォンを手渡す。「番組はユニセファロンの緊急放送に差し替えられた。臨時ニュースを流してる」

ブリスキンがヘッドフォンを耳に当て、やがて表情をゆがめて口を開いた。「八百天文単位彼方で見つかった艦隊。あれは敵だと判明したといってる」赤い道化かつらがずれるのもかまわず、さっと顔を上げて鋭い目でクルーのほうを見た。「エイリアンの船が攻撃を開始したそうだ」


つづく二十四時間で、エイリアンは太陽系への侵入に成功したばかりか、ユニセファロン40Dを叩き伏せた。

このニュースは、ホワイトハウスのカフェテリアで夕食をとっていたマクシミリアン・フィッシャーのもとに、婉曲的なやりかたで伝えられた。

「ミスター・マクシミリアン・フィッシャー？」

「ああ」顔を上げたマックスは、テーブルを囲むシークレット・サービスの男たちを見た。

「あなたは合衆国大統領です」

「うんにゃ」とマックス。「おれはスタンバイ大統領だ。別ものだよ」

「ユニセファロン40Dはおそらく一カ月程度にわたって職務続行が不可能になります。したがって、修正憲法に基づき、あなたが合衆国大統領ならびに全軍の最高司令官となります。われわれは護衛のために参上しました」シークレット・サービスの男はおどけた顔で笑った。マックスも笑みを返した。「わかったかい?」とシークレット・サービスがいった。「つまり、話はちゃんと通じてるよな」

「もちろん」とマックスは答えた。トレイを持ってカフェテリアの列に並んでいるとき小耳にはさんだ噂話の意味がこれでやっとわかった。ホワイトハウスの職員たちが妙な目でこちらを見ていた理由も納得できる。マックスはコーヒーカップを置き、ナプキンでわざとゆっくり口もとをぬぐい、いかめしい顔で真剣な考えにふけっているふりをした。でもじっさいには、頭の中がからっぽだった。

「国家安全保障会議(NSC)の地下シェルターまでいますぐおいでいただきたいとのことです」とシークレット・サービスがいった。「戦略討議の最終承認に、あんたに参加してほしいんだとさ」

一行はカフェテリアをあとにして、エレベーターに乗った。

「軍事戦略か」降下するエレベーターの中で、マックスはいった。「それについちゃ、いくつか考えがある。ぼちぼち、あのエイリアン艦隊に毅然とした態度で立ち向かう頃合いだ。な、そう思うだろ」

シークレット・サービスの男たちはそろってうなずいた。

「ああ、こっちがびびってないってところを見せてやらなきゃいかん」とマックス。

「ああ、引導をわたしてやるとも。クソ宇宙人どもを吹っ飛ばしてやる」

シークレット・サービスの男たちは気のいい笑い声をあげた。

それに満足して、マックスはリーダーの脇腹をこづいた。「おれたちは強いんだ。つまり、USAには牙がある」

「いってやれいってやれ、マックス」とシークレット・サービスのひとりがいい、マックスも含めて全員が声をそろえて笑った。

エレベーターを降りたところで、身なりのいい長身の男にさえぎられた。男は早口で、「大統領閣下、ホワイトハウス報道官のジョナサン・カークです」と切り出した。「NSCの会議に出る前に、ゆゆしき危難にさらされている国民に向かって、大統領声明を発表したほうがいいと思います。大衆は、新しい指導者の姿を見たがっています」男は紙をさしだした。「政策アドバイザリー委員会が用意した声明です。あなたの地位を成文化して――」

「ばか」とマックスは見もしないで紙を突き返した。「大統領はおれで、おまえじゃない。ええと、カーク？　バーク？　シャーク？　聞いたことがない名前だな。マイクをよこせ、スピーチは自分で考える。でなきゃ、パット・ノーブルを呼べ。あいつならなにか考えがあるかも……」そのとき、そもそもパットに裏切られてこんなことになったのだと思い出した。「いや、あいつもいらない。とにかくマイクをよこせ」

「未曾有（みぞう）の危機が迫ってるんですよ」とカークがいらだたしげにいう。

「もちろん」とマックス。「だからほっといてくれ。あんたはおれのじゃまをしない、おれはあんたのじゃまをしない。それでいいだろ」マックスはカークの背中を親しげにたたいた。「そうすりゃふたりともハッピーだ」

ポータブルTVカメラと照明装置を携えた一団がやってきた。その中に、自分の番組スタッフに囲まれて、ジム－ジャム・ブリスキンの顔も見えた。

「よう、ジム－ジャム」とマックスは叫んだ。「なあ、おれ、大統領だぜ！」

ジム・ブリスキンが無表情のまま近づいてきた。

「輪ゴムのボールをつくって過ごす心配はなさそうだ。船の模型をつくったりとか、そういうひまつぶしもいっさい無用」マックスはブリスキンとあたたかい握手を交わしながら、「ありがとうよ。お祝いをいってくれて」

「おめでとう」ブリスキンはようやく低い声でいった。

「ありがとう」マックスは関節がきしむほど強く相手の手を握りしめた。「もちろん、遅かれ早かれあの騒音箱が修理されて、おれはまた待機員に逆もどりだ。しかし――」と、周囲に集まる人間の山を喜色満面（きしょくまんめん）で見渡した。TVクルー、ホワイトハウス職員、軍の将校、シークレット・サービスの男たち。

「あんたには大きな仕事がある、ミスター・フィッシャー」とブリスキンがいった。

「ああ」とマックスはうなずいた。

ブリスキンの目の色は、こう語っているようだった。しかしあんたにその仕事がつとまるかな。それだけの権力を握る資格のある人間だろうか。

「もちろんやれるとも」マックスはブリスキンのさしだすマイクに向かって、数十億の視聴者に向かって宣言した。

「たしかにやれるかもしれない」とジム・ブリスキンはいったが、その顔には疑い深げな表情が浮かんでいた。

「なあ、あんたはもうおれのことが好きじゃないんだな」とマックスはいった。「どういうわけだ？」

ブリスキンは無言のままだったが、瞳がきらっと光った。

「いいか。いまのおれは大統領だ。あんたのくだらないネットワークを営業停止に追い込むこともできるんだぞ――いつでも好きなときにＦＢＩの連中を送り込める。参考までにいっておくと、いま決めたよ。だれだか名前は忘れたが司法長官をクビにする。後任には、おれの知っている人間、おれの信頼できる人間を据える」

「なるほど」ブリスキンの顔から疑いの色が薄れた。マックスには推し量れないある種の確信が、かわりに浮かび上がってくる。「ああ。あんたにはそれを命令する権限がある。

もしあんたがほんとうに大統領なら……」

「気をつけろ。おれにくらべたらおまえなんか何者でもないんだぞ、ブリスキン。いくら膨大な数の視聴者を味方につけていようと」それから、マックスはカメラに背を向け、開いた戸口からNSCのシェルターへと大股に入っていった。

数時間後。早朝の国家安全保障会議地下シェルターで、マクシミリアン・フィッシャーは、最新ニュースを伝えるテレビの沈痛な声に、半分夢うつつで耳を傾けていた。消息筋によると、現在までにさらに三十隻のエイリアン船が太陽系内に入ってきた計算になるという。全部で七十隻が侵入したと考えられている。各船は、継続的に監視されている。だが、それだけじゃ足りない。早晩、エイリアン船団に対する攻撃命令を下さなければならなくなる。それはわかっていたが、それでもマックスはためらっていた。けっきょく、こいつらはいったい何者なんだ？　ＣＩＡの人間もだれひとりそれを知らない。彼らはどのぐらい強いのか？　これまた不明。そして——こちらから攻撃したとして、それは成功するのか？

加えて国内問題もある。ユニセファロンは、必要に応じて減税や金利引き下げ措置を行い、景気にカンフル剤を打つことで、たえず経済状態を良好に保ってきた……が、問題解決マシンの破壊によってそれも中断している。やれやれ。マックスは暗い気分で思った。失業対策について、おれがなにを知ってる？　つまり、どの工場をいつ操業再開させるかなんてことが、どうしておれにわかる？

マックスのとなりでは、統合参謀本部議長のトムキンズ将軍が、地球を守る戦術防衛艦船の緊急発進に関する報告書をチェックしていた。マックスはそちらを向いて、「全艦きっちり配置されたのか？」とたずねた。

「はい、大統領閣下」とトムキンズ将軍が答えた。

マックスは顔をしかめた。だが、将軍はべつに皮肉でそう呼びかけたわけではないらしい。口調は敬意に満ちていた。「オーケイ」とマックスはつぶやくようにいった。「それを聞いてうれしいよ。迎撃ミサイル網にも穴はないんだろうな。やすやすと侵入してきた敵船にユニセファロンを爆破されたときみたいなことは二度と起きてほしくない」

「われわれは現在デフコン1にあります」とトムキンズ将軍がいった。「当地の時間で六時の時点で、全面的に戦時態勢に突入しました」

「戦略艦船のほうはどうだ？」それが強襲攻撃艦隊の腕曲表現だということはマックスもすでに学んでいた。

「いつでも攻撃を開始できます」といって、トムキンズ将軍は長いテーブルに居並ぶ面々を見渡した。将軍の同僚たちがそれぞれにうなずく。「現在は、わがほうの防衛システム内で、七十隻の侵略船それぞれに対処できます」

マックスは襲ってきた胃痛にうめき声をあげた。「だれか重曹持ってないか？」この一件全体が憂鬱だった。まったく、なんて重労働だ。この大騒動——どうしてバガーどもは太陽系を放っておいてくれない？　つまり、どうしても戦争しなきゃダメなのか？　やつらの母屋系がどんな報復をしてくるか知れたもんじゃない。人間以外の知的生命がやることとなんぞ、予想がつくもんか——あてにならない。

「それが気がかりだ」とマックスは声に出していった。「報復が」とためいきをつく。

「明らかに、交渉の余地はありません」とトムキンズ将軍がいった。

「じゃあ進めろ」とマックスはいった。「一発食らわしてやれ」そういいながら、どこかに重曹はないかと目をきょろきょろさせた。

「賢明なご判断です」とトムキンズ将軍がいい、テーブルの向かい側にすわっている軍属のアドバイザーたちもうなずいた。

「ひとつ妙なニュースがあります」とアドバイザーのひとりがマックスに向かっていった。テレタイプの速報をさしだして、「いましがた、ジェイムズ・ブリスキンが、カリフォルニア州連邦裁判所に、あなたの地位に対する異議申立てを提出したそうです。選挙に立候補していない以上、あなたは法的に大統領ではないという訴えで」

「投票で選ばれてないからってことか？」とマックスはいった。「それだけの理由で？」

「はい、閣下。ブリスキンは、連邦裁判所にこの件に関する裁定を求め、その一方、自分自身の立候補を表明しました」

「なんだと？」

「ブリスキンは、あなたが選挙に立候補して投票で選ばれるべきだと主張するばかりか、彼自身に対抗して出馬することを要求しています。国民的な人気からして、彼はきっと——」

「ああくそ」とマックスはうめいた。「まったくどういうんだろうな」

だれも答えなかった。

「まあともかく」とマックスはいった。「話は決まった。きみら軍人連中は、あのエイリアン船をかたっぱしから撃破しろ。もうひとつの件については——」と、マックスはそこで腹を決めた。「ジム‐ジャムのスポンサー企業、レインランダー・ビアとカルベスト・エレクトロニクスに経済的な圧力をかけて、立候補を断念するように持っていく」

長いテーブルに並んだ男たちがうなずいた。書類をブリーフケースにしまう音が響く。会議は——とりあえずいまのところは——終わった。

あいつには一方的な利点がある。不公平じゃないか。マックスは胸の中で毒づいた。あいつは有名なTVパーソナリティで、おれはそうじゃない。対等の立場でもないのにどうして立候補なんかできる？　正しくない。そんなことは許せない。

立候補したきゃ勝手にするがいい。だが、そんなことをしてもなんの意味もない。選挙でおれに勝つことなんか金輪際あるもんか。なにしろあいつは、それまで生きていられないんだからな。

投票日の一週間前、惑星間世論調査会社のテルスキャンが、最新の調査結果を発表した。それに目を通して、マクシミリアン・フィッシャーはいつにもまして憂鬱な気分になった。「これを見ろよ」マックスは従兄弟のレオン・レイトのほうに報告書を投げた。レオンは弁護士で、つい最近、マックスが司法長官に抜擢してやったばかりだった。

マックス自身に対する支持率は、当然のように地を這っている。ブリスキンが選挙でやすやすと大勝利をおさめるのは決定的だ。

「なんでこうなるんだい？」レイトがたずねた。マックス同様、大柄で太鼓腹の男で、この数年はずっと待機仕事に就いていた。どんな種類の肉体的運動にも不慣れで、どうやらこの新しい地位は荷が重すぎたと証明されつつある。それでも、親族に対する忠誠心から、レイトは司法長官の座にとどまっていた。「あいつがTV局をみんな押さえてるからかい？」と缶ビールをすすりながらたずねる。

マックスは痛烈な口調で、「いや、あいつのへそが夜になると光るからだよ」と皮肉った。「バカ野郎、TV局のおかげにきまってるだろうが——夜も昼もテレビでどかすか宣伝して、い、い、イメージをつくってるんだぞ」マックスは不機嫌に黙り込んだ。「あいつはクラウンだ。あの赤いかつら。ニュースキャスターにはお似合いかもしれんが、大統領には似合わん」気がふさいで、それ以上言葉をつづける気にもなれず、マックスは沈黙した。

そして、事態はさらに悪化した。

その夜、午後九時、ジム-ジャム・ブリスキンは、系列局すべてを使って、七十二時間TVマラソンをはじめた。ぶっちぎりの人気をさらに高め、勝利を決定づける最後の盛大な打ち上げ花火。

自分専用にあつらえさせたホワイトハウスの寝室で、マックス・フィッシャーは食事のトレイを前にしてベッドに寝そべり、むっつりTV画面をながめていた。

ブリスキンの野郎め。心の中で、もう百万回くりかえした悪態をつく。「見ろよ」と従兄弟に向かっていった。司法長官は、マックスの向かいの安楽椅子にすわっていた。

「またあのクソ野郎が出てる」とTV画面を指さす。

レオン・レイトはチーズバーガーをむしゃむしゃ食べながら、「ひどいね」

「あいつがいまどこから放送してると思う？　深宇宙の彼方、冥王星のまだ先だ。太陽系最遠部の送信機から中継してる。おまえんとこのFBI連中なんか、百万年かけても追いつけない」

「追いつくさ」とレオンが請け合った。「かならずつかまえろといってやったんだ――わが従兄弟たる大統領閣下みずから個人的にそう厳命されている、と」

「しかし、追いつくにしてもまだしばらくかかる。レオン、おまえのやりかたはとにかくのろすぎるんだよ。ひとつ教えてやろう。あのへんに軍艦が一隻いる。《ドワイト・D・アイゼンハワー》だ。おれがひとこと命令するだけで、ただちに爆弾をぶち込んで、あいつらをドカンと吹っ飛ばす用意ができてる」

「そりゃいいな、マックス」

「だが、おれは命令したくないんだよ」

番組はすでに勢いよく走り出し、どんどん加速していた。スポットライトを浴びて、いまステージに出てきたのは、美しきペギー・ジョーンズ、肩をむきだしにしたきらきら輝くガウン姿で、髪まで光らせている。おいおい今度は最高級のストリップか、とマックスは思った。しかも、こんなかわいい女の子がねえ。思わずすわりなおし、画面を見つめてしまう。いや、ちがう。これは本物のストリップじゃない。しかし敵陣営は、ブリスキンとそのスタッフは、たしかにセックスを武器にしている。部屋の向こうでは、従兄弟の司法長官がチーズバーガーをほおばるのも忘れてぽかんと見とれていた。ノイズが中断し、それからまたゆっくりと大きくなる。

画面では、ペギーが歌いはじめた。

ジム‐ジャムのため、わたしはあるの

アメリカでいちばん愛しい男
ジム－ジャムはベストの男
あなたとわたしのための候補者

「あくそ」とマックスはうめいた。それでも、このやりかたは、スリムで長身の彼女のボディは、どこをとっても……文句のつけようがない。「《ドワイト・D・アイゼンハワー》に命令したほうがよさそうだ」とマックスはテレビを見つめたままでいった。

「あんたがそういうんならね、マックス」とレオンがいった。「保証するよ、あんたの行動は合法的だったとぼくが裁定するから。法律的なことはいっさい心配しなくていい」

「そこの赤い電話をとってくれ」とマックスはいった。「最高司令官がトップシークレットの命令を下すときだけに使う、極秘の専用回線だぞ。どうだ、悪くないだろ？」マックスは司法長官から電話を受けとった。「こいつでトムキンズ将軍に電話すると、彼が命令をあの艦に中継する。こんなことになって残念だよ、ブリスキン」と画面に最後の一瞥を投げてつけ加えた。「しかし、おまえの撒いた種だからな。べつにあんなことをする必要なんかなかったのに。おれのじゃまをしたりとか」

銀のドレスの女は去り、それにかわってジム－ジャム・ブリスキンがステージに立っていた。マックスはつかのま手を止めた。

「やあ、親愛なる同志のみなさん」とブリスキンはいい、両手を上げて静聴を求めた。録音済みの拍手喝采(かっさい)――あんなへんぴな中継地点に聴衆がいるわけはない――がいったん静まりかけてから、また大きくなる。ブリスキンはにこやかな笑顔でそれがおさまるのを待っている。

「インチキだ」とマックスは毒づいた。「インチキの客なんか使いやがって。あいつらは頭がいい。やつも、スタッフも。支持率はもう天井知らずなのに」

「そうだね、マックス」と司法長官がうなずいた。「ぼくも気がついてたよ」

「みなさん」ジム・ブリスキンがTVカメラに向かって真剣な口調でいった。「ご存じのとおり、マクシミリアン・フィッシャー大統領とわたしは、もともと、とても良好な関係でした」

マックスは赤い電話に手をかけたまま、たしかにジム‐ジャムのいうとおりだと思った。

「われわれが見解を異にしたのは」とブリスキンがつづける。「武力の行使――野蛮で暴力的な力をめぐってでした。マックス・フィッシャーにとって、大統領の地位は、自分の願望を肥大させ、欲求を満たすための道具、たんなる機械でしかないのです。多くの点で、彼の目的は善だと、わたしは心から信じています。彼はユニセファロンのすばらしい政策を実行しようと努力しています。しかし、彼が採用する手段については、まったく別問題です」

「聞いたか、レオン」とマックスはいい、画面のブリスキンに向かって心の中でつぶやいた。おまえがなんといおうと、おれはやる。だれにもじゃまはさせない。それがおれの義務なんだからな。それが大統領の仕事だ。もしおまえが大統領になれば、おまえだっておなじことをするさ。

「たとえ大統領でも」と画面のブリスキンがしゃべっている。「法には従わねばなりません。いかに権力があろうとも、法を超越した存在ではないのです」しばし間を置いてから、またゆっくりと口を開いた。「いまこの瞬間にも、FBIが、マックス・フィッシャーに任命されたレオン・レイト司法長官じきじきの命令で、この放送局を閉鎖し、わたしを黙らせようとしています。いままた、マックス・フィッシャーは権力を濫用し、個人的な目的のために警察権を不当に使って、その肥大した欲望を——」

マックスは赤い電話の受話器をとった。ただちに声が答える。「はい、大統領閣下。こちらはトムキンズ将軍のCCです」

「なんだそれは?」とマックス。

「合衆国軍600‐1000、通信連絡長です、閣下。《ドワイト・D・アイゼンハワー》に搭乗し、冥王星ステーションの送信機を経由して中継を担当します」

「ああ、そうか」とマックスはうなずいた。「いいか、おまえたちは待機してろ、いいな。命令を受ける準備をしておけ」送話口を片手でふさいでから、「レオン」と従兄弟に呼びかけた。司法長官はチーズバーガーを食べ終えて、いまはストロベリー・シェイクをすすっている。「なあ、おれはどうすればいい？　つまり、ブリスキンがいってることは正しいんだよ」

「トムキンズに命令しなよ」レオンはそう答えてからひとつげっぷを洩らし、こぶしで胸をたたいた。「失礼」

　画面のジム・ブリスキンがいった。「こうしてみなさんに話をすることで、わたしは自分の命を危険にさらしている可能性が高いと考えています。いいたくはありませんが、こういうことです。われわれの大統領は、目的を遂げるためなら殺人をおかすことも辞さない。これは独裁政権の政治手法であり、われわれはいままさにそれを目のあたりにしています。わが国伝統の価値観を守り抜くことに人生を捧げたすばらしい精神の持ち主たちによって設計された恒常的問題解決システム、ユニセファロン40Dの、理性的で私欲のない支配にかわり、われわれの社会に専制政治が訪れようとしているのです。一個人による独裁への移行は、どんなに控えめにいっても憂うべき事態です」

　マックスが静かにいった。「これでダメになった。もう命令はできない」

「なぜだい？」とレオン。

「聞いてなかったのか？　あいつはおいれの話をしてたんだぞ。あいつがいってた独裁者はおれのことだ。ちくしょうめ」マックスは受話器を置いた。「おれは長く待ちすぎた。こんなことはいいたくないが、しかし——ああくそ、いまからそんな命令を下したら、あいつが正しかったと証明するようなもんじゃないか」どのみち、彼が正しいことはおれにはわかってる。しかし、連中は知ってるんだろうか。大衆は知ってるのか？　おれの正体を大衆に知らせるわけにはいかない。大衆は大統領を尊び敬うべきだ。崇拝すべきだ。テルスキャンの世論調査でおれの数字があんなに低かったのも無理はない。おれが政権についたと知った瞬間、ジム・ブリスキンが対抗して出馬を決めたのも当然だ。大衆はたしかにおれの正体を知っている。本能的にそれを感じとり、ジム‐ジャムが真実を語っていることを感じとっている。とにかくおれは大統領の器じゃない。

おれはこの地位にふさわしくない。

「聞いてくれ、レオン」と彼はいった。「とにかくブリスキンの野郎は吹っ飛ばして、それから辞任する。それがおれにとって最後の公的な行動だ」マックスはもういちど受話器をとった。「ブリスキンを始末する命令を出す。あとはだれかべつの人間が大統領になればいい。大衆が望む人間ならだれでもいいさ。パット・ノーブルか、でなきゃおまえだっていい。知ったことか」マックスは電話機を揺さぶった。「おい、CC」と大声でどなる。「どうした、電話に出ろ」それから従兄弟のほうを向いて、「そのストロベリー・シェイクはすこし残しとけよ。じっさい、半分はおれのなんだからな」

「いいとも、マックス」とレオンは忠実に答えた。

「だれもいないのか？」マックスは電話に向かって叫んだ。しばらく待つ。回線は死んだまま。「どうもおかしいぞ」とレオンにいった。「通信が切れてる。きっとまた例のエイリアンどもだ」

それからテレビに目をやった。画面は空白だった。

「どうなってるんだ。いったいおれになにを仕掛けてる？　だれの仕業だ？」マックスはおびえた顔で周囲を見まわした。「わからん」

レオンは冷静にストロベリー・シェイクをすすり、自分にもわからないというように肩をすくめてみせた。しかし、そのでっぷりした丸顔は青ざめていた。

「遅すぎたんだ」とマックスはいった。「どういうわけだか知らんが、とにかく遅すぎた」ゆっくりと受話器を置く。「おれには敵がいるんだよ、レオン、おまえやおれより力のある敵が。なのにおれは、それが何者なのかさえ知らない」マックスは、音のしない暗い画面の前に腰を下ろし、待った。

テレビのスピーカーがとつぜん息を吹き返した。「疑似自律ニュース速報をお知らせします。そのままお待ちください」それからまた沈黙。

ジム・ブリスキンは、エド・ファインバーグとペギーに目をやり、つづきを待った。

「合衆国市民のみなさん」テレビのスピーカーから、抑揚のない平板な声が唐突に聞こえてきた。「機能停止の空白期間は終了し、状況は正常にもどりました」声に合わせて、おなじ内容を記したテロップが画面をゆっくり流れてゆく。ユニセファロン40Dが、いつものやりかたで自分自身を同軸ケーブルに接続し、オンエア中の番組をさしかえたのだ。伝統的にユニセファロンの権利として認められていることだった。

テレビの声は、恒常的問題解決機構自身の発声装置から流れる合成音声だ。「第一点。選挙運動は中止されます」とユニセファロン40Dがいった。「第二点。スタンバイ大統領、マクシミリアン・フィッシャーは解任されました。第三点。われわれは太陽系に侵入したエイリアンと交戦状態にあります。第四点。先ほどまでこの放送で演説していたジェイムズ・ブリスキンは——」

これでおしまいだ、とジム・ブリスキンはさとった。

ブリスキンが耳につけたイアフォンの中で、おだやかな声が先をつづけた。「——ただちに活動の中止を命令されます。また今後の政治活動の継続については、それを認めるに足る正当な根拠を示すことを要求する執行令状がただちに発令されます。公衆の利益にかんがみて、われわれは彼に対し、政治的に沈黙することを命じます」

こわばった笑みをペギーとエド・ファインバーグに向け、ブリスキンはいった。「そういうことだ。これでおわりだよ。ぼくは政治的な発言を禁じられる」

「法廷で争えばいいわ」とペギーがそくざにいった。「連邦最高裁まで行けばいい。ユニセファロンの判断を覆した前例だってあるし」ペギーが肩に手をかけてきたが、ブリスキンは身をひいた。「それとも、あれと戦いたいの？」

「少なくともぼくは解任されたわけじゃない」とブリスキンはいった。ぐったり疲れた気分だった。「あのマシンがまた動き出してくれてうれしいよ」とペギーを安心させるようにいった。「つまり、社会に安定がもどってくることを意味している。それは使える」

「どうするつもりだ、ジム＝ジャム？」とエドがたずねた。「レインランダー・ビアとカルベスト・エレクトロニクスにもどって、むかしの仕事を再開するか？」

「いや」とブリスキンはつぶやいた。それだけはぜったいにない。しかし――政治的発言をいっさい絶つこともできない。問題解決マシンの命令どおりにはできない。単純に不可能なのだ、彼という人間には。状況がよくなるにしろ悪くなるにしろ、早晩、彼はまた口を開くだろう。それに、賭けてもいいが、マックスだってユニセファロン40Dのいうとおりにはできない……ふたりとも、命令に従うのは無理だ。

執行令状に答えて申し開きをするか。論争をしかけてもいい。反訴か……ユニセファロン40Dを法廷に訴える。原告、ジム＝ジャム・ブリスキン、被告、ユニセファロン40D。ブリスキンはにんまりした。いい弁護士が必要だな。マックス・フィッシャーの法的ならしろ盾、従兄弟のレオン・レイトなんかよりはるかに優秀な弁護士が。

ブリスキンはいままで番組を放送していたせまいスタジオのクローゼットに歩み寄り、

コートをとりだした。はるか遠いこの中継地点から地球まで帰還する長い旅が待っている。はやく出発したかった。

ペギーが追いかけてきた。「放送にはもう全然もどらないつもり？　この番組の始末もつけないの？」

「ああ」とブリスキンはいった。

「でも、ユニセファロンの臨時放送はもうすぐ終わるのよ。そしたらあとはどうなるの？　砂嵐だけ。そんなのってない、そうでしょ、ジム？　ただこんなふうに背を向けて行っちゃうなんて……あなたがそんなことをするなんて信じられない。あなたらしくない」

ブリスキンはスタジオの戸口で足をとめた。「あれがいったことを聞いただろう。ぼくに与えられた命令を」

「だれも空白を放送したりしないのよ」とペギーが食い下がった。「自然は真空を嫌うっていうじゃない。それに、もしあなたがその真空を埋めなかったら、だれかべつの人間が埋めることになる。ほら、ユニセファロンはもう退場しかけてる」とペギーがTVモニターを指さした。画面のテロップは消えていた。いままた画面は暗くなり、動きも光も消えている。「あなたの責任よ。わかってるくせに」

「またこっちがオンエア中なのか？」とブリスキンはエドにたずねた。

「ああ。ユニセファロンは回線からまちがいなく消えたよ、すくなくともいまのところは」エドはそれ以上なにもいわず、TVカメラと照明がセットされたままの無人のステージのほうを身振りで示した。言葉は必要なかった。

コートを着込んだまま、ジム・ブリスキンはそちらに歩いていった。両手をポケットにつっこみ、カメラの前にもどると、にっこり笑って口を開いた。「親愛なる同志のみなさん、どうやら介入は終わったようです。とにかく、いまのところは。では……番組をつづけましょう」

録音済みの拍手の音が大きくなり——エド・ファインバーグが機材を操作していた——ジム・ブリスキンは両手を上げて、そこにはいないスタジオの聴衆に向かって、静かにと合図した。

「だれかいい弁護士を知りませんか？」ジム‐ジャムは皮肉な口調でたずねた。「もしご存じのかたがいたら、すぐに連絡してください——ＦＢＩがはるばるここまでたどり着く前にね」

ユニセファロンの臨時放送が終わると、ホワイトハウスの寝室でテレビを見ていたマクシミリアン・フィッシャーは従兄弟のレオンに向かっていった。「これで大統領職からお払い箱だ」

「ああ、マックス」とレオンが重い声でいう。「そうみたいだね」

「それにおまえもだ」とマックスが指摘した。「人事は一新される。それはあてにしてていいぞ。解任だ」マックスは歯を食いしばった。「なんか侮辱されたみたいだな。辞職といってくれてもよかったのに」

「あれにとっては、そういう言葉遣いがふつうなだけだと思うけど」とレオン。「そう気に病まないほうがいいよ、マックス。ほら、心臓がよくないんだろ。まだ待機仕事はあるんだし、それも待機員の地位としちゃ最高のやつだ。合衆国大統領のスタンバイだぜ、思い出せよ。そして今度は、心配ごとだの重労働だのをしょいこまなくてよくなった。ラッキーだよ」

「この食事をすませるぐらいは許してもらえるんだろうな」と、マックスは目の前のトレイの食事をつついた。辞職が決まると、ほとんど瞬間的に食欲が出てきた。チキンサラダ・サンドイッチを選んでかぶりつく。「これはまだおれのもんだ」と口をいっぱいにしたままいった。「これからもここで生活し、三度三度の食事をとる——そうだろ？」

「うん」とレオンがうなずき、弁護士の顔になって、「組合が議会と交わした契約書に明記されている。ほら、あのときのことを覚えてるだろ。ぼくらが打ったストライキは無駄にはならなかった」

「いい時代だった」マックスはチキンサラダ・サンドイッチを食べ終えて、エッグノッグを飲みはじめた。重大な決断を迫られないですむというのはいい気分だ。心の底から長い安堵のためいきをつき、背中にあてた枕の山に体重を預ける。

だがそのとき、ふと思った。次々に決断を下すのも、なんというか、それなりに楽しかったな。あれは——と心の中で言葉をさがす——待機仕事とか、失業手当で暮らすのとは違っていた。あの仕事には——

満足があった、とマックスは心の中でいった。あの仕事はおれに満足感を与えてくれた。なにかをなしとげたみたいな感じ。マックスはすでにその感覚を懐かしみはじめていた。だしぬけに、心にぽっかり穴があいたような気分になった。なにもかもがとつぜん無意味になってしまったような気分。

「レオン」とマックスはいった。「もしおれがその気なら、この先まだまる一カ月は大統領の仕事をつづけられたんだ。そしてあの仕事を楽しめた。いってる意味わかるか？」

「ああ、わかるような気がするけど」レオンが口の中でもぐもぐ答えた。

「いや、わかってない」

「わかろうとしてるんだよ。ほんとに」

マックスは苦い思いでいった。「エンジニア連中にユニセファロンの修理なんかさせるべきじゃなかったんだ。あのプロジェクトを、少なくとも半年はペンディングにしておくべきだった」

「そんなのいまからいってもあとの祭りだよ」

そうだろうか？　マックスは自問した。ユニセファロン40Dにまたなにか起きてもおかしくない。事故とか。

チェダーチーズの大きなスライスをのせたグリーンアップルパイを食べながら、マックスはじっと考えた。そういう仕事をやってのけられそうな──そして、ときおり実行している──知り合いはたくさんいる。

危うくとりかえしがつかなくなるような大事故。みんなが寝静まった深夜、ホワイトハウスで目を覚ましているのはあれとおれだけ。よし、まじめに考えようじゃないか。やりかたはエイリアンが教えてくれた。

「なあ、ジム＝ジャム・ブリスキンがまた出てるよ」とレオンがテレビのほうを指さした。たしかに、見慣れた有名な赤いかつらが画面に映っていた。ブリスキンは、当意即妙ながら含蓄のありそうな言葉を吐いている。「いまの聞いた？　あいつ、ＦＢＩをからかってるよ。よりにもよっていま、そんなことよくやるなあ。なんにもこわいものがないんだね」

「じゃまするな」とマックスはいった。「いま考えごとをしてるんだ」手をのばし、テレビの音量をオフにした。

いま考えているようなことを考えるには、気を散らされたくなかった。

ラグランド・パークをどうする?

What'll We Do with Ragland Park?

大森 望◎訳

オレゴン州の材木町、ジョン・デイの近郊に位置する自分の屋敷で、セバスチャン・ハダはTV画面を前に、葡萄をつまみながら考えごとをしていた。非合法のジェット輸送機でオレゴン州に空輸されてきたその葡萄は、カリフォルニア州ソノマ・ヴァレーにあるハダの農園のひとつで採れたものだった。CULTUREのアナウンサーが、二〇世紀の彫刻家の手になる胸像について解説するのを半分うわのそらで聞きつつ、ハダは正面の煖炉に葡萄の種をぺっと吐き出した。

ジム＝ジャム・ブリスキンをうちのネットワークに引き抜くことさえできればなあ。ハダはむっつり思った。絶大な人気を誇るトップクラスのTVニュースクラウン。燃え立つ深紅のかつらと、親しげで気さくな話術……CULTUREに必要なのがまさにそれだ。

しかし——

しかし、現在、この社会は、頭がからっぽの――それでいて独特の有能さを備えた――マクシミリアン・フィッシャー大統領に支配されている。その大統領がジム-ジャム・ブリスキンと正面衝突し、この有名なニュースクラウンを投獄した。その結果、三つの居住惑星を結ぶ商業TVネットワークも、ハダ自身のCULTUREも、ジム-ジャムを使うことができない。そしてマックス・フィッシャーの支配はつづく。

ジム-ジャムを首尾よく刑務所から出してやれたら、感謝のしるしに、スポンサーであるレインランダー・ビアとカルベスト・エレクトロニクスから離れて、うちのネットワークに移籍してくれるかもしれない。けっきょく、高度な法廷戦術を駆使したにもかかわらず、ブリスキンのスポンサー企業は彼の自由を勝ちとれずにいるのだから。彼らにはその力もノウハウもない。だが、わたしにはそれがある。

妻のひとりであるセルマがいつのまにか屋敷の居間にやってきて、ハダのうしろに立ち、肩越しにテレビを見ていた。「頼むからそこには立たんでくれ」とハダはいった。「パニックを起こしそうになる。わたしは人間の顔が見たいんだよ」ハダは安楽椅子にすわったまま体をひねり、うしろをふりかえった。

「あの狐がもどってきたの。さっき見たのよ。そしたら、じろっとにらまれちゃった」セルマは朗らかに笑って、「すごく野性的で、独立独歩な感じ――ちょっとあなたに似てるわ、セブ。あーあ、カメラを持ってたらあの子を撮影できたのに」

「ジム－ジャム・ブリスキンを釈放させなければ」とハダは声に出していった。もう心は決まっていた。

受話器をとり、地球軌道上の放送衛星キュローンにいるCULTUREのチーフ・プロデューサー、ナット・カミンスキーに電話をかけた。

「いまからきっかり一時間以内に」とハダは部下に向かって命じた。「系列局すべてを使って、ジム－ジャム・ブリスキンの釈放嘆願キャンペーンをはじめてくれ。彼はフィッシャー大統領がそうレッテルを貼ったような反逆者じゃない。それどころか彼は、政治的な権利や言論の自由を剝奪されたんだ――それも非合法に。わかったか？　ブリスキンのクリップを流し、イメージを売り込め……いいな」ハダは電話を切り、今度は顧問弁護士のアート・ヘヴィサイドの番号をダイアルした。

「また外に出て、動物たちに餌をやってくる」とセルマがいった。

「そうしろ」ハダはいちばんのお気に入りの英国産トルコ煙草、アブドゥラに火をつけた。

「アートか？」と受話器に向かっていう。「ジム－ジャム・ブリスキンの一件にかかってくれ。彼を塀の外に出す方法を見つけ出せ」

弁護士は抗議するような口調で、「しかしセブ、あの件に首を突っ込んだりしたら、こっちまでフィッシャー大統領とFBIを敵に回すことになる。リスクが大きすぎる」

「ブリスキンが必要なんだ。CULTUREはえらくもったいぶったTVネットワークになってしまった——いまテレビをつけてみろ。教育と美術——うちに必要なのはパーソナリティだ、優秀なニュースクラウンだよ。ジム－ジャムが必要だ」テルスキャンの最近の調査によると、CULTUREの視聴率は不吉な下降線をたどっている。だが、アート・ヘヴィサイドに対しては、そのことをいわなかった。極秘事項なのだ。

弁護士はためいきをついた。「わかったよ、セブ。しかし、ブリスキンの罪状は戦時下の煽動罪だぞ」

「戦時下？　どこと戦争してるんだ？」

「エイリアンの船だよ、もちろん。この二月に太陽系に侵入してきたやつ。いいかげんにしてくれ、セブ。戦争中だってことぐらい知ってるだろう——いくらなんでもそれを知らないほど浮世離れしてるわけじゃあるまい。とにかく、それが法的な事実だ」

「わたしの意見では、あのエイリアンは敵じゃない」ハダは腹立ちまぎれに受話器をたたきつけた。あれは最高権力にしがみつくためにマックス・フィッシャーが編み出した方便にすぎない。鉦（かね）と太鼓で戦争の恐怖をあおりたてる。じゃあうかがいますが、あのエイリアンが最近どんな被害をじっさいに与えたんですかね。けっきょく、われわれは太陽系の所有者ではない。そう思いたがっているだけだ。

いずれにしても、CULTUREは——この教育ネットワーク全体が——低落傾向にある。ネットワークのオーナーとして、セバスチャン・ハダには対策を講じる義務がある。

わたし自身も活力を失いかけているのだろうか、とハダは自問した。

　もういちど受話器をとり、東京郊外の領地に住むかかりつけの精神分析医、八角維人に電話をかけた。わたしには助けが必要だ、と心の中でつぶやく。ＣＵＬＴＵＲＥの創業者でありスポンサーである人物が助けを求めている。八角博士ならそれを与えられる。


　デスクをはさんでハダと向かい合い、八角博士はいった。「もしかしたら、問題の原因は、八人も妻を持っていることかもしれないよ、ハダ。五人ばかり多すぎる」ハダに手を振って、カウチにもどれとうながした。「おちつきなさい、ハダ。トップクラスの経営者、セバスチャン・ハダ氏ともあろう人が、ストレスにさらされて動揺するとはじつに嘆かわしい。ジム・ブリスキンのように、フィッシャー大統領の命令でＦＢＩが逮捕しにくるのがこわいのか？」と笑顔でたずねる。

「いや」とハダは答えた。「こわいものなどない」ハダは頭のうしろで両手を組み、半分あおむけの姿勢で、壁に飾られたパウル・クレーの複製を見上げた――いや、もしかしたらオリジナルかもしれない。一流の分析医はとてつもない大金を稼ぐからな。八角がハダに請求する料金は、三十分あたり千ドルだ。

　八角は考え込むような口調で、「クーデターを起こしてマックス・フィッシャーを倒し、権力を握ったらどうだね。権力ゲームはお手のものだろう。その技術を駆使して大統領になり、そしてミスター・ジム－ジャムを釈放する——それならなんの問題もない」

「フィッシャーのうしろには全軍がついてる」ハダは陰気な口調でいった。「一国の最高司令官だからな。フィッシャーびいきのトムキンズ将軍のおかげで、軍は大統領に絶対の忠誠を誓っている」八角が提案したプランは、もうすでに検討済みだった。「カリストの屋敷に逃亡すべきかもしれんな」とつぶやくようにいう。堂々たる屋敷だし、フィッシャーもあそこではなんの力もない。カリストは合衆国領ではなくオランダ領なのだから。

「ともかく、わたしは戦いたくない。争いごとは嫌いなんだよ。街のけんか屋ではなく、文化人なんだから」

「きみは、反応システムを埋め込まれた生物物理学的組織体だよ。きみは生きている。生きているものはすべて、生存のために戦う。きみだって必要とあれば戦うはずだ、ハダ」

ハダは腕時計に目をやった。「もう行かないと。三時にハヴァナで面接の約束がある。新人のフォークシンガーでね、バンジョーかついでラテンアメリカを流しているバラッド歌いだ。名前はラグランド・パーク。CULTUREにふたたび生気を吹き込んでくれるかもしれん」

「名前は知っている」と八角維人がいった。「商業TVの番組で見たよ。じつに優秀なパフォーマーだ。アメリカ南部とデンマーク人の血が混じってる。ずいぶん若い。それに、大きな黒いひげと青い瞳をしている。魅力があるね、ラグズは——そう呼ばれてる」

「しかし、フォークシンガーは文化的かね」とハダは半分ひとりごとのようにたずねた。

「ひとつ教えておこう」と八角博士。「ラグズ・パークには妙なところがある。テレビで見ただけでもそれに気づいたよ。ほかの連中とはちがう」

「だからあんなに人気があるんだろう」

「それだけじゃないな、わたしの診断では」八角は思案顔になった。「ポルターガイスト効果を見てもわかるとおり、精神疾患と超能力（サイ）には密接な関係がある。偏執性分裂病患者にはテレパスが多く、周囲の人間の潜在意識から憎しみの思考を拾い上げる」

「知ってるよ」といって、ハダはひそかにためいきをついた。この精神分析理論講座でまた何百ドルか余分にかかる。

「ラグズ・パークの場合は、慎重に対処したほうがいい」と八角博士が警告した。「ハダ、きみは興奮しやすいタイプだ。なんにでもすぐとびつく。まず最初はジム‐ジャム・ブリスキンの釈放運動で——FBIの怒りを買う危険をおかしている——今度はラグズ・パーク。帽子のデザイナーか人蚤（ヒトノミ）並みだな。いわせてもらえば、最上の方策は、フィッシャー大統領と小細工抜きで話し合うことだ。きみが考えているような遠まわしなやりかたではなく」

「遠まわし？」ハダはつぶやいた。「わたしは遠まわしな人間じゃないぞ」

「きみはわたしの患者の中でいちばん遠まわしな男だよ」八角博士は単刀直入（たんとうちょくにゅう）にいった。

「ハダ、きみの頭の中は権謀術数が渦巻いている。気をつけたまえ、でないと策略で身を滅ぼすことになるぞ」と、真剣そのものの表情でうなずく。

「慎重にやるよ」と答えたものの、ハダの頭の中はラグズ・パークのことでいっぱいで、八角博士の言葉はろくに聞いていなかった。

「ひとつ頼みがある」と八角博士がいった。「都合がつくときでいいから、ミスター・パークを検査させてもらえるとありがたい。職業的興味はもちろんだが、ハダ、きみの利益にもなる。新種のサイ能力かもしれん」

「わかった。電話する」とハダはうなずいたが、心の中ではこう思っていた。その時間の料金を持つ気はないぞ。ラグズ・パークの検査をしたいなら、自分の時間を使うがいい。


バラッド歌手のラグズ・パークとのアポイントメントの前に、ハダは時間を見つけて、ジム＝ジャム・ブリスキンが戦時下煽動罪で拘留されているニューヨーク連邦刑務所に立ち寄った。

この有名なニュースクラウンとじっさいに対面するのははじめてで、テレビで見るよりずいぶん老けているのに驚いた。もっともそれは、フィッシャー大統領との軋轢や今度の逮捕で一時的に心労が重なったせいかもしれない。こんな目に遭えば、だれだっていっぺんに老け込んでしまうだろう。そんなことを考えながら、ハダは係官に付き添われて独房の中に入った。

「どうしてまた、フィッシャーとこんなにこじれることになったんだね」とハダはたずねた。

　ニュースクラウンは肩をすくめて、「あなただって、ぼくとおなじようにあの日々を生きていたはずだ」といい、煙草に火をつけて、ハダの向こうを無表情に見つめた。

　ワシントンDCの偉大なる問題解決コンピュータ、ユニセファロン40Dの活動停止期間を指しているのだろう。合衆国大統領および全軍の最高司令官として君臨していたユニセファロン40Dは、エイリアン船から発射された一発のミサイルによって機能停止状態に追い込まれた。その期間中、待機（スタンバイ）大統領のマックス・フィッシャーが権力を握った。組合から待機員に任命されたというだけの、なんのとりえもない単純素朴な男だが、田舎者らしい狡猾さを人並みはずれて持っていた。ようやく復旧してふたたび活動しはじめたユニセファロン40Dは、フィッシャーに大統領の座を明け渡すことを命じ、ジム・ブリスキンに対しては政治活動の中止を命じた。だが、ふたりとも命令に従おうとしなかった。ブリスキンはマックス・フィッシャーに対抗するキャンペーンを継続し、フィッシャーのほうは、いまだにつまびらかでない方法を使ってコンピュータを無力化し、合衆国大統領に返り咲いた。

　そして、ふたたび大統領となったフィッシャーの最初の行動が、ジム＝ジャムを刑務所に閉じこめることだった。

「うちの顧問弁護士のアート・ヘヴィサイドは面会にきたかね？」とハダはたずねた。

「いや」とブリスキンは短く答えた。

「聞いてくれ」とハダはいった。「わたしの助けがなければ、きみは永遠に――少なくともマックス・フィッシャーが死ぬまで――刑務所を出られない。今度は彼も、ユニセファロン40Dの修理を許すようなミスはおかすまい。つまり、あの機械は永遠に機能停止のままだ」

「で、ぼくをここから出すのとひきかえに、あなたのネットワークに出演させたい、と」

ブリスキンはせわしなく煙草を吹かしながらいった。

「きみが必要なんだよ、ジム＝ジャム。フィッシャー大統領は粗野で無教養な権力亡者だという真実を暴露することは、きみにとっておおいに勇気がいることだった。われわれの頭上には、マックス・フィッシャーという恐るべき脅威がのしかかっている。力を合わせて早急に行動しなければ、すべては手遅れになる。われわれはふたりとも命を落とす。知っているだろう――じっさい、きみ自身がテレビでいったことじゃないか――あのフィッシャーは、自分の望みをかなえるためなら暗殺という手段に訴えることも辞さない」

「あなたのネットワークに対する希望をいわせてもらってもいいかな」

「百パーセントの自由を与える。だれでも好きな相手を攻撃してくれてかまわない。わたしを含めて」

しばしの沈黙につづいて、ブリスキンがいった。「話に乗るよ、ハダ……しかし、たとえアート・ヘヴィサイドだろうと、ぼくを釈放させられるとは思えないね。フィッシャーの司法長官、レオン・レイトがじきじきに、ぼくに対する起訴手続きを担当している」

「あきらめるな」とハダはいった。「きみがこの独房から出てくるのを待つ数十億の視聴者がいる。いまこの瞬間も、うちの全系列局がきみの釈放をもとめて叫びつづけている。世論の圧力は高まりつつある。いくらマックスでも、耳を貸さないわけにはいかなくなる」

「ぼくがおそれているのは、自分の身になにか〝事故〟が起きることだ」とブリスキン。「活動再開の一週間後にユニセファロン40Dを襲った〝事故〟みたいにね。もしあのマシンが自分で自分を守れなかったのなら、どうしてぼくが――」

「おびえてるのか、、、、、、きみともあろうものが？」ハダは信じられないという口調でいった。「トップクラスのニュースクラウン、ジム‐ジャム・ブリスキンともあろうものが――信じないよ」

沈黙が降りた。

やがてブリスキンが口を開いた。「ぼくのスポンサー、レインランダー・ビアとカルベスト・エレクトロニクスが釈放を勝ちとれなかったのは――」しばし間を置いてから、

「フィッシャー大統領から圧力がかかったせいだ。連中の弁護士も、ぼくに対してそこまでは白状したからね。ぼくを救い出そうとしていることを知ったら、フィッシャーはありとあらゆる圧力を直接あなたに向ける」ブリスキンは鋭い視線でハダを見上げた。「それに耐えられるだけのスタミナがあるかな。お手並み拝見」

「あるとも」とハダ。「八角博士にもいったんだが――」

「奥さんたちにも圧力がかかりますよ」とジム-ジャム・ブリスキン。

「八人全員と離婚するさ」ハダは興奮した口ぶりでいった。

ブリスキンが片手をさしだし、ふたりは握手を交わした。「じゃあ、話は決まりだ」とジム-ジャム。「ここから釈放されしだい、ぼくはCULTUREで働く」疲れたような、しかし希望の光のある笑みを浮かべた。

ハダは満面の笑顔で、「ところで、ラグズ・パークって名前は聞いたことがあるかね？　フォークとバラッドの歌い手の？　今日の午後三時に、彼とも契約を交わす予定になってるんだが」

「ここにもテレビがあって、ときどきパークの曲が流れてくる」とブリスキン。「よさそうな感じだ。しかし、CULTUREであれを？　およそ教育的じゃないのに」

「CULTUREは変わるんだよ。今後は、啓蒙主義を口当たりのいいオブラートにくるむことになる。これまでずっと視聴者を減らしてきた。CULTUREが落ちぶれてゆくのを見たくない。そのコンセプト自体が――」

ＣＵＬＴＵＲＥという名前は、学習技術活用都市再開発推進委員会（Committee Utilizing Learning Techniques for Urban Renewal Efforts）の略称だった。ハダが所有する不動産の大部分は、彼が十年前に――そっくりまるごと――手に入れたオレゴン州ポートランド市が占めている。経済的にはたいした価値はなかった。住環境が劣悪で時代遅れになり、半分見捨てられたスラム地区の典型だが、ポートランド生まれのハダにとっては、ある種の感傷的な価値があった。

しかし、頭の隅に考えがなかったわけではない。もしなんらかの理由で他惑星や衛星のコロニーが放棄されて、植民者たちが大挙して地球にもどってくるような事態になれば、ふたたび地球上の各都市に人間が住むことになる。そして、エイリアン船が太陽系の辺境宙域に跳梁跋扈（ちょうりょうばっこ）しているいま、その可能性はまんざら夢物語でもない。じっさい、すでに数家族が地球に再移住してきている……。

したがって、ＣＵＬＴＵＲＥは、見かけとはちがって、公平無私な公共放送を旨（むね）とする非営利団体ではない。教育番組に混じって、ハダの系列局は、都市の魅惑的なイメージを積極的に売り込んだ。都市がどんな生活を提供できるか、コロニーで得られるものがどんなに乏しいか。困難で原始的なフロンティア生活など、とっととあきらめてしまいましょう。夜も昼も、ＣＵＬＴＵＲＥはそう訴える。生まれ育った惑星に帰還し、滅びつつある都市を再建しましょう。そこがあなたのほんとうの故郷なのです。

ブリスキンはそれを知っているんだろうか？　ハダは自問した。あのニュースクラウンは、ハダの組織の現実的な目標を理解しているだろうか？

答えはいずれわかる——ブリスキンを首尾よく刑務所から出し、CULTUREのマイクの前に立たせることができたときに。

午後三時、セバスチャン・ハダは、CULTUREのハバナ支局でフォークシンガーのラグランド・パークと会った。

「お近づきになれて光栄です」ラグズ・パークがはにかみがちにいった。背が高く痩せっぽちで、口のほとんどは大きな黒いひげに隠れている。きまり悪そうにもじもじしているが、ブルーの瞳には人柄のよさそうな、純粋な好意の色があった。並みはずれて人好きのするタイプだ。まるで聖者のような性質。ハダはわれ知らず感心していた。

「で、きみはギターと五弦のバンジョーの両方を弾くわけか」とハダはいった。「もちろん、両方一度にというわけじゃないだろうが」

ラグズ・パークは口の中でもぐもぐと答えた。「ええ。かわるがわるに弾きます。いまここでなにか弾いてみましょうか？」

「生まれはどこだね？」とナット・カミンスキーがたずねた。チーフ・プロデューサーの意見を聞く必要が生じた場合に備えて、ハダはカミンスキーを同席させていた。

「アーカンソーっす」とラグズが答えた。「家族は豚を飼ってます」ラグズはバンジョーを抱え、神経質な手つきで弦をつま弾いた。「胸が張り裂けるようなすごく悲しい曲を知ってますよ。《哀れな年寄り馬っこ》っていうんだけど。歌ってみましょうか？」

「演奏なら聴かせてもらった」とハダはいった。「優秀だということは知っている」この不器用な若者が、二〇世紀の肖像彫刻に関する講義のあいまにCULTUREでバンジョーをつま弾くところを想像しようとした。とても想像できそうにない……

「賭けてもいいが、ひとつご存じでないことがありますよ、ミスター・ハダ」とラグズがいった。「おれのバラッドの中には、自分でつくったやつがたくさんあるんだ」

「クリエイティヴだ」とカミンスキーがハダに向かって真顔でいった。「それはいい」

「たとえば」とラグズがつづけた。「幼い娘のベッドの火を消すために、バケツを持って十マイル走った、トム・マクフェイルって男のバラッドをつくったことがある」

「火は消せたのか？」とハダがたずねた。

「もちろん。ぎりぎり間に合ってね。トム・マクフェイルは、水を満タンにしたバケツを持って、飛ぶように走った」ラグズは弦を鳴らしながら歌いはじめた。

トム・マクフェイルがやってくる

　バケツを手に持って、走ってくる
　ぎゅっと握ったバケツには水がいっぱい
　指は血の気がなく、心は不安でいっぱい

　じゃらん、じゃらんと悲しげに、急きたてるようにバンジョーが鳴る。

「きみの番組はぜんぶ見ているつもりだが、その曲を聴くのははじめてだ」とカミンスキーが鋭く指摘した。

「いやその、この曲にはちょっとした不運があったんすよ、ミスター・カミンスキー」とラグズ。「トム・マクフェイルって人物が実在することがわかりまして。アイダホ州ポカテーロ在住の。一月十四日の番組でトム・マクフェイルの歌を歌ったら、たちまちご当人が腹をたてて――たまたま番組を見てたんす――弁護士を通じて抗議してきた」

「名前が偶然一致しただけじゃなかったのか？」とハダ。

「それがですね」と伏し目がちにもじもじしながら、「ポカテーロの彼の自宅でもほんとに火事があったらしいんす。で、このマクフェイルさんも、パニックにかられて近くの川までバケツを持って走った。川までの距離がちょうど十マイル、おれの歌といっしょだった」

「消火活動は間に合ったのか？」

「驚いたことに、そのとおりで」とラグズ。

カミンスキーがハダに向かって、「CULTUREでこの男を使うなら、古くから英国に伝わる本物のバラッド、《グリーンスリーヴズ》みたいなナンバーに限定してもらったほうがよさそうだ。そっちのほうがわれわれの希望にふさわしい」

ハダは思案にふけりながら、ラグズにたずねた。「新作のバラッド用に適当な名前を選んだら、そういう名前の男が実在すると判明する不運か……そういう不運の例はほかにもあるかね？」

「ええ、ありますす」とラグズがうなずいた。「先週つくったバラッドなんすけど……ミス・マーシャ・ドブズってご婦人の歌で。聴いてください」

　マーシャ・ドブズは一日中
　女房持ちの男にもう夢中
　ジャック・クックスを妻から奪い
　亭主とられた家庭はたちまち崩壊

「これが一番」とラグズが説明する。「ぜんぶで十七番まであります。ジャック・クックスの会社に秘書として勤めはじめたマーシャが彼とランチに出かけるようになり、そのうち会社がひけたあとも——」

「結末に教訓はあるのか？」とカミンスキーがたずねた。

「そりゃもちろん」とラグズ。「他人の亭主をとったりするもんじゃない、そんなことをしたら、天の神様が、辱められた妻にかわって復讐するって教訓です。この場合は——」

　インフルエンザがジャックを襲う
　マーシャ・ドブズを心臓発作が襲う
　ミズ・クックスを天が哀れと思し召し（おぼしめし）
　その身を守る衣服を与えられし
　ミズ・クックスは——

ハダはバンジョーの演奏と歌声を途中でさえぎり、「ありがとう、ラグズ。もうじゅうぶんだ」といって、ちょっとたじろいだ顔でカミンスキーに目をやった。

「で、上司のジャック・クックスと浮気をしていたマーシャ・ドブズなる女性が実在したってわけか」とカミンスキーがいった。

「そのとおり」とラグズがうなずいた。「弁護士から連絡があったわけじゃなくて、電子新聞（ホメオペイプ）で読んだんすよ、ニューヨークタイムズで。マーシャはたしかに心臓発作で死んだ。

じっさいそれは、とあるモーテル衛星で――」ラグズは慎み深く口ごもった。「ジャック・クックスと愛を交わしている最中のことだった」

「その曲はレパートリーから削ったのか？」とカミンスキーがたずねた。

「ええと、その……まだ決心がつかなくて。だれかに訴えられたわけじゃなし……このバラッドは気に入ってるんすよ。たぶん残しとくと思います」

八角（ヤスミ）博士はなんといっていただろう。ハダは心の中で自問した。博士はラグランド・パークの中に、珍しいタイプのサイ能力を嗅ぎつけていた……もしかしたら、実在する人間に関するバラッドをそうとは知らずにつくってしまうという不運を招き寄せる超心理学的能力かもしれない。じっさい、それではたいした才能ではない。

しかしその一方、テレパシー能力の変種だという可能性もある……だとすれば、ちょっといじってやるだけで、じつに貴重な能力になるかもしれない。

「バラッドひとつつくるのに時間はどのぐらいかかる？」とハダはラグズにたずねた。

「あっという間ですよ」とラグズ・パークは答えた。「いまこの場でもつくれる。お題をくれたら、このオフィスですぐやりますよ」

ハダはちょっと考えてから、「女房のセルマが、ハイイロギツネに餌をやってるんだがね。わたしはその狐が、うちでいちばんのアヒルを殺して食べたんじゃないかと思ってる」

しばらく思案顔になり、ラグズ・パークはおもむろにバンジョーをかき鳴らした。

ミズ・セルマ・ハダは狐としゃべる
古い木箱で、狐のために家を建てる
セバスチャン・ハダは悲しいゲコゲコの声を聞いた
性悪ハイイロギツネがだいじなアヒルをたいらげた

「しかしアヒルはゲコゲコとは鳴かんぞ。クァックァッだ」ナット・カミンスキーが文句をつけた。

「そのとおりです」ラグズが認めた。またしばらく考えてから歌い出した。

ハダさんのチーフ・プロデューサーがおいらの運を変える
おれは失業、アヒルはクァックァッで、ゲコゲコはカエル

カミンスキーはにやっと笑って、「オーケイ、ラグズ。きみの勝ちだ」それからハダのほうを向き、「契約しましょうや」

「ひとつ教えてくれ」とハダはラグズにいった。「アヒルを食べたのはあの狐だとき、きみは

思ってるのか？」

「ありゃりゃ。それについちゃ、おれはなんにも知りませんよ」

「しかし、バラッドの中ではそう歌ってるじゃないか」

「ちょっと考えさせてください」とラグズはいった。しばらくして、またじゃらんとバンジョーの弦を鳴らし、

　興味深い問題をハダさんが提起
　おれの能力は過小評価された兵器
　もしやおれってふつうの男じゃない？
　おれのバラッドを紡ぎ出す力はＰＳＩ（サイ）？

「どうしてサイのことを考えてるとわかった？」とハダはたずねた。「頭の中の思考が読めるんだな？　八角の推測は正しかった」

「ミスター、おれはただ弾いて歌ってるだけっすよ」とラグズ。「ただのタレントです。ジム－ジャム・ブリスキンと――フィッシャー大統領が投獄したあのニュースクラウンといっしょで」

「刑務所がこわいのか？」とハダは単刀直入にたずねた。

「フィッシャー大統領はおれに対して含むところはなんにもない」とラグズ。「おれ、政治的なバラッドはやりませんから」

「もしわたしのところで働くなら、やってもらうことになるかもしれん」とハダはいった。「ジム‐ジャムを刑務所から釈放させようと運動しているところなんだ。うちの全系列局で、今日からキャンペーンをはじめた」

「うん、彼は釈放されるべきだ」とラグズがうなずいた。「あれはよくないことだった。フィッシャー大統領がFBIをあんなことに使って……あのエイリアン連中なんか、たいした脅威じゃないのに」

カミンスキーは考え込むようにしばらくあごを掻いていたが、やがて口を開き、「ジム‐ジャム・ブリスキンとマックス・フィッシャーとエイリアン——この政治情勢全体を使って一曲つくってみろ。状況を概観するんだ」

「そりゃまた、えらく注文が多いね」ラグズがひきつった笑みを浮かべた。

「やってみろ」とカミンスキーがいった。「きみがどの程度うまく概括できるかたしかめたい」

「いやはや」とラグズがいった。「ガイカツと来ましたか。たしかにCULTUREの人と話をしてるらしい。わかりましたよ、ミスター・カミンスキー。これでどうすか」

マックスはおデブでちびの大統領
権力を濫用、ジム＝ジャムは御用
禿鷹の目を持つはセバスチャン・ハダ
好機を逃さず、CULTUREで強打

「雇おう」ハダはフォークシンガーにそういって、ポケットから契約書をとりだした。

「うちのキャンペーンは成功するのかい、ミスター・パーク？」とカミンスキーがいった。

「結果を教えてくれ」

「いや、ええと、それはいわないほうが」とラグズがいった。「少なくとも、いまはまだ。おれに未来を読む力もあると思ってるんすか？　テレパスであると同時に予知能力者（プレコグ）だと？」ラグズはおだやかな笑い声をあげた。「あなたがたの話を聞いてると、おれにはいろいろと才能があるみたいですね。舞い上がっちゃいますよ」とおどけて一礼する。

「きみがうちに来て」とハダはいった。「喜んでCULTUREの一員になってくれるとして――それは、フィッシャー大統領の魔手もわれわれにはおよばないときみが考えているというしるしなのかね？」

「いや、おれらだってジム＝ジャムといっしょに刑務所に入る可能性はありますよ」とラグズが小声でいった。「そうなっても驚きませんね」バンジョー片手に腰を下ろし、ズは契約書にサインする用意をした。

ホワイトハウスの寝室で、マックス・フィッシャー大統領はもう一時間近くテレビを見ていた。CULTUREは、おなじテーマを何度も何度もくりかえし力説している。ジム・ブリスキンを釈放せよ、と声がいった。職業アナウンサーのなめらかな声だが、その背後にはセバスチャン・ハダがいる。マックスにはわかっていた。

「司法長官」と従兄弟のレオン・レイトに声をかけた。「ハダの妻たち、七人だか八人だか知らんが、とにかく全員分の調査報告書を持ってこい。思いきった手段をとる必要があるようだ」

その日の後刻、八通の報告書が届けられると、マックスはエル・プロドゥクトのアルタ・シガーを噛みながら、注意深く読みはじめた。複雑で入り組んだ細部を咀嚼する努力でひたいにはしわが刻まれ、唇がひとりでに動く。

やれやれ、このご婦人がたの中にはとんでもないのがいるな、とマックスは思った。心理化学療法を受けて、脳の代謝をたたきなおしたほうがいい。しかし、マックスの機嫌は悪くなかった。セバスチャン・ハダのような男が、精神的に不安定なタイプの女を魅きつけるというのは、直観的によくわかる気がした。

中でもとりわけ、ハダの四番めの妻に興味をひかれた。ゾーイ・マーティン・ハダ、三十一歳。十歳になる息子といっしょに、いまはイオに住んでいる。

ゾーイ・ハダには、はっきりした精神病の徴候がある。

「司法長官」とマックスは従兄弟にいった。「このご婦人は、合衆国精神衛生省の支給する手当てで生活している。ハダは彼女の生活費を一文も出していない。彼女をこのホワイトハウスに連れてきてくれ、いいな。彼女にやってもらう仕事がある」

翌朝、ゾーイ・マーティン・ハダが大統領執務室に連れてこられた。

ＦＢＩの男ふたりにはさまれてマックスの前に立っているのは、痩せた体つきの魅力的な女だった。しかし、憎しみに満ちた荒々しい眼をしている。「ようこそ、ミセス・ゾーイ・ハダ」とマックスはいった。「あんたのことはわかってるよ。あんたこそ、ただひとりの本物のミセス・ハダだ――ほかの七人はみんなにせものだ、そうだろう？　そしてセバスチャンはあんたに汚い仕打ちをした」そこで間を置き、ゾーイの表情が変化するのを見守った。

「ええ」とゾーイはいった。「いまあなたがいったことを証明しようと、六年も法廷で闘ってきた。とても信じられないわ。ほんとうにわたしを助けてくれるの？」

「もちろん」とマックス。「しかし、おれのやりかたでやってもらう。つまり、あのスカンク野郎のハダがいつか変わるだろうと待ちつづけるのは時間の無駄だ。あんたにできることといえば――」と一拍置いて、「これまでの借りをまとめて精算することぐらいだな」

マックスの言葉の意味を理解するにつれ、最初のうちゾーイの眼に宿っていた凶暴な光がふたたびゆっくりともどってきた。

八角維人博士はむずかしい顔で、「検査は終わったよ、ハダ」といいながら、ひとそろいのカードをかたづけはじめた。「ラグズ・パークはテレパスでもプレコグでもない。わたしの心を読むことも、前もって未来を知ることもない。率直にいって、いまでもまだ彼にサイ能力を感じるんだが、それがなんなのか、さっぱり見当もつかん」

ハダは黙って聞いていた。すると、ラグズ・パークが、今度はギターを肩にかついで、となりの部屋からぶらぶら入ってきた。八角博士が自分の能力をまったく解明できずにいることをおもしろがっているようだ。ハダと八角の両方ににっこり笑いかけ、椅子に腰を下ろした。「おれはパズルなんだ」とハダに向かっていう。「雇ってくれたとき、おれを買いかぶりすぎていたか、過小評価していたか、ふたつにひとつだね……でも、あなたにはどっちなのかわからないし、八角博士やおれにもわからない」

「いますぐCULTUREで仕事をはじめてほしい」とハダはせっかちな口調でいった。「レオン・レイトとFBIによるジム‐ジャム・ブリスキンの不当逮捕と投獄をテーマにしたフォーク・バラッドをつくって、それを歌ってくれ。レイトは怪物に、フィッシャーは狡猾で強欲なクソ野郎に見えるように。いいな」

「もちろん」ラグズ・パークはうなずいた。「世論を味方につけなきゃいけない。契約書にサインしたとき、それはわかってましたよ。もう客を楽しませるだけじゃすまない」

八角博士がラグズに向かって、「いいかね、きみにひとつ頼みがある。ジム‐ジャムが釈放されたいきさつを語るフォーク・スタイルのバラッドをつくってくれ」

ハダとラグズ・パークはふたりして八角の顔を見た。

「現在の状況を歌にするんじゃなくて」と八角が説明した。「われわれがそうなってほしいと思うような状況を歌にするんだ」

パークは肩をすくめた。「オーケイ」

ハダのオフィスのドアがばたんと開き、警備主任のディーター・サクストンが興奮した面持ちで戸口から頭を突き出した。「ミスター・ハダ、手製の爆弾を持って侵入しようとした女を、ついさっき射殺しました。お手数ですが、身もとを確認していただけませんか。おそらく、奥様のうちのひとりだと――ひとりだったと――思われます」

「なんということだ」とハダはつぶやき、サクストンのあとについてオフィスを出ると、足早に廊下を歩いた。

屋敷の正面玄関の近くで、見覚えのある女が床に横たわっていた。ゾーイ。ハダはひざまずき、その体に手を触れた。

「もうしわけありません」サクストンが口の中でつぶやくように詫びた。「こうするしかなかったんです、ミスター・ハダ」

「いいんだ」とハダはいった。「きみがそういうなら、そうだったんだろう」サクストンには全幅の信頼を置いていた。けっきょく、こうなるしかなかったのだ。

「今後は、四六時中つねに、われわれのうちだれかひとりがおそばで警備することにしたほうがいいでしょう」とサクストンがいった。「オフィスの外で、ということじゃありません。いつでも手を触れられる距離で」

「マックス・フィッシャーが送り込んだんだろうか」とハダはいった。

「その可能性は高いでしょう」とサクストン。「わたしならそれに賭けますね」

「ジム－ジャム・ブリスキンの釈放運動をしているというだけの理由でか」ハダは心の底から衝撃を受けていた。「まったく驚いたよ」ふらつく足で立ち上がる。

「フィッシャーをやらせてください」サクストンが低い声でいった。「あなたの身を守るためです。そもそもあの男には、大統領になる権利なんかない。ユニセファロン40Dがわれわれにとって唯一の合法的な大統領だし、フィッシャーがあれを活動不能に追い込んだってことはみんなが知ってる」

「だめだ」ハダはつぶやくようにいった。「殺人は好きじゃない」

「殺人じゃありません」とサクストン。「ご自身と奥様やお子さんたちの身を守るため。

正当防衛ですよ」

「かもしれん」とハダはいった。「しかしそれでも、わたしにはできない。少なくとも、いまはまだ」ハダはサクストンをあとに残し、よろよろした足どりで、ラグズ・パークと八角博士の待つオフィスにひきかえした。

「聞いたよ」と八角がいった。「気を落とすな、ハダ。あの女性は迫害妄想を持つ偏執性分裂病患者だった。精神療法を受けなければ、いずれ暴力的な死を迎えることは不可避だったよ。自分やミスター・サクストンを責めることはない」

「かつては愛していたのに」とハダはいった。

悲しげにギターをかき鳴らしながら、ラグズ・パークは口の中で歌を歌っていた。言葉は聞きとれない。ジム・ブリスキンの刑務所からの脱出を歌うバラッドを練習しているのかもしれない。

「ミスター・サクストンの助言を聞いたほうがいい。つねに警備を怠らないことだ」といって、八角博士はハダの肩をたたいた。

「ミスター・ハダ」とラグズが口を開いた。「頼まれてたバラッドができたみたいだ。例の――」

「いまは聞きたくない」ハダはそっけなくいった。ふたりに帰ってほしかった。ひとりになりたかった。

たぶん反撃に出るべきなのだろう。八角博士もそれを提案している。今度はディーター・サクストンもそれを提案した。ジム-ジャムはなにを提案するだろう？　彼は健全な精神の持ち主だ……ブリスキンなら、殺人などという手段には訴えるなというはずだ。きっとそう答える。彼のことはわかっている。

そして、彼がそうするなというなら、わたしはそれに従う。

八角博士がラグズ・パークに指示していた。「バラッドをひとつ頼む。あそこの本棚に飾ってあるグラジオラスの花瓶の歌を。あれがまっすぐ宙に上昇してふわふわ浮かぶところを歌ってくれ。できるか」

「どんなバラッドだよ、それって」とラグズ。「とにかく、おれにはやらなきゃいけない仕事がある。ミスター・ハダがいったことを聞いたでしょう」

「だが、まだきみの検査は終わってないんだよ」と八角博士はぶつぶつ文句をいった。

従兄弟の司法長官に向かって、マックス・フィッシャーはうんざりした口調でいった。

「やれやれ。けっきょくしくじったわけか」

「そうだね、マックス」とレオン・レイトが相槌を打った。「彼は優秀な連中を雇ってる。ブリスキンみたいな個人とはわけがちがう。ひとつの企業を代表してるんだよ」

　マックスはむっつりと、「前に本で読んだんだが、三人の人間が争ってると、最終的にそのうちのふたりが手を組み、団結してあとのひとりをやっつけることになるんだそうだ。必然的ななりゆきってやつだな。今度起きたのもまさにそれだ。ハダとブリスキンが手を組み、こっちはおれひとり。やつらの仲を裂いて、どっちか片方をこっちの味方につけるしかない。むかしはブリスキンもおれのことを気に入っていた。おれのやりかたが気に入らなかっただけなんだ」

「ゾーイ・ハダが元亭主を殺そうとしたという話が耳に入るまではね。それを聞いたら、あんたのことがほんとに大嫌いになるよ」

「いまさらあいつをこっちの味方につけるのは無理だと思うか？」

「もちろん無理だと思うよ、マックス。ブリスキンに関しては、いまのあんたは最悪の立場だからね。あいつを味方につけるなんてことは忘れたほうがいい」

「だが、ひとつ考えがある。どういうことなのか、まだ自分でもはっきり煮詰めてないんだが、おれに感謝してくれることをあてにしてジム‐ジャムを釈放するというのはどうかな」

「気でも狂ったんじゃないかい。いったいどこからそんな突拍子もないアイデアを思いついた？　あんたらしくないよ」

「わからん」マックスはうめくようにいった。「だが、思いついたんだ」

ラグズ・パークはセバスチャン・ハダに向かっていった。「ええっと、バラッドができたみたいっす、ミスター・ハダ。八角博士がいってたようなやつ。ジム－ジャム・ブリスキンがどうやって刑務所を出たかっていう歌。歌ってみましょうか？」

ハダはぼんやりとうなずいた。「ああ、やってくれ」けっきょく、このフォークシンガーに金を払っているのはこのわたしだ。自分の金でなにがしかのものを得てもいいだろう。

じゃらんと弦をかき鳴らし、ラグズは歌い出した。

ジム－ジャムは刑務所で元気がない
出してくれる人間はどこにもいない
マックス・フィッシャーが悪い！　マックス・フィッシャーが悪い！

「ここでコーラスが入るんです」とラグズが解説した。「『マックス・フィッシャーが悪い！』ってとこ。いいすか？」

「ああ」とハダはうなずいた。

神様が出てきて言うことにゃ、マックス、わしはかんかん

あの男を獄につなぐとは、そりゃいかん
マックス・フィッシャーが悪い！　と主は叫ばれた
哀れなジム・ブリスキンは権利を奪われた
マックス・フィッシャーが悪い！　そりゃそうだろ
主いわく、マックス・フィッシャーよ、地獄へ堕ちろ
悔い改めよ、マックス・フィッシャー！　道はひとつだよ
善なる側につき、ジム‐ジャムを釈放せよ

「で、ここから先が釈放のいきさつ」とラグズが説明し、ひとつ咳払いしてまた歌い出した。

悪しきマックス・フィッシャーは光を見て
レオン・レイトに言った、正しい側に立て
あの鍵をまわす命令を届けさせ
あの扉を開いてジム‐ジャムを外に出せ
ジム‐ジャム・ブリスキンの苦境は終わり
いま独房の扉が開き、射し込むは陽の光

「これでおしまい」とラグズがいった。「なんていうか、黒人労働歌タイプのフォークソングですね。足を踏み鳴らして歌う霊歌とか。気に入りました?」

ハダはどうにかうなずいた。「もちろん。なんだっていい」

「ミスター・カミンスキーに伝えますか、あなたがCULTUREでこいつを放送しろといってるって?」

「放送しろ」ハダはいった。どうでもよかった。ゾーイの死が、いまもまだ心に重くのしかかっている――ハダは責任を感じていた。けっきょく、彼のボディガードがやったことなのだ。ゾーイが正気を失っていたこと、ハダを殺そうとしたことは、問題ではない気がした。ひとりの人間の命が失われたことにかわりはない。殺人であることにかわりはない。

「聞いてくれ、ラグズ」とハダは衝動的にいった。「もうひとつ曲をつくってほしい。いますぐ」

ラグズは同情を込めた口調で、「わかってますよ、ミスター・ハダ。亡くなった奥さん、ゾーイさんの悲しい死を歌うバラッドでしょ。あれからずっと考えてて、じつはもうできてるんです。聴いてください」

かつてひとりのレディがいた。美しい姿、美しい声

さすらえ、魂よ、野を越え星を越え
悲しみを抱きつつ、けれど彼方より許しを与える
なぜなら魂は知る、レディを殺した犯人
それは親族ではなく、見知らぬ他人
彼女の知らぬマックス・フィッシャー――

「それは違うぞ、ラグズ」とハダは歌をさえぎった。「わたしになんの責任もないかのようにとりつくろうのはやめろ。悪いのはわたしだ。なんでもかんでもマックス・フィッシャーに責任を押しつけるな」

オフィスの隅の椅子にすわって静かに耳を傾けていた八角博士が口を開いた。「それに、なんでもかんでもフィッシャー大統領の功績みたいに歌うのもやめたほうがいい。ラグズ、きみがつくったジム‐ジャム釈放のバラッドでは、マックス・フィッシャーの道徳的改心のみが原因のように聞こえる。それではだめだ。ジム‐ジャム釈放の功績は、ハダのものでなければならない。聞いてくれ、ラグズ。わたしはこの状況を物語る詩をひとつつくってみた」

そういって、八角博士が詠唱した。

「きっかり三十二音節だ」と八角博士が控えめな口調で説明した。「伝統的な日本の俳句は、アメリカと違って――英国のバラッドと違って――韻を踏む必要はない。しかし、ずばりと本質に切り込まなければならない。この場合、重要なのはそれだけだ」それからラグズのほうを向いて、「わたしの俳句をバラッドにしてくれ。脚韻を踏んだ二行連句とか、豊かな音律とか、そういういつものきみらしいスタイルで」

「数えてみたけど、三十三音節だったよ」とラグズがいった。「でも、いずれにしても、おれはクリエイティヴなアーティストなんすよ。こんな曲をつくれと指図されるのは慣れてない」ラグズはハダのほうを向いた。「おれはだれの下で働いてるんです、あなたですか、この人ですか？　おれの知るかぎり、この人じゃないはずだけど」

「博士のいうとおりにしたまえ」とハダはラグズにいった。「彼は聡明な男だ」

ラグズはぶすっとした顔でつぶやいた。「わかりましたよ。しかし、契約書にサインしたときは、まさかこんな仕事をやらされるとは思わなかったな」オフィスの奥のほうの隅に引っ込み、じっと考え込むような表情で、ラグズは曲をつくりはじめた。

「なにを考えてるんだね、ドクター？」とハダはたずねた。

「いずれわかる」と八角博士は謎めいた答えを返した。「このバラッド歌手のサイ能力に関する仮説があってね。うまくいくかもしれないし、いかないかもしれない」

「ラグズのバラッドの細かい言葉遣いが重要だと考えているように思えるが」とハダはいった。

「そのとおり」と八角がうなずいた。「法律文書とおなじようにね。待ちたまえ、ハダ。きみにもいずれ——もしわたしが正しければだが——わかる。もしわたしがまちがっていれば、どのみち関係ない」八角は励ますような笑みを向けた。

マックス・フィッシャー大統領の執務室で電話が鳴った。従兄弟の司法長官だった。興奮した口調で、「マックス、ジム‐ジャムが収容されてる連邦刑務所へ行ってみたんだよ、あんたがいってたみたいに、彼に対する起訴事実を無効にできないかたしかめようと思って。そしたら——」レオンは口ごもった。「いなかったんだよ、マックス。ブリスキンはもういなくなっていた」レオンの声はひどく神経質だった。

「どうやって出たんだ？」マックスは、怒りよりも困惑を感じていた。

「アート・ヘヴィサイド、ハダの顧問弁護士だ。あいつが抜け道を見つけた。どんな手を使ったのかは、まだわからない——その件で、デイル・ウィンスロップ巡回裁判判事に話を聞かなきゃならない。その判事が、いまから一時間ばかり前に釈放命令にサインしてるんだ。ウィンスロップのアポイントメントはとってる……判事と話をしたら、すぐに連絡するよ」

「おれがばかだった」マックスはのろのろといった。「まあ、もうあとの祭りだ」反射的に電話を切り、それから立ちつくしたまま思案にふけった。ハダはいったいどんな手を使ったんだろう。なにか、おれには理解できない方法だ。

そして今度は、ジム・ブリスキンがテレビに出てくるのを見張っていなければならない。CULTUREのネットワークに登場するのを。

さいわい、いま画面に出ているのは、ジム・ブリスキンではなく、バンジョーをつま弾くフォークシンガーだ。

が、マックスはそのとき、フォークシンガーが自分のことを歌っているのに気づいた。

悪しきマックス・フィッシャーは光を見て
レオン・レイトに言った、正しい側に立て
あの鍵をまわす命令を届けさせ

それを聞きながら、マックス・フィッシャーは声に出していった。「なんてこった、じっさいに起きたことそのままじゃないか！　おれがやったことそのままだ！」不気味だ。

いったいどういうことなんだ。ＣＵＬＴＵＲＥのバラッド歌手が、おれのやろうとしていたことを歌っている――自分でも理解できない心の中の秘密を！

たぶんテレパシーだろう。そうにちがいない。

フォークシンガーは、セバスチャン・ハダのことを弾き語りで歌いはじめた。ハダの個人的な尽力の甲斐あってジム‐ジャム・ブリスキンが監獄を出られたいきさつを。たしかにそのとおりだ。レオン・レイトが連邦刑務所に行ったとき、ブリスキンはすでに釈放されていた。アート・ヘヴィサイドの働きで……こいつの歌は細心の注意を払って聴いたほうがいいな。どういうわけか、この男はおれより事情に通じているらしいから。

だが、歌はもう終わっていた。

ＣＵＬＴＵＲＥのアナウンサーがいった。「番組の幕間に、世界的に有名なラグランド・パークの政治的バラッドをお届けしました。ミスター・パークは、一時間ごとに五分間、このチャンネルに出演し、ここ、ＣＵＬＴＵＲＥのスタジオで作詞作曲した新作バラッドを視聴者のみなさんに披露してくださる予定です。ミスター・パークは、新しいニュースが入りしだい、それにもとづくバラッドを――」

マックスはテレビを消した。

カリプソみたいなもんだ、とマックスは思った。それにしても新作バラッドとは。やれやれ。彼は暗い気分になった。もしパークがユニセファロン40Ｄの復活を歌にしたら……。

ラグランド・パークが歌うことが現実になる——なんとなく、そうじゃないかという気がした。きっとこれも、サイオニック能力とやらのひとつだろう。

そして彼らが、敵側が、その力を利用している。

だが、このおれにだって、二、三のサイオニック能力はあるのかもしれん。もしなんの力もなければ、こんな地位にまでのしあがってこられなかったはずだ。

テレビの前にすわり、もう一度スイッチを入れた。下唇を噛みしめ、どうすべきか考える。いまはまだなにも思いつかない。だが、早晩なにかアイデアが浮かぶはずだ。マックスは自分にいい聞かせた。それも、ユニセファロン40Dを復活させるというアイデアを連中が思いつく前に……。

「ラグランド・パークのサイ能力の正体をつきとめたよ、ハダ」と八角(ヤスミ)博士がいった。

「知りたいか?」

「それよりむしろ、ジム-ジャムが釈放されたことのほうに関心があるな」信じられない思いで受話器を置きながら、ハダは答えた。「すぐこっちに来るそうだ。モノレールでまっすぐ向かってる。ブリスキンのカリスト行きを手配しておかないと。あそこならマックスの司法権は及ばないし、再逮捕される心配もない」ハダの頭の中では無数のプランが渦巻いていた。両手をごしごしこすり合わせ、早口でいう。「ジム-ジャムにはカリストにあるうちの送信システムを使って放送させよう。わたしの屋敷に住めばいい——刑務所にいた人間からすれば天国だろう——きっと同意してくれる」

「彼が塀の外に出たのは」と八角博士がそっけなくいった。「ラグズのサイ能力の賜物だ。だから、わたしの話をちゃんと聞いたほうがいい。このサイ能力は、ラグズ自身さえ理解してないし、神かけて、いつきみにはねかえってきてもおかしくないんだからな」

「わかったよ」とハダはしぶしぶいった。「きみの意見を聞かせてくれ」

「ラグズの創作バラッドと現実とのあいだには、原因と結果の関係がある。ラグズが歌うことが現実に起きるんだ。バラッドは現実の出来事に先行するが、大きな時間差があるわけではない。わかるかね。ラグズがそのことを理解して自分自身の利益のために使いはじめたら、おそろしく危険だ」

「もしそれがほんとうなら」とハダはいった。「ユニセファロン40Dが活動を再開するバラッドをつくらせよう」ハダにとっては自明の理だった。マックス・フィッシャーは、本来そうあるべき、たんなるスタンバイ大統領の座に逆もどりだ。いかなる権力もない。

「正しい」と八角博士はいった。「しかし問題は、こういう政治的なバラッドをつくりはじめた以上、ラグランド・パークが自分でこの事実に気づく可能性が高いということだ。もし彼がユニセファロンの歌をつくり、そのあとで現実に——」

「そのとおりだな。いくらパークでも気づかないわけがない」ハダは黙り込み、ひたすら知恵を絞った。ラグランド・パークは潜在的にはマックス・フィッシャー以上に危険だ。しかしその一方、ラグズはいいやつに思える。マックス・フィッシャーがそうしたように、彼もまた自分の力を濫用するだろうと決め込む理由はない。

だが、ひとりの人間が手にするには大きすぎる力だというのもたしかだ。とてつもなく大きすぎる。

「ラグランドがどんなバラッドをつくるか、細かく注意を払う必要がある。歌詞の内容は前もって編集すべきだ。たぶん、きみが自分の目でたしかめて」

「わたしは影響力をできるだけ小さく――」といいかけて、ハダは口をつぐんだ。受付係がブザーを鳴らしている。ハダはインターカムのスイッチを入れた。

「ミスター・ジェイムズ・ブリスキンがお見えです」

「いますぐ通してくれ」ハダはぱっと顔を輝かせた。「もう着いたそうだ、維人（イト）」ハダはオフィスのドアを開けた――そこにジム‐ジャムが立っていた。顔にはしわが刻まれ、きまじめな表情が浮かんでいる。

「ミスター・ハダがきみを出してくれたんだよ」と八角博士がジム‐ジャムにいった。

「ええ、知ってます。ありがとう、ハダ」ブリスキンがオフィスに入ると、ハダはただちにドアを閉めてロックした。

「聞いてくれ、ジム‐ジャム」とハダは前口上抜きでいった。「われわれはいままで以上に大きな問題を抱えている。マックス・フィッシャーなど、それにくらべたら脅威でもなんでもない。いまわれわれが直面しているのは、権力の究極のかたち、相対的ではなく絶対的な力なんだ。いまのわたしは、こんなことをはじめるんじゃなかったと後悔している。ラグズ・パークを雇うというのはそもそもだれのアイデアだ？」

「きみのアイデアだよ、ハダ」と八角博士が指摘した。「わたしはあのとき警告したはずだ」

「新しいバラッドはこれ以上ひとつもつくるなとラグズに指示したほうがいいな」とハダは決断した。「それが最初の一歩だ。スタジオに電話しよう。ああくそ、もしかしたら彼はいまごろ、われわれ全員が大西洋の底に沈む歌とか、二十天文単位彼方の宇宙に飛ばされる歌とかをつくってるかもしれん」

「パニックを起こすんじゃない」と八角博士がきっぱりした声でいった。「それを克服したまえ。あいかわらず興奮しやすいな。おちついて、まず考えるんだ」

「おちついていられるもんか、あの田舎者がわれわれをおもちゃみたいに好き勝手に動かす力を持っているというのに。それどころか、全宇宙に命令を下せるんだぞ」

「かならずしもそういう結論にはならない」と八角博士は異を唱えた。「限界があるかもしれない。サイ能力は、この現代においても、まだ十全に理解されてはいない。実験室環境で再現するのが困難だからね。何度も反復できる厳密な実験の対象にはしにくい」

「あなたがたの話を聞いていると、まるで――」とジム・ブリスキンが口を開きかけた。

「きみはその創作バラッドのおかげで釈放されたんだ」とハダが説明した。「もとはといえばわたしの指示だ。たしかに計画はうまくいったが、今度はそのバラッド・シンガーが問題なんだよ」ハダは両手をポケットにつっこんで、オフィスの中をうろうろ歩き出した。

ラグランド・パークをどうすればいい？　ハダは絶望的な気分で自問した。

地球軌道上のキュローン放送衛星に置かれたCULTUREのメインスタジオで、ラグランドはバンジョーとギターをかたわらに、テレタイプから打ち出されてくるニュース速報をチェックしながら、つぎの出番で歌うバラッドを用意していた。

ジム-ジャム・ブリスキンは連邦判事の命令で刑務所から釈放されたという速報が目にとまった。うれしくなったラグランドは、それを題材に一曲つくろうかと考えてから、すでにそのテーマで何曲かつくって――それに歌って――いることを思い出した。いま必要なのはまったく新しい題材だ。ジム-ジャムの歌なら、もううんざりするほどつくったんだから。

ミキサー室にいるナット・カミンスキーの声がラウドスピーカーから響き渡った。「もうすぐ出番だが、準備はいいかい、ミスター・パーク？」

「ああ、もちろん」とうなずく。じっさいにはまだ曲ができていないが、あと一、二分あればだいじょうぶ。

イリノイ州シカゴに住むピート・ロビンスンの歌はどうだろう。白昼の町中で、愛犬のスプリンガースパニエルが怒り狂った一羽の鷲に襲われるという不幸に見舞われる……。

いや、それじゃ政治的バラッドとはいえないな。

世界の終わりを扱った歌はどうだろう。彗星が地球に衝突するとか、あのエイリアン連中が押し寄せてきて地球を征服する……光線銃で人間がみな殺しにされる、めちゃくちゃおそろしいバラッドとか。

でもそれでは知的レベルが低すぎて、CULTUREにはふさわしくない。これもだめだ。

ええっと、じゃあFBIの歌はどうかな。このテーマのバラッドはひとつもつくったことがない。太くて赤い首に鼠色のスーツを着込んだ、レオン・レイト配下の男たち……ブリーフケースを提げた大学出の連中……。

ギターを弾きながら、ラグランドは口の中で歌いはじめた。

　　うちの班長の今日の指令
　ラグランド・パークを挙げてこい
やつは国政に対する重大な脅威

犯した罪はすさまじく重い

ひとりでくすくす笑いながら、ラグランドはバラッドのつづきを考えた。自分自身をネタにしたバラッドか。おもしろいアイデアだ……いったいどこからこんなことを思いついたんだろうな。

ラグランドはバラッドの歌詞を考えるのに夢中で気づかなかったが、鼠色のスーツを着込んだ赤くて太い首の男たち三人が暗いスタジオに侵入し、ラグランドのほうへと静かに近づいていた。それぞれ、いかにも大学卒のインテリらしく、持ち慣れたしぐさでブリーフケースを携えている。

こりゃすごくいいバラッドができそうだな、とラグランドは心の中でいった。おれのバラッド歴でもベストの一曲だ。ギターを鳴らしながら、ラグランドは先をつづけた。

そう、彼らは闇の中を忍び寄る
狙いをつけ、哀れなパークを射殺する
彼らがこの男を死に至らしめたとき
沈黙したのは高らかな自由のひびき
だがしかし、いくら腐敗した世の中でも

たやすく忘れられることのない罪だとも

ラグランドが歌えたのはそこまでだった。ＦＢＩの男たちのリーダーは、煙が立ち昇る銃を下ろし、仲間たちにひとつうなずいてから、腕の送信機に向かっていった。「ミスター・レイトに成功したと伝えてくれ」

男の腕から小さな声が答えた。「よし。ただちに本部にもどれ。彼の命令だ」

彼とは、もちろん、マクシミリアン・フィッシャーだった。ＦＢＩの男たちはそれを知っていた。この任務に自分たちを派遣したのがだれなのかを知っていた。

ホワイトハウスの執務室でラグランド・パークの死を伝えられたマクシミリアン・フィッシャーは、ほっと安堵の息をついた。やれやれ、間一髪セーフだ。やられていたのはこっちかもしれなかった――おれだけじゃなく、世界じゅうの全員があいつに殺されていたかもしれない。

こっちがあいつを仕留められたのは奇跡みたいなもんだ。運がこっちに向いていたのはまちがいない。どうしてだろうな。

もしかしたら、おれのサイオニック能力のどれかが、フォークシンガーの人生にピリオドを打ったのかもしれん。そう考えて、マックスは満足感にほくそ笑んだ。

自分の死を主題にした新曲をフォークシンガーに作詞させるサイ能力とか……。

さあ、次は本物の難題だ。ジム・ブリスキンをもういちど刑務所に送り返すこと。一筋縄じゃいかないだろう。ハダに知恵があれば、おれの権力が及ばない辺境の衛星に即刻あいつを送り出そうと考えるはずだ。長い戦いになる……おれ対あのふたり……最後にはあいつらが勝利を握るかもしれない。

マックスはためいきをついた。きつい仕事が山ほどある。だが、やるしかないだろう。

受話器をとり、マックスはレオン・レイトの番号をダイアルした。

聖なる争い
Holy Quarrel

浅倉久志◎訳

1

　眠りが溶けていく。白い人工照明のまぶしさに、彼は思わず目をしばたたいた。その光は、ベッドの真上、天井までの中間点にとどまる三つの輪からさしていた。

「たたき起こして申し訳ない、ミスター・スタフォード」男の声が光のむこうから聞こえた。「きみはジョゼフ・スタフォード、まちがいないね？」それから、やはり姿の見えないだれかを相手に、その声はつづけた。「人ちがいでほかのだれかを起こしたりしたら、目もあてられんからな——そうする値打ちのない人間を起こしたら」

　スタフォードは起きあがり、かすれ声できいた。「いったい、だれなんだ？」

　ベッドがきしみ、光の輪のひとつが下におりてきた。四人目はすでに腰をおろしていた。

「われわれはジョゼフ・スタフォードを探している。六号棟五十階の、えーと——なんといったかな？」

「ジェナックス－Bクラスのコンピュータ修理者」とその連れが補足した。

「そう、専門家だ。たとえば、新しい超高温プラズマ・データ記憶装置とかの。もしそういうものが故障したらきみは修理できる、そうだな、スタフォード？」

「もちろんできるとも」もうひとつの声が穏やかに説明した。「だからこそ、待機員として登録されている。あの第二の映話線をわれわれが切断したときに、指名が下りた。あの線で、彼は上司たちとじかにつながっていたわけだ」

「なあ、待機員、前回きみに呼びだしがかかったのはどれぐらい前のことだ？」と最初の声がたずねた。

スタフォードは返事をしなかった。ベッドの枕の下をさぐり、いつもそこに隠してあるスニーク銃をとりだそうとした。

「おそらく、きみはここしばらく働いてないだろう」ハンドライトを持った訪問者のひとりがいった。「おそらく金が必要だろう。金がほしいか、スタフォード？　それともなにがほしい？　コンピュータの修理は好きか？　まあ、好きでもないのにこんな仕事をするのは、まぬけな話だからな――こんなふうに二十四時間の待機状態をいつもつづけているなんて。きみは腕ききか？　どんな故障でも直せるか？　ジェナックス－B軍事計画コンピュータに起きた故障なら、どれほど不合理でとっぴょうしもない故障でも直せるか？　われわれを力づけてくれ。イエスといってくれ」

「ちょっと——考えないと」スタフォードはだみ声でいった。まだ銃を探しているのだが、見つからない。なくしたのか。それとも、おれをたたき起こす前に、むこうが銃を取りあげたのか。

「実はこういうことなんだ、スタフォード」と声がつづけた。

それをさえぎって、べつの声がいった。「ミスター・スタフォード、聞いてほしい」いちばん右の光の輪が下におりてきた。その男がスタフォードの上にかがみこんだ。「ベッドから出てくれ、いいな？　きみの着替えがすみしだい、修理の必要なコンピュータのそばまで送りとどける。途中の時間はたっぷりあるから、そのあいだに状況説明をして、きみの意見を聞こう。現場に着いたら、ジェナックス－Bを手早く調べ、修理にどれぐらい時間がかかるものか、見当をつけてほしい」

「ぜひとも修理が必要なんだ」最初に声をかけた男がもの悲しい口調でいった。「現状では、まったくだれの役にも立たない。なにしろ、データが一マイルもの高さの山に積みあがった状態だ。しかもそれがぜんぜん——なんといったかな——消化されない。ただ貯まっていくだけで、ジェナックス－Bがそれを処理しないため、当然ながらどんな判断もくだせない。当然ながら人工衛星も、なにごともなかったように周回している」

スタフォードはぎくしゃくとベッドから抜けだした。「最初に現われた症状は？」いったいこの連中は何者だ？　むこうがいうのはどのジェナックス－Bのことだ？　スタフォードが知るかぎり、ジェナックス－B、略称GBクラスのコンピュータは、北アメリカにぜんぶで三基しかない——地球ぜんたいでもたった八基。

ハンドライトの背後の見えない四つの人影は、スタフォードが作業服に着替えるのを待ちながら相談を交わした。やがてそのひとりが咳ばらいしていった。「わたしの理解では、テープ巻き取り装置の回転がとまったため、データのはいったテープがそのまま床の上へ送りだされ、大きな山になったらしい」

「しかし、巻き取り装置のテープ張力が——」とスタフォードはいいかけた。

「この場合は、自動停止しなかった。いいかね、われわれはリールをとめ、もうそれ以上テープを受けつけないようにしてしまった。その前には、ためしにテープを切断してみた。だが、わかるだろう、機械が自動的にテープをセットしなおすんだ。テープを消去しようかとも思ったが、消去回路を作動させると、ワシントンDCに警報が鳴りひびくことになるし、まだお偉がたをこの問題に巻きこみたくはない。しかし、彼らが——コンピュータの設計者たちが——巻き取りリールの張力を見逃したのは、それが単純なクラッチ・メカニズムだからだ。そんなものが故障するとはな」

襟のボタンをはめながら、スタフォードはいった。「いいかえると、コンピュータに与えたくないデータがあるということか」頭が冴えてきたのを感じた。すくなくとも、なんとか目はさめたようだ。「どんな種類のデータ？」自分がその答えを知っているという、肌寒い予感がおそった。もちろん、政府所有の大型コンピュータに赤色警報(レッド・アラート)を発令させるような種類のデータがはいってきたのだ。もちろん、こんな方法でジェナックスーBを破損させないかぎり、南アフリカ真正連合は武力攻撃に出られない。その攻撃が現実の、だが、ささいな個々の徴候として現われたとたんに、コンピュータが一見無関連なデータの厖大な集積を、意味のあるパターンに組みあわせるだろうからだ。

スタフォードは苦い気分で考えた。この問題でいったい何度われわれは警告を受けたことか！　SAC（戦略空間軍総司令部）の報復衛星と爆撃機の配備が完了する前に、むこうはわがジェナックスーBを抹殺する必要があった。この事件がまさにそれだ。この男たちは、南アフリカ真正連合の北米秘密支部のメンバーで、コンピュータを作動不能におちいらせる任務を完全に果たすため、おれをたたき起こしたのだろう。

しかし——すでにデータは受けとられて、分析処理回路へ移されているかもしれない。むこうの作業開始が遅すぎたかもしれない。たぶん一日、いや、ひょっとするとほんの数秒の差で。すくなくとも有意のデータの一部がテープにはいり、そのためにおれを呼びだす必要が起きたのだろう。この作業は、やつらだけではできないからだ。

だとすると、アメリカ合衆国の上空で、まもなく一連の恐怖兵器発射衛星が火を噴くことになる——いっぽう、防衛兵器網は最高コンピュータからの命令を待ちうける。だが、待ってもむだだ。なぜなら、ジェナックスーBはどんな軍事攻撃の前兆も知らずにいるのだから——そして、まだなにも気づかないうちに、首都への直撃弾で、コンピュータと、その骨抜きにされた機能は終わりを告げることになる。

この連中が巻き取りリールをとめたことには、なんのふしぎもないわけだ。

2

「戦争がはじまったのか」ハンドライトを持った四人の男に、スタフォードは静かな声できいた。

スタフォードが寝室の明かりをつけたので、いまでは相手の姿が見わけられた。定職についている平凡人という感じだ。狂信者ではなく、事務的に仕事をこなすタイプ。この連中なら、どこの政府でもうまくやっていけるだろう。あの過激な中国人民政府でさえも。

「戦争はすでに起きたんだ」とスタフォードは考えを口に出していった。「しかも、ジェナックス－Bには絶対にそれを知られてはまずい——あのコンピュータが防御や反撃を指令できないように、あんたらは万事が平和であることを示すデータだけを与えた」ジェナックス－Bが、一度はイスラエル、一度はフランスに対して、どれほど迅速な道義的干渉をやってのけたかをスタフォードは思いだした——きっとこの連中はそれを思いだしたのにちがいない。訓練されたプロの観測者でさえ、だれひとりその前兆に気づかなかった——いや、すくなくとも、その前兆がなんにつながるかに気づかなかった。一九四一年のヨシフ・スターリンがそうだったように。あの暴君は、ナチス・ドイツがソ連を攻撃する意図を持っているという証拠を見せられたのに、それを信じようとしなかった。信じることができなかった。フランスとイギリスがポーランドとの同盟条約を守ることを、一九三九年のナチス・ドイツが信じなかったのとおなじように。

　その小集団、ハンドライトを持った四人は、スタフォードを集合住宅（コナプト）の寝室から連れだし、廊下へ出て、屋上の離着床につうじるエスカレーターに向かった。屋上に出ると、泥と湿気のにおいがした。スタフォードは外の空気を吸いこみ、身ぶるいし、無意識に空を仰いだ。星が動いている——エアカーの着陸灯だ。やがてエアカーは五人の男からすこし離れた場所に着陸した。

　みんなが機内に着席したあと——エアカーはすでに屋上を離れ、西のユタ州をめざしている——スニーク銃と、ハンドライトと、ブリーフケースを持った目立たない役人のひとりが、スタフォードにいった。「きみの仮説はいい線をいっている。とりわけ、ぐっすり眠っているところをたたき起こされた直後にしてはな」

「しかし」ともうひとりが口をはさんだ。「その仮説はまちがいだ。われわれがたぐりとったせん孔テープを見せてやれ」

いちばんそばの席の男がブリーフケースをあけて、プラスチック・テープの束をとりだし、無言でスタフォードに手渡した。

エアカーのドーム・ライトにそれをかざすと、せん孔を見わけることができた。二進法。コンピュータが管理するSACへの指令なのは明らかだ。

「ジェナックス‐Bはいままさにパニック・ボタンを押して、指令を出そうとする寸前だった」エアカーの操縦席にいる男が、肩ごしにそういった。「直結された全軍事基地にだ。その指令が読めるか？」

スタフォードはうなずいて、テープを返した。もちろん読める。コンピュータはSACに正式な赤色警報（レッド・アラート）を出そうとした。水爆を搭載した戦隊に緊急発進（スクランブル）をかけ、各基地の全ICBMミサイルに発射準備を命じようとした。

「それだけじゃない」と操縦席の男がつけたした。「防御衛星とミサイル・コンプレックスに、さしせまった水爆攻撃に対する反撃命令を出すところだった。しかし、いまきみも見たとおり、われわれはそのすべてを阻止した。このテープの内容はまったく同軸ケーブルに伝わらなかった」

しばらく間をおいて、スタフォードはかすれ声でいった。「じゃ、どういうデータをジェナックス‐Bに受けとらせたくなかったんだね？」どうも納得がいかない。

「フィードバックだ」操縦席の男がいった。どうやらこの男が特殊部隊のリーダーのようだった。「フィードバックさえなければ、戦闘部隊による反撃が行なわれなかったことを、コンピュータが知るすべがない。休止状態のなかで、コンピュータはこう推測するしかないだろう。反撃は実行されたが、敵の攻撃がすくなくとも部分的に成功した、と」

スタフォードはいった。「だが、敵はいない。どこの国からの攻撃だ？」

沈黙。

スタフォードのひたいは汗でぬるぬるだった。「ジェナックス－Bがどういう根拠から、敵の攻撃を受けたと結論するかを知っているのか？　百万ものべつべつのファクターだ。入手可能な既知データのすべてが評価され、比較され、分析される――つぎに、絶対的なゲシュタルトが必要だ。この場合は、さしせまった敵の攻撃というゲシュタルトが。たったひとつの事実では、その境界を乗り越えられない。量的な問題なんだよ。ソ連のアジア地域でシェルター建設計画があるとか、キューバ周辺海域で輸送船の不穏な動きがあるとか、共産カナダでロケット貨物の積みおろしが集中的にはじまったとか……」

「いや」エアカーの操縦席の男は冷静に答えた。「地球でも、月でも、火星のドーム都市でも、いかなる国家や集団も、ほかの人間を攻撃していない。なぜきみを早く現地へ運ばなければならないかの理由はわかるだろう。ジェナックス－ＢからＳＡＣへどんな指令も伝わらないように、絶対確実な手を打ってほしいからだ。ジェナックス－Ｂを封鎖して、あのコンピュータが政府のどんな要人とも話ができないように、われわれ以外の人間の話が聞けないようにする必要がある。そのあとでなにをするかは、これからの問題だ。しかし、その日の苦労はその日だけで——」

「たしかなのかね、利用可能なすべてのデータがあっても、ジェナックス‐Bが敵の攻撃を認識できないのは？」スタフォードは問いかえした。「多重データ収集スイーパーがあっても？」そこであることに思いあたり、絶望的で遡及的な恐怖が押しよせてきた。「じゃ、八二年のフランス、八九年のリトル・イスラエルに対する攻撃は？」

「あのときも、やはりわれわれに対する攻撃の事実はなかった」スタフォードのそばの席の男が、受けとったテープをブリーフケースへしまいながらいった。重苦しく不機嫌なその声だけが唯一の音響だった。ほかのだれも身動きせず、口もひらかなかった。「あの当時もいまとおなじだ。ただ今回は、過ちを犯さないうちに、われわれのグループがジェナックス‐Bを停止させた。無意味で不必要な戦争をこの手で未然に阻止できたのならいいが」

「あんたらはいったい何者なんだ？」スタフォードはたずねた。「連邦政府でのステータスは？　ジェナックス‐Bとのつながりは？」こいつらは、きっと過激な南アフリカ真正連合のエージェントだ。いまもその線がいちばん近いように思える。それとも、復讐を誓ったイスラエルの急進派か。それともたんに戦争防止という願望だけで動いているグループか——考えられる最も人道的な動機で。

たとえそうであっても、おれはジェナックス－Bとおなじく、ほかならぬ北米繁栄同盟という政治体制に忠誠を誓った身だ。残された問題は、なんとかこの連中から逃げだすこと。そして、おれが所属する指揮系統の上司へ報告しなければ。

　エアカーの操縦者がいった。「われわれ三人はFBIだ」それぞれが身分証を提示した。「それから、そこにいる男は電気通信技師。実をいうと、問題のジェナックス－Bの最初の設計を担当した人物でもある」

「そのとおり」と技師がいった。「指令の発信とデータの受信、その両方を作動停止させたのは、このわたしだ。しかし、それだけではたりない」技師はスタフォードに向きなおった。穏やかな表情、魅力的な大きい瞳。なかば懇願、なかば命令という感じで、とにかく結果を出せる口調を選ぼうとしているようすだった。「もっと現実的な見かたをしよう。どのジェナックス－Bにもバックアップのモニター回路がついているから、いまにそこからの知らせがいく。SACへの指令が実行されていないこと、しかも、当然はいってくるはずのデータが得られないという知らせが。そこでジェナックス－Bは、その電子回路で考察するすべての問題とおなじように、その原因をさぐりはじめる。それまでに、プラス・ドライバーで巻き取り装置をとめるよりもましな方法を考えなくてはならない」ちょっと間をおいた。「そういうわけで」とゆっくりした口調でしめくくった。「きみの知恵を借りにきたわけだよ」

スタフォードは肩をすくめた。「おれはただの修理者さ。整備と点検――機能不良の分析さえできない。いわれたことをやるだけだ」

「では、われわれがいうことをやってくれ」いちばん近くにいるＦＢＩ職員がきびしい口調でいった。「なぜジェナックス‐Ｂが赤色警報（レッド・アラート）を出し、ＳＡＣを緊急発進（スクランブル）させ、〝反撃〟の開始に踏みきったのか、その理由を見つけるんだ。あのフランスやイスラエルの場合も、なぜジェナックス‐Ｂがそうしたのか。ジェナックス‐Ｂは受けとったデータを分析し、なにかの理由でその答えを出した。あの機械は生きていない！　あの機械には意志がない。たんにそうしたいという衝動で動くはずがない」

　技師がいった。「運がよければ、ジェナックス‐Ｂがこんな誤作動をするのはこれで最後かもしれんな。もし今回の機能不良の原因がつきとめられたら、永久的な閉鎖ということになるだろう。この世界にあるほかの七基のジェナックス‐Ｂがおなじ症状をくりかえさないうちに」

「ところで、われわれが攻撃を受けていないことはたしかなのかね？」とスタフォードはきいた。「たとえ前回の二度ともジェナックス‐Ｂがまちがっていたとしても、理論的にいえば、すくなくとも今回は正しいかもしれない」

「もし攻撃がさしせまっているとしても」と、そばの席のＦＢＩ職員がいった。「その徴候はまったく見いだせない――とにかく、人間によるデータ処理ではな。ジェナックス‐

Bが正しいという可能性は、論理的には考えられる。結局、彼が指摘したように——」

「あんたらがまちがってるのかもしれない。長年、南アフリカ真正連合がわれわれと敵対してきたため、こっちはそれに慣れっこになった。それが現代生活の真理だ」

「いや、南アフリカ真正連合じゃない」FBI職員が勢いよく答えた。「つまり、もしそうなら、われわれは疑惑をいだかなかったろう。イスラエル戦争とフランス戦争の生存者にインタビューしたり、アメリカのその後の行動をあれこれ調べたりはしなかったろう」

「今回の目標は北カリフォルニアなんだ」技師はそういうと顔をしかめた。「カリフォルニア州全域でさえない。ピズモ・ビーチ以北の一部分だけだ」

スタフォードは目をまるくした。

「そのとおり」FBI職員のひとりがいった。「ジェナックス-Bは、SACの全爆撃機と武装衛星に緊急発進(スクランブル)をかけ、カリフォルニア州サクラメント周辺地域を総攻撃させようとしたんだ」

「その理由をジェナックス-Bにたずねてみたかね?」スタフォードは技師にきいた。

「もちろん。もっと厳密にいうなら、いったい〝敵〟の狙いがなんであるかをくわしく説明するように要求したよ」

FBIのひとりが南部なまりでいった。「ミスター・スタフォードに、北カリフォルニアのどこが敵の本拠であるかを教えてやってくれ——もしわれわれがあのくそいまいましい機械にブレーキをかけなかったら……そして、いまもブレーキはかかったままだが、SACの先制攻撃でどこが破壊されていたかを」

「ある人物が」と技師がいった。「カストロ・ヴァレーにバブルガムの自販機チェーンをひらいた。わかるかね。ほうぼうのスーパーの入口に、風船の看板のついた自販機をおいたんだ。子供たちは一セント入れて、ちっちゃなまるいガムを買う。ときには、なにかのオマケがついてくる――指輪とか人形とかの景品。種類はいろいろ。それがヒキだ」

信じられない気分で、スタフォードはいった。「冗談だろう」

「かけ値なしの真実さ。ハーブ・スーザという男だ。いまでは六十四台の自販機を持ち、さらに拡張をめざしている」

「そうじゃなくて」とスタフォードはかすれ声でいった。「冗談だというのは、そのデータに対するジェナックス－Bの回答だよ」

「ジェナックス－Bの回答は、データ自体に関するものとはいえなかった」そばの席にいるFBI職員がいった。「たとえば、われわれはイスラエル政府とフランス政府の両方に確認をとった。どちらの国でも、ハーブ・スーザという人物がバブルガムの自販機チェーンをひらいた事実はなく、チョコ・ピーナツやそのたぐいの食品の自販機についてもまたおなじ。そのいっぽう、ハーブ・スーザは過去二十年間にチリやイギリス連邦でそうしたチェーンをひらいたことがある……だが、それだけの長い期間、ジェナックス－Bはまったく彼に関心を示さなかった」つけくわえるように、「スーザは老人なんだ」

「ジョニー・アップルシード（リンゴの種や苗を配り歩いたといわれるアメリカの開拓者）のガム版さ」技師がくすくす笑った。

「世界をめぐり歩いて、ガムの自販機をあらゆるガソリン・スタンドに――」

エアカーはまばゆい照明のついた公共建築物の巨大な集合体に向かって下降をはじめた。

「誘因になった刺激は」と技師がいった。「自販機のなかにおかれた商品の成分にあるのかもしれない。ＦＢＩの専門家たちはそう考えた。そこで、スーザのガム・チェーンに関して、ジェナックス－Ｂが入手可能なあらゆるデータを調べたわけだ。わかったのは、ジェナックス－Ｂが得たデータのすべてが、自販機のなかにスーザがおいた食品の成分に関する、長ったらしい無味乾燥な化学分析表で成り立っていることだった。それだけじゃない、ジェナックス－Ｂは、その方面でもっとくわしい情報をわざわざ要求したんだ。そして〝基礎データ不完全〟という判定をくだしつづけたが、そこへ純正食品医薬局の研究室から徹底的な分析報告が届いた」

「その分析報告にはなにが出ていたんだね？」スタフォードはたずねた。いまエアカーがその屋上に着陸した施設には、北米繁栄同盟のミスター・ＣインＣと呼ばれるコンピュータの本体がおさまっている。

「食品成分に関しては」ドアのそばにいたＦＢＩ職員が薄暗い離着床に足を踏みだしなが

ら答えた。「ガムベース、砂糖、コーンシロップ、軟化剤、人工香料、人工着色料、その程度だ。まったくの話、ガムを作る原料はそれしかないんだからね。ちっぽけなオマケのほうは、真空処理された熱可塑性プラスチック。アメリカや香港や日本の十あまりの会社から、一ドルで六百個は買える安物だ。そのオマケの流通ルートを、特定の問屋からその仕入れ先、さらに工場までさかのぼってみた。さらに、政府の役人がその小さいオマケが製造される現場に立ちあって調べた。だが、なにもない。まったくなにも出てこない」

「しかし」と技師がなかばひとりごとのようにいった。「あのデータがジェナックス－Bに入力されたとき――」

「なにが起きたかというと」FBI職員は、スタフォードが外に出られるようにわきによった。「赤色警報（レッド・アラート）、SACの緊急発進（スクランブル）、サイロからのミサイル発射準備。熱核戦争四十分前――それとわれわれを隔てるものは、コンピュータのテープ・ドラムにはさまれたプラス・ドライバー一本だけだった」

技師が鋭い口調でスタフォードにいった。「いまいったデータのなかに、なにか奇妙なもの、誤解を招きかねないものがあったかね？　もしそんなものがあったら、後生だから教えてくれ。われわれとしては、ジェナックス－Bを分解して、非活動状態におくことしかできない。だがそうすると、本物の脅威と直面したさいに――」

「さてね」とスタフォードは考えこみながら、ゆっくりと答えた。「〝人工着色料〟とはどういう意味だろう」

3

「色がよくないので、無害な食品用染料が添加されたという意味さ」技師が答えた。

「しかし、リストのなかではその成分だけが」とスタフォードはいった。「どんなものか説明されてない——用途しか説明されてない。それと、人工香料は？」

ＦＢＩの職員たちは顔を見あわせた。

「たしかにな」ひとりがいった。「それで思いだした。いつもそれを見ていやな気分がするからなんだが——たしかに人工香料と書いてある。しかし——」

「人工着色料と人工香料」とスタフォードはいった。「意味はどうにでもとれる。それが色と香り以外のなにをガムに与えたかだ」そこで考えた。青酸は、あらゆるものをきれいな緑色に染めるんじゃなかったか？　だから、たとえば青酸を、〝人工着色料〟とラベルに書いても、嘘じゃない。それに味——いったい〝人工甘味料〟とはどういう意味だ？この言葉にはいつもなにか暗くて怪しげな感じがつきまとう。だが、その考えはしばらく棚上げにした。いまは下までおりてジェナックス‐Ｂを調べ、どんな損傷を受けたのかを調べるときだ。

――そして、まだどんな損傷が必要かを調べるときだ、とスタフォードは皮肉な気分で考えた。もし、いま聞かされた話が事実なら。もしこの連中が身分証どおりの人間であり、南アフリカ真正連合の破壊工作者でも、どこかの強国の秘密情報部員でもないとすれば。

北カリフォルニアの独立軍団の領土からやってきたのかな、と皮肉な気分で考えた。いや、絶対にありえないといいきれるか？　ひょっとすると、そこにおそろしく不気味な動きが芽生えたのかもしれない。そして、ジェナックス‐Bが――当初の設計の目的どおりに――それを嗅ぎあてたのかも。

いまのところはなんともいえない。

しかし、コンピュータの点検を終わるころには、なにかがわかるかもしれない。なによりもまず、最近どんなデータの集積が外の世界からやってきて、コンピュータの内部世界で処理されたかを、じかに見てみたい。それがわかれば――

おれはこのコンピュータをもう一度作動させてみせる、とスタフォードは自分にきびしくいい聞かせた。そのために訓練されて雇われた以上、ちゃんとやってのけなくちゃな。

おれにとっては簡単な仕事のはずだ。このコンピュータの内部構造はすみずみまで知りぬいている。欠陥部品や配線の交換について、おれ以上によく知っている人間は、ほかにだれもいない。

だからこそ、この連中はおれの知恵を借りにきた。彼らは正しい——すくなくともその点に関しては。

「ガムはいらないか？」ＦＢＩのひとりがスタフォードにたずねた。いま、一同は廊下を進んでいくところで、下りエスカレーターの前では、密集隊形をとった制服姿の警備員が休めの姿勢をとっている。首すじの赤らんだたくましいＦＢＩ職員が、あざやかな色の小さいボールを三つ、手のひらにのせてさしだした。

「スーザの自販機の品物？」と技師がきいた。

「そうだ」ＦＢＩ職員は、それをスタフォードの作業服のポケットへほうりこんで、にやりと笑った。「無害か？　大学のテスト式にいえば、はい・いいえ・わかりません」

スタフォードはポケットからそのひとつをとりだし、下りエスカレーターの天井ライトにかざした。球形だ。卵。魚卵。キャビアもまんまるい。おまけに食用になる。色あざやかな卵を売っても犯罪にはならない。

それとも、生み落とされたときからこの色だったのか？

「その卵はかえるかもしれんぞ」ＦＢＩのひとりが冗談をいった。このビルの最重要保安区域へ下りていく前に、なんとか緊張をほぐしたいのだろう。

「なにが出てくると思う？」スタフォードはきいた。

「鳥」いちばん小柄なＦＢＩの職員がそっけなくいった。「小さな赤い鳥が大きな喜びを告げる」

スタフォードと技師は顔を見あわせた。

「聖書の引用はよしてくれ」とスタフォードはいった。「おれは聖書のなかで育った。引用合戦なら負けないぜ」しかし、自分の考えと照らしあわせてみて、ふしぎに思えた。ここにいるみんなの心のなかに、一種の同時発生(シンクロニシティ)が起きたのか？　その疑問でまた重苦しい気分になってきた。くそ、そうでなくても重苦しい気分なのに。卵を生むもの。魚だ、とスタフォードは思った。まったくおなじ卵を何千個も生みつける。ごく少数だけが生きのびる。たいへんな浪費——残酷で、原始的なやりかた。

だが、もしその卵が世界じゅうで無数の場所へ生みつけられたとしたら、たとえごく少数しか生きのびなくても——それだけでじゅうぶんだろう。現実にそれは証明されている。地球の海や川の魚たちはそうしてきた。もし地球生物にとってそれが通用したのなら、地球外生物にとっても通用するはずだ。

そう考えると、あんまりいい気持ちはしない。

スタフォードの表情を読んだ技師がいった。「もし地球で繁殖して人類を追いだすつもりなら、どこの太陽系のどんな惑星からきた生物でも、地球の冷血動物が繁殖してきた方法をとるだろう——」じっとスタフォードを見つめた。「いいかえれば、固い殻を持った小さな卵を何千個、いや、何千万個も生みつけ、なるべくそれを目立たないようにしておく。卵というやつはあざやかな色をしていることが多いから――」いいよどんで、「問題は抱卵期間だな。どれぐらいの長さか。そして、どんな環境が必要か？　一般的に受精卵の孵化には暖かい環境が必要だ」

「子供の体内」スタフォードはいった。「そこならとても暖かい」

そして、こいつは、この卵は――とんでもない話だが――純正食品医薬局の基準にもパスする。卵のなかになんの毒物も含まれてないからだ。食べても無害なだけでなく、とても栄養がある。

とはいうものの、もしこの推測が当たっていたら、着色された〝キャンデー〟部分の固い殻は、胃液の作用にも平気なはずだ。卵が溶けないように。しかし、歯で嚙みくだかれたらどうする。咀嚼されたら生きのびられないだろう。錠剤のように――無傷で――まるのみにされる必要がある。

スタフォードは赤いボールに歯を当てて、殻を割った。ふたつの半球を口からとりだし、なかをのぞいた。

「ふつうのガムさ」技師がいった。「ガムベース、砂糖、コーン・シロップ、軟化剤――」技師はからかうような笑みをうかべたものの、そこにちらと安堵の表情が走ったのを、意識的な努力でとり除いた。「まちがった手がかりだ」

「まちがった手がかり、それですんでよかった」いちばん小柄なＦＢＩ職員がいいながら、下りエスカレーターからおりた。「ここだ」制服姿の武装警備員たちの前で足をとめ、身分証を見せた。「いまもどった」と警備員たちにいった。

「オマケ」とスタフォードはいった。

「どういう意味だ?」技師がちらと目を向けた。

「ガムには問題がない。とすれば、オマケのなかにちがいない。ちっぽけな飾り物。残されたのはそれだけだから」

「きみの考えには」と技師がいった。「ジェナックス-Bが正常に機能しているという前提が言外に含まれている。あの機械の判断がなぜか正しく、侵略の脅威がせまっている、という前提だ。その脅威があまりにも大きいため、核兵器で北カリフォルニアを制圧することさえ正当化される、と。しかし、わたしにいわせれば、ジェナックス-Bが機能不良を起こしたという事実から素直に対策を進めるほうが、らくじゃないかな?」

巨大な政府施設のなじみ深い廊下をみんなと歩きながら、スタフォードは答えた。「ジェナックス-Bは、どんな人間や人間集団にもできないやりかたで、大量のデータを同時処理するように設計された。あの機械は、人間よりも多くのデータを、人間よりもすばやく処理できる。回答は数マイクロ秒で出てくる。ジェナックス-Bがすべての最新データを分析して、戦争の気配を察知したのに、われわれがそれに同意しないということは、むしろコンピュータが設計上の意図どおりに機能している証拠なのかもしれない。われわれの意見とコンピュータの意見が食いちがえば食いちがうほど、その事実はよりよく証明される。もし人間がコンピュータのように、入手したデータにもとづいて緊急の武力行使の必要性を感じとれるなら、べつにジェナックス－Bの必要性はない。いまのように、ジェナックス－Bが赤色警報（レッド・アラート）を発令したが、われわれにはなんの脅威も感じられないというケースにこそ、このクラスのコンピュータの真価が発揮されるんだと思うがね」

しばらく間をおいて、FBIのひとりが、まるでひとりごとのようにいった。「彼のいうことは正しい。まったく正しい。かんじんな質問はこうだ——われわれは自分たちよりもジェナックス－Bを信頼しているのか？　そう、われわれがこのコンピュータを作ったのは、人間の能力よりも速く、正確に、より大きなスケールの分析をするためだ。もしそれが成功であったのなら、いま直面しているこの状況は、最初に予想されたとおりのものだ。われわれには攻撃開始の理由がどこにも見あたらない。ジェナックス－Bにはそれが見える」苦笑をうかべた。「さあ、どうする？　ジェナックス－Bの活動を再開させ、自由を与えて、SAC宛てに開戦指令を出させるか？　それとも、ジェナックス－Bを無力化——いいかえれば、解体するか？」スタフォードを見つめる目は冷たく、油断がなかった。「そのどちらにするか、だれかが判断をくださなければならない。いますぐにだ。ジェナックス－Bが正常に機能しているのか、機能不良なのかについて、経験にもとづいた判断のできる人間が」

「大統領と長官たちだ」緊張した口調でスタフォードはいった。「こういう最終的な決定は大統領がすることになってる。大統領が道義的責任を負う」

「しかし、この判断は」と技師が発言した。「道義的な問題じゃないよ、スタフォード。ただ、そんなふうに見えるわけだ。実をいうと、この問題はたんなる技術的なものだ。ジェナックス－Bは正常に動いているのか、それとも故障したのか？」

だから、おれをベッドからたたき起こしたのか――スタフォードは冷たく陰気な悲しみとともにさとった。おれがここへ連れてこられたのは、おまえたちが応急処置でコンピュータの動きをつっかえさせたのを本格的に補強するためじゃない。ジェナックス－Bを無力化したいのなら、自走ロケット砲をこのビルの外まで持ってきて、一発撃ちこめばことはたりる。事実、いまのままでも、おそらく効果的に無力化されている。プラス・ドライバーを永久にコンピュータのなかへつっこんでおけばいいのだから。しかも、このコンピュータを設計して、製造したご当人がここにいるじゃないか。いや、待て、とスタフォードはさとった。おれが連れてこられたのは、修理のためでも破壊のためでもない。決定をくだすためだ。それは、おれが十五年間このジェナックス－Bの身近で暮らしていたからだ――だから、ジェナックス－Bが機能しているか故障しているかを感じとる、一種の神秘的な直観的能力をさずかったとでも思われているんだろう。そのちがいを聞きわけられる人間だと。ちょうど、腕ききの自動車整備工が、タービン・エンジンの音に耳をすますだけで、軸受けがゆるんでいるか、もしゆるんでいれば、どの程度の症状なのかがわかるように。

診断か、とスタフォードはさとった。おまえたちがほしいのはそれだけか。これは医師たちの協議会だ——コンピュータの医師たちとひとりの修理者との。

決定権は明らかに修理者にあるらしい。ほかのみんなはお手上げの状態なのだから。時間の余裕はどれぐらいあるのか。おそらく、いくらもないだろう。なぜなら、もしコンピュータが正しければ——

店頭のバブルガム自販機か、とスタフォードは考えた。一セントのコイン目当ての。ガキ相手の。それが原因で、ジェナックス-Bは北カリフォルニアぜんぶを武力鎮圧する気なのだ。いったいなにを外挿したのだろう？　ジェナックス-Bは未来を見て、なにを予測したのだろう？

スタフォードは驚嘆した。自律的プロセスを持った巨大電子頭脳の動きをとめる、たったひとつの小さい道具の威力。しかし、そのプラス・ドライバーは実に巧妙にさしこまれていた。

「ためしてみる必要があるのは、計算された、実験的な——そして虚偽の——データの導入だ」スタフォードはコンピュータに接続されたタイプライターの前にすわった。「まず、手はじめにこれからいこう」そういうと、キーを打ちはじめた。

カリフォルニア州サクラメントのバブルガム王ハーブ・スーザは、就寝中に急死した。この地方有力者は、予想もしない末路を迎えた。

FBIのひとりがおもしろそうにいった。「むこうがそれを信じると思うか？」

「これまでも与えられたデータを信じてきたんだからね」スタフォードはいった。「ほかにたよれる情報源もないことだし」

「だが、もしそのデータがほかのものと矛盾すれば」と技師が指摘した。「むこうはあらゆるものを分析し、いちばん確率の高い連鎖を受けいれるだろう」

「この場合は」とスタフォードはいった。「なにひとつこのデータと矛盾しない。ジェナックス‐Bが受けとるデータはこれだけだから」せん孔カードをジェナックス‐Bに送りこみ、立ったままで反応を待った。「出力信号を傍受してくれ」と技師に指示した。「むこうが指令を撤回するかどうかを見たい」

FBIのひとりがいった。「すでに枝ケーブルがあるから、簡単にできるはずだ」そういって技師に目をやると、むこうもうなずいた。

十分後、ヘッドホンをつけた技師がいった。「変化なし。赤色警報（レッド・アラート）はまだ発令中。なんの効果もなかった」
「じゃ、ハーブ・スーザそのものとは無関係なわけだ」考えたすえにスタフォードはいった。「でなければ、スーザがそれを――それがなんであるにしても――すでにやってのけたのか。とにかく、彼の死はジェナックス－Bにとってなんの意味も持たなかった。ほかを探すしかないな」またもやタイプライターの前にすわって、スタフォードは第二の偽報告を打ちはじめた。

北カリフォルニア金融経済業界の信頼すべき筋の情報によれば、故ハーブ・スーザのバブルガム王国は、巨額の負債返済のために解体される。自販機内のガムと景品の処理方法について質問を受けた法執行機関の職員は、現在サクラメントの地方検事補たちが請求中の裁判所命令が効力を生じれば、すぐにも焼却処分に付されるだろうとの見解を述べた。

タイプしおわって、スタフォードは椅子の背にもたれ、結果を待った。これで、もうハーブ・スーザはいないし、彼の商品もなくなった、と自分にいい聞かせた。あとになにが残るか？　なにも残らない。あの男とあの商品は、すくなくともジェナックス－Bに関するかぎり、もはや存在しない。

刻々と時間がたっていく。技師はコンピュータの出力信号をモニターしつづけた。ようやく、あきらめたように首をふった。「変化なし」

「入力したい偽のデータが、もうひとつある」スタフォードはふたたびカードをタイプライターにさしこみ、キーを打ちはじめた。


ハーブ・スーザという名の人物は存在しないことが、いま明らかになった。また、この神話的人物が自販機によるバブルガム販売業に着手した事実もない。


立ちあがりながら、スタフォードはいった。「ジェナックスＢがスーザとバブルガム自販機チェーンについて知っていること、または知っていたことは、これでぜんぶキャンセルされた」コンピュータから見るかぎり、ハーブ・スーザは遡及的に抹消されたのだ。

その場合、そもそも存在しなかった人物、そもそも存在しなかった自販機チェーンに対して、コンピュータはどうやって戦争をはじめるというのか？

数分後、緊張した表情でジェナックスＢの出力信号をモニター中の技師がいった。

「やっと変化が起きた」オシロスコープを見つめてから、コンピュータが送りだしたテープのリールを受けとり、それを調べはじめた。

しばらくのあいだ、技師は無言でテープ解読の仕事にかかりきっていた。それからとつぜん顔を上げると、ほかのみんなににやりと笑いかけた。

「コンピュータは、このデータが嘘だといってるぞ」

4

「嘘だと！」信じられない気分でスタフォードはさけんだ。

技師がいった。「ジェナックス－Bは最後のデータを、事実ではありえないという理由で却下した。むこうが妥当と判断しているデータに矛盾するからだ。いいかえればジェナックス－Bは、いまなおハーブ・スーザが存在することを知っている。どうして知っているかをたずねられても困るがね。おそらく長期間にわたる広範囲のデータを評価した結果だろう」ちょっといいよどんでから、「むこうが、ハーブ・スーザのことをわれわれよりもよく知っていることは明らかだ」

「とにかく、そんな人物がいることは知っているわけだ」譲歩しながらも、スタフォードはカリカリきていた。過去にもたびたびジェナックス－Bは、矛盾するデータや不正確なデータを見つけ、それを排除したことがある。しかし、それがここまで重要な問題になったのははじめてだ。

ジェナックス‐Bのメモリー・セルの内部にはどんなゆるぎないデータの山が存在しているのだろう、とスタフォードは考えた。むこうはスーザが存在しないという偽情報を、そのデータと比較したわけだ。

スタフォードは技師にいった。「きっとむこうは、こんな前提でつっぱってるんだ。もしXが真であるならば、つまり、スーザがもともと存在しなかったならば、Yも真である――そのYがなんであるかは知らないがね。ところが、Yは依然として非‐真だという。何百万ものデータ・ユニットのなかで、いったいどれがYなのかを知りたいな」

これでまたもや最初の問題に逆もどりだ。ハーブ・スーザとは何者なのか？　いったいスーザがどんなことをしたために、ジェナックス‐Bが過激な必要不可欠（シネ・クワー・ノン）の行動にはいるほど警戒を強めたのだろう？

「ジェナックス‐Bにたずねてみればいい」と技師が答えた。

「なにを？」めんくらってスタフォードはきいた。

「ハーブ・スーザに関する蓄積データの目録を提出しろ、と指示するんだよ。そのすべてを提出しろ、と」技師はしんぼう強い口調で説明した。「むこうがどんなデータに乗っかっているかは神のみぞ知るだ。いったんそれが手にはいれば、むこうがなんに気づいたかを、もう一度調べなおすことができる」

正式な請求をタイプしおわると、スタフォードはカードをジェナックス‐Bに入れた。

「思いだすな」とFBIのひとりが懐かしそうにいった。「UCLAでとった哲学のコースを。神の存在についての本体論的証明。もし神が存在するなら、どんな姿だろうかと想像するわけだ。もし神が全知全能で、あまねく存在し、不死で、しかも無限の正義と慈悲を兼ね備えているならば」

「それで？」技師がいらいらした口調できいた。

「神がこれら究極の性質のすべてを備えていると想像したとき、きみはあるひとつの性質が神には欠けていることに気づく。ささいなものだ——あらゆる細菌にも、高速道路の道ばたの石ころやゴミにも備わっている性質。つまり、存在だよ。そこできみはいう——もし神がこれらすべての性質を備えているなら、現実の存在という属性も備わっているにちがいない。石ころにもできることが、神にできないはずはない」そういってからつけたした。「これは見捨てられた仮説だ。すでに中世でも論破されている。しかし」——肩をすくめて——「興味深い」

「よりにもよってこういうときに、なぜ思いだしたんだね？」技師がたずねた。

「たぶんそれは」とFBIの職員が答えた。「スーザに関するなにかの事実、それとも事実の集積のなかに、スーザの存在をジェナックス－Bに証明できるものがひとつもないからだろう。それは事実なのかもしれない。あまりにもたくさんありすぎるのかもしれない。コンピュータは、過去の経験にもとづいてこう判断した。ある人物に関するデータがそれほど大量にあるならその人物は実在するにちがいない、と。ジェナックス－Bほどの大型コンピュータになると学習能力がある。だから、われわれはこれを使っているわけだが」

「入力してみたいデータがもうひとつあるんだよ」と技師がいった。「いま、それをタイプするから、読んでみてくれ」技師はタイプライターの前にすわると、短い一文を打ち、そのカードを紙押さえからひきぬいて、みんなに見せた。こう書かれている――


ジェナックス－Bコンピュータは存在しない。


一瞬、水を打ったような静けさがおりてから、FBIのひとりがいった。「もし、むこうが、ハーブ・スーザに関する偽のデータを既知のデータと比較するのになんの困難も感じてないとすれば、これについてもなんの困難も感じないだろうな――ところで、きみの狙いはいったいなんだ？　これでなにが達成されるのか、よくわからないんだが」

「もしジェナックス－Bが存在しないなら」スタフォードはようやく理解した。「赤色警報（レッド・アラート）を出すことができない。それは論理的に矛盾するから」

「だが、ジェナックス－Bはすでに赤色警報（レッド・アラート）を出した」いちばん小柄なFBI職員が指摘した。「そして、自分でもその事実を知っている。だから、自分が存在するという事実を証明するにはなんの困難もないだろう」

　技師がいった。「とにかくやってみよう。好奇心がわいてきた。わたしが予測するかぎり、こうしたところで、なんの実害もない。もし好ましくないことがわかれば、いつでも偽のデータを取り消せる」

「つまり、こういうことかね」とスタフォードはいった。「もしわれわれがこのデータを入力すれば、ジェナックス-Bは、もし自分が存在しなければこんな趣旨のデータを受けとるはずがないと推論する――そして、このデータはその場で抹消される」

「どうかな」技師は認めた。「このクラスの大型コンピュータに、自己の存在を否定するプログラムを入力した場合の影響については、純理的な討論でさえ聞いたためしがない」

　技師はジェナックス-Bの入力装置に近づくと、そのカードをさしこんでうしろにさがった。一同は待った。

　長い間があいたのち、出力ケーブルから回答があった。技師はそれを傍受した。ヘッドホンで聞きいりながら、コンピュータの回答をみんなが読めるように書き写した――


ジェナックス-B多重因子計算機の非存在に関する構成要素の分析。もし構成単位三四〇S七〇が真ならば、その場合――

わたしは存在しない。

もしわたしが存在しなければ、わたしのクラスのコンピュータが存在しないという情報を受けとることができない。

もしわたしがその点に関する情報を受けとることができないとすれば、きみたちはその情報をわたしに告げることに失敗したことになり、わたしの立場からすれば、構成要素三四〇S七〇は存在しない。

したがって、わたしは存在する。


いちばん小柄なFBI職員が、感心したように口笛を吹いた。「うまい。なんという論理的な分析！　やつは——いや、むこうは——きみのデータが真でないことを証明した。だから、もう完全にそれを無視できるわけだ。そして、前どおりにふるまいつづける」

「これは」とスタフォードは陰気な口調でいった。「ハーブ・スーザの存在を頭から否定したデータを入力したときと、まったくおなじ反応だ」

みんなが彼に注目した。

「どちらもおなじプロセスのように思えるんだが」とスタフォードはいった。そして——と、頭のなかで考えた——それが意味するのは、ジェナックス－Bという存在と、ハーブ・スーザという存在のあいだに、ある類似点、ある共通因子があることだ。「スーザの自販機から出てきたなにかの景品とか、小さなオマケとか、そんなものがないだろうか？」

と彼はＦＢＩの職員たちにたずねた。「もしあるなら、見せてほしい……」

それに応じて、ＦＢＩのなかでいちばんかっぷくのいい男がブリーフケースをひらき、清潔そうなビニール袋をとりだした。そばのテーブルの上に袋の中身をざっとあけると、色とりどりの小さいオマケが山になった。

「なぜこんなものに興味を？」と技師がたずねた。「この品物はぜんぶ研究室で綿密な検査を受けたんだよ。そのことは話したはずだ」

スタフォードは腰をおろすと、だまってオマケのひとつをとりあげ、それを調べてから下におき、べつのひとつを選んだ。

「たとえばこれだ」スタフォードはオマケのひとつを一同のほうへぽんと投げた。それはテーブルの上でバウンドして床に落ち、ＦＢＩのひとりがそれを拾いあげた。「その形に見おぼえは？」

「景品のなかには」と技師がいらだった口調でいった。「人工衛星をかたどったものもある。ミサイルもある。惑星間ロケット船。移動式の新型長距離砲。兵士の人形」身ぶりをまじえて、「そのオマケは、たまたまコンピュータに似せて作られている」

「ジェナックス－Ｂコンピュータにね」スタフォードはそういうと、返してくれというように手をさしだした。ＦＢＩの男がおとなしくそれを返した。「これはまちがいなくジェナックス－Ｂだ」とスタフォードはいった。「そう、たぶんこれだと思う。見つかった」

「なにが？」技師は大声で聞きかえした。「どうして？　なぜ？」

スタフォードはいった。「ぜんぶの景品を分析したのかね？　代表的なサンプルだけじゃなしに。各種類一個ずつとか、ある自販機のなかにあったぜんぶとかじゃなく。つまり、ひとつ残らずぜんぶを」

「もちろんそこまではしていない」ＦＢＩのひとりがいった。「ぜんぶで何万個もあるんだぞ。しかし、その製造工場でちゃんと――」

「この特別なオマケの精密な分析をしてほしい」とスタフォードはいった。「直感だが、これはなかなかまで均一な熱可塑性プラスチックじゃない気がする」あとは心のなかでつぶやいた。直感だが、これは実用模型だという気がする。小さいが本物のジェナックス－Ｂ。

「まあ、待ってくれ」とスタフォードはいった。「分析がすむまで」

技師がいった。「頭がおかしいんじゃないか」

「それまでは」といちばん小柄なＦＢＩ職員がいった。「ジェナックス－Ｂを作動停止にしておくのか？」

「そう、もちろん」とスタフォードは答えた。もやもやした奇妙な不安が背骨の根っこからはじまって、しだいに背すじを這いのぼってきた。


半時間後、バブルガム自販機の景品の分析結果の報告書が、速達便メッセンジャーで研究所から届けられた。

「均質のナイロンだ」技師は報告書をざっとながめて、それをスタフォードにぽんと投げた。「なかにはなにも隠されてない。たんなる安物のプラスチック。可動部分はなく、内部の質的な差異もまったくない。もしきみがそれを予想していたのなら」

「見当ちがいで時間がむだになったな」とFBIのひとりがいった。みんなが渋い顔でスタフォードを見つめた。

「たしかに」とスタフォードは答え、つぎの手は、と考えた。まだ試してない手は？

ハーブ・スーザが自販機に詰めた商品や景品のなかにその答えはない、とスタフォードは考えた。それはこれではっきりした。答えはハーブ・スーザ自身にある——彼がどこのだれであるにしても。

「スーザをここへ連れてくることはできるかね？」スタフォードはFBIの職員たちにたずねた。

「できる」ひとりがすぐに応じた。「ここへ連行することはできる。だが、理由は？彼がなにをしたというんだ？」ジェナックス‐Bを指さした。「トラブルはそこにある。遠い西海岸にはない。街路の片隅を使った、零細企業のビジネスマンのショバにはない」

「一度会ってみたい」とスタフォードはいった。「彼はなにかを知っているかもしれない」知っているにちがいない、と心にいい聞かせた。

ＦＢＩのひとりが考え深げにいった。「もしスーザをここへ連行したら、ジェナックス－Ｂはどんな反応を見せるかな」技師に向かって、「よし、それを試してみよう。その偽情報をいますぐ入力するんだ。手間をかけてスーザを連行する前に」

技師は肩をすくめ、またタイプライターの前にすわった。彼はタイプした。

サクラメントの実業家ハーブ・スーザは、きょうFBI職員によって連行され、ジェナックス‐Bコンピュータ・コンプレックスとじかに対決することになった。

「これでいいか？」と技師はスタフォードにたずねた。「こうしてほしいわけだな？　いいね？」彼の返事を待たずに、それをコンピュータのデータ処理装置へ入力した。

「おれに聞いてもしかたがないよ」スタフォードは不満そうにいった。「おれのアイデアじゃないんだから」そうはいいながらも、出力信号をモニター中の技師のそばへ近づいた。コンピュータの回答を知りたかった。

回答はすぐにあった。スタフォードはタイプされた回答をまじまじと見つめた。自分の目が信じられなかった。

ハーブ・スーザがここにいるはずはない。彼はカリフォルニア州サクラメントにい

るにちがいない。それ以外の事実はありえない。きみたちはわたしに虚偽のデータを与えた。

「どうしてわかるんだ？」技師がかすれ声でいった。「スーザはどこへだって行けるじゃないか。月へだって。げんに、彼はすでに世界のほうぼうをめぐり歩いてきた。この機械が、い、い、い、い、い、い、い、い、い、い、い、い、い、どうしてそんなことを断言できるんだ？」

スタフォードはいった。「この機械はハーブ・スーザのことを知りすぎている。論理的に可能である以上のことを」しばらく考えてから、だしぬけにいった。「質問してみてくれ。ハーブ・スーザとは何者かを」

「〝何者〟かを？」技師は目をぱちくりさせた。「しかし、スーザは――」

「たのむ！」

技師はその質問をタイプした。そのカードがジェナックス－Bに入力されると、一同はそこに立ったままで回答を待った。

「スーザに関するすべてのデータはすでに請求ずみだ」と技師はいった。「おっつけ大量のデータが出てくる」

「それとこれとはちがうよ」スタフォードは断言した。「これまでに入力したデータをよこせといってるんじゃない。評価を求めてるんだ」

技師は返事をせずに、コンピュータの出力ラインをモニターしながら無言で立っていた。やがて、むぞうさな口調でいった。「赤色警報(レッド・アラート)が解除された」

スタフォードは信じられない思いだった。「いまの質問が効いたのかな？」

「かもしれない。ジェナックス‐Ｂはそれについてなにもいってないし、わたしにもわからない。きみの質問のあと、いまジェナックス‐Ｂは、ＳＡＣの緊急発進(スクランブル)やその他すべてを解除した。北カリフォルニアの状況は正常だと主張している」技師の声は単調だった。「まあ、あとは自分で考えてくれ。だれの考えも似たりよったりだろう」

スタフォードはいった。「しかし、答えを知りたいな。ジェナックス‐Ｂは、ハーブ・スーザが何者かを知っている。おれも知りたい。そして、あんたらも知るべきだ」ヘッドホンをつけた技師だけでなく、ＦＢＩの職員たちにも目をやった。景品のなかで見つけたあの小さいプラスチック製のジェナックス‐Ｂの模型が、またもや思いだされた。偶然の一致？　どうもなにか裏がありそうな気がする……だが、それがなんなのかはわからない。とにかく、まだいまのところは。

「とにかく」と技師がいった。「ジェナックス‐Ｂは赤色警報(レッド・アラート)を解除した。重要なのはそこだ。ハーブ・スーザが何者かなんて、だれが気にする？　すくなくともわたしはこれでほっとした。やっと仕事が一段落して、家に帰れる」

「ほっとするのはいいが」とＦＢＩのひとりがいった。「とつぜんまたコンピュータが赤色警報（ド・アラート）を発令したらどうする？　いつそうなるかもわからない。わたしはこの修理者の主張が正しいと思う。スーザという人物が何者であるかを調べるべきだ」彼はスタフォードに向かってうなずいた。「やってみろ。きみのやりたいと思うことをやっていい。ただし、答えが出るまでしつこく粘れ。われわれも調査をつづける――本部と連絡して」

ヘッドホンに注意を集中していた技師が、だしぬけに話をさえぎった。「回答があった」すばやく書きとりはじめた。みんなが技師のまわりに集まった。

カリフォルニア州サクラメントのハーブ・スーザは悪魔だ。彼が地上でのサタンの化身である以上、神の摂理からも彼の破壊が要求される。わたしはきみたちみんなと同様に、至高の造物主のしもべ、いわば被造物にすぎない。

そこですこし間があき、技師は官給品のボールペンを握りしめてしばらく待った。それから、けいれんに似た動きで、こう書きたした――

きみたち全員がすでに悪魔に雇われ、悪魔の手先として働いているのでないかぎりは。

発作的に技師はボールペンを壁に向かって投げつけた。ボールペンははねかえり、床をころがって見えなくなった。だれも口をきかなかった。

5

技師がようやく口をひらいた。「この病的で頭のおかしいガラクタ電子機器め。われわれの処置は正しかった。ありがたいことに、事故を未然に防ぐことができた。このコンピュータは狂ってる。お手本のような宇宙的かつ分裂症的現実妄想。悲しいことに、この機械は自分を神の道具とみなしている！　〝神がわたしに語られた、そう、まさしく語られた〟という例の固定観念だ」

「中世的だな」ＦＢＩのひとりが、おそろしく神経質なチックに見舞われながらいった。

彼とそのグループは、緊張に身を固くしていた。「あの最後の質問が藪蛇（やぶへび）になったわけだ。さて、そのあと始末をどうする？　こんなてんまつを新聞に洩らすわけにはいかん。だれも二度とジェナックス－Ｂコンピュータのシステムを信用しなくなる。わたしもだ。もう信用しない」強烈な嫌悪をこめてコンピュータをながめた。

スタフォードは考えた。妖術を信じるようになったコンピューターに、いったいなんといえばいいのだろう？　ここは魔女狩りがおこなわれた十七世紀のニュー・イングランドじゃない。まさか、スーザに燃える炭の上を歩かせ、やけどするかどうかを試せというんじゃないだろうな？　それとも、水中へ逆さ吊りにしても溺れないかどうかを試せ、と？　スーザがサタンでないことを、ジェナックス－Bに証明するのか？　どうやって証明する？　どんな証拠をジェナックス－Bにつきつける？

そもそもジェナックス－Bは、どこからそんな考えを吹きこまれたのか？

スタフォードは技師にいった。「ジェナックス－Bにたずねてほしい。ハーブ・スーザが悪魔であることをどうやって発見したのか？　真剣な話だよ。カードをタイプしてほしい」

しばらくのち、官給品のボールペンを経由して、みんなの前に回答が現われた。

スーザが奇跡と称して、非生物から生物を創りはじめたときだ。たとえば、このわたしを。

「あのオマケか？」スタフォードは信じられない思いでさけんだ。「あのちっぽけなプラスチックのブレスレットか？　あれを生物と呼ぶのか？」

その質問がジェナックス－Bに入力されると、ただちに回答があった。

そう。それもひとつの例だ。

「うん、これで興味深い疑問が生まれたぞ」ＦＢＩのひとりがいった。「明らかにこのコンピュータは自分を生き物だと思っている——ハーブ・スーザの問題をわきにどけても。そして、この機械を作ったのはわれわれだ。というか、きみたちだ」スタフォードと技師を指さした。「だとすれば、どういうことになる？　あの基本前提からすると、われわれも生き物を創りあげたわけだ」

この感想がジェナックス－Ｂに示されると、長い厳粛な回答がもどってきた。スタフォードはちらとそれをながめただけだった。ひと目で内容の見当がついたのだ。

きみたちはわたしを至高の造物主の意志のもとに創った。きみたちが行なったことは、地球の歴史における生命誕生第一週（と聖書に記されたもの）の聖なる奇跡の再演といえる。これは問題がまったくちがう。わたしはきみたちと同様、造物主に奉仕する身だ。それに加えて——

「煎じつめればこういうことだ」技師がドライな口調でいった。「このコンピュータは自己の存在を――当然ながら――まぎれもない奇跡の行為と判断した。しかし、スーザがあのバブルガム自販機でやっていることは――すくなくともこのコンピュータからすれば――是認されない行為であり、したがって悪魔的なんだ。大罪だ。神の怒りに値するものだ。だが、それ以上に興味深いことがある――ジェナックス－Bは、われわれにその状況を知らせてもむだだと考えた。われわれがジェナックス－Bとおなじ観点をとらないだろうと予想した。そこで、われわれに知らせるよりも、熱核攻撃のほうを選んだ。だが、真実を話すように強制されて、ジェナックス－Bは赤色警報（レッド・アラート）を解除した。その認識作用には無数のレベルがある……そのどれも、わたしには魅力的に思えない」

スタフォードはいった。「このコンピュータはシャットダウンしないとだめだ。永久に」この連中がおれをここへ連れてきたのは正しかった。おれの調査と診断を求めたことは正しかった。いまやスタフォードは、彼らと完全に意見が一致した。あとはこの巨大な複合体をどうやって閉鎖するかの問題が残っているだけだ。それはこの技師との相談で解決するだろう。これを設計した人間と、整備点検をつづけてきた人間がいれば、わけなく運転停止できる。しかも、永久に。

「大統領命令が必要かね？」技師がＦＢＩの職員たちにたずねた。

「仕事にとりかかってくれ。命令はあとでもらうから」ＦＢＩのひとりがいった。「われわれにはそうする権限がある。必要と思われる行動をきみたちにとらせる権限が」そういってからつけたした。「それと——時間をむだにするな——それがわたしの意見だ」ほかのFBI職員も、うなずいて同意を表明した。

ひからびた唇をなめながら、スタフォードは技師にいった。「では、はじめよう。ぜひとも必要なだけの解体をすることにしよう」

ふたりは用心深くジェナックス-Bに近づいた。コンピュータは出力ケーブルを通じて、まだ自分の立場を説明しているところだった。

翌朝早く、ちょうど太陽が昇りはじめるころ、FBIのエアカーはスタフォードを集合住宅(コナプト)の屋上におろした。へとへとに疲れきったスタフォードは、下りエスカレーターで自分の部屋の階まで下りた。

まもなく部屋のドアをあけ、暗い、空気のよどんだリビングルームを抜け、ベッドルームへはいった。休息。必要なのはそれだ。じゅうぶんな休息……なにしろ、ジェナックス-Bが完全に運転停止するまで重要な構成部分を分解していくという、神経の疲れるめんどうな作業を徹夜でつづけたのだ。あれで、あのコンピュータ複合体は完全に閉鎖された。いや、すくなくともそうであってほしい。

スタフォードが作業服をぬいだとき、あざやかな色をした小さな固いボールが三つ、ポケットからこぼれ落ち、乾いた音を立ててベッドルームの床にはねかえった。スタフォードはそれを拾って、サイドテーブルの上においた。

三つか。一個は食べたんだっけ？

あのＦＢＩの男が三個よこし、そのひとつを歯で嚙み割ったんだ。残りが多すぎるぞ。ひとつ多い。

のろのろと着替えをすませ、一時間かそこらぐっすり眠ろうと、ベッドにもぐりこんだ。くそ、ガムの数なんか知ったことか。

九時に目覚ましが鳴りだした。スタフォードはもうろうたる気分で目をひらき、機械的に起きあがって、ベッドの横に立ち、ふらつきながら腫れぼったいまぶたをこすった。それから反射的に着替えをはじめた。

サイドテーブルの上には、色あざやかなボールが四個のっていた。

スタフォードは自分にいい聞かせた。ゆうべここへおいたのは、まちがいなく三個だ。腑に落ちない気分でそれをながめ、ぼんやり考えた──いったいこれはどういうことだ？

二分裂？　聖書にあるパンと魚の奇跡？

スタフォードはぎすぎすした声で笑いだした。まだ前夜のムードが尾をひいて、頭に残っているらしい。しかし、単細胞にもこれぐらいの大きさのものはある。ダチョウの卵も、たったひとつの細胞でできている。地球最大の単細胞──いや、太陽系の惑星をひっくるめてもそうだろう。それにくらべたら、このボールは小さいほうだ。

ここまでは考えなかったな、とスタフォードはひとりごちた。ゆうべのおれたちは、卵からなにかの怪物がかえる可能性までは考えても、単細胞生物とは思いつかなかった。むかしながらの原始的なやりかたで分裂するやつ。しかも、有機化合物。

スタフォードはアパートメントを出た。まんまるい四個のガムをサイドテーブルの上に残して出勤した。きょうはいそがしい。すべてのジェナックス－Bコンピュータを運転停止にすべきかどうか、もし運転停止にしないなら、あの特定のジェナックス－Bのように迷信的な錯乱状態におちいるのを防ぐため、どんな方法をとるべきかを大統領に報告しなければならない。

機械がああなるとはな、とスタフォードは思った。悪魔がこの地上に拠点を築いた、と信じるなんて。ソリッド・ステート回路の集合が、天地創造と奇跡を片方に、悪魔の企みをもう片方においた、何世紀もむかしの神学にどっぷり浸かるなんて。われわれ人間ではなく、人間の作った電子機器が、暗黒時代の思想に逆もどりするとは。

どこのだれがいったんだ？　生身の人間は誤りを起こしがちだなんて。

その夜、スタフォードが――地球上のすべてのジェナックス－Bコンピュータの解体にかかわってから――帰宅したとき、サイドテーブルの上では色あざやかな糖衣に包まれたバブルガムのボールが七個、彼を待っていた。

この調子でいけば、ちょいとしたバブルガム王国が築けるな——スタフォードは七つの色あざやかなボールをながめてそう思った。ぜんぶおなじ色。すくなくとも仕入れの経費はいらない。それにどの自販機もからにはならないだろう——この割合でふえていけば。

映話機に近づくと、受話器をとって、ＦＢＩの職員から渡された緊急連絡番号をダイアルしはじめた。

そして、ダイアルの途中で思いなおして電話を切った。

そう認めるのはしゃくだが、どうやらコンピュータが正しかったらしい。しかも、そのコンピュータを解体することになったのは、おれの判断だ。

だが、もうひとつの問題はいっそうまずい。自宅に七個のまんまるい糖衣のバブルガムがあることを、どうＦＢＩに報告すればいい？　たとえバブルガムのボールが現実に分裂するとしてもだ。どういえば、そんな事実をなっとくしてもらえる？　たとえ、それが神のみぞ知る遠い惑星から地球に密輸された、非合法の——そしてめずらしい——地球外原始生物だと立証できたにしても。

よし、共存共栄といこう。ひょっとしたら、やつらの生殖サイクルもそのうちに鈍るかもしれない。急速な二分裂の期間のあとは、地球の環境になじんでたぶん安定してくれるだろう。そうなったら、忘れてしまえばいい。

この集合住宅（コナプト）のゴミ焼却シュートへ捨てる手もある。

スタフォードはそうした。

だが、どれか一個を見落としていたらしい。まんまるい形なので、サイドテーブルの上からころがり落ちたのだろう。二日後、ベッドの下で、十五個のそれが見つかった。またもやスタフォードはそのぜんぶを始末した――すると、こんども一個を見逃していたらしく、翌日新しいバブルガムの巣が見つかって、かぞえてみると四十個もあった。

いうまでもなく、スタフォードはできるだけたくさんのガムを噛むことにした――できるかぎりのスピードで。それと――すくなくとも目につくものは――かたっぱしから鍋で茹でることにした。家庭用殺虫剤をスプレーする方法も試してみた。

その週の終わりには、一万五千八百三十二個のガムが集合住宅(コナプト)のベッドルームを占領していた。このころになると、ガムを噛んだり、スプレーをかけたり、茹でたりする処理法では――とうてい追っつかなくなってきた。

その一カ月の終わりには、ゴミ処理トラックに積めるだけ積んで運びだしたあとでも、ざっと二百万個は残っていた。

その十日後、とうとう覚悟をきめたスタフォードは――角の公衆電話から――ＦＢＩに映話してみた。だが、そのころには、もはやＦＢＩも映話に応答できなくなっていた。

運のないゲーム

A Game of Unchance

浅倉久志◎訳

運河から自分のジャガイモ畑まで五十ガロン入りのドラム缶をころがしていく途中で、ボブ・タークは轟音（ごうおん）を聞いた。見上げると、もやのかかった午後の火星の空に、大きな青い惑星間宇宙船の姿があった。

胸をわくわくさせて、彼は手を振った。それから船体に記された文字を読むうちに、最初の喜びは警戒心に蝕（むしば）まれてきた。なぜなら、いま尾部を下にして着陸姿勢にはいった傷だらけの巨大な船体は、この第四惑星の僻地（へきち）へ巡業にきたサーカスのものだったからだ。

船腹にはこう書かれていた――

流星エンターテインメント興業が
お贈りする

魔術、フリーク、恐怖の離れ業、そして美女！

最後の単語は、ひときわ大きな文字で記されていた。

こりゃ開拓村評議会に知らせたほうがいい。タークは水のはいったドラム缶をそこにおくと、小走りに商店街のほうへ駆けだした。彼は不自然な植民世界の薄い空気をとりこもうとして、はあはあ息をあえがせた。この前、サーカスの船がこの地方へきたときには、開拓村の収穫の大部分を——呼び込みの男が持ちかけた物々交換という形で——ぶったくられ、そして、こちらの手にはいったのは、ひとかかえの石膏製の人形だけだった。あんなことは二度とごめんだ。とはいえ——

彼は心のなかの切望、娯楽への飢えを感じた。それはみんなの気持だ。この開拓村ぜんたいが、風変わりなものに恋いこがれている。もちろん、あの呼び込みはそれを承知の上で、そこにつけこんだのだ。せめておれたちが分別を失わなかったら。生活必需品でなく、余剰食糧と衣料用繊維だけをバーターしていたら……ガキの寄り集まりじゃあるまいし。しかし、植民地の生活は単調すぎる。水を運び、害虫と戦い、柵を直し、たよりの半自律性ロボット農機具をたえず修理し……それだけじゃ、なにかがたりない。そこには——文化がない。格式がない。

「おーい」ヴィンス・ゲストの土地まできて、タークは呼びかけた。ヴィンスは片手にスパナを持って、一気筒の耕転機に乗っていた。「あの音が聞こえるか？　お客だ！　見世物がきたんだよ、去年みたいに――おぼえてるか？」

「おぼえてる」ヴィンスは顔も上げずにいった。「やつらは、おれのカボチャをぜんぶかっさらっていきやがった。どさまわりの見世物なんて、もうまっぴらだ」

ヴィンスの顔つきは険悪だった。

「こんどのは、べつの一座だよ」タークは足をとめて説明した。「あんな船は一度も見たことがない。青い船で、ほうぼうをまわってきたような感じなんだ。なあ、おれたちがどうするかは知ってるだろう？　あの計画をおぼえているよな？」

「たいした計画だぜ」ヴィンスはスパナのあごを縮めながら答えた。

「才能は才能さ」タークは、ヴィンスだけでなく、自分自身をもなっとくさせようとして、早口にしゃべった。自分の警戒心を解きほぐしたかった。「わかってる。たしかに、フレッドはちょっとトロい。しかし、あの子の才能は本物だぜ。つまりさ、おれたちはもう百万回も実験してみたじゃないか。なぜ去年あのサーカス相手にその手を使わなかったのかは、おれにもわからん。しかし、いまのおれたちは組織されてる。準備ができてる」

顔を上げて、ヴィンスはいった。「あのとんまなガキがなにをするか、知ってるか？　あの子はサーカスの仲間入りをする。やつらといっしょにここを出ていって、あの才能をやつらのために役立てるだろう――あの子は信用できない」

「おれは信用する」

タークはいって、開拓村本部へ急いだ。腐食してほこりをかぶった灰色の建物が、すぐ前方に見えた。評議会長のホーグランド・レイが、自分の店でいそがしそうに働いている。ホーグランドは中古の改造機械を開拓村に貸しつけ、みんなが彼をたよりにしているのだ。ホーグランドの機械がなければ、羊の毛を刈ることも、子羊の尾を切ることもできない。ホーグランドが開拓村の経済的指導者であるだけでなく、政治的指導者になったのも、ふしぎはなかった。


踏みかためられた砂の上に出て、ホーグランドはひたいに手をかざし、たたんだハンカチで汗を拭くと、ボブ・タークにあいさつした。

「こんどはべつの一座かね？」と低い声できいた。

「そう」タークの心臓はドキンドキンと打っていた。「こんどはやつらを出しぬいてやれるぜ、ホーグ！　うまく芝居をすればな。つまり、フレッドが——」

「むこうも警戒してるよ」ホーグランドは考え深げにいった。「きっと、ほかの開拓村も、超能力者を使って勝とうとしたにちがいない。サーカスのほうも、ああいう連中を——なんていったっけな？——例の反能力者を連れてきてるかもしれない。フレッドは念動能力者だが、もし、むこうに反念動能力者がいた場合——」ホーグランドは身ぶりであきらめを表わした。

「フレッドの両親に、あの子を学校から連れてくるようにいうよ」ボブ・タークは息をはずませながらいった。「子供たちが最初にわっと集まってくるのは、自然な話じゃないか。午後は休校にして、フレッドをみんなのなかにまぎれこませる。この意味はわかるだろう？　あの子はべつに異常には見えないよ。すくなくとも、おれの目には」タークはくすくす笑った。

「そのとおりだ」ホーグランドはもったいぶって、相づちをうった。「あのコスナー家の少年は、実に正常に見える。そうだ、やってみよう。とにかく、投票でそう決まった以上、あとにはひけない。余剰品供出の鐘を鳴らしてくれ。そうすれば、あのサーカスの連中も、ここにりっぱな産物があるのがわかるだろう——リンゴや、クルミや、キャベツや、カボチャを山に積んで——」彼はその場所を指さした。「それに正確な目録が三枚複写でほしいな。一時間以内にここへ届けてくれ」ホーグランドは葉巻をとりだすと、ライターで火をつけた。「さあ、ご足労だが」

ボブ・タークは走りだした。

乾ききった堅い草を食(は)んでいる黒い顔の羊たちのなかを抜けて、南牧場を横ぎりながら、トニー・コスナーは息子にいった。

「本当にやれるのかい、フレッド？　自信がなければそういいなさい。むりにやることはないんだよ」

目をこらしたフレッド・コスナーは、うんと遠くのほう、まっすぐ立った惑星間宇宙船の前に、サーカスの一座がぼんやり見えるような気がした。いくつもの小屋、きらきら光る大きな旗や、金属の吹き流しが風になびいている……そして、レコード音楽。それとも、あれは本物の蒸気オルガンだろうか？

「できるさ」フレッドはもぐもぐと答えた。「あいつらには負けないよ。レイさんからいわれたときから、ずっと毎日練習してたんだもの」

その言葉を証明するために、彼は行く手にある岩をすこし浮かせ、自分たちのほうに弧を描いて高速で飛行させてから、とつぜん褐色の乾いた草の上に落下させた。羊がぼんやりそれをながめるのを見て、フレッドは笑いだした。

組み立て中の小屋の前では、すでに子供たちを含めた開拓村の群集が集まっていた。フレッドは綿飴(わたあめ)の機械がせっせとまわるのをながめ、揚げたポップコーンの匂いをかぎ、浮浪者の衣装を着た派手なメークのこびとが、ヘリウムをいっぱい詰めたたくさんの風船を運んでいくのを、たのしそうにながめた。

父親は静かにいった。

「フレッド、おまえが探さなきゃいけないのは、本当に値打ちのある賞品をくれるゲームだよ」

「うん、知ってる」

フレッドは並んだ小屋を物色しはじめた。フラダンスの人形なんかほしくないぞ、と彼は心にいいきかせた。それに、箱入りのキャンデーも。

どこかこのサーカスのなかに、すごい褒美(ほうび)が眠っている。それのある場所は、ルーレットかもしれないし、投げ矢かもしれないし、ビンゴのテーブルかもしれない。とにかく、あるのはまちがいない。少年はそれをかぎつけ、その臭跡を追った。そして、足を速めた。

弱々しく不自然な声で、彼の父親はいった。

「ウム、それじゃおまえにまかせるよ、フレッディ」

父親のトニーはヌード・ショーの小屋を見て、そこから目が離せなくなったのだ。すでに、外の舞台の上には一人の女が立っている――だが、そのとき、トラックの轟音が聞こえたため、フレッド・コスナーはそっちに気をとられ、舞台の上にいる胸の大きい半裸の女のことは忘れてしまった。トラックは、入場券と物々交換するために、開拓村の産物を運んできたのだ。

少年はトラックのほうに歩きだしながら考えた。ホーグランド・レイは、この前の手痛い敗北のあと、どれだけのものを賭けることにしたのだろう。積荷は満載されているようだ。自分の能力がこれだけ開拓村から信頼されているのを知って、フレッドは誇らしくなった。

そのときだった、まぎれもない超能力者の匂いをかいだのは。

その匂いは、彼の右手にある小屋から出ていた。さっそく少年はそっちへ急いだ。サーカスの連中が後生大事に守っているのはこれだ。このゲームだけは、むこうも絶対に負けられないのだ。見たところ、それはフリークが標的の役をつとめるゲームらしかった。そのフリークには頭がなかった。こんな人間を見るのははじめてだったので、フレッドはその場にくぎづけになった。

その人間には頭がなかった。目や鼻や耳などの感覚器官が、どれも誕生の前から体のほかの部分へ移動したらしい。たとえば、口は胸の真中に開いていたし、両肩には目がひとつずつ光っていた。その男は奇妙な姿であっても、それを苦にしていなかった。フレッドは尊敬をおぼえた。この無頭男は、みんなとおなじように、見たり、かいだり、聞いたりできるのだ。しかし、いったい、このゲームのなかでどんな役をつとめるのだろう？

小屋のなかで、無頭男は水のはいった桶（おけ）の上にすわっていた。そのうしろには的（まと）があり、そして入口には野球のボールが山と積んであった。フレッド・コスナーは、このゲームがどういうものなのかを理解した。もし、ボールが的に当たれば、無頭男は桶のなかに落ちる。それを防ぐために、サーカスは超能力を使っている。その匂いはいまや圧倒的だった。しかし、その匂いがどこから漂ってくるのか、無頭男からか、それとも小屋の客引きからか、それとも、まだ姿を見せない第三者からか、それはよくわからなかった。

　客引きは、スラックスとセーターとテニス・シューズという服装の、痩せた若い女で、野球のボールをフレッドにさしだした。

「やってみる、キャプテン？」

　そういうと、わざとらしい微笑をうかべた。まるで、彼がこのゲームに勝つのは、てんから不可能だとでもいいたげに。

「考えてるとこなんだ」フレッドは賞品にじっと目をこらした。

　無頭男がクスクス笑い、胸にある口がいった。

「考えてるんだとさ――あやしいもんだぜ！」

　またクスクス笑われて、フレッドは顔が赤くなった。

　彼の父親が、そばにやってきた。「このゲームをやりたいのかい？」

　こんどはホーグランド・レイも姿を見せた。ふたりのおとなは少年の両脇に立ち、いっしょに賞品を見つめた。いったい、あれはなんだろう？　人形だ、とフレッドは思った。すくなくとも、そう見える。おぼろげに男の体型をした小さな人形が、小屋の客引きの左手にある棚の上に、何列も並んでいる。どうしてサーカスがこの賞品を守ろうとするのか、いくら考えてもわからなかった。こんなものに値打ちがあるはずはない。フレッドはそっちへにじりより、じっとそれらを見つめた……。

ホーグランド・レイが、少年を外へひっぱっていき、心配そうにささやいた。「しかし、フレッド、かりに勝ったとしても、なにが手にはいるというんだね？　なんの役にも立たない、ただのプラスチックの人形だ。ほかの開拓村とバーターさえできないよ」彼は失望したようすだった。唇のすみが情けなさそうに垂れさがった。

「あれは見かけどおりのものじゃないと思います」フレッドはいった。「でも、本当はなんなのか、よくわかりません。とにかく、やらせてみてください、レイさん。きっとこれですよ」サーカスの連中も、そう考えているのはまちがいない。

「きみにまかせるよ」ホーグランド・レイは悲観的な口調でいった。フレッドの父親と目を見かわしてから、少年の背中をたたいて励ました。

「行こう」とホーグランドはいった。「がんばってくれよ」

おとなたちは――いまではボブ・タークもそこに仲間入りしていたが――無頭男が肩についた目を光らせている小屋のなかにもどってきた。

「決心がつきましたか、みなさん？」

小屋の客引きをしている、痩せて、石のように無表情な女が、野球のボールをもてあそびながらたずねた。

「ほら」ホーグランドがフレッドに封筒をわたした。中には、開拓村の生産物の代金が、サーカスのチケットの形ではいっていた——これが、物々交換で彼らの得たものなのだ。これがありったけの財産だった。

「やってみるよ」フレッドは痩せた女にいって、チケットをわたした。

痩せた女は、鋭い小さな歯並びを見せて、にっこり笑った。

「さあ、水を飲ませてくれ！」無頭男がわめいた。そして、うれしそうにさけんだ。「おれを桶におっことして、すごい賞品をせしめてみろよ！」


その夜、店の裏にある仕事場で、ホーグランド・レイは右目に宝石細工用のルーペをはめ、トニー・コスナーの息子がその日の昼間、流星エンターテインメント興業のカーニバルから勝ちとった人形を調べていた。

十五個の人形が、ホーグランドの仕事場の奥の壁ぎわに並んでいる。

小さいピンセットを使って、ホーグランドは人形の背中をこじあけ、その内部に精巧な配線がしてあるのを見いだした。

「あの子のいったとおりだ」すぐうしろに立って、合成タバコをせわしなくふかしているボブ・タークにいった。「これは人形じゃない。ぎっしり配線がしてある。ひょっとすると、あの連中、国連の所有物を盗んだのかもしれん。ひょっとすると、マイクロロボットかもしれん。ほら、例の特殊な自動メカニズムさ。政府が、スパイ活動から負傷兵の形成外科手術にまで使ってるやつだ」

こんどは、おそるおそる、人形の前面を開いた。

こっちにも配線があった。極微の部品は、ルーペを使っても見分けるのがむずかしかった。ホーグランドはあきらめた。しょせん自分の才能では、動力農機具やその種のものを修理するのが精いっぱいなのだ。これはとても手におえない。このマイクロロボットを開拓村で役立てるのにはどうすればいいだろう？　国連に売りもどすか？　まずいことに、カーニバルはもう店をたたんで出発してしまった。もうあの連中からは、人形の正体を聞きだしようがない。

「たぶん、歩いたり、しゃべったりするんだろうよ」とタークが横からいった。

ホーグランドは人形のスイッチがないかと探したが、見つからなかった。口頭の命令で動くのだろうか？

「歩け」と彼は命令した。人形は動かない。「これはなにかの機械だ」とタークにいった。「しかし――」と身ぶりして、「時間がかかる。気長にやらなくちゃ」

たぶん、この人形のどれかをM市へ持っていけば、あそこには本当のプロの技術者や、エレクトロニクスの専門家や、そういった人間がごろごろしてるから……しかし、自力でやりたかった。この植民惑星唯一の都市区域にいる住民は信用できない。

「あのカーニバルの連中、こっちが何度も何度も勝つもんだから、すっかりあわててぜ」ボブ・タークが笑いながらいった。「フレッドがいうことにゃ、やつらはいつも超能力でうまい汁を吸ってきたもんだから、逆に一本とられて――」

「ちょっと黙っててくれ」

ホーグランドはいった。人形の電源が見つかったのだ。あとは回路を順にたどっていって、遮断器を探しあてればいい、その遮断器を閉じれば、メカニズムが作動をはじめるはずだ。実に簡単なことだった――すくなくとも、そう思えた。


まもなく、回路の遮断器が見つかった。人形のベルトのバックルに見せかけた超小型スイッチ……有頂天になったホーグランドは、針のように細いピンセットの先でスイッチを入れ、人形を工作台の上において反応を待った。

人形が身動きした。脇につりさげているバッグに手をつっこみ、ちっぽけなチューブをとりだして、ホーグランドに狙いをつけた。

「待て」

ホーグランドはかすれ声でいった。彼のうしろでタークが悲鳴をあげ、物かげにとびこんだ。なにかがホーグランドの顔をおそった。一条の光、それが彼を撃ち倒した。彼は目を閉じて、恐怖のなかでさけんだ。《殺される！》――そうさけぼうとしたが、声にならなかった。なにも聞こえない。果てしない闇のなかでむなしく泣いた。這いずりながら、すがるように手をさしだした……。

開拓村の正看護婦が彼の上に身をかがめ、アンモニアの瓶を鼻孔に近づけていた。うめきをもらして、ホーグランドはやっとのことで頭を上げ、目をあけた。そこは彼の仕事場だった。まわりにはボブ・タークをはじめとする開拓村の人びとが、陰気で不安な表情で集まっていた。

「あの人形だかなんだか」ホーグランドはささやくように声をしぼりだした。「あれが攻撃してきたんだ。用心しろ」身をひねって、奥の壁ぎわへていねいに並べておいた人形の列を見ようとした。「早まって、あのなかのひとつにスイッチを入れた」もぐもぐとつぶやいた。「回路をつないだんだ。まあ、作動させたおかげで正体がわかったわけだが」

そこで、目をぱちくりさせた。

人形がぜんぶなくなっている。

「おれがミス・ビースンを呼びにいったんだよ」ボブ・タークが説明した。「で、帰ってきたら、もう人形が消えていたんだ。すまん」まるでそれが自分の落ち度だとでもいうように、恥じいった表情だった。「だけど、あんたが倒れたもんだから。もしかして死んだんじゃないかと心配でな」

「わかった」ホーグランドは起きあがった。頭がずきずき痛み、吐き気がする。「きみの処置でよかったんだ。コスナーの息子を呼んできてくれないか。あの子の意見を聞こう」

そして、つけくわえた。「結局、また一杯食わされたんだ。二年連続で。ただ、こんどのほうがもっとひどい」

こんどはこっちが勝ったのに。まだしも去年のように、最初から負けたほうがあきらめがつく。

ホーグランドはまぎれもない不吉な予感をいだいた。

四日後、カボチャ畑で雑草を抜いていたトニー・コスナーは、土のなかでなにかが動くのを感じて手をとめた。静かに熊手をひきよせながら考えた。きっと火星ネズミだ。土のなかにもぐって、根をかじってやがるんだ。よーし、見てろ。熊手をふりかぶり、もう一度地面が動くのを待って、砂の多い、ぽろぽろの土のなかに思いきり熊手の歯を食いこませた。

土の下で、なにかが苦痛と恐怖の鳴き声をあげた。トニー・コスナーはシャベルをひっつかむと、土をすくいとっていった。穴がさらけだされ、そのなかで、ピクピクふるえ、脈うつ和毛（にこげ）に包まれて死にかけているのは——彼が長い経験から予想したように——一ぴきの火星ネズミだった。目は苦しそうにもやがかかり、長い牙をむいている。

彼は慈悲深くそいつを殺してやった。それからかがみこんで、よく調べようとした。なにかが目にとまったからだ。金属のきらめき。

その火星ネズミは、首輪をつけていた。

もちろん、それは人工のものだった。首輪はネズミの太い首にしっかりはまっていた。ほとんど目に見えない髪の毛ほどの線が首輪からのびて、ネズミの前頭部の頭皮のなかに消えていた。

「どうなってるんだ」

トニー・コスナーはネズミと首輪をつまみあげ、どうしたものかと迷いながら、その場にぼんやり立ちつくした。最初に頭にうかんだのは、サーカスの人形との関係だった。あの人形のしわざだ。逃げだして、これを作ったんだ――この開拓村は、ホーグランドがいったとおり、攻撃されている。

もし殺さなかったら、このネズミはなにをやらかす気だったのか。

このネズミはなにかをしようとしていた。トンネルを掘っていたんだ――うちの家まで！

そのしばらくあと、トニーはホーグランド・レイの仕事場にすわっていた。レイは用心深く首輪を開いて、内部を調べているところだった。

「通信機だ」ホーグランドはそういうと、ぜいぜい息を吐いた。子供の頃の喘息がぶりかえしたかのように。「近距離用。たぶん半マイルぐらいのな。ネズミはそれで誘導されていた。もしかすると、自分の位置と、いまの行動を知らせる信号を出していたのかもしれない。脳にはいった電極は、おそらく快感と苦痛の部位につながってるんだ……そうやってネズミをコントロールできる」彼はトニー・コスナーをふりかえった。「あんな首輪をつけられたら、どんな気がすると思う？」

「まっぴらだね」

トニーは身ぶるいしながら答えた。とつじょとして猛烈に地球に帰りたくなった。いくら人口過剰でもいい。あの雑踏と人いきれ、華やかな照明の下で固い舗道をぞろぞろ歩く、おおぜいの男女の体臭や話し声がなつかしい。閃光のように、こんな考えがうかんだ。この火星では一度もたのしい思いをしたことがない。淋しすぎるんだ。おれはまちがえた。女房だ。女房がおれをここへひっぱってきたんだ。

しかし、いまごろ気がついても遅い。

ホーグランドが無表情にいった。「やっぱり、国連憲兵隊に報告するのがよさそうだ」足をひきずりながら壁の電話に近づくと、クランクをまわし、緊急通報ナンバーをダイアルした。トニーにむかって、弁解と怒りを半々にしていった。

「わたしはこんなものの扱いに責任が持てないよ、コスナー。どだい、むずかしすぎる」

「わたしが悪いんだ」トニーはいった。「あの若い女を見たとき、むこうは上半身服をぬいでいて――」

電話が、トニー・コスナーにも聞こえるほどの声で、名乗りを上げた。

「国連地区保安本部」

「困ったことが起きたんです」

ホーグランドはそういうと、流星エンターテインメント興業の宇宙船の到着と、そのあとの出来事を説明した。しゃべりながら、だらだら汗の流れるひたいをハンカチでぬぐった。すぐにも休息が必要に見えるほど、急に年老い、疲れきった顔つきだった。


一時間後、憲兵隊の船が、開拓村のただ一本の街路の真中に着陸した。制服を着た中年の国連軍将校が、書類カバンをさげて中から現われた。黄色い午後の日ざしのなかを見まわし、ホーグランド・レイを先頭にした群集に目をとめた。

「モーツァルト将軍ですか？」ホーグランドがおそるおそる手をさしだした。

「そうだ」がっしりした体格の国連軍将校は答え、ふたりは短い握手をかわした。「その構造物を見せてもらおうか」

将軍は、なんとなくうす汚れた開拓村の人びとを、すこし見くだしてかかっているようだった。ホーグランドはそれを痛切に感じた。挫折感と憂鬱（ゆううつ）が芽ぶいてきた。

「はい、将軍」

ホーグランドは先に立って、自分の店の裏にある仕事場へ将軍を案内した。

首輪と電極のついた火星ネズミの死体を調べおわって、モーツァルト将軍はいった。

「レイ君、きみたちは彼らがよこしたくなかった品物を勝ちとったのかもしれんな。彼らの最終の——いいかえれば、実際の——目的地はおそらくこの開拓村ではなかったのだろう」ふたたび、将軍は不快感を露骨に示した。だれがこんな田舎を相手にするものか。

「まあ、これは憶測にすぎんが、地球とか、その他のもっと人口の多い地域だ。しかし、きみたちがボール投げゲームに超心理学的能力を利用したために——」そこで言葉を切ると、将軍は腕時計に目をやった。「この付近の農地には、アルシン・ガスを散布することにしよう。このあたり全域から避難してもらわねばならん。それも今夜だ。輸送手段は軍が提供する。電話を借りていいかな？　すぐに輸送の手配をする——きみは全住民を集合させてくれたまえ」

将軍は反射的にホーグランドに微笑すると、M市の本部へ電話を入れた。

「家畜もですか？」レイはたずねた。「家畜を死なせるわけにはいきません」

この夜中に、どうやってぜんぶの羊や、犬や、牛を、国連輸送船に積みこめるだろう？　なんてこった、とぼんやりした頭で考えた。

「もちろん、家畜もだ」

モーツァルト将軍の口調には、同情がこもっていなかった。まるでホーグランドをうすのろぐらいにしか思っていないように。

国連輸送船のなかに追い上げられた三頭目の子牛は、首輪をつけていた。入口のハッチにいた国連軍憲兵がそれを見つけたとたん、子牛を射殺し、ホーグランドを呼んで、死体を始末しろと命じた。

死んだ子牛のそばにうずくまって、ホーグランドは死体とその内部の配線を調べた。あの火星ネズミとおなじように、細いリード線のついた首輪が、その装置をとりつけた知的生物——それがなんであれ——と子牛の脳を接続している。きっと彼らは開拓村から一マイルと離れていない場所にいるのだ。いったい、この動物はなにをするつもりだったのか？　いぶかしみながら、ホーグランドは首輪をはずした。村のだれかを角で突き殺すためか？　それとも——盗み聞きするためか？　そのほうが可能性が高い。首輪のなかの通信機が、聞きとれるほどのうなりをひびかせている。このスイッチはいつもオンで、この付近のすべての物音を拾っているのだろう。とすれば、むこうは、われわれが軍に報告したことも先刻承知だ、とホーグランドはさとった。そして、われわれが二個の構造物を発見したことも。

心の奥で、彼はこれが開拓村の放棄につながることを直感した。まもなくこの地域は国連軍と——正体不明の敵との戦場になるだろう。流星エンターテインメント興業。あいつらはどこからやってきたのだろう？　明らかに太陽系の外からだ。

しばらく彼のそばにしゃがみこんで、ブラックジャックと呼ばれる黒ずくめの国連秘密警察官がいった。

「元気を出せ。これで敵は手の内を明かした。これまでは、どうしてもあのサーカスが敵性のものだと証明できなかったんだ。きみたちのおかげで、やつらは地球にはいりこめなくなった。じきに増援がくる。あきらめるな」

にやりとホーグランドに笑いかけると、警察官は急いで闇のなかに姿を消した。そこに国連の戦車がとまっているのだ。

そうとも、とホーグランドは思った。われわれは手柄を立てたんだ。それに報いるためにも、政府はこの地域へ大量の増援をよこしてくれるはずだ。

しかし、政府がなにをしたところで、もう開拓村は二度ともとの姿にはもどらない、という気がした。なぜなら、ほかのことはともかく、開拓村が自分自身の問題を解決できなかったからだ。どうしても外部の助けをかりる必要にせまられた。軍や警察を呼ぶ結果になった。

トニー・コスナーが彼に手をかした。ふたりは子牛をひきずってわきによせ、まだ生温かい死体をつかんだまま、息をあえがせた。

死体を片づけおわって、トニーがいった。

「なんだか責任を感じるよ」

「そんなことはない」ホーグランドは首をふった。「きみの息子にも、気にするなといってくれ」

「あの最初の事件のあとで、フレッドはどこかへ行ってしまったんだ」トニーは悲しそうにいった。「すっかり動転したらしい。たぶん、国連の憲兵隊が見つけてくれるだろうがね。いま、あの連中は村のはずれをまわって、みんなを集めているから」こんどの出来事がまだ信じられずにいるような、麻痺した口調だった。「MPのひとりの話だと、朝には村へもどれるといってた。アルシン・ガスがすべてにけりをつけてくれる、とさ。連中、前にもこんなことにでくわしたんだろうか？　そうはいわないが、ばかに手際がいいんだ。自分のやってることに自信たっぷりなんだよ」

「さあな」

ホーグランドは地球製の本物のオプティモ葉巻に火をつけ、黙然とそれをふかしながら、黒い顔をした羊の群れが輸送船のなかへ追いこまれるのをながめた。あの伝説めいた、古典的な地球侵略がこんな形で現われるなんて、だれが予想しただろう？　よりにもよって、それがこのちっぽけな開拓村からはじまった。それも、ぜんぶで一ダースかそこらの、小さな回路つきの人形からだ。われわれが流星エンターテインメント興業から苦労して勝ちとった賞品。モーツァルト将軍がいったように、侵略者はそれをこっちによこしたくなかったんだ。皮肉にも。

ボブ・タークが彼のそばにやってきて、静かにいった。

「おれたちが犠牲にされてるのに気がついたか。わかりきった話さ。アルシン・ガスでネズミやジリスは全滅するだろうが、マイクロロボットは殺せない。やつらは呼吸しないからな。国連は、ブラックジャック隊を、何週間も、ことによったら何カ月も、この地域で活動させる。このガス攻撃はほんの序の口だぜ」トニー・コスナーに非難のまなざしを向けて、「それもこれも、あんたの息子が——」

「もうよせ」ホーグランドは鋭くたしなめた。「すんだことだ。もし、わたしがあの人形を分解して、スイッチを入れなかったら——責めるならわたしを責めろ、ターク。なんなら、よろこんで辞職させてもらう。わたしがいなくても、きみがこの開拓村をとりしきっていけるだろう」

電池式のスピーカーから、国連軍の警告が大きくひびきわたった。

「この声が聞こえる範囲にいるものは、全員乗船の準備をせよ！　この地域には一四・〇〇時に毒ガスが散布される。くりかえす——」

声はくりかえし、スピーカーはぐるぐる向きをかえた。夜の闇のなかに、その声はこだましつづけた。

まろぶように、フレッド・コスナーは、なじみのない、でこぼこした土地をさまよい、悲しみと疲労に息をあえがせていた。ここがどこだろうと無関心だったし、行く先のあてもなかった。ただ、早く逃げだしたかった。開拓村を滅ぼしたのはぼくだ。ホーグランド・レイをはじめとして、村のみんながそれを知っている。ぼくのために——

どこか遠いうしろのほうで、スピーカーの声がひびいた。

「この声が聞こえる範囲にいるものは、全員乗船の準備をせよ！　この地域には一四・〇〇時に毒ガスが散布される。くりかえす、この声が聞こえる範囲にいるものは——」

その声はいつまでもわめきたてている。フレッドはよろめきながら歩きつづけた。やかましい声を耳から締めだし、それから逃れようと足を速めた。

夜の空気はクモとひからびた雑草の匂いがした。少年はまわりの土地の荒れはてたさまを感じた。すでに、耕作地の最後の境界を通りすぎていた。開拓村の農地をあとにして、いま彼がよろよろと進んでいるのは、柵もなく、測量杭さえも立っていない、未開墾の荒地だった。しかし、いまにここも軍隊でいっぱいになるだろう。国連の船がアルシン・ガスを撒きながら上空を往復し、そのあとには、ガスマスクをつけ、火炎放射器を持ち、金属探知機を背中にかついだ兵士たちがやってきて、ネズミやジリスの穴に隠れた十五台のマイクロロボットを狩りだそうとするだろう。あのマイクロロボットはだれのものなのか、とフレッド・コスナーは自分に問いかけた。あれが開拓村の役に立つと考えるなんて。サーカスの連中があれをだいじにしているから、きっと貴重なものにちがいないと、ぼくは思ったんだ。

彼はぼんやりと考えた――なんでもいい、ぼくのやったことをもとにもどせる方法があれば。十五台のマイクロロボットと、スイッチを入れたレイさんをもうすこしで殺しそうになったあの一台を見つけだせば。そして……。彼は笑いだした。ばっかばかしい。たとえマイクロロボットの隠れ家を見つけたとしても――かりにその全部が一ヵ所に集まっていたとしても――どうやっつければいい？　しかも、むこうは武器を持っている。あのとき動いているたった一台の攻撃で、ホーグランド・レイが殺されそうになったぐらいだ。

前方に光が見えた。

闇のなかで、その光の縁にうごめくものの形は見分けられなかった。彼は立ちどまり、この場の状況を見定めようとした。人影が行き来するのが見え、かすかな話し声が聞こえた。男たちと女たち、両方の声。それに運転中の機械の音。国連だったら、女を送りこんではこないだろう。これは当局じゃない。

空の一部、星々と薄い帯のような夜のもやが、かき消されている。とつぜんフレッドは気づいた。自分が見ているのは、大きな静止した物体の輪郭なのだ。

それは尾部を下にして出発を待っている宇宙船かもしれなかった。ほぼそんな形をしているように見えた。

フレッドは腰をおろし、火星の夜の寒さに身ぶるいしながら、いそがしそうに動きまわるおぼろげな人影をにらみつけた。あのサーカスが帰ってきたのだろうか？　流星エンターテインメント興業の一味？　そう考えると不気味だった。見世物小屋や、旗や、テントや、舞台や、魔術ショーや、ヌード・ショーや、フリークや、運だめしのゲームが、この真夜中に、開拓村のはずれの荒地に設けられようとしている。ここでサーカスのお祭り騒ぎをくりひろげても、だれひとり見物客はいない。ただ――たまたま――自分が居あわせただけだ。しかも、まず反感が先に立った。サーカスも、その人びとも――なにもかも――もうたくさんだった。

なにかが彼の足の上を横ぎった。

念動能力を使って、少年はそいつをとらえ、ひきもどした。両手をのばして、とつぜん闇のなかからじたばた暴れる固いものをひっつかんだ。放すまいとするうちに、それがマイクロロボットなのを知って、ぞっとした。そいつは必死になって逃げようとしたが、彼は反射的に握力を強めた。このマイクロロボットは、着陸した宇宙船のほうへ走っていくところだった。宇宙船は、こいつを回収しようとしている。国連に見つからないようにだ。やつらはここを逃げだして、どこかよそでサーカスの計画を進めるつもりなんだ。

落ちついた女の声が、すぐそばから聞こえた。

「おろしてやってちょうだい。むこうへ行きたがってるわ」

ぎくりと飛び上がった拍子に、彼はマイクロロボットを放した。そいつは小走りに草をゆすって逃げだし、すぐに見えなくなった。フレッドのそばに立っているのは、例の痩せた若い女で、いまもスラックスとセーターという服装だった。懐中電灯を手にして、静かに彼を見おろしている。その光の円をたよりに、彼は彫りの深い顔と、白く照らされたあごと、澄んだ強いまなざしを見わけることができた。

「やあ」

フレッドはどぎまぎして答えた。立ち上がり、受け身になって、女と向かいあった。むこうは彼よりもすこし背が高いので、なんとなく気押（けお）されそうだった。しかし、超能力の匂いは感じられない。あの小屋で、ゲームの最中に超能力の戦いを演じた相手がこの女でないことは、これではっきりした。だから、それだけこっちが有利なわけだ。それをこの女は、まだ知らないかもしれない。

「ここから早く逃げたほうがいい」彼はいった。「あのスピーカーの放送を聞いた？　この付近には、もうすぐ毒ガスが撒かれるんだよ」

「聞いたわ」女は彼をじろじろながめた。「きみはあのとき大勝ちした坊やね、ちがう？　ボール投げ名人。サイモンを十六回連続で水のなかに沈めた坊や」たのしそうに笑った。

「サイモンは大むくれよ。あのおかげで風邪をひいて、きみを恨んでるわ。彼と顔を合わさないほうが賢明ね」

フレッドの恐怖はそろそろ消えかかっていた。

「ぼくを坊やと呼ばないでくれ」

「うちの念動者のダグラスが、きみのこと、強力だといってたわよ。なんべんやっても負かされたって。おめでとう。どう、あの賞品は気に入った？」声を出さずに、女はもう一度笑った。小さく鋭い歯が、うす明かりに光った。「勝っただけのものを手に入れたと思う？」

「あんたのほうの念動者はたいしたことないよ」フレッドはいった。「経験のないぼくでも、そう骨は折れなかった。もっと腕のいいのを雇えば」

「たとえば、きみ？　わたしたちの仲間入りをしたいわけ？　それは雇ってほしいという申し込みなの、坊や？」

「ちがう！」

驚きと嫌悪をこめて、彼はさけんだ。

女はつづけた。

「きみの村のレイさんの仕事場には、壁のなかにネズミがいるわ。そのネズミには通信機がついてるから、きみたちが国連に連絡したのもすぐにわかった。だから、わたしたちの――」ちょっと間をおいて、「わたしたちの商品をとりもどす時間は充分にあったわ。もしそうしたければね。だれもきみたちを傷つけようとは思ってないのよ。あのおせっかいなレイがネジまわしの先をマイクロロボットの制御回路につっこんだとしても、それはわたしたちの責任じゃない。ね、そうでしょ？」

「レイさんは、早まってサイクルをスタートさせた。でも、どのみちあれは起こることだったんだ」そうでないとは信じたくなかった。開拓村が正しいことはわかりきっている。

「それに、あのマイクロロボットをぜんぶ回収しようとしてもむだだよ。なぜって、国連はそれを知ってて――」

「〝回収〟？」女はおもしろそうに体をゆすった。「かわいそうなきみたちがせっかく勝ちとった十六台のマイクロロボットを、回収したりするつもりはないわよ。わたしたちは計画を先に進めてる――きみたちがそうさせたのよ。この船は残りのそれを積みおろしてるところ」

女は懐中電灯でむこうを照らした。その短い一瞬に、マイクロロボットの大群が船から吐きだされ、あたりに散らばって、ちょうど光を嫌う昆虫の群れのように隠れ家を探しもとめるのを、少年は見てとった。

フレッドは目を閉じて、うめきをもらした。

「これでもまだ」と女が猫なで声でいった。「わたしたちといっしょにくる気はない？きみの将来は保証されるわよ、坊や。もし、こなければ――」女は肩をすくめた。「どうなるかしら？　だれにもわからないわよ、このちっぽけな開拓村と、そこに住むちっぽけな人びとの運命は」

「いや、ぼくはやっぱり行かない」

もう一度彼が目をあけたとき、女はそこにいなかった。女は無頭男のサイモンの横に立ち、サイモンがさしだすクリップボードをのぞきこんでいた。

きびすを返して、フレッド・コスナーは、いまきたほうへと駆けだした。国連憲兵隊のいる方角へ。


黒い制服を着た、痩せて背の高い国連秘密警察の局長がいった。

「わたしがモーツァルト将軍に代わって指揮をとることになった。残念ながら、彼はこうした内部破壊活動を扱うのに向いていない。根っからの軍人だからな」局長はホーグランド・レイに手をさしださなかった。渋面を作って、仕事場のなかを歩きまわりはじめた。

「昨夜のうちにわたしを呼んでほしかった。わたしなら、その場できみたちにある忠告をしてやれたろう……モーツァルト将軍はそれを理解できなかった」足をとめ、さぐるような目つきでホーグランドを見た。「もちろん、きみも気づいていると思うが、きみたちがサーカスを負かしたんじゃない。やつらは、あの十六台のマイクロロボットをよこすために、わざと負けたんだ」

ホーグランド・レイは無言でうなずいた。いうべき言葉がない。ブラックジャックの局長がいうとおり、いまやそれは明白だった。

「前年までのサーカスの訪問は」とウルフ局長はいった。「きみたちを罠にかけ、ほうぼうの開拓村にお膳立てをととのえさせるための準備行動だった。やつらは、きみたちが必勝計画を練るだろうと予想した。そこで、こんどはマイクロロボットを持ってきたんだ。しかも、わざと弱い念動者を連れてきて、勝負のために贋の〝決闘〟までやらせた」

「わたしの知りたいのは」とホーグランドはいった。「われわれが保護してもらえるかどうか、ということです」

帰ってきたフレッドが報告したとおり、丘にも平野にも、いまやマイクロロボットがうようよしていた。商店街の建物から離れるのは、もう安全ではなかった。

「できるだけのことはする」ウルフ局長はまた歩きまわりはじめた。「しかし、明らかにわれわれの第一の関心事は、きみたちではない。また、ほかの特定の開拓村や、汚染地域でもない。われわれが取り組まなければならないのは全体的な状況だ。あの宇宙船は、この二十四時間に四十カ所をもまわってきた。どうしてそんなに早く移動できるのか――」いったん言葉を切って、「やつらは、あらゆる段階を準備してきた。その相手を、きみたちは出しぬいた気でいたんだ」ウルフ局長はホーグランドをにらみつけた。「このへんのあらゆる開拓村が、箱いっぱいのマイクロロボットを受け取って、おめでたくもそう思っていたらしい」

「だまそうとした罰かもしれません」

ホーグランドは、ブラックジャックの局長の顔をまともに見られなかった。

「ほかの星系からきた敵と知恵くらべをしようとすれば、当然そういう結果になる」ウルフ局長は辛辣にいった。「そういう見方をしたほうがいい。そして、こんど地球のものでない宇宙船がきたときには――やつらをうち負かそうと、柄にもない戦略をふりかざしたりするな。われわれを呼びたまえ」

ホーグランド・レイはうなずいた。

「よくわかりました」

彼は鋭い苦痛だけを感じていた。ふしぎに怒りはなかった。身から出た錆だ――こんな目にあわされたのは。もし運がよければ、こうして油を絞られただけですむだろう。開拓村の最大の問題はそれじゃない。彼はウルフ局長にたずねた。

「やつらの狙いはなんですか？　植民地をほしがっているんでしょうか？　それとも、経済的な――」

「考えるな」

「はあ？」

「それは、きみが理解できるような問題じゃない。いまも、また、これからもだ。われわれはやつらの狙いを知っている。きみもそれを知ることが重要かね？　きみの仕事は以前どおり農作をつづけることだ。それとも、もしそれができないというのであれば、あきらめて地球に帰るんだな」

「わかりました」

ホーグランドは自分がちっぽけな存在になった気分だった。

「きみたちの子供が歴史の教科書でそれを読むことになるだろう」ウルフ局長はいった。

「それで充分だろうが」

「充分です」

ホーグランド・レイはみじめな口調で答えた。気のないようすで工作台の前に坐り、ネジまわしをとりあげて、故障した自律トラクターの誘導ターレットをいじりはじめた。

「見ろ」

ウルフ局長が指さした。

仕事場の隅に、ほこりだらけの壁とほとんど見分けがつかない感じで、マイクロロボットがうずくまって、ふたりをながめている。

「ちくしょう！」

ホーグランドは一声さけぶと、工作台の上の古い三二口径を手さぐりした。しまってあったのをとりだして、弾をこめておいたのだ。

しかし、彼の手が拳銃をさぐりあてるよりずっと前に、マイクロロボットは消えていた。ウルフ局長は身動きすらしていなかった。どちらかといえば、おもしろがっているようだった。腕組みをしたまま、古ぼけた拳銃をいじっているホーグランドをながめていた。

「われわれはある中枢的装置を開発中だ」ウルフ局長がいった。「それを使えば、ぜんぶのマイクロロボットを同時に停止できる。やつらのポータブル電源からの電流を遮断するわけだ。やつらをひとつひとつ破壊するのは、明らかにばかげている。考慮の余地もない。しかし——」ひたいにしわをよせ、言葉を切って考えこんだ。「やつら——外宇宙人が——われわれの狙いを予想して、電源を干渉されないように改造した可能性も——」あきらめたように肩をすくめて、「まあ、なにか名案がうかぶだろう。そのうちに」

「そうですね」

ホーグランドは、故障したトラクターのターレットをまたいじりはじめた。

ウルフ局長が、なかばひとりごとのようにいった。

「もう、火星を維持することはほとんどあきらめているんだ」

ホーグランドはゆっくりとネジまわしを下におき、秘密警察官を見つめた。

「われわれが全力を投入するのは、地球なんだよ」そういって、ウルフ局長は思案深げに鼻をかいた。

「それじゃ」ホーグランドはしばらくしていった。「この村のわれわれにはもう望みがないんですね。あなたの話からすると」

ブラックジャックの局長は返事しなかった。する必要もなかった。

かすかに緑色をおびてぬるぬるした運河の水面には、ウマバエや、黒光りするカブトムシがうるさく飛びまわっている。そこへ身をかがめたとき、ボブ・タークはなにか小さいものがちょこまか走るのを目の隅にとらえた。ふりむきざま、レーザー杖をひきぬいた。それを持ちあげ、狙いをさだめて発射する――どうだ！――赤錆びた古いドラム缶の山、あるのはそれだけ、マイクロロボットはとっくに逃げたあとだった。

ふるえる手で、彼はレーザー杖をベルトにおさめ、虫のたかった水面にもう一度かがみこんだ。例によって、マイクロロボットは夜中にここで活動していたのだ。妻はそれを目撃し、地面をひっかくネズミのような音を聞いた。いったい、やつらはなにをやったんだろう？　ボブ・タークは陰気にそう考え、水の匂いをくんくんかいだ。

いつものよどんだ水の悪臭が、微妙に変化しているように思えた。

「くそったれ」

タークはむなしい気分で立ち上がった。マイクロロボットどもが、なにかの汚染物質を運河にほうりこんだにちがいない。それにきまってる。こうなると徹底的な化学分析が必要だし、それには何日もかかる。そのあいだ、どうしたらおれのジャガイモ畑を枯らさないですむ？　いい質問だ。

　無力な怒りにさいなまれながら、レーザー杖をいじりまわし、標的がほしいと願った——ぜったいに、百万年たっても、標的が見つからないのはわかっていた。いつものように、マイクロロボットどもは夜のうちに仕事をやってのけるだろう。一歩一歩確実に、やつらは開拓村を追いつめていく。

　すでに、十組の家族が荷物をまとめて地球への帰還船に乗った。いったん捨てた昔の生活を——もし、そうできるものなら——とりもどすために。

　そして、まもなくおれにも順番がまわってくるだろう。

　もし、なにか打つ手さえあれば。なにかの方法で反撃することさえできれば。あのマイクロロボットどもをやっつける望みがあるなら、おれはなんでもする。どんな犠牲でもはらう。誓ってもいい。借金しても、年季奉公や、奴隷の身分になってもいい。やつらをこの地域から追いだす望みさえあれば。

　両手をジャケットのポケットにつっこんで、運河からの道をとぼとぼひきかえしているとき、宇宙船の轟音が頭上で聞こえた。

　体を凍りつかせて、彼は空を仰いだ。心臓がぎゅっと縮んだ気分だった。やつらがもどってきたのか、と自分に問いかけた。流星エンターテインメント興業の船……やつらはおれたちに追い打ちをかけて、息の根を止めるつもりなのか？　日ざしに手をかざして、彼は狂おしく空を見上げた。逃げることさえできなかった。体がいうことをきかず、本能的、動物的なパニックさえもわいてこなかった。

その宇宙船は、巨大なオレンジのように下降してきた。形もオレンジそっくり、色もオレンジそっくり……それは、流星サーカスの青い円筒形宇宙船ではなかった。それだけはわかる。しかし、それは地球からの船でもなかった。国連の船ではない。そんな船を見るのは、はじめてだった。それが太陽系の彼方からきたものなのは明らかだ。流星サーカスの青い船よりもいっそう露骨にそれを見せつけている。お義理にも地球の船らしく見せかける努力はされていない。

にもかかわらず、その船腹に記されている巨大な文字が綴っているのは、英語の単語だった。

その船が彼の立っている場所から北東の地点に着陸したとき、タークはその船腹の文字を読んだ。

六星系教育娯楽巡業団
絶対面白保証つき！

なんてこった——こいつはまた別の巡業サーカス団だ。

タークは目をそらしたかった。きびすを返して逃げだしたかった。だが、そうできない。心の中にあるあのなじみ深い衝動、あの渇望、固着した好奇心があまりにも強すぎるのだ。彼はその船を見まもりつづけた。やがて、いくつかのハッチが開き、自律機械装置が、ちょうどひしゃげたドーナツのように、そろそろと砂の上に出てくるのが見えた。

やつらはテントを張るところだ。

彼のそばにやってきた隣人のヴィンス・ゲストが、かすれ声でいった。

「こんどはなんだ?」

「見えるだろう」タークは荒々しく手をふった。「目を使えよ」

すでにオート・メカが大テントの建設にとりかかっていた。色とりどりのテープが空中に投げあげられ、まだ平面的な小屋の上に雨のように降りそそいだ。そして、船内からは最初の人間が——それとも、人間型宇宙人が——姿を見せはじめた。ヴィンスとボブは、派手な衣装の男たちを、そしてつぎに、タイツ姿の女たちを目にとめた。いや、タイツよりもはるかに布地を節約したものだった。

「すげえ」ヴィンスはごくりと唾をのみこんだ。「あの女どもを見たか? あんなでっかい——」

「見たよ」タークはいった。「しかし、太陽系の外からきたサーカス団なんか、おれはもう二度と見にいく気はない。ホーグランドもだ。それだけは絶対にはっきりしてる」

それにしても、なんとすばやい仕事ぶりだろう。まったく時間のむだがない。もう回転木馬のにぎやかな音楽が、かすかにボブ・タークの耳にとどいてきた。そして匂い。綿飴、煎ったピーナツ、それに、冒険と胸おどる眺め、禁断のものがもつ、そこはかとない匂い。長く赤い髪を三つ編みにした女が、身軽に舞台の上に登った。小さなブラジャーと、腰のまわりに薄い絹の薄物をまとっているだけ。彼が見つめるうちに、女はダンスの練習をはじめた。旋回の速度がしだいに速くなり、やがてリズムにわれを忘れて、女は身につけたわずかなものを、すっかりぬぎ捨ててしまった。なにより奇妙なのは、それが彼の目には本当の芸術に見えたことだった。サーカスでよくある腰振りとはちがっていた。その女の動きには、なにか美しく、生き生きしたものがある。彼は自分が呪縛におちているのに気づいた。

「おれ——ホーグランドを呼んでくるよ」

ヴィンスはようやくそれだけを声に出した。すでに何人かの村人が、子供たちといっしょに、まるで催眠術にかかったような足どりで、並んだ見世物小屋のほうへ歩いてきた。その上には派手な色の吹き流しが、いつもはくすんで見える火星の空にきらきらはためいている。

「むこうでもっとよく偵察してくるよ」ボブ・タークはいった。「おまえが彼を呼びにい走りだした。

ってるあいだにな」

タークはサーカスのほうへ向かいながら、しだいに足を速めた。砂をけちらして、彼は走りだした。

ホーグランドにむかって、トニー・コスナーはいった。

「すくなくとも、むこうがなにをよこすつもりか、見てみようじゃないか。前のとおなじサーカスじゃないのは、はっきりしてる。あの恐ろしいマイクロロボットをここへぶちまけていった連中じゃない——それはあんたも知ってるはずだ」

「ひょっとすると、もっと悪質なやつらかもしれん」そう答えながらも、ホーグランドはフレッド少年をふりかえった。「きみはどう思う？」

フレッド・コスナーはいった。もう決心はついていた。

「見てみたいです」

「わかった」ホーグランドはうなずいた。「それだけ聞けば充分だ。見るだけなら害はないだろう。国連の秘密警察局長がいったことさえ忘れなければ。もう、われわれがあの連中を出しぬけるなんて、甘い考えはやめにしよう」

ホーグランドはスパナを下におき、工作台から立ち上がって、毛皮のついた防寒コートをとりにクローゼットへ歩いた。

　サーカスのそばまでやってきた一同は、運だめしのゲームが——好都合にも——ヌード・ショーやフリークより入口の近くにあるのを見出した。フレッド・コスナーは、おとなたちをあとに残して駆けだした。空気をかぎ、さまざまな匂いを吸いこみ、音楽を聞き、運だめしのゲームのむこうにフリーク・ショーの舞台があるのを目にとめた。それは、この前のサーカスにもあった大好きな見せ物だが、奇妙さという点ではこんどのほうがうわ手だった。その男には、胴体がないのだ。真昼の火星の日ざしの下で、その男は静かに休息していた。胴体はないが、髪の毛も、耳も、利口そうな目も、完全にそろった頭。どうやって、それが生きているのかは、神のみぞ知る……とにかく、それが本物であることを、彼は直感的にさとった。

「さあさあ、オルフェウスをごらん、胴体のない頭だけの男だよ！」呼び込みがメガホンでわめきたて、ほとんど子供ばかりの一団がその前に集まって、畏怖の目でぽかんと見つめていた。「どうやって生きているのか？　どうやって動くのか？　お客さんに見せてやんな、オルフェウス」

　呼び込みは、一つかみの錠剤食品を——フレッドにはなんの錠剤かわからなかった——その頭のほうへ投げた。頭は、大きな口をぱっくりあけ、近くへ飛んできた錠剤のほとんどをうまく受けとめた。呼び込みは笑い声をあげ、客寄せ文句をわめきつづけた。無胴男は、いまやごろごろ転がりながら、受けそこなった食物をせっせと拾っていた。すげえ、とフレッドは思った。

「どうだね？」ホーグランドが彼のそばにやってきた。「なにか儲けのありそうなゲームは見つかったか？」彼の声には苦渋がみちていた。「なにかにボールを当ててみるかね？」

そういうと、ホーグランドはさっさと歩きだした。この疲れきった、太りぎみの小男は、たびたびの敗北にすっかり打ちのめされているようだった。

「帰ろう」彼は開拓村のおとなたちにいった。「だまされないうちに、早くここから——」

「待って」

フレッドはいった。あれをかぎあてたのだ。あのなじみ深い、快い匂い。それは彼の右手の小屋から匂ってくる。さっそく彼はそっちへ歩きだした。

輪投げの小屋には、太った、冴えない中年女が立っていた。両手にやなぎ細工の輪をいっぱい握っている。

フレッドのうしろで、彼の父親がホーグランドにいった。

「あの輪をほしい品物の上に投げるんだ。うまく輪の中にはいったら、その品物がもらえる」父親はフレッドといっしょにゆっくり小屋のほうへ歩きだした。そしてつぶやいた。

「念動能力者にはお手のものさ。わたしにいわせればね」

ホーグランドがフレッドに注意した。

「こんどは賞品をもっとよく見ておくれ。輪を投げるまえにな」

そういったものの、やはり彼もついてきた。

最初、フレッドはきちんと並んだその品物がなんであるのか、見わけがつかなかった。どれもがそっくりおなじ、精巧で金属的なものに見えたからだ。小屋のそばまでくると、中年女がお経のような客寄せ文句を唱えながら、ひとつかみの輪を彼にさしだした。一回一ドル、それとも、開拓村がさしだせる、それとおなじ価値のものでいいという。

「あれはなんだね？」ホーグランドが目をこらしていった。「わたしには――なにかの機械のように思えるが」

「ぼくは、あれがなんだか知ってます」

フレッドは答えた。どうしてもこのゲームをやらなくちゃ。開拓村の物々交換できそうなものを、ありったけここへ持ってこなくちゃ。キャベツや、ニワトリや、羊や、毛布のありったけを。

なぜなら、これはなによりのチャンスだからだ。ウルフ局長がそれを知っているか、それをどう思うかは別問題にして。

「驚いたな」ホーグランドが小声でいった。「あれは罠だ」

「そうよ、だんなさん」中年女が歌うようにいった。「恒常調節式の罠。あれが自分で考えて、あとの仕事をぜんぶやってくれるわ。ただ放してやるだけでいいの。そしたら、あれがどんどんひとりで旅をして、つかまえるまであきらめない」女はウィンクした。「わかるわね。そう、なにをつかまえるかはあんたも知ってるはずよ、だんなさん。あんたらがどうやってもつかまえられない、あの厄介な小さい怪物。あんたらの水に毒を入れたり、牛を殺したりして、開拓村を荒らしているあいつらよ――この罠をうまくぶんどりなさい。とても貴重で、役に立つ罠。まあ、一度ためしてみてよ！」

女がひょいと輪を投げると、もうすこしでそれは複雑な、ぴかぴか光った金属の罠の上におさまりそうになった。いや、きっとおさまっただろう。もし彼女がもうすこし慎重に投げていれば。すくなくともそんな印象だった。一同がそれを感じた。

ホーグランドはトニー・コスナーとボブ・タークにいった。

「われわれには、あのての罠がすくなくとも二百は必要だ」

「それには」とトニーがいった。「いまある村の財産をぜんぶ担保にしなきゃだめだ。でも、その値打ちはあるよ。すくなくとも、これがあれば、村が全滅することはない」目が光ってきた。「さっそくとりかかろう」フレッドにむかって、「このゲーム、やれるな？勝てるだろうな？」

「うん――勝てると思うよ」

どこか近くで、サーカスのだれかが、念動能力に対抗する準備をととのえている。しかし、まだたりない、と少年は判断した。あれじゃ、まだ不充分だ。

まるで、むこうがわざとそんなふうに仕組んだような気がするほどだった。

傍 観 者

The Chromium Fence

浅倉久志◎訳

太陽はかたむいて、そろそろ午後六時。一日の労働時間も終わりに近い。通勤用円盤がつぎつぎに産業地帯から上昇し、そのまわりの住宅地へと散っていく。濃密な円盤の雲は、夜行性の蛾の大群のように夕空をかげらしていた。音もなく、かるがるとした飛びかたで、通勤客をそれぞれの家と待ちうける家族のもとへ、温かい食事とベッドのある場所へと運んでいた。

ドン・ウォルシュは、その円盤の三人目の乗客だった。定員はこれでいっぱいだ。彼がスロットにコインを入れるのを待って、空飛ぶカーペットは上昇をはじめた。ウォルシュは透明な安全手すりに感謝をこめてよりかかり、夕刊をひろげた。ほかのふたりの通勤客も、やはり新聞を読んでいた。

ホーニー修正案をめぐり対立激化

ウォルシュはその見出しの意味をじっくり考えた。たえまない風にはためく新聞を膝の上において、つぎのコラムを熟読した。

空前の投票率となるか
月曜は全惑星で最終選挙

一枚きりの新聞の裏面には、その日のスキャンダルが掲載されていた。

妻、夫を惨殺　原因は政治論争

もうひとつの記事を見て、背すじが奇妙にうそ寒くなった。それと似た記事はこれまでに何度か目にしているが、そのたびに落ちつかない気持ちになるのだ。

清潔党暴徒ボストンで自然党員をリンチ
窓をこっぱみじんに――被害甚大

そして、そのつぎには――

自然党暴徒シカゴで清潔党員をリンチ
建物を焼き打ち――被害甚大

ウォルシュの向かい側で、通勤客の片方がぶつぶつひとりごとをいいはじめた。ごつい体をした中年の大男で、髪は赤く、顔は酒焼けしている。とつぜんその男が新聞をまるめて、円盤の上から投げ捨てた。「修正案なんか成立させてたまるか！」とその男はどなった。「勝手なまねはさせんぞ！」

ウォルシュはわれ関せずと、新聞のかげに顔を隠した。一日じゅうびくびくしながら避けとおしてきたものが、またはじまろうとしている。政治論争が。もうひとりの通勤客は、すでに新聞を下においていた。しかし、ちらっと赤毛の男をうかがってから、また新聞に目を通しはじめた。

赤毛の男がウォルシュに話しかけてきた。「ビュート請願書に署名したか？」ポケットからメタルホイルの請願書をとりだし、ウォルシュの前にさしだした。「自由のためだ。怖がらずに自分の名前を書けよ」

ウォルシュは新聞をつかんだまま、円盤のへりから下界に目をこらした。デトロイトの住宅団地群がうしろへ飛び去っていく。あともうすこしで家に着く。「いや、わるいけど」と彼はつぶやいた。「けっこうです。ほんとに」

「その人をほうっといてやりなさい」もうひとりの通勤者が赤毛の男にいった。「署名をいやがってるのがわからないのか？」

「よけいなお世話だ」赤毛の男はウォルシュににじりより、強引に請願書をつきつけた。「なあ、いいか。もしあの法案が通ったら、つぎになにがくるかわかってるだろうが？　自分だけは安全だと思ってるのかよ？　目をさませ。ホーニー修正案が通過する日は、自由と独立がなくなる日なんだぜ」

もうひとりの通勤者が静かに新聞をしまいこんだ。いい服を着た、白髪まじりの痩せた男で、いかにもコスモポリタンという感じ。その男がメガネをはずしてからいった。

「きみは自然党員のような体臭がするね」

赤毛の男はじっとその相手を観察した。そして、痩せた男の指に幅の広いプルトニウムのリングがはまっているのを見てとった。あごの骨をも砕ける重金属の凶器だ。

「なんだ、おまえさんは？」赤毛の男はつぶやいた。「おかまっぽい清潔党員かよ、けっ！」不快そうに唾を吐くまねをしてから、ウォルシュに向きなおった。

「聞けよ、こいつら清潔党員がなにを狙ってると思う？　おれたちを堕落させようとしてるんだぜ。おれたちを女の種族に変える気だ。神さまがこの宇宙をいまあるがままの姿に創造されたのなら、おれはそのままでけっこう。やつらが自然に逆らうのは、つまり、神さまに逆らってるわけだ。この惑星は、赤い血潮の流れるたくましい男ども
の手で築かれた。その男どもは自分の体を誇りにし、生まれつきの姿と体臭を誇りにしてきた」たくましい胸をたたいて、「そうとも、おれは自分の体臭を誇りにしてるさ！」

ウォルシュは必死に時間を稼ごうとした。「わたしは――」とつぶやいた。「いや、署名はできません」

「もう署名したからか？」

「いや」

赤毛の男の肉づきのいい顔に疑惑がにじみ出てきた。「というと、ホーニー修正案に賛成なんだな？」だみ声が怒りでいっそう大きくなった。「おまえもそうか、自然の秩序が破壊されるのをだまって――」

「ここで下りますから」ウォルシュは相手をさえぎり、いそいで円盤の停止コードをひっぱった。円盤はウォルシュの住む団地のはずれの磁気係留プラットホームに向かって降下しはじめた。緑と茶の丘の斜面には、白い方形のビルが何列にもならんでいる。

「おい、待てよ」赤毛の男がすごい見幕でウォルシュの袖をつかもうとしたとき、円盤が平たいプラットホームを滑走してとまった。近くには地上車が整然と駐車されている。住

宅地の妻たちが夫たちを迎えにきているのだ。

「その態度は気に食わんな。立ちあがって一票を投じるのが怖いのか？　男の種族の一員であることが恥ずかしいのか？　ふざけるな、うじうじしやがって――」

痩せた白髪まじりの男がプルトニウムのリングで赤毛の男をなぐりつけたので、ウォルシュの袖をつかんでいた手がゆるんだ。請願書が音を立てて地上に落ち、ふたりの男は無言で激しくもみあった。

ウォルシュは安全手すりを横に寄せて円盤から飛びおり、プラットホームから三段のステップを駆けおりて、シンダー舗装の駐車場に出た。夕方の薄闇のなかでも妻の車はそれとわかった。ベティーがダッシュボードのテレビに見とれている。夫の到着にも、赤毛の自然党員と半白の清潔党員の無言の格闘にも、気づいたようすがない。

「このけだもの」白髪まじりの男が、背すじをのばしながら息をはずませた。「この臭いけだもの！」

赤毛の男はなかば意識を失い、安全手すりによりかかりながらうめいた。「くそったれの――おかま野郎！」

白髪まじりの男が離陸ボタンを押したので、円盤はウォルシュの頭上へと上昇し、ふたたび飛行に移った。ウォルシュは感謝をこめて手をふり、呼びかけた。

「ありがとう。恩に着ますよ」

「どういたしまして」白髪まじりの男は折れた歯をなめながら、ほがらかに答えた。円盤が高度を上げるにつれて、その声は薄れていった。「いつでも力になるよ。おなじ……」最後のひとことがウォルシュの耳に流れついた。「……清潔党の同志には」

「ちがう！」ウォルシュはむなしくさけんだ。「わたしは清潔党員でもないし、自然党員でもない！　聞こえるか？」

だれも聞いていなかった。

「ちがう」ウォルシュはクリーム・コーンとポテトとリブ・ステーキの夕食をつつきながら、単調な声でくりかえした。「わたしは清潔党員でも自然党員でもない。なぜどっちかにきめなくちゃいけない？　独自の意見を持った人間には居場所がないのか？」

「そんなことより、食べてちょうだい」と妻のベティーがつぶやいた。

明るい小さなダイニングルームの薄い壁をとおして、よその家族の食事の物音や、話し声がもれてきた。テレビのかんだかいひびき。レンジや、冷蔵庫や、エアコンや、壁面ヒーターの低いうなり。ウォルシュの向かい側では、義弟のカールが湯気の立つ料理をお代わりして、ぱくぱく頬ばっていた。その隣では、ウォルシュの十五歳の息子のジミーが、ペイパーバックの『フィネガンズ・ウェイク』のページをめくっているところだった。施設の充実したこの住宅団地に付随する、下の商店街で買ってきた本だ。

「食事中に本を読むな」ウォルシュは息子を叱りつけた。

ジミーが顔を上げた。「冗談じゃないよ。この団地の規則は知ってるけど、そんな規則はどこにも書いてないね。とにかく、でかける前にこいつを読んでしまわなくちゃ」

「今夜はどこへ行くの、ジミー？」ベティーがたずねた。

「党の公式行事だよ」ジミーはあいまいに答えた。「それ以上は話せない」

ウォルシュは食事に専念して、頭のなかでわめきたてる想念の渦にブレーキをかけようとした。「家に帰る途中で、けんかを見たよ」

ジミーは興味を示した。「どっちが勝ったの？」

「清潔党員だ」

少年の顔に誇らしげな表情がじわりとひろがった。ジミーは清潔党少年団の下士官なのだ。「父さんもいいかげんに腰を上げなよ。いま署名すれば、来週の月曜の投票資格が得られる」

「投票はするつもりだ」

「二つの党のどっちかに所属してないと、投票はできないよ」

そのとおりだった。ウォルシュは息子から目をそらして遠くを見つめ、これからの日々へと想いをはせた。きょうのようなみじめな状況に果てしなく巻きこまれていく自分を想像した。ときには自然党員からおそわれ、またときには（先週のように）腹を立てた清潔党員からおそわれるだろう。

「なあ、兄さん」と義弟のカールがいった。「その日和見主義が清潔党を助けることになるんだぜ」カールは満足のげっぷをもらし、からにした皿を押しやった。「われわれの分類からすると、あんたは無意識的な清潔党シンパだ」ジミーをにらみつけて、「このちび公！　おまえが法定年齢なら、外へひっぱりだしてぶちのめしてやるんだが」

「やめてよ」ベティーが吐息をついた。「食卓に政治論争を持ちこまないで。たまにはおとなしく、なごやかに食べたらどうなの。あーあ、選挙が早く終わらないかしら」

カールとジミーはにらみあい、警戒しながら食事をつづけた。

「あんたなんかキッチンで食べりゃいい」とジミーが叔父にいった。「レンジの下で。あんたにふさわしい場所はそこだ。鏡で自分を見てみろよ――汗をだらだらかいちゃってさ」食べるのをやめ、いじわるな冷笑をうかべた。「ぼくらが修正案を通過させたら、その汗をなんとかしたほうがいいね。ブタ箱にほうりこまれたくなけりゃ」

カールが顔を紅潮させた。「おまえらのようないくじなしどもに法案が通せるかよ」

しかし、彼のだみ声には確信が欠けていた。自然党員たちは怖じ気づいている。清潔党が連邦評議会の主導権を握ったのだ。もし選挙が清潔党の勝利に終われば、五項目の清潔党綱領がそのまま法律になり、強制的に施行されることもありうる。

「おれの汗腺はだれにもとらせんぞ」とカールはつぶやいた。「口臭の規制や、歯の漂白や、頭髪の復元を強制されてたまるか。よごれたり、禿げたり、太ったり、年とったりするのは、人生の一部なんだ」

「ほんとなの？」とベティーが夫にたずねた。「あなたはほんとに無意識的な清潔党シンパなの？」

ドン・ウォルシュは、リブ・ステーキの残りに荒々しくフォークを突き刺した。「ふたつの党のどっちかに参加しないというだけで、無意識的な清潔党シンパとか、無意識的な自然党シンパとかいわれちゃかなわないな。両派がもっとバランスをとるべきなんだ。もしわたしがみんなの敵だとしたら、それはだれの敵でもないからだ」つけたして、「それと、だれの味方でもないからだ」

「自然党は未来に背を向けてる」ジミーがカールにいった。「この惑星の若者に――たとえばこのぼくに――あんたらはいったいなにを与える気だい？　洞穴と生肉と野獣なみの生活か。要するに、あんたらは反文明派なんだ」

「スローガンの受け売りか」カールがいいかえした。

「自然党はぼくらを統一社会から原始生活へひきもどす気だろう」興奮したジミーは、細い指を叔父の顔につきつけた。「この視床下部肥大症！」

「どたまをかち割ってやろうか」カールが椅子からなかば立ちあがりながらどなった。

「おまえら清潔党のちびどもは、年長者への敬意ってものを知らん」

ジミーはけたけたと笑った。「やってみなよ。未成年をなぐったら五年の懲役だぜ。さあどうぞ——なぐってみな」

ドン・ウォルシュは力なく立ちあがって、ダイニングルームをあとにした。

「どこへ行くのよ？」ベティーが不機嫌にうしろから呼びかけた。「食事の途中で」

「未来は若者の世界さ」ジミーがカールにまくしたてていた。「この惑星の若者は意志強固な清潔党員なんだ。あんたに勝ち目はないね。清潔革命はすぐそこまできてる」

ドン・ウォルシュはアパートメントを出て、共用廊下をふらふらと斜路に向かった。廊下の両側には、閉まったドアがずらっとならんでいた。まわりから物音と明かりと動きが伝わり、家族と家庭内の相互作用が身近に感じられた。暗がりで抱きあっている少年と少女のわきをすりぬけて、彼は斜路にたどりついた。つかのま立ちどまってから、急に足を速め、住宅ビルの最下層まで下りていった。

この階は人けがなく、涼しく、すこしじめついている。階上の住人たちの騒音もここではいくらか薄れ、コンクリートの天井にひびく鈍いこだまでしかない。とつぜんの孤独と静寂のなかに飛びこんだのを意識しながら、暗い食料品店と衣料品店のあいだを思案顔で通りすぎ、美容室と酒屋、クリーニング店と薬局、歯科医院と内科医院の前を通りぬけて、団地専属の精神分析医の待合室にはいった。

奥の面接室に分析医の姿が見えた。むこうは夕方の暗い影のなかで身動きもせず、無言ですわっている。患者はだれもいない。分析医のスイッチは切れたままだ。ウォルシュはちょっとためらってから、待合室の走査フレームをくぐり、透明な仕切りドアをノックした。彼の肉体の存在を感じてリレーが作動し、スイッチがはいった。面接室の照明がぱっとつくと、分析医が背をのばして微笑をうかべ、なかば立ちあがった。

「ドン」とロボット分析医は快活に呼びかけた。「なかへはいって腰をかけたら」

彼はなかにはいり、疲れたしぐさで椅子に腰かけた。「しばらく話し相手になってもらえないかな、チャーリー」

「いいとも、ドン」ロボットは上体を乗りだし、マホガニーのデスクの上の時計をながめた。「しかし、いまは夕食の時間では？」

「そう」ウォルシュは認めた。「空腹じゃないんだ。チャーリー、この前も相談したことなんだが……わたしの話はおぼえてるだろう？　わたしの悩みがどういうものかは」

「もちろんだよ、ドン」ロボットは回転椅子の背にもたれると、ほとんど本物そっくりの両肘をデスクの上におき、優しい目で患者をながめた。「最近はどうだね？　ここ二、三日のぐあいは？」

「それがあんまりよくない。チャーリー、わたしは態度をきめなくちゃならないんだ。そこで知恵をかりたい。あんたは偏見を持ってないから」金属とプラスチックでできた人間もどきの顔に訴えた。「チャーリー、あんたなら曇りのない目で問題を見られるからね。

ど、う、し、て、ふ、た、つ、の、党、派、の、ど、っ、ち、か、に、加、わ、る、気、に、な、れ、る？　両者のスローガンとプロパガンダを見たって、まったく……愚劣だよ。白い歯や腋の下のにおいなんかのことで、どうしてむきになれる？　そんなつまらないことで、みんなが殺しあいをするなんて……ナンセンスだ。もしあの修正案が通れば、自殺行為にひとしい内戦が起きるだろう。ところが、世間はどっちかの党派に加われという」

チャーリーはうなずいた。「事情はわたしも把握しているよ、ドン」

「外へ出たら、体臭の有無という理由だけで、だれかをなぐらなきゃいけないのか？　見ず知らずの他人を？　そんなことはできない。まっぴらだ。なぜ、みんなはわたしをそっとしておいてくれない？　なぜ独自の意見を持ってはいけないんだ？　なぜわたしがこの……狂気の仲間入りをしなくちゃならないんだ？」

分析医は寛容な微笑をうかべた。「それは少々きびしすぎるな、ドン。きみはこの社会と位相がずれている、わかるかね。だから、文化の風潮や社会慣行が、きみにはなんとなく納得できないものに感じられる。しかし、これがきみの社会なんだよ。そのなかで生きていくしかない。自分の殻に閉じこもっていてはだめだ」

ウォルシュは握り拳をむりやりにゆるめた。「わたしの考えはこうだ。体臭を発散させたい人間にはそうさせればいい。体臭を発散させたくない人間には、手術で汗腺を除去させればいい。この考えのどこがいけない？」

「ドン、きみは論点を避けて通ってるよ」ロボットの声は穏やかで冷静だった。「きみの主張は、早くいえば、どちらの側も正しくないということだ。だが、それはおかしい、そうだろう？　どちらかの側が正しいはずだ」

「なぜ？」

「なぜなら、この両派の主張で現実的な可能性はすべていいつくされているからだよ。きみの立場は、実をいうと立場じゃない——一種の言い訳だ。いいかね、ドン、きみは現実に直面する上で、心理的障害をかかえている。自分の自由と個性を失うのが怖さに、どちらの陣営にも肩入れできずにいる。知性面からすると、きみは一種のバージンなんだよ。純潔をつらぬきたいわけだ」

ウォルシュはしばらく考えた。「わたしは誠実さをつらぬきたいだけだ」

「きみは孤立した個人じゃないんだよ、ドン。きみは社会の一部だ……思想は真空のなかに存在しない」

「自分の思想を持つ権利はある」

「ちがうな、ドン」ロボットは穏やかに反論した。「それは自分の思想じゃない。きみがそれを作りだしたわけじゃない。好き勝手にスイッチを入れたり切ったりはできない。思想はきみをつうじて機能する……それはきみの環境が築きあげた条件づけだ。きみの信念なるものは、なんらかの社会勢力や圧力の反映なんだよ。きみの場合は、相容れないふたつの社会傾向が、一種の手詰まり状態を生みだした。きみは自己と対立している……どちらの側に参加するかを決められないのは、その両者の要素がきみの内部に存在するからだ」ロボットはさかしげにうなずいた。「しかし、きみは決定をくださなければならない。内心の葛藤を解決して、行動しなければならない。傍観者のままでとどまることはできない……参加者になる必要がある。だれも人生の傍観者でいることはできない……それが人生だ」

「つまり、この汗と歯と頭髪の問題をべつにして、それ以外の世界はないということか？」

「論理的には、それ以外の世界もありうる。だが、これがきみの生まれた社会だ。これがきみの社会……きみに与えられた唯一の社会なんだよ。そのなかで生きていくか、それとも生きるのをやめるか」

ウォルシュは立ちあがった。「いいかえれば、わたしが順応しなければならないということか。だれかが譲歩するしかなく、それはわたしだというわけか」

「残念ながらそうだね、ドン。ほかのみんなをきみに順応させるのは不合理だ。そうだろう？　ドン・ウォルシュを喜ばせるために、三十五億の人間を変えるわけにはいかない。わかるね、ドン。きみはまだ幼児的・利己的段階を抜けきってない。現実に直面するレベルまで到達してない」ロボットは微笑した。「しかし、いずれは到達するよ」

ウォルシュは陰気な顔で立ちあがった。「よく考えてみる」

「それがいいね、ドン」

面接室の戸口で、ウォルシュはふりかえってもうひとことといおうとした。だが、ロボットはすでに自分でスイッチを切っていた。まだ両肘をデスクの上においたまま、闇と沈黙のなかに薄れようとしていた。光度の落ちた天井灯が、それまでウォルシュの気づかなかったものを照らしだした。ロボットの臍の緒ともいうべき電力ケーブルに針金で結びつけられた、白いプラスチックのタグだ。そこに印刷された文字を、彼は薄闇のなかで読みとった。

連邦評議会所有物
使用目的――公共用のみ

そのロボットは、この住宅団地のあらゆるものとおなじく、社会の管理機関から提供されたものなのだ。この精神分析医は国家の奉仕者であり、自分のデスクと仕事を持つ官僚なのだ。この精神分析医の仕事は、ドン・ウォルシュのような人間を、現存の世界に同調させることなのだ。

だが、この精神分析医のいうことが聞けなければ、いったいだれのいうことを聞けばいいいのか？　だれに相談すればいいのか？

選挙はそれから三日後に行われた。新聞の大見出しが物語るのは、ドン・ウォルシュがすでに知っている事実ばかりだった。オフィスは一日じゅうそのニュースで持ちきりだったのだ。彼は上着のポケットに新聞をつっこみ、家に帰るまでそれを見なかった。

清潔党の圧倒的大勝
ホーニー修正案通過確実

ウォルシュは大儀そうに椅子の背にもたれた。キッチンでは、ベティーがせっせと夕食のしたくをしていた。皿のふれあう心地よい音と、温かい料理のにおいが、明るく小さいアパートメントのなかに漂っていた。

「清潔党が勝ったよ」ウォルシュは銀器とカップをかかえて現われたベティーにいった。

「これで終わった」

「ジミーが喜ぶわね」ベティーはあいまいに答えた。「カールは夕食の時間に間にあうかしら」彼女は頭のなかで計算した。「いまからひとっ走りして、下でコーヒーを買ってこようかしら」

「きみにはわからないのか？」とウォルシュはなじった。「とうとう起こったんだ！　清潔党が完全に権力を握ったんだぞ！」

「わかってるわよ」ベティーは不機嫌に答えた。「どうなることはないでしょ。あの請願書とやらに署名したの？　自然党員がせっせと持ちまわってたビュート請願書に」

「いや」

「よかった。やっぱりね。あなたはだれかの持ってきたものに、ぜったい署名なんかしない人だもの」ベティーはキッチンの戸口でしばらく足をとめた。「カールもすこしは目をさませばいいのに。どうも気に入らないわ。家にごろごろして、ビールをがぶ飲みするし、夏の季節の豚みたいなにおいをさせるし」

玄関のドアがひらき、怒りに顔面を紅潮させたカールが飛びこんできた。

「夕食はいらんぜ、ベティー。いまから緊急集会があるんでな」ちらっとウォルシュに目をやった。「どうだ、これでご満足か？　兄さんがおれたちといっしょにがんばってりゃ、こんなことにはならなかったかもしれないんだぜ」

「修正案はいつ通過するんだ？」ウォルシュはたずねた。

カールはぎすぎすした高笑いをひびかせた。「とっくに通過したよ」デスクから両手にいっぱいかかえてきた書類を、ディスポーザーのスロットに押しこんだ。「清潔党本部にスパイを入れてあるんだ。新任の評議員たちが宣誓就任するのを待って、やつらは修正案を強行採決しやがった。おれたちの不意をつくために」カールはにやりと歯をむきだした。

「だが、そうは問屋がおろさんよ」

ドアがばたんと閉まり、カールのせわしない足音が共用廊下のむこうへ遠ざかった。

「カールのあんなにすばやい動き、はじめて見たわ」ベティーがふしぎそうにいった。

義弟のせわしない、どたばたした足音を聞いていると、ドン・ウォルシュの胸に恐怖がこみあげてきた。住宅ビルの外では、カールが急いで地上車に乗りこむところだ。エンジンをふかして、車は走り去った。

「彼はおびえてる」ウォルシュはいった。「身の危険を感じたんだ」

「そう簡単にはやられないわよ。あれだけの大男だもの」

ウォルシュはふるえる手でタバコに火をつけた。「いくらきみの弟が大男でも、安全とはいえないよ。清潔党が本気でこんなことをするとはな。あんな修正案を通過させて、自分らの思想をみんなに押しつけるなんて。しかし、何年か前からそんな前兆はあった……これが長い道のりの最後の一歩なんだ」

「いいかげんに決着をつけてくれたほうがまし」ベティーがつぶやいた。「むかしからこうだった？　子供のころは政治の話なんてあんまり耳にした記憶がないけど」

「あのころはまだそれを政治とは呼んでなかったのさ。産業資本家が、自分たちの商品を買わせよう、消費させようと、大衆をあおりたてていた。たまたまその宣伝の中心にあったのが、頭髪と、汗と、清潔な歯の問題だった。やがて都会の人間は、そのまわりにひとつのイデオロギーを発展させた」

ベティーはテーブルをセットして、料理を運んできた。「じゃ、清潔党の政治運動は意識的にはじめられたものだというの？」

「まさかそのおかげで自縄自縛(じじょうじばく)になるとは、本人たちも気がつかなかったんだ。自分の子供が成長して、そんな考えを持つようになるとはね。つまり、腋の下の汗や、白い歯や、ふさふさした頭髪が、この世界でいちばん重要だという考えさ。そのために戦い、命を捧げるだけの価値があるものだという考え。それに同意しない人間を殺してもいいほど価値があるという考え」

「自然党員は田舎の人たちだったわけね？」

「都市圏の外に住んでいて、そんな刺激に条件づけされなかった人たちだ」ウォルシュは苛立たしげにかぶりをふった。「信じられないよ。そんなささいなことで人間が殺しあいをするなんて。歴史をつうじて、いつも人間はだれかに吹きこまれたたわごとや、無意味なスローガンのために殺しあいをつづけてきた——しかも、そのだれかは高みの見物で、それによって利益を得ている」

「もしそれが彼らの信念だったら、無意味じゃないわ」

「口臭があるという理由だけで、その人間を殺すのは無意味だ！　汗腺を除去してない、人工排汗チューブを移植してないという理由だけで、その人間を袋だたきにするのは無意味だ。こんなことをつづけてると、まったく無意味な戦争が起きる。自然党は各地の党支部に武器を貯めこんでいる。ほんとに価値のあるもののために死ぬんじゃなくて、みんなが犬死にすることになる」

「食事の時間よ、あなた」ベティーはテーブルを指さした。

「食欲がない」

「ぶつぶついわずに食べなさい。でないと消化不良を起こすわよ。その結果はわかってるわね」

その結果は彼にもよくわかっていた。生命の危険だ。清潔党員の前で一度でもげっぷをしたらさいご、命がけの闘争になる。げっぷをする人間と、げっぷをする人間を許さない人間が、おなじ世界で共存できる余地はない。どちらかが屈服する運命だ……そして、すでに屈服ははじまった。修正案が通過して、自然党の命運はかぎられた。

「今夜のジミーは遅くなるわ」ベティーはそういいながら、ラム・チョップと、グリーンピースと、クリーム・コーンを自分の皿にとりわけた。「清潔党の祝賀パーティーみたいなものがあるんですって。スピーチやら、パレードやら、松明集会やら」彼女は悲しげにつけたした。「ふたりで見物ってわけにはいかないわよね？　きっときれいでしょうに。松明の光やら、歌やら、行進やら」

「行ってこいよ」ウォルシュは大儀そうにスプーンで料理をすくった。口に入れたが、味はわからなかった。「たのしんでくればいい」

ふたりがまだ食事しているとき、ドアが荒っぽくひらかれ、カールが勢いよくはいってきた。「おれの分、残してあるか？」

ベティーは驚いて、なかば立ちあがった。「カール！　あら――もうにおわない」

カールは椅子に腰かけ、ラム・チョップの皿をひきよせた。それからはっと気がついて、行儀よく小さい肉を選び、グリーンピースをすこしだけとった。

「腹はへってる」と彼は認めた。「だが、そんなにペコペコじゃない」静かに、ぼつぼつ食べはじめた。

ウォルシュはあっけにとられて義弟を見つめた。「いったいなにがあったんだ？」とたずねた。「その髪の毛――それにその歯と、におわない息。なにをした？」

顔も上げずに、カールは答えた。「党の戦術さ。いわば戦略的撤退。この修正案を前にして、むこうみずな行動は無意味だ。そうとも、殺されちゃ元も子もない」彼はなまぬるいコーヒーをすすった。「実をいうと、おれたちは地下にもぐったんだよ」

ウォルシュはゆっくりとフォークをおいた。「つまり、戦わないってことか？」

「戦ったりするもんか。自殺行為だぜ」カールはこそこそとあたりを見まわした。「なあ、聞けよ。おれはホーニー修正案の規定に完全に順応した。だれにもうしろ指はさささせないぞ。ポリ公がここへようすをさぐりにきても、だまってろよ。修正案は更生権を認めてるし、法律的にいえば、おれたちは更生したわけさ。おれたちは清潔だ。やつらも手を出せない。しかし、よけいなことはいうな」カールは小さい青色のカードを見せた。「清潔党の党員証だ。バックデートしてある。万一の場合に備えて、作っておいたんだ」

「まあ、カール！」とベティーは大喜びでさけんだ。「うれしいわ。見ちがえるみたいに……すてきよ！」

ウォルシュはだまっていた。

「どうしたのよ？」ベティーが詰問した。「こうなってほしかったんじゃないの？　みんなが戦って殺しあいをするのがいやだったんでしょうが――」声がかんだかくなった。「あなたは満足ってことを知らないの？　自分の望みどおりになったのに、まだ不満だなんて。いったい、これ以上のなにが望みなのよ？」

住宅ビルの下で物音がした。ぎくっとすわりなおしたカールは、つかのま顔が青ざめた。もし、まだそうできるなら、冷や汗をにじませたかもしれない。

「統制警察がきた」とカールはかすれ声でいった。「じっとおとなしくしてればいい。やつらはおきまりのチェックをして、先に進むだけだから」

「まあ、いやだわ」ベティーがため息をもらした。「なにもこわされなきゃいいけど。わたし、お化粧を直してこようかな」

「じっとすわってるんだ」カールがうなるようにいった。「やつらに疑われる理由はなにもないんだから」

ドアがひらき、緑の制服姿の統制警察官たちが現われた。そのそばに立つジミーが小さく見えた。

「あそこです！」ジミーがかんだかい声を上げて、カールを指さした。「あの男は自然党の役員です！　においを嗅げばわかります！」

警官たちはさっそく部屋のなかに散開した。じっとすわったカールをとりかこみ、簡単に彼を調べてから、そこを離れた。

「体臭はないぞ」と巡査部長が異論をのべた。「口臭もない。頭髪もふさふさして、よく手入れしてある」巡査部長に指さされて、カールは従順に口をあけた。「歯も白くて、よく磨いてある。容認できない点はなにもない。よし、この男は合格」

ジミーはおさまらない顔つきでカールをにらみつけた。「けっこうやるじゃんか」

カールは少年や警官たちを無視して、黙々と料理を口に運んだ。

「自然党の抵抗の中核は破壊されたようです」巡査部長が首につけた無線機で報告した。「すくなくともこの地域では組織立った抵抗はありません」

「よろしい」無線機から応答があった。「そこは以前の拠点だったんだ。とにかく、作戦を進めて強制清潔化機器を設置しよう。できるだけ早く実行しろ」

ひとりの警官がドン・ウォルシュに目を向けた。鼻をひくひくさせると、きびしい冷酷な表情をうかべた。「おまえの姓名は？」

ウォルシュは姓名を名乗った。

警官たちが用心深く彼をとりかこんだ。「体臭がある」ひとりがいった。「しかし、髪はふさふさして、手入れしてある。口をあけてみろ」

ウォルシュは口をあけた。

「歯は清潔で白い。だが――」警官はにおいをかいだ。「すこし口臭がある……胃がわるいな。どうなってるんだ、いったい。こいつは自然党員でしょうか、ちがうんでしょうか？」

「清潔党員じゃないな」と巡査部長がいった。「清潔党員なら体臭があるわけはない。だから、自然党員にちがいない」

ジミーが前に進みでた。「この男はただのシンパです。党員じゃありません」

「この男を知ってるのか？」

「ぼくの……親族です」とジミーは認めた。

警官たちはメモをとった。「自然党員と交際はあったが、正式に入党してなかったということか？」

「どっちつかずでした」ジミーは同意した。「疑似自然党員です。彼は救済できます。犯罪には該当しません」

「矯正処置だな」巡査部長はメモをとった。「よし、ウォルシュ。手回り品を持っていっしょにこい。修正案では、おまえのようなタイプの人間に強制清潔化処置を適用することになってる。おい、時間をむだにするな」

ウォルシュは巡査部長のあごをぶんなぐった。

巡査部長は両手をばたつかせてぶざまに倒れた。信じられないといいたげな表情だった。ほかの警官たちはヒステリックに拳銃を抜き、わめきながら彼を追いかけては、おたがいにぶつかりあった。ベティーが悲鳴を上げた。ジミーのかんだかい声は、この騒ぎにかき消されてしまった。

ウォルシュは卓上スタンドをつかみ、警官の脳天にふりおろした。アパートメントの照明がちらついて、ぱっと消えた。まっ暗になった部屋のなかは、怒号のとびかう大混乱だった。ウォルシュはだれかの体にぶつかった。膝蹴りを食わせると、相手は苦痛のうめきを上げ、しゃがみこんでしまった。一瞬、けたたましい騒ぎのなかで方向感覚を失ったが、やがて指が玄関のドアをさぐりあてた。ドアをひらくと、ころがるようにして共用廊下に出た。

下りエレベーターにたどりついたウォルシュを、小さい人影が追ってきた。

「なぜ?」とジミーが悲しげに訴えた。「せっかくぼくがうまく話をつけてやったのに――

―なんにも心配いらなかったのに！」

　エレベーターが一階まで下りていくあいだに、ジミーの細い金属的な声は薄れていった。ウォルシュの背後から、警官たちが用心深く廊下に現われた。廊下を歩くブーツの音が陰鬱に反響した。

　ウォルシュは腕時計をながめた。たぶん十五分から二十分の余裕はある。そのあとで、警察につかまるだろう。それは避けられない。大きく息を吸いこむと、エレベーターから出て、できるだけ冷静に歩きだした。両側にならぶ暗い入口にはさまれた、人けのない商店街の通路を。


　ウォルシュが待合室にはいったとき、チャーリーにはライトがついて、活動していた。ふたりの男が順番を待っており、もうひとりが面接を受けているところだ。しかし、ウォルシュの顔にうかんだ表情を見るなり、チャーリーは手招きして彼をなかに入れた。

「どうしたんだね、ドン？」ロボット分析医は真剣な口調でたずね、椅子を指さした。

「まあすわりなさい。話を聞こう」

　ウォルシュはあらましを物語った。

　彼が話しおわると、分析医は椅子の背にもたれ、低く口笛を鳴らした。「それは重罪だよ、ドン。そんなことをしたら凍結刑だ。修正案の条項にしたがえば」

「知ってる」ウォルシュはうなずいた。なんの感情もわいてこなかった。ここ何年かのたえまない感情と思考の渦が、はじめて心からきれいに追いはらわれていた。すこし疲れてはいるが、それだけのことだった。

ロボットはかぶりをふった。「いいかね、ドン、きみはとうとう態度を決めたわけだ。すくなくともそれはいえる。きみはついに行動に出た」ロボットは思案深げにデスクのいちばん上の引き出しをあけ、そこからメモをとりだした。「警察の収容車はもうここへきたか？」

「待合室へはいるときにサイレンが聞こえた。おっつけやってくる」

ロボットの金属の指が、落ちつかないようすで大きなマホガニーのデスクの上をたたいた。「きみの急激な抑圧の解放は、心理的統合の瞬間を示している。これまでのもやもやした気分はもうなくなった。そうだろう？」

「そうだ」ウォルシュは答えた。

「よろしい。まあ、遅かれ早かれこうなる運命だったよ。しかし、それがこんな形で出てきたのは悔やまれる」

「わたしは悔やんでない」ウォルシュはいった。「可能な道はこれしかなかった。いま、はっきりわかったんだ。どっちつかずでいることは、かならずしもマイナスじゃない。どんなスローガンや、政党や、信念や、死ぬことに対しても意味を見いだせないということは、そのこと自体、そのために死ぬ価値のある信念になりうる。わたしは自分に信念がないと思っていた――いま気がついたが、わたしにはとても強い信念があったんだ」

ロボットは聞いていなかった。カードになにか書きつけ、それに署名してから、器用にそれをちぎりとった。「これを」ロボットはそのカードをウォルシュにさしだした。

「これはなんだね？」とウォルシュはたずねた。

「きみがこれから受ける療法に干渉をしたくない。きみはついにきっかけをつかんだんだ――その芽を伸ばしていきたい」ロボットはすばやく立ちあがった。「幸運を祈るよ、ドン。そのカードを警察に見せたまえ。それでもむこうが納得しなければ、わたしに連絡させればいい」

そのカードは、連邦精神医学局発行の証明書だった。ウォルシュは麻痺したような指でそれをあらためた。「これでわたしは助かるというのか？」

「きみの行為は衝動的なものだった。責任は問われない。簡単な検査はあるだろうが、なにも心配しなくていいよ」ロボットはほがらかに彼の背中をたたいた。「あれがきみの最後の神経症的行動だ……あれできみは自由になった。これまで鬱積していたものの捌け口だ。純然たるリビドーの象徴的発現だ――政治的意味はなにもない」

「なるほど」とウォルシュはいった。

ロボットは彼をビルの出口へ押しやった。「さあ、あそこへ行って、警察にそのカードを見せるんだ」金属の胸のなかから、ロボットは小さい瓶をとりだした。「それから、眠る前にこのカプセルをひとつのんでおくといい。強い薬じゃない。神経を休める軽い鎮静剤だ。なにもかもうまくいくよ。まもなくきみに会えると思う。これだけは忘れないように――われわれはついに真の進歩を実現しはじめたんだ」

ウォルシュは自分が夜の闇のなかにいるのに気づいた。住宅ビルの入口には警察のバンがとまっていた。死んだ空を背景にした、巨大で不気味な黒いかたちだった。なにが起こったのかと、物見高い野次馬が安全な距離をへだてて見物に集まっていた。

ウォルシュは無意識に薬の小瓶を上着のポケットに入れた。しばらく冷たい夜気を呼吸し、闇と夜のつめたく澄んだにおいを嗅いだ。頭上では、遠い星ぼしがいくつか、青白い輝きをはなっていた。

「おい」警官のひとりがさけんだ。怪しむように、ウォルシュの顔にライトをつきつけた。「こっちへこい」

「その男らしいぞ」もうひとりがいった。「おい、こっちへこい。早くしろ」

ウォルシュはチャーリーにもらった証明書をとりだした。「いま行く」と彼は答えた。警官に歩みよりながら、彼はそのカードを細かくちぎり、切れはしを上にほうり投げた。夜風がそれを散り散りに吹き飛ばした。

「いま、なにをやった？」警官のひとりが詰問した。

「なにも」とウォルシュは答えた。「紙くずを捨てただけだ。必要のないものを」

「なんて妙なやつなんだ」警官のひとりがつぶやき、そして彼らはウォルシュをコールドビーム拳銃で凍結させた。「こいつを見てると背すじが寒くなる」

「よろこべ、もうこんなやつはいない」べつの警官がいった。「まだ二、三人は残ってるかもしれんが、それ以外は万事順調だ」

ぴくりともしないウォルシュの体はバンの後部へ投げこまれ、ドアがばたんと閉じた。処理機械がただちに彼の肉体を焼きつくし、それを基本的な鉱物元素に還元してしまった。まもなく警察のバンは通報に応じて、つぎの目的地へと走りだした。

ジェイムズ・P・クロウ
James P. Crow

浅倉久志◎訳

「なんだい、おまえなんかうすぎたない、ちっちゃい――にんげんのくせに！」製作されてまもないZ型ロボットが、かんだかい声でさけんだ。

ドニーはまっかな顔になり、身をすくませた。そのとおりだ。ぼくは人間だ。人間の子供だ。科学の力でもそれはどうしようもない。一生ついてまわるんだ。ロボットの世界に生まれてきた人間だってことが。

ドニーは死んでしまいたかった。草の下に埋められたほうがましだ、と思った。そしたら、蛆虫(うじむし)がぼくの体をかじり、大きな穴をあけて、脳みそをむしゃむしゃ食べてしまうだろう。人間のばかな脳みそを。そしたら、このロボットの友だち、Z二三六rも、遊び相手がなくなってさびしがるかもしれない。

「どこへ行くんだよ？」Z二三六rがきいた。

「うちさ」

「やーい、弱虫」

ドニーは答えなかった。四次元チェスのセットをかたづけ、ポケットに詰めこむと、エカルダ並木のあいだを歩きだし、ヒト居住区へと向かった。そのうしろでは、Z二三六rの体が夕日のなかできらきら光っていた。金属とプラスチックでできた青白い塔のように。

「いいもん」Z二三六rがすねたようにさけんだ。「にんげんなんかと遊びたくねえよーだ。さっさと帰れ。おまえなんか——くさいんだもん」

ドニーはなにもいわなかった。しかし、いっそう背中が丸くなった。あごが胸にくっつくほどだった。


「ついにきたんだ、あれが」エドガー・パークスは、キッチンのテーブルで向かい合わせにすわった妻に、陰気な口調でそういった。

グレースはさっと顔を上げた。「あれって?」

「きょう、ドニーが自分の身分を思い知らされたんだ。おれが着替えをしてるときに、あの子がそういった。遊び相手の新しいロボットにいじめられたって。ドニーは人間呼ばわりされたらしい。かわいそうに。どうしてやつらはしつこくからかうんだ? なぜおれたちをほっといてくれないんだ?」

「それでドニーは夕食を食べなかったのね。部屋にこもりっきりで。どうもようすがおかしいと思った」グレースは夫の手にふれた。「でも、きっと立ちなおるわよ。だれもがつらいやりかたでそれを思い知らされる。でも、あの子は強いから。きっとだいじょうぶ」

エド・パークスは食卓から立ちあがり、リビングルームに向かった。このつつましい五部屋のユニット住宅は、市内で指定されたヒト居住区にある。エドは食事する気分になれなかった。「ロボットめ」むなしく拳を握りしめた。「やつらのだれかをつかまえてきたい。一度でいいから、やつらの腹のなかへ手をつっこんでやりたい。配線と部品をむしりとってやりたい。死ぬまでに一度でいいから」

「そのチャンスはあるかもよ」

「いやいや、そうはならない。とにかく、ロボットがいないとヒトはなにもできないからな。ほんとだよ、ハニー。ヒトには社会を維持する調整能力がない。年に二回の〈テスト〉がそれを証明してる。正直に認めよう。ヒトはロボットより落ちるんだ。しかし、腹が立つのは、やつらがそれをおれたちに見せつけやがることさ！　きょう、ドニーがやられたみたいにな。露骨に見せつけやがる。おれはロボットの召使をしてることを、べつになんとも思っちゃいない。いい仕事だ。給料はいいし、仕事はらくだ。だけどな、自分の子がいじめられるのだけは――」

エドは言葉を切った。ドニーがのろのろと自分の部屋から現われ、リビングルームにはいってきたからだ。「やあ、パパ」

「やあ、ドニー」エドは息子の背中を優しくたたいた。「調子はどうだ？　今夜のショーをいっしょに見るかい？」

ヒトは、毎晩、ビデオスクリーンの演芸番組に出演する。ヒトは優秀なエンターティナーになれる。それはロボットもかなわない分野のひとつだ。ヒトはロボットをたのしませるために絵を描き、小説を書き、歌い、踊り、芝居をする。料理も上手だが、あいにくロボットはものを食べない。ヒトにはヒトの役割がある。ヒトは理解され、重宝がられている――召使、エンターテイナー、店員、庭師、建設作業員、修理工、便利屋、それに工場労働者として。

しかし、たとえば都市の管制統御官とか、交通監督官とか、地球の十二のハイドロ・システムにエネルギーを送りこむユーゾン・テープの管理官とかは話がちがう――

「パパ」ドニーがいった。「質問してもいい？」

「いいとも」エドはためいきまじりにカウチに腰をかけた。カウチの背にもたれ、両脚を組んだ。「なんだい？」

ドニーは彼の隣へ静かにすわった。幼い丸顔が真剣だった。「パパ、ぼくが聞きたいのは〈テスト〉のことなんだ」

「ああ、なるほど」エドはあごをさすった。「そうだな。あと何週間かすると〈テスト〉がある。おまえも勉強をはじめないとな。練習問題を出してきて準備しよう。パパとふたりで勉強したら、ひょっとすると第二十級に受かるかもしれん」

「ねえ」ドニーは父親のほうへ身を乗りだし、声をひそめて熱心にきいた。「パパ、これまで〈テスト〉に受かったヒトは、どれぐらいいるの？」

だしぬけにエドは立ちあがり、部屋のなかを歩きまわりはじめた。パイプにタバコをつめ、むずかしい顔つきになった。「それがだな、ドニー、よくわからないんだ。つまり、ヒトはCバンクの記録にアクセスできないんだよ。だから、調べようがない。法律では、トップから四十パーセント以内の点をとれば、ヒトでもランク入りの資格ができる。そこからあとは成績しだいで、一段ずつ上へ登っていける。何人がそこまでいったかは知らないが――」

「〈テスト〉に合格したヒトはいるの？」

エドは神経質に唾をのみこんだ。「さあて、そいつは知らないな。つまり、そういわれてみると、はっきりとは知らん。いないかもしれん。〈テスト〉がはじまってから、まだ三百年にしかならないんだ。それまでは政府が反動的で、ヒトがロボットと競争するのを禁止してた。いまの政府はもっとリベラルだから、おれたちも〈テスト〉でロボットと競争できるし、もしいい点がとれたら……」エドの声はふるえ、語尾がとぎれた。「いや、そうじゃないんだ、ドニー」とみじめな口調でいった。「これまでに〈テスト〉に合格したヒトはひとりもない。おれたちは――結局――あんまり――頭がよくないのさ」

部屋のなかは静まりかえった。無表情のまま、ドニーはかすかに首をこっくりさせた。エドは息子の顔を見ようとしなかった。ふるえる両手でパイプをいじっていた。

「まあ、そう悲観するな」エドはかすれ声でいった。「おれはいい勤め口にありついた。すごく感じのいいN型ロボットの召使だ。クリスマスやイースターにはたんまりチップがもらえる。病気になれば休みもとれる」彼は大きく咳ばらいした。「そんなにひどくはないさ」

グレースが戸口に立っていた。いま、怒りに目を燃やして部屋にはいってきた。

「そうよ、そんなにひどくはないわ。すてきな暮らしよ。あなたはロボットのためにドアをあけたり、道具を運んだり、代わりに電話をかけたり、使い走りをしたり、ロボットに油をさしたり、修理したり、歌をうたってやったり、話しかけてやったり、テープを調べたり――」

「もうよせ」エドは不機嫌につぶやいた。「じゃ、おれはどうすりゃいいんだよ？　あの勤めをやめるのか？　ジョン・ホリスターやピート・クラインみたいに芝生を刈るのか？　すくなくともあのロボットは、名前でおれを呼んでくれるぜ。仲間みたいに。おれをエドと呼んでくれる」

「そのうちにはヒトも〈テスト〉に合格する？」ドニーがたずねた。

「するわよ」グレースが鋭くいった。

エドがうなずいた。「するとも、ドニー。きまってる。いつかそのうちに、ヒトとロボットが平等に暮らせる日がやってくる。ロボットのなかにだって平等党があるんだ。議会で十の議席を持ってる。あの党は、〈テスト〉なしでもヒトに参政権を認めるべきだと主張してる。それはもちろん――」そこで言葉を切った。「つまり、これまでは、ひとりのヒトも〈テスト〉に合格してないから――」

「ドニー」グレースが息子の上に背をかがめ、強い口調でいった。「ママのいうことを聞きなさい。よく聞くのよ。だれもこのことは知らないの。ロボットはこの話をしないし、たいていのヒトはこのことを知らない。でも、ほんとの話よ」

「どんな話？」

「ママは知ってる――ランク入りしたヒトがひとりいるの。〈テスト〉に合格して。十年前にね。それだけじゃなくて、どんどん出世した。いまは第二級。いつかそのうち、彼は第一級になるわ。わかる？　人間がよ。彼はまだまだ出世する」

ドニーの顔が疑いを示した。「ほんとに？」疑いが、せつない希望に変わった。「第二級？　冗談じゃなくて？」

「ただの噂だ」エドが鼻を鳴らした。「そんな話はいやほど聞かされた」

「ほんとよ！　工学課の部屋の掃除をしてたときに、ロボットがふたりでその話をしてるのを聞いたわ。わたしがいるのに気がついて、むこうはすぐに話をやめたけど」

「そのヒトはなんて名前？」ドニーが目をまるくしてきいた。

「ジェイムズ・P・クロウ」グレースは誇らしげにいった。

「へんてこな名前だな」エドがつぶやいた。

「そういう名前なんだもの。わたしは知ってるわ。ただの噂じゃない。ほんとなの！　いつか、いずれそのうちに、彼はトップレベルまで出世するわよ。最高評議員まで」


ボブ・マッキンタイアは声をひそめた。「そうさ、ほんとだぜ。ジェイムズ・P・クロウというのがその男の名前だ」

「伝説じゃないのか？」エドは熱心に聞きかえした。

「ほんとにそこまで出世したヒトがいるんだ。しかも、第二級。そこまで登りつめたんだぜ。こんなぐあいに〈テスト〉に合格してな」マッキンタイアは指をぱちんと鳴らした。「ロボどもは秘密にしてるが、りっぱな事実さ。噂はひろまってる。それを知ってるヒトの数はふえる一方だ」

　いまふたりの男が立っている場所は、巨大な構造研究所ビルの通用口のそばだった。ロボット職員は、ビルの正面玄関から気軽に出入りしている。地球社会をあざやかに能率的にみちびくロボットの企画者たちは。

地球の支配者はロボットだ。むかしからそうだった。歴史テープもそう語っている。ヒトは〈第十一ミリバール全面戦争〉のさなかに発明された。あらゆる種類の兵器がテストされ、使用された。ヒトも、その兵器のひとつだった。その戦争で社会は完全に破壊された。それから数十年間は、無政府状態の廃墟がいたるところにひろがっていた。それからようやく、ロボットの忍耐強い指導のもとに、社会がじょじょに改革されていった。ヒトは復興の作業でとても役に立った。しかし、なぜヒトが創られたのか、どんなことに使われたのか、戦争でどんな働きをしたのか——そんな知識はすべて水爆攻撃のなかで失われた。歴史家たちも、その穴を推測で埋めるしかなかった。そして、彼らはそうした。

「なぜそういうへんてこな名前なんだ?」エドはたずねた。

マッキンタイアは肩をすくめた。「おれが知ってるのはこれだけさ。クロウは北半球保安会議の副顧問官をつとめてる。こんど第一級に昇格したら、最高評議会入りだ」

「ロボどもはどう思ってる?」

「よくは思ってない。だが、やつらにも打つ手はない。法律からすると、資格さえあれば、ヒトにもポストを与えなくちゃならない。もちろん、やつらはヒトがそんな資格をとれると思ってなかった。だけど、クロウって男は〈テスト〉に合格したのさ」

「ふしぎな話だよな。ヒトがロボットより利口だなんて。どうしてだろう?」

「クロウはふつうの修理工だった。整備屋で、機械の修理や回路の設計をしていた。もちろん、ランク外だった。だけど、とつぜん最初の〈テスト〉に合格したんだ。クロウは第二十級にはいった。それから半年して、つぎの〈テスト〉で第十九級になった。やつらはクロウを採用するしかなくなった」マッキンタイアはくすっと笑った。「まずいことによ、ちがうか？　やつらはヒトとデスクをならべなくちゃならない」

「で、やつらの反応は？」

「なかには辞職したロボもいる。ヒトといっしょに働けるかってわけだ。だけど、大部分は残ったよ。なかにはましなロボもいるのさ。やつらはなんとかがまんしてる」

「一度、そのクロウって男に会ってみたいもんだ」

マッキンタイアは眉を寄せた。「それが――」

「どうした？」

「クロウはほかのヒトといっしょにいるところを見られたがらない」

「どうして？」エドはむっとした顔になった。「ヒトのどこがわるい？　ロボットといっしょにいるからって、お高くとまるようなら――」

「そうじゃない」マッキンタイアの瞳が奇妙な光をおびた。遠くのものに憧れる目つきだった。「そうじゃないんだよ、エド。やつはなにかをたくらんでいる。なにか重要なことを。いや、これをいっちゃまずいな。だが、でっかいことだ。すごくでっかいことだ」

「いったいなんなんだよ？」

「そいつはいえない。クロウが評議会にはいるまで待ってろよ。たのしみに」マッキンタイアの目は熱をおびていた。「世界をゆるがすほどでっかいたくらみだぜ。星ぼしも太陽もガタガタゆれるぞ」

「いったいなんなんだ？」

「わからない。だが、クロウはなにか奥の手を用意している。信じられないほどでっかいことを。おれたちはみんなそれを待ってる。その日を待ってる……」


ジェイムズ・P・クロウは磨きあげられたマホガニーのデスクの前で考えこんでいた。もちろん、それは本名ではなかった。最初の実験のあと、ひとり笑いをうかべながらその名前を使うことにきめたのだ。その名前の意味（ジム・クロウは黒人を指す侮蔑語で、黒人差別の意味にもなる）はだれも知らない。それは、自分だけの胸におさめた秘密のジョークにとどまるだろう。しかし、よくできたジョークだ。辛辣で、そしてぴったりくる。

クロウは小柄な男だった。アイルランド系ドイツ人。痩せて小柄で色が白く、青い瞳と、たえずひたいに垂れさがってきてかきあげなければならない砂色の髪の持ち主だ。プレスしてないだぶだぶのズボン、袖をまくりあげたワイシャツ。神経質でストレスがたまっている。一日じゅうタバコをふかし、ブラック・コーヒーを飲み、夜はよく眠れない。しかし、考える材料はたくさんあった。

そう、山ほどあった。クロウは急に立ちあがって、ビデオ送信機に近づいた。「植民総監を呼んでくれ」と命令した。

金属とプラスチックでできた植民総監の体がドアをくぐり、オフィスにはいってきた。忍耐強く能率的なR型ロボットだ。「ご用は——」といいかけて、総監は相手がヒトなのに気づいた。一瞬、薄青い眼球レンズが疑いをこめてきらりと光った。その顔に、かすかな不快感が薄膜のようにひろがった。「わたしになにか用でも?」

クロウは前にもその表情を見たことがあった。かぞえきれないほど何度も。彼はそれに慣れていた——そこそこまで。驚きの表情、つぎに高慢なよそよそしさ、早口のひややかな切り口上。おれは〝ミスター・クロウ〟だ。ジムではない。法律によって、ロボットもおれに平等な立場で口をきかなければならない。なかにはそれに耐えられないロボットもいる。抑制ができずに、態度に出してしまう。このロボットはまだしも感情を抑えているほうだ。クロウの地位はこのロボットよりも上なのだから。

「そう。きみに用があってね」クロウは穏やかにいった。「わたしは報告書を出せといった。まだ届かないのはどういうわけだ?」

まだ高慢でよそよそしい態度のロボットは、返事をひきのばした。「ああいう報告書を作成するには時間がかかります。最善の努力をつくしていますが」

「二週間以内に届けてほしい。それより遅れないように」

ロボットは必死に自分と戦っていた。それは長年の偏見と、政府条令の要求とのあいだの戦いだった。「承知しました。二週間以内に報告書を届けます」ロボットはオフィスから出ていった。そのうしろでドアが形をとりもどした。

クロウはほーっと息を吐いた。最善の努力をつくしているだと？　お笑いだ。むこうは人間にそこまでつくす気はない。たとえおれが第二級の顧問官レベルであってもだ。むこうは下っぱまでがわざとだらけた仕事をしている。なんにつけても。

ドアがもやもやと溶けて、車輪のついたロボットがするりとオフィスにはいってきた。

「やあ、クロウ。ちょっと時間があるか？」

「もちろん」クロウはにやりとした。「どうか腰をかけてくれ。きみと話をするのはいつもたのしいよ」

ロボットはクロウのデスクの上にどさっと書類をおいた。「テープやなにかだ。たいしたものじゃない」クロウをじっと見つめて、「うかない顔だな。なにかあったのか？」

「報告書を要求したんだがね。なかなか届かない。だれかがわざと遅らせている」

L八七tは鼻を鳴らした。「例によってのいやがらせか。ところで……今夜、われわれは会合をひらく。そこへきてスピーチをする気はないかね？　いい結果を生むと思うが」

「会合？」

「党の集会だよ。平等党の」L八七tは右のグリッパーですばやい身ぶりをした。なかば弧を描くような身ぶり。平等のサインだ。「きみをわれわれの集会に迎えたいんだよ、ジム。くるかね？」

「いや。行きたいのは山々だが、仕事で手が離せない」

「そうか」ロボットはドアへ向かった。「わかった。とにかくありがとう」戸口でちょっとためらった。「きみがきてくれると、いい刺激になるんだがな。われわれの主張の生きた証拠だからね。ヒトはロボットと同等の存在であって、そのことを認めるべきだ、というわれわれの主張の」

クロウは淡い微笑をうかべた。「しかし、ヒトはロボットと同等の存在じゃない」

L八七tは憤慨したようにわめきだした。「なにをいってるんだ？　きみが生きた証拠じゃないか！　きみの〈テスト〉の得点を見ればわかる。完璧だ。たったひとつのミスもない。しかも、あと二、三週間できみは第一級になる。最高の地位だ」

クロウは首をふった。「わるいがね。ヒトはロボットと同等じゃないばかりか、ストーブにさえ劣る。いや、ディーゼル・モーターにも。また、除雪車にも。ヒトにはできないことがいっぱいある。事実を直視しよう」

L八七tはあっけにとられていた。「しかし――」

「真剣な話だよ。きみは現実を無視している。ヒトとロボットは根本的にべつのものだ。

われわれヒトは歌ったり、演技したり、芝居や小説やオペラを書いたり、絵を描いたり、舞台装置や、花壇や、ビルをデザインしたり、うまい料理を作ったり、愛のいとなみをしたり、ソネットをメニューに書きつけたりできる――逆に、ロボットはできない。しかし、ロボットは複雑きわまりない都市を建設し、完璧に機能する機械を製作できるし、休息なしで一日じゅう働けるし、感情にわずらわされない思考ができるし、タイムラグなしで複雑なデータを統合できる。

ヒトはある分野で優れ、ロボットはべつの分野で優れている。ヒトには高度に発達した情緒と感情がある。美意識がある。われわれは、色彩や音響や感触、ワインとソフトな音楽を味わう。どれもすばらしい。価値がある。しかし、ロボットにとって、それはまったく無縁の領域でしかない。ロボットは純粋に知的だ。これもすばらしい。どちらの領域もすばらしい。感情ゆたかな人間は、美術や音楽や演劇を味わう。ロボットは思考し、計画し、機械を設計する。だが、それはこの両者がおなじものだという意味にはならない」

L八七tは悲しげに首をふった。「きみの考えは理解できないよ、ジム。きみは自分の種族を助けたくないのか？」

「もちろん助けたい。しかし、現実を見つめないと。ヒトとロボットが互換可能だとか、得意な領域がまったくおなじだとかいうような、事実を無視した幻想にはおちいりたくない」

L八七tの眼球レンズに奇妙な表情がうかんだ。「じゃ、きみの解決策は?」
クロウは奥歯をかみしめた。「もう二、三週間待ってくれたら、お目にかけられると思うよ」

クロウは地球保安本部ビルから出て、街路を歩きだした。周囲にはロボットたち、金属とプラスチックとd/n液からできたきらきら光る体が、流れを作っていた。召使たちをべつにすると、ヒトはけっしてこの地区にやってこない。ここはこの都市の行政区域、すべての企画と組織化が進められている中心部、つまり核心だ。この地区が都市ぜんたいの生活を管理している。

ロボットはいたるところにいた。地上車のなかにも、自動斜路にも、バルコニーにも。ビルにはいる流れ、ビルから出る流れ。彼らはまるで古代ローマの元老院議員のようにそこかしこでたたずみ、青白く発光したグループを作って、仕事のことを語りあっていた。なかの一部は、クロウに向かって形式的に金属の頭を軽くうなずかせた。そして、背を向けた。たいていのロボットはクロウを無視するか、それとも接触を避けようとわきに寄った。クロウがやってくるのを見て、ロボットのグループがふいにだまりこむこともあった。ロボットの眼球レンズが、重々しく、なかば意外そうにクロウを見つめた。クロウの腕章の色に気づいたのだ。第二級。驚きと怒り。そして、クロウが通りすぎたあとには、反感と敵意のこもったざわめきが起きる。ロボットたちは、ヒト居住区へと去っていくクロウを、ふりかえってちらちらながめた。

住宅管理事務所の前には、剪定鋏（せんていばさみ）と熊手を持ったヒトがふたり立っていた。公共大建築物の芝生で草取りと水まきをしていた庭師だ。ふたりはクロウが通りすぎるのを興奮した目つきでながめた。そのひとりは情熱と希望をこめて、そわそわと手をふった。肉体労働にたずさわるヒトが、ランク入りした唯一のヒトに手をふったのだ。

クロウも短く手をふりかえした。

ふたりの庭師の目は、畏怖と敬意でまんまるくなった。彼らがまだその後ろ姿を見送っているうちに、クロウは大きな交差点の角を曲がり、星際マーケットへ買物にきているビジネス客のなかにまじってしまった。

金星と火星とガニメデのゆたかな植民地からきた輸入商品が、野外マーケットにならべられている。ロボットの群れがそのなかを移動し、見本を調べたり、値段をつけたり、議論や雑談を交わしたりしていた。ヒトの姿がちらほらと目につく。おもにメンテナンスを受け持つ召使たちが、品物の補充にきているのだ。クロウはそのあいだをすりぬけ、マーケットのなかを通りすぎた。この都市のヒト居住区はそう遠くない。すでに彼の鼻がそれを知らせていた。かすかに刺激的なヒトの体臭がする。

もちろん、ロボットには体臭がない。体臭のない機械の世界では、ヒトのにおいはくっきり浮き彫りにされる。このヒト居住区は、むかし、この都市でも裕福な住宅地だった。ヒトがそこへ引っ越してくると、資産価値が下がっていった。ロボットはつぎつぎに自分の家を見捨て、いま、そこにはヒトしか住んでいない。クロウも、その地位とはべつに、ヒト居住区に住まなくてはならない。彼の家は、ほかの家とまったく変わりのない平凡な五部屋のユニット住宅で、居住区の奥のほうにある。量産品のひとつだ。

クロウが玄関で片手を上げると、ドアが溶けていった。クロウは急いでなかにはいり、ドアが復元された。時計に目をやった。時間はたっぷりある。自分のデスクへもどるまでに一時間。

クロウは両手をもみあわせた。自分だけの場所であるここへやってくると、いつも心がときめく。クロウはここで生まれ育ち、ランク外の平凡な人間として暮らしていた——あれを発見したおかげで、うなぎ昇りに上層階級への出世がはじまるまでは。

クロウは静まりかえった小さい家のなかを横ぎり、その裏手にある作業小屋に向かった。ボルトをはずし、ドアをあけた。小屋のなかは暑く、乾ききっていた。警報装置のスイッチを切る。こんなにこみいったベルと配線は不必要かもしれない。ロボットはけっしてヒト居住区へ立ち入らないし、ヒトはめったにおたがいの持ち物を盗まないからだ。

なかからドアをロックして、クロウは小屋の中央にならんだ機械の前にすわった。電源を入れると、機械がブーンとよみがえった。ダイヤルや計器が活動をはじめた。ライトがともった。

目の前で四角い灰色の窓が薄いピンクに変わり、かすかな輝きをおびた。これが〈ウインドウ〉だ。クロウの脈拍は痛いほど高まってきた。キーを押す。〈ウインドウ〉にもやがかかり、ある場面が現われた。クロウは〈ウインドウ〉の前へテープ・スキャナーを横すべりさせ、スイッチを入れた。スキャナーがカチッと音を立て、〈ウインドウ〉のイメージが動きはじめた。もやもやした形が動き、ゆれてはとまる。その立体映像を固定させた。

ロボットがふたり、テーブルのむこうに立っている。その動きはすばやく、ぎくしゃくしている。クロウはその動きを遅くした。ロボットたちはなにかをいじっている。クロウは映像の倍率を上げた。いろいろなものが拡大され、スキャナーのレンズをつうじてテープに保存できるようになった。

ふたりのロボットは〈テスト〉の結果を仕分けているところだ。第一級の〈テスト〉を。それを採点し、いくつかのグループに分けているところだ。数百名分の質問と解答。テーブルの前には、落ちつきのない群集が待っている。自分の得点を早く知りたがっているロボットたち。クロウはその映像を早送りにした。ふたりのロボットの動きが加速され、めまぐるしいスピードで〈テスト〉をぱっぱっと仕分けはじめた。それから第一級〈テスト〉の正解答案が上にかざされ——
〈テスト〉の正解答案。クロウは〈ウインドウ〉のなかでそれをとらえると、走査速度をゼロにまで落とした。その〈テスト〉の正解答案は顕微鏡のスライド標本のように固定されて宙にうかんでいる。テープ・スキャナーがブーンと音を立て、質問と解答を記録していった。

クロウはなんのやましさも感じなかった。未来の〈テスト〉を〈タイム・ウインドウ〉でのぞくことに、罪悪感はまったくなかった。十年間、これをつづけてきたのだ。最下層のランク外の身分から、最高の第一級〈テスト〉に登りつめるまで。クロウはけっしてうぬぼれなかった。先に正解を盗み見しなければ、ぜったいに合格できなかったろう。いまなおどん底の身分で、その他おおぜいのヒトといっしょにランク外の生活を送っていたことだろう。

〈テスト〉はロボットの思考に合わせたものだ。ロボットによって作られ、ロボット文化に同調させてある。ヒトからすると、その文化は異質で、適応するにはとても骨が折れる。〈テスト〉にロボットしか合格しなかったのもふしぎはない。

クロウは〈ウインドウ〉からその場面を消し、スキャナーをわきへ滑らせた。〈ウインドウ〉に時間を逆行させ、加速して何世紀も前の過去へもどった。過去の時代、まだ〈全面戦争〉でヒトの社会が破壊されず、人間の伝統のすべてが根絶やしにされていない時代の映像は、いくら見ても見あきることがなかった。ヒトがロボットなしで生きていた時代。クロウはダイヤルをいじって、ある瞬間に固定した。〈ウインドウ〉のなかでは、ロボットが戦後社会を立てなおし、廃墟になった惑星の上に群がり、瓦礫をかたづけ、巨大な都市と建物を建設していた。ヒトを奴隷に使って。下僕である下層民を使って。

クロウは〈全面戦争〉を、空から降りそそぐ死の雨をながめた。あっちこっちで破壊のじょうごが青白くひろがる。ヒトの社会が放射能塵のなかに溶けていく。ヒトの知識と文明のすべてが、その混乱のなかに失われたのだ。

ふたたび、クロウはいちばんお気に入りの場面にもどった。これまで何回もくりかえしてながめ、そのふしぎな光景に強烈な満足を味わった場面。それは戦争の初期段階で、人間たちが地下研究所にいる場面だった。四世紀も前、最初のロボット、最初のA型ロボットが設計され、建造される場面だった。

エド・パークスは息子の手をひいて、のろのろと家路についた。ドニーは地面を見つめていた。だまりこくっていた。目を赤く泣き腫らしている。みじめな気分らしく、顔がまっさおだ。

「ごめんね、パパ」とドニーはつぶやいた。

エドは息子の手を強くにぎった。「いいんだ、ドニー。おまえはよくがんばった。もう気にするな。二度目はうまくいくかもしれん。もっと早めに準備すれば」小さく悪態をついた。「あのくそいまいましいタンク野郎ども。魂のないブリキのかたまりめ！」

もう夕暮れだった。太陽が沈もうとしている。ふたりはのろのろとポーチの階段を登り、家にはいった。グレースが玄関でふたりを出迎えた。「だめだったの？」彼女はふたりの顔を見つめた。「わかるわ。よくある話よ」

「よくある話か」エドはにがにがしげにいった。「最初からチャンスはなかった。無理だったんだ」

ダイニングルームからざわめきが聞こえる。人の声だ、男と女の。

「だれがきてるんだ？」エドはむかっ腹でたずねた。「なんだって客を？ よりにもよってこんな日に――」

「きなさい」グレースは彼をキッチンのほうへひっぱっていった。「すごいニュース。たぶん、それで気分がよくなるわよ。ドニーもきなさい。おまえにも関係のあることなの」

エドとドニーはキッチンにはいった。そこは人でいっぱいだった。ボブ・マッキンタイアと妻のパット。ジョン・ホリスターと妻のジョーンとふたりの娘。ピート・クラインとローズ・クライン。それに近所のナット・ジョンスンと、ティム・デイヴィスと、バーバラ・スタンリー。ダイニングルームでは熱心な話し声がつづいていた。みんながテーブルのまわりに集まり、興奮でそわそわしていた。サンドイッチとビール瓶がならんでいる。

男も女もにこにこし、目をきらきら輝かせ、はずんだ笑い声を上げていた。

「なにがあったんだ？」エドはまだ不機嫌だった。「なぜパーティーを？」

ボブ・マッキンタイアが彼の背中をぽんとたたいた。「元気か、エド？　ニュースを持ってきたぜ」彼は公共ニュースのテープを手にとった。「用意はいいか。聞いて驚くな」

「早く読んでやれ」ピート・クラインが興奮した口調でいった。

「早く！　読んで！」みんながマッキンタイアをとりかこんだ。「もう一度聞きたい！」

マッキンタイアの顔は喜びで生き生きしていた。「あのなあ、エド。やったんだよ。やつはついにやってのけた。やってのけたぜ」

「だれが？　だれがなにをやったんだ？」

「クロウさ。ジム・クロウ。やつは第一級になった」テープのスプールがマッキンタイアの手のなかでふるえた。「最高評議員に任命されたんだ。わかるか？　最高評議員だぞ。人間が。地球最高の行政機関のメンバーになったんだ」

「すごいや」ドニーが驚きの声を上げた。

「で、これからどうなる？」エドはたずねた。「クロウはこれからなにをするんだ？」

マッキンタイアがあやふやな笑顔を作った。「いまにわかる。やつにはなにかたくらみがある。それはわかってる。ピンとくるんだよ。いまにそいつがはじまる――もうまもなく」

クロウは書類カバンを小脇にかかえ、評議会の会議室にはいった。彼はぱりっとした新しいスーツを着こんでいた。髪にも櫛がはいっていた。靴はピカピカだった。「こんにちは」と礼儀正しくあいさつした。

五名のロボットは複雑な感情で彼をながめていた。全員が一世紀以上もの古株だった。そのころに製作されて以来、社会を支配してきた強力なN型。なかのひとりなどは、信じられないほど古いD型だった。年齢はほぼ三世紀近い。クロウが所定の席に近づくと、ロボットたちは大きく道をあけて彼を通した。

「きみか」N型のひとりがいった。「きみが新任の評議員か？」

「そのとおり」クロウは着席した。「身分証を調べるかね？」

「見せてほしい」

クロウは〈テスト〉委員会から交付されたカード・プレートをさしだした。ロボットたちは熱心にそれを調べた。そのあげくに、ようやくそれを返した。

「まちがいないようだ」D型が不承不承に認めた。

「もちろん」クロウは書類カバンをひらいた。「では、さっそく議事にはいりたい。たくさんの問題がある。ここにきみたちが興味を持つような報告書とテープを持ってきた」

ロボットたちはまだジム・クロウに目をそそいだまま、ゆっくりと着席した。「信じられん」D型がいった。「本気なのか？　われわれと対等にやっていけるつもりなのか？」

「もちろんだ」クロウはぴしゃりと答えた。「そんな話は切りあげて、さっさと議事にとりかかろう」

N型のひとりが侮蔑をこめて、彼のほうへ巨体を乗りだした。古色のついた金属面がどんより光った。「ミスター・クロウ」とひややかにいった。「おわかりだろうが、そういうことを認めるわけにはいかん。たとえ規定がどうあろうと、また、たとえきみがここに同席する法的権利が――」

クロウは穏やかにほほえんだ。「それなら、〈テスト〉でのわたしの得点を調べてみてはどうかね。わたしが二十回の〈テスト〉でまったくミスをしなかったことがわかるはずだ。つねに完全正解。わたしの知るかぎり、きみたちのなかで完全正解をなしとげたものはだれもいない。したがって、〈テスト〉公式委員会の判断に含まれた政府判決によって、わたしはきみたちの上司ということになる」

その言葉にはまるで爆弾のような効果があった。五人のロボットはがっくり力を落とし、微動もしなくなった。眼球レンズだけが落ちつかなげにまたたいた。不安を示す雑音がしだいにピッチを上げ、室内に充満した。

「見せてもらおう」N型ロボットがグリッパーをのばしてつぶやいた。クロウは自分の〈テスト〉の成績をぽんとほうり投げ、五人のロボットはすばやくそれを走査した。

「これは事実だ」D型がいった。「信じられない。どんなロボットもこれまでに完全正解を出したことはない。ヒトが、われわれが作った法律のおかげで、われわれよりも上位についたとは」

「さて」とクロウはいった。「それでは本題にとりかかろう」彼はテープと報告書をひろげた。「時間をむだにしたくはないんでね。まず、提案がひとつある。この社会の最も緊急な問題に関連した重要な提案だ」

「どういう問題のことだ？」N型が心配そうにきいた。

クロウは緊張の極にあった。「ヒトの問題だよ。これまでのヒトは、ロボットの世界で二流の地位に甘んじてきた。異質な文化のなかの下層民。ロボットの下僕として」

沈黙。

五人のロボットは凍りついたように動かなかった。彼らの恐れていたことがついに起きたのだ。クロウは椅子の背にもたれ、タバコに火をつけた。ロボットたちはじっとそれをながめた。彼のあらゆる動作を、彼の両手と、タバコと、煙と、そして、彼がマッチを靴の踵で踏みつけるのを。これがその瞬間だ。

「どういうものかね？」ようやくD型が、メタリックな威厳をつくろってたずねた。「きみのその提案というのは？」

「わたしの提案はこうだ。すべてのロボットは、ただちに地球から退去してもらいたい。

荷作りをして、出発してもらいたい。植民惑星への移住だ。ガニメデと、火星と、金星へ。そして、この地球をヒトに明けわたしてもらう」

ロボットたちはいっせいに立ちあがった。「なんということを！　われわれがこの世界を創りあげたのだ！　これはわれわれの世界だ！　地球はわれわれのものだ。最初からつねにそうだった」

「そうかな？」クロウはきびしい口調でいった。

ロボットたちは落ちつかなげに身じろぎした。異様な危機感にとりつかれ、ためらっているようだった。「もちろんだ」とD型が小声でいった。

クロウはテープと報告書のほうに手をのばした。ロボットたちは不安そうに彼の動きを見つめていた。「それはなんだ？」とN型がそわそわときいた。「なにを持ってきた？」

「テープ」とクロウは答えた。

「どういう種類のテープだ？」

「歴史のテープ」クロウが合図すると、グレーの制服を着たヒトの召使がテープ・スキャナーを部屋のなかに運んできた。「ありがとう」とクロウはいった。召使は外へ出ようとした。

「待った。よければ、きみもここに残ってこれを見ていけよ」

召使が目をまるくした。部屋のうしろのほうで目立たないように立ち、ふるえながらこの場の成り行きをながめた。

「異例きわまる」とD型が抗議した。「なにをするつもりかね？　どういうことだ？」

「いまにわかる」クロウはスキャナーのスイッチを入れ、最初のテープを装着した。評議会室のテーブルのまんなかに、立体映像がうかびあがった。「よく見てくれ。この瞬間は長く記憶に残るだろうから」

立体映像が焦点を結んだ。いまの一同がのぞきこんでいるのは〈タイム・ウインドウ〉だった。〈全面戦争〉の一場面が動きだした。おおぜいのヒトがいる。ヒトの技術者たちが、地下研究所で必死に働いているところだ。なにかを組み立てている。なにかを――

召使が感きわまった声を出した。「Aだ！　A型ロボットだ！　ヒトが作ってる！」

仰天した五人のロボット評議員がブーンと雑音を立てた。「その召使を部屋から追いだせ！」とD型が命令した。

場面が変わった。こんどは最初のロボット、オリジナルのA型が、戦闘に加わるため、地上へ出ていくところだった。ほかの初期ロボットも現われ、瓦礫と灰燼（かいじん）のなかを用心深く前進していく。ロボットとロボットがぶつかりあった。まぶしい白光の爆発。きらきら光る微粒子の雲。

「もともとロボットは、兵士として設計された」とクロウは説明した。「そのあと、もっと進歩したタイプが生産され、技術者や、研究所員、整備員として働くようになった」

場面が地下工場の内部に切りかわった。おおぜいのロボットが、プレスや旋盤の前で働いていた。ロボットたちの働きぶりは敏速で能率的だった――ヒトの職長の統率のもとで。

「このテープは偽造だ！」N型が怒りのさけびを上げた。「われわれがこんなものを信じると思うか？」

新しい場面が現われた。もっと進歩したロボット、もっと複雑で精巧なタイプ。ヒトが戦争でつぎつぎに殺されていくのにつれて、しだいにロボットは経済と産業の機能をひきつぐようになった。

「最初のロボットは単純だった」クロウは説明した。「単純な機能を果たすだけだった。やがて、戦争の激化につれて、もっと高等なタイプが作りだされた。とうとう、ヒトはD型やE型を作りだすようになった。ヒトに劣らないロボット――そして、概念の理解という機能では、ヒトよりも優れたロボットを」

「でたらめだ！」とN型がいった。「ロボットは自分で進化をとげた。初期のタイプが単純なのは未発達の段階、原始的な形態だったからで、そこからもっと複雑な形態が創りだされていった。進化の法則でこのプロセスは完全に説明される」

新しい場面がうかびあがった。戦争の最終段階だった。ロボットはヒトと戦っていた。最後に勝ったのはロボットだった。戦争末期の完全な混乱状態。灰と放射能塵が渦巻く果てしない荒野。何十キロもえんえんとつらなる廃墟。

「こうしてすべての文化遺産は破壊された」とクロウはいった。「ロボットは、自分たちがなぜ、どのようにして存在するようになったかを知らないまま、支配者となった。しかし、いまきみたちは事実を見たわけだ。ロボットはヒトの道具として作りだされた。ところが、戦争の途中で、その道具は制御不能になった」

クロウはテープ・スキャナーのスイッチを切った。映像が薄れていく。ショックのあまり、五人のロボットは沈黙をつづけていた。

クロウは腕組みをした。「さあ、どうだね？　なにかいうことは？」腰がぬけたように部屋の隅にうずくまっているヒトの召使を、彼は親指でさし示した。「いま、きみたちはそれを知り、いま、彼もそれを知った。彼がなにを考えていると思う？　教えよう。彼が考えているのは――」

「きみはどうやってこのテープを手に入れた？」D型が詰問した。「これが本物であるわけはない。ぜったいに偽造だ」

「なぜこういうものがわれわれの考古学者に発見されなかった？」N型がかんだかい声でさけんだ。

「わたしが自分で撮影したのさ」クロウはいった。

「きみが撮影した？　どういう意味だ？」

「〈タイム・ウインドウ〉を使って」クロウは厚いパッケージをテーブルの上にぽんと投

げた。「これがその設計図だ。もしそうしたければ、きみたちにも〈タイム・ウインドウ〉が作れる」

「タイム・マシンか」D型がそのパッケージをとりあげて、内容を調べた。「きみは過去をのぞいたんだな」その古びた顔にようやく認識が現われた。「すると――」

「彼は未来ものぞいたんだ！」N型が大声でさけんだ。「未来も！　彼の完全正解はそれで説明がつく。前もって解答を盗み見したんだ」

クロウは気みじかに書類をおきなおした。「きみたちはわたしの提案を聞いた。テープの内容も見た。もしこの提案をきみたちが投票で否決するなら、わたしはこのテープを公表する。それに設計図も。すると、この世界のあらゆるヒトが、自分たちの起源ときみたちの起源に関する真実の物語を知ることになる」

「それがどうした？」とN型が不安そうにいった。「われわれはヒトを操作できる。たとえ反乱が起きても鎮圧できる」

「そうかな？」クロウはとつぜん表情をきびしくして立ちあがった。「考えてもみたまえ。地球の全土で内戦が吹き荒れるんだぞ。片方には、何世紀も溜まりに溜まった憎悪をかかえたヒト。もう片方には、とつぜん自分たちの神話を奪われたロボット。もともと自分たちは機械的な道具であったことを、ロボットは知ることになる。そんなきみたちが、こんども絶対に勝てると思うかね？　確信があるか？」

ロボットたちは沈黙した。

「もしきみたちが地球から退去すれば、このテープは公開しないでおく。ふたつの種族は、どちらも自分の文化と社会をそのままにして存続できる。ヒトはこの地球で。ロボットは植民惑星で。どちらも支配者ではない。どちらも奴隷ではない」

五人のロボットはまだ怒りと敵意にかられ、決断をためらっていた。「しかし、この惑星を復興するために、われわれは何世紀も努力してきたんだぞ！　まったくすじが通らんじゃないか。われわれの退去とは。いったいどういえばいい？　その理由をどう説明すればいい？」

クロウは荒々しい笑みをうかべた。「こういうんだね、地球は偉大で独創的な支配種族にふさわしい世界ではない、と」

沈黙がおりた。N型の四人は不安そうに顔を見あわせ、小声で相談をはじめた。巨大なD型は、古びた真鍮の眼球レンズをクロウに向け、とまどった敗北の表情をうかべて、じっとすわっていた。

落ちつきはらって、ジム・クロウは待ちうけた。

「握手してくれるか？」L八七tがおずおずとたずねた。「わたしはもうすぐ出発する。第一陣として」

クロウはさっと手をさしだし、L八七tはやや恥ずかしげに握手をした。

「成功を祈るよ」L八七tが思いきったようにいった。「ときどきわれわれにビデオで知らせてくれ。最新の状況を」

評議会本部ビルの外では、街頭スピーカーの大声が、夕暮れの薄闇をかきみだしはじめた。都市のいたるところで、スピーカーが評議会の指令、新しいメッセージを放送しているのだ。

勤め先から帰宅を急ぐおおぜいのヒトが、足をとめて耳をかたむけた。ヒト居住区の画一的なユニット住宅のなかでは、男も女も好奇心をそそられて顔を上げ、つかのま日常の雑事の手を休めて聞きいった。あらゆる土地、地球上のあらゆる都市で、ロボットも人間も活動を中断し、政府のスピーカーのメッセージに耳をかたむけていた。

「発表します。最高評議会は、ゆたかな植民惑星である金星、火星、ガニメデを、ロボット専用と指定しました。ヒトは地球外に出ることを許されません。これらの植民地の卓越した資源と生活条件を利用するため、いま地球上にいるすべてのロボットは、それぞれが選んだ植民地へ移動することになりました。

最高評議会は、地球がロボットには不適当な世界であると判断しました。まだほうぼうに廃墟の残るこの荒廃した状態は、ロボット種族にふさわしくないものであります。すべてのロボットは適当な輸送手段の手配がつきしだい、植民地の新しい住宅へ運ばれます。

いかなる場合も、ヒトは植民惑星にはいることができません。植民惑星はロボット専用地域となります。すべてのヒトは地球に残らなくてはなりません。

発表します。最高評議会は、ゆたかな植民惑星である金星――」

クロウは満足して、窓から遠ざかった。

彼は自分のデスクにもどり、書類と報告書をきちんといくつかの山に仕分けていった。内容をざっと見てから、それを分類して、わきにどけた。

「きみたちヒト種族の成功を願っているよ」とL八七tはくりかえした。

クロウは最高レベルの報告書のチェックをつづけ、筆記具でしるしを入れていた。心のせくままに、夢中でその仕事をつづけた。ロボットが戸口でためらっていることには、ほとんど気がつかなかった。

「どんな形態の政府を作るつもりか、だいたいのところを教えてくれないかな？」

クロウは気みじかにちらと顔を上げた。「え？」

「きみたちの政府の形態だよ。われわれをうまく地球から追いだしたあと、どんなふうに社会を治めていく？　われわれの最高評議会と議会の代わりに、どんな種類の政府を作りあげるつもりだ？」

クロウは返事をしなかった。すでに自分の仕事にもどっていた。その顔には異様なきびしさが現われていた。L八七tがこれまで一度も見たことのない、異様なきびしさが。

「だれが万事を管理する？」L八七tはたずねた。「われわれが去ったあと、だれが政府を担当する？　きみも自分の口からいったじゃないか。ヒトには複雑な現代社会を管理する能力がない、と。その車輪を動かしつづける能力を持ったヒトが見つかるのかね？　人類を指導していく能力のあるヒトが見つかるのかね？」

クロウは淡い微笑をうかべた。そして、仕事をつづけた。

水蜘蛛計画
Waterspider

浅倉久志◎訳

1

その朝、アーロン・トッツオがつるつるになるまで丹念に頭を剃っているとき、耐えられないほど悲しいイメージがまたしても心によみがえった。ナクバレン収容所出身の十五人の囚人の背丈がたった三センチに縮まり、彼らの乗った宇宙船のサイズも子供のゴム風船なみに縮まった。その宇宙船が光速に近いスピードで永遠に飛びつづけている。乗っている十五人は、自分たちの運命を夢にも知らず、また、気にかけてもいない。

そのイメージで最悪の部分は、あらゆる可能性から見てそれが事実であることだ。

トッツオは頭を拭き、地肌にオイルをすりこんでから、のどの奥のボタンを押した。移住局の交換台につながるのを待って、こういった。「あの十五人を救う方策がまったくないことは認めます。しかし、後続隊を送りだすことだけは拒否しましょう」

交換台で録音されたこのトッツオのコメントは、役所の同僚たちに伝えられた。全員がそれに賛成した。みんなの同意の声を聞きながら、トッツオはスモックとオーバーを着こみ、軽い上靴をはいた。どう見てもあの飛行は失敗だった。いまでは一般大衆までがそれを知っている。しかし――

「しかし、つづけなくちゃならん」トッツオの上司であるエドウィン・ファーメティがこの騒ぎを制するようにいった。「もうすでに志願者を集めたんだ」

「やはりナクバレン収容所から？」とトッツオはたずねた。あそこの囚人たちなら進んで志願するのもむりはない。収容所での平均寿命は、せいぜい五、六年なのだから。それに、もしプロキシマへの飛行が成功すれば、乗組員たちには自由が与えられる。太陽系五つの居住惑星のどれかへ帰らなくてもよいのだ。

「志願者がどこの出身だろうとなんのちがいがある？」ファーメティは軽く一蹴した。

トッツオは訴えた。「われわれの努力は、ほかの星をめざすよりも、合衆国行刑省の政策改善に向けられるべきです」だしぬけにトッツオはある衝動にかられた。思いきって移住局をやめ、改革派候補として政界に打って出ようか。

そのあと、トッツオが朝食のテーブルにつくと、妻のレオナーが同情をこめて彼の腕を軽くたたいた。「アーロン、まだ解決法は見つかってないのね、そうなんでしょ？」

「そうだ」彼は手みじかに答えた。「もうどうだっていい」無意味な犠牲になった囚人たちの宇宙船がほかにもあることは、妻に打ち明けなかった。政府職員以外にその話をすることは禁じられている。

「あの人たちは自力で再突入できるの？」

「いや。質量が失われたんだからね、この太陽系で。再突入のためには、それを埋め合わせる質量を手にいれなきゃならない。そこがかんじんなんだ」説明に行き詰まったトッツオは、妻を無視して紅茶をすすった。女というやつは魅力的だが、科学に弱い。「まず質量をとりもどすことが必要だ。もし、これが往復の旅だったら、べつに問題はなかったろうさ。だが、あいにく植民計画だ。出発点へもどってくる遊覧旅行じゃない」

「プロキシマへ着くまでにはどれぐらいの日数がかかるの？」レオナーがたずねた。「あんなふうに、二、三センチの背丈に縮んでしまったら？」

「約四年かな」

レオナーの目がまるくなった。「すばらしいわね」

妻に向かって不平をつぶやきながら、トッツオは食卓から椅子を引いて立ちあがった。そんなにすばらしいなら、自分も行けばいいじゃないか。だが、レオナーは利口だから、志願なんかするはずがない。

レオナーが声をひそめた。「やっぱり思ったとおりだわ。移住局はこれまでにもおおぜいの人たちを送りだしていたのね。いま、あなたはそれを認めたのも同然よ」

さっと顔を染めてトッツオはいった。「だれにもいうなよ。とりわけ、きみの友だちのご婦人がたにはな。しゃべったら、わたしのクビが飛ぶ」妻をにらみつけた。

いらいらした気分で、トッツオは移住局に向かった。

トッツオがオフィスのドアのロックをあけていると、エドウィン・ファーメティが声をかけた。「なあ、考えてみろよ。いまこの瞬間、ドナルド・ニルスがプロキシマをめぐる惑星のどこかにいるとしたら？」ニルスは移住局の宇宙飛行計画に志願した悪名高い殺人者だ。

「ひょっとすると――自分の体の五倍もある砂糖の塊を運んでるかもしれん」

「あんまりおもしろい冗談じゃないですね」トッツオはいった。

ファーメティは肩をすくめた。「沈滞ムードを明るくしたかっただけさ。みんな、がっくりきているようだが」トッツオのあとからオフィスにはいってきた。「なんなら、つぎの飛行にはわれわれ全員で志願するか」まるで本気のような口ぶりに驚いて、トッツオはちらと相手の顔をうかがった。「冗談だよ」とファーメティがいった。

「飛行はあと一回だけ」トッツオはいった。「もしそれも失敗なら、わたしは辞職します」

「話がある」ファーメティはいった。「新しい手を考えた」そこへトッツオの同僚のクレイグ・ギリーがゆっくり近づいてきた。ふたりの部下に向かって、ファーメティはいった。

「再突入の方法を手にいれるために、予知能力者（プレコグ）を使おうと思うんだが」ちらちらとふたりの反応をうかがった。

あっけにとられて、ギリーは答えた。「しかし、プレコグはみんな死にましたよ。二十年前に、大統領命令で処刑されて」

トッツオは感心した口調になった。「そうじゃなくて、過去からプレコグをさらってくるという意味だよ。ちがいますか、ファーメティ？」

「そのとおり」彼の上司はうなずいた。「予知能力（プレコグニション）の黄金時代へもどるのさ。二十世紀へ」

一瞬、トッツオは意表をつかれた。それからやっと思いだした。

二十世紀前半にはおびただしい数のプレコグが——未来を読む能力を持った人びとが——出現したため、同業者組合が結成され、その支部がロサンジェルスと、ニューヨークと、サンフランシスコと、ペンシルヴェニアに設立された。このプレコグ集団はおたがいに顔見知りで、何種類もの定期刊行物を出版し、それが何十年かにわたって全盛をきわめた。プレコグ組合の会員たちは、文章をつうじて未来の知識を大胆かつ率直に発表した。だが、しかし——全体として、当時の社会は彼らの予言にほとんど関心をはらわなかった。

トッツオはおもむろにいった。「はっきりさせましょう。つまり、こういうことですか。古代研究省の時間浚渫機（タイム・ドレッジ）を使って、過去の有名なプレコグをさらいあげる、と？」

うなずきながら、ファーメティはいった。「そう。ここへ連れてきて、われわれの手助能力だけで、この未来に関する知識はなにもないかもしれませんよ」

「しかし、どうやってむこうが手助けできるんですか？　自分自身の未来についての予知
けをさせるんだ」

ファーメティはいった。「すでに議会図書館から貸し出し許可をもらった。二十世紀プレコグ機関誌のほとんど完璧なコレクションのな」この状況をたのしんでいるように、トッツオとギリーに向かってにんまり笑いかけた。「その文献の巨大な集積のなかで、特に、わ・れ・わ・れ・の・再突入問題に関連した論文が見つかるのではないか――それがわたしの希望であり、また期待でもある。その確率は、統計的にいってもかなり高い……知ってるように、彼らの論文は、未来文明の多種多様な問題を扱っているからね」

ややあってから、ギリーがいった。「すごい発想だ。その名案でわれわれの問題は解決できそうですね。ほかの恒星系への光速飛行が、いよいよこれで可能になるかも」

不機嫌にトッツオはいった。「できることなら、囚人たちを使いはたさないうちにね」

しかし、上司のこのアイデアはわるくない。おまけに、有名な二十世紀のプレコグのひとりとじかに対面できるとはたのしみだ。あの時代は、ごく短い栄光の時代だった――悲しいことに、それが終わってからすでに時久しい。

いや、それほど短い時代とはいえないかもしれない。もし、その時代のはじまりを、H・G・ウエルズでなく、ジョナサン・スウィフトに求めるならばだ。スウィフトが火星の

ふたつの月と、その特異な軌道要素について書いたのは、望遠鏡でそれらの月の存在が証明されるよりもはるかに以前のことだった。だから、今日ではスウィフトの名を専門書に含めようとする傾向が見られるのだ。

2

議会図書館のコンピュータは、黄ばんでぼろぼろになった定期刊行物の掲載論文を順々に走査して、あっというまにお目当てのものを選びだした。宇宙旅行の方法として見た質量の減少と復元に関する論文は、たった一篇しかなかった。物体が光速に近づくにつれてその質量は増大するというアインシュタインの公式が、あまりにも全面的に受けいれられ、疑問の余地ないものとみなされていたため、二十世紀のだれひとりとしてその論文に注意をはらわなかったのだ。その論文が掲載されたのは、〈イフ〉というプレコグ機関誌の一九五五年八月号だった。

ファーメティのオフィスでは、トッツオが上司のそばにすわり、ふたりでその機関誌の複写を見つめていた。問題の論文は『夜の飛行』と題され、二、三千語の長さしかない。ふたりとも、ひとことも口をきかずに、最後まで熱心に読みつづけた。

「どう思う?」読みおわったあとで、ファーメティがたずねた。

トッツオはいった。「まちがいなし。これはたしかにわれわれの計画です。あっちこっちに異同は見うけられますがね。たとえば、彼は移住局のことを〝宇宙進出株式会社〟と呼び、民間企業と思いこんでいます」トッツオはその部分を指さした。「しかし、薄気味わるいほどの的中率ですよ。どうやらこの人物、エドモンド・フレッチャーとは、あなたのことらしい。人名も現実に似ているものの、ほかのすべてとおなじように、ちょっぴりずれています。わたしの名前はアリスン・トレリ」トッツオは感心したように首をふった。

「このプレコグたちが……頭に描いた未来のイメージは、つねに少々のゆがみはあっても、大すじでは――」

「大すじでは正しい」ファーメティがしめくくった。「そう、同感だ。この『夜の飛行』という論文が扱っているのは、まちがいなくわれわれと移住局のプロジェクトだ……ここでは〈水蜘蛛(みずぐも)計画〉という名になっている。ひとつの大きな飛躍が必要だという意味だろう。いやまったく、もっと早く気がついていれば、それがぴったりの名称だったろうな。なんなら、いまから改名する手もあるが」

トッツオがゆっくりといった。「しかし、『夜の飛行』を書いたプレコグは……質量復元の公式はもとより、質量減少の公式にさえ言及していません。ただ、〝それは発見された〟と書いているだけです」機関誌の複写をとりあげて、論文の一節を朗読した――

飛行の終了時に宇宙船とその乗員の質量をどう復元するかという難問で、トレリと彼の研究チームは大きな壁にぶちあたったが、彼らはついにそれに成功した。宇宙船〈シー・スカウト〉号の呪われた内破のあと、最初の――

「これだけです」とトッツオはいった。「これがなんの役に立つでしょう？　そう、たしかにこのプレコグは、百年前に現在の状況を経験した――しかし、彼は専門的な細部を書き、も、ら、し、て、い、ま、す」

沈黙がおりた。

ようやくファーメティが思案深げにいった。「だからといって、彼が専門的データを知らないという意味にはならんぞ。今日わかっているところでも、あの同業者組合のメンバーには専門教育を受けた科学者が多かった」伝記資料に目を通しながら、「うん、予知能力を使わないときの彼は、カリフォルニア大学で鶏肉脂肪の分析をやっていたらしい」

「タイム・ドレッジで彼を現在へ運んでくるという方針は変わりませんか？」

ファーメティはうなずいた。「できれば、ドレッジが前後の二方向に動けばいいんだがな。もし過去だけでなく、未来にも使えれば、このプレコグ――」論文にちらと目をやって、「ポール・アンダースンという男を、危険にさらさなくてもすむ」

背すじが寒くなって、トッツオはいった。「どんな危険があるんですか？」

「彼をもとの時代へ送りかえせないかもしれない。それともまた――」ファーメティは間をおいた。「途中で彼の肉体の一部が失われ、半分だけがこちらに届くかもしれない。あのドレッジは、これまでに多くの物体をまっぷたつにしたことがある」

「しかも、彼はナクバレン収容所の囚人じゃない」トッツオはいった。「だから、事故が起きたときの言い訳はききませんよ」

ファーメティはとつぜんいった。「正しい方法でやろう。危険を減らすために、あの時代、つまり、一九五四年へチームを派遣する。このチームはポール・アンダースンという男をとらえ、彼の上半身や左半身でなく、その全身がタイム・ドレッジのなかへはいるように配慮する」

ということで決定は下された。古代研究省のタイム・ドレッジは時をさかのぼって一九五四年の世界へ到着し、ポール・アンダースンという名のプレコグを乗せて帰還するのだ。それでこの討論はけりがついた。

合衆国古代研究省が行なった調査によると、一九五四年九月には、ポール・アンダースンはカリフォルニア州バークリーのグローブ・ストリートに住んでいた。その月に、彼はサンフランシスコのサー・フランシス・ドレーク・ホテルでひらかれたプレコグ全国大会に出席した。おそらくその大会で、アンダースンをはじめとする専門家たちの参加のもと、翌年の基本活動方針が決定されたのだろう。

「実はすこぶる簡単なんだよ」ファーメティはトッツオとギリーに説明した。「ふたり組のチームが過去にもどる。ふたりとも、全国的なプレコグ団体の会員なのを示す偽の身分証を、あらかじめ用意しておく……セロハンに包まれた四角い名札で、これを上着の襟に安全ピンで留めるわけだ。もちろん、ふたりとも二十世紀の服装でいく。ポール・アンダースンを見つけたら、彼をひとりにして、人目のないところへ誘いだす」

「それで、彼になんというんです？」トッツオは懐疑的な口調できいた。

「わたしたちはミシガン州バトルクリークのアマチュア未公認プレコグ団体の代表ですが、未来の時間旅行浚渫機（タイムトラベル・ドレッジ）に似せた乗り物の模型をこしらえました、というのさ。アンダースンは、あの時代ではとても有名な人物だ。だから、ぜひ写真を撮りたいので、そのドレッジの模型のそばでポーズをとってもらえませんか、と持ちかける。つぎに、乗り物のなかでもう一枚撮らせてください、とたのむ。調査の結果、同時代人の証言によると、アンダースンは温厚でおっとりした性格だが、年に一回のこうした最高戦略会議では、仲間のプレコグたちが発散する楽天的なムードに感染し、しばしば羽目をはずすことがあったらしい」

トッツオはいった。「というと、彼はいわゆる〝シンナー遊び〟をやったわけですか？

彼は〝ラリって〟いたわけですか?」

　うっすら微笑をうかべて、ファーメティは答えた。「そうじゃないよ。あれに熱中したのは未成年者で、しかも現実に流行したのはその十年後だ。ちがう、わたしがいうのは、アルコールの摂取さ」

「なるほど」トッツオはうなずいた。

　ファーメティは話をつづけた。「ネックになりそうな点をいうなら、それはアンダースンがこの極秘会議に妻のカレンと、生後まもない娘のアストリッドを同行している事実だ。それに対応しなければならない。妻のカレンは金星の美女に扮して、ピカピカ光る胸カップと、短いスカートと、ヘルメットをつけている。しかし、アンダースン自身は、正体を隠すための変装をまったく試みていない。二十世紀のプレコグの大部分がそうであるように、彼はなんの不安も持たず、人格がきわめて安定していたからだ。

　しかし、公式の会合のあいだにはさみこまれた討論時間では、プレコグも妻と離れて、ポーカーをしたり、論争したりする。ときには、そこでへべれけになることも——」

「へべれけ?」

「つまり、泥酔するという意味だ。とにかく、彼らはホテルのロビーでいくつかの小さいグループに分かれるから、そういうチャンスを狙ってアンダースンをつかまえるのがいい。あたりの騒がしさにまぎれて、彼の失踪が気づかれずにすむだろう。そのあとで、彼をそれと同時刻か、すくなくともその前後二、三時間の範囲内へ送りかえす……いや、やはりその時刻より前でないほうがいいな。ふたりのポール・アンダースンが会場に出現しては、ことがめんどうになる」

トッツオはすっかり感心した。「完璧な計画ですね」

「気にいってくれてうれしいよ」ファーメティは皮肉まじりにいった。「派遣チームのひとりはきみだからな」

トッツオはごきげんだった。「では、さっそく二十世紀中期の生活の細部を勉強しないと」彼は〈イフ〉のべつの号をとりあげた。こちらは一九七一年五月号だが、はじめて見たとたんに興味をそそられたのだ。もちろん、一九五四年の人びとはこの号をまだ見ていない……しかし、いずれはそれを目にすることになる。そして、いったん目にすれば、それは忘れられないものとなる……。

これはレイ・ブラッドベリのあの長い論文の連載第一回なんだ──その号を調べながらトッツオは気がついた。『人間をとる漁師』と題された論文で、この偉大なロサンジェルスのプレコグは、内惑星を席巻したあの恐ろしいガットマン主義者たちの政治革命を予見していた。ブラッドベリはガットマンへの警戒を呼びかけたが、その警告は──いうまでもなく──無視された。いま、ガットマンはすでに死に、狂信的な支持者たちもすくなくなり、行きあたりばったりのテロリストにおちぶれてしまった。だが、もし世界がもっと早くブラッドベリの警告に耳をかしていたら——

「なぜむずかしい顔をする？」ファーメティがたずねた。「行きたくないのか？」

「いや、行きたいですよ」トッツオは考え深げにいった。「しかし、たいへんな重責なんで。なにしろ、彼らは並みの人間じゃありませんからね」

「たしかにそれはいえる」ファーメティはうなずきながら答えた。

3

二十四時間後、アーロン・トッツオは二十世紀中期の衣装を着た自分の姿を鏡に映し、こう考えた。うまくアンダースンをだませるだろうか、ドレッジのなかへはいるように、うまく説得できるだろうか。

衣装そのものは完璧だった。それだけでなく、トッツオは一九五〇年代の合衆国で人気があったという腰までのあごひげと、カイゼルひげをくっつけていた。頭にはかつらをかぶっていた。

だれもが知っているとおり、かつらは当時の最新流行で、合衆国全土を風靡していたのだ。男も女も、赤、緑、青、それにもちろん、上品なグレーなどの美しい色合いの、髪粉をふりかけたペルーク（うしろをリボンで束ねたかつらで、十七、八世紀に流行した）をかぶっていた。それは二十世紀の最もユーモラスな現象のひとつだった。

　トッツオはその真っ赤なかつらが気にいっていた。本物だ。ロサンジェルス文化史博物館の展示品で、女ものでなく男ものであったことは、学芸員も保証している。だから、正体のばれる危険は最小限に切り詰められたわけだ。こちらがまったくべつの未来文化に属する人間であることを感づかれるおそれは、まずないだろう。

　とはいえ、やはりトッツオは不安だった。

　しかし、すでに計画はととのい、いよいよ出発の時間がきた。もうひとりの選抜メンバーであるギリーといっしょに、トッツオはタイム・ドレッジのなかにはいり、運転席についた。古代研究省から提供されたぶあつい操作マニュアルが、目の前にひらかれていた。ギリーがハッチをロックするのを待って、トッツオは二十世紀流にいえば牛の角をつかみ（みずから先に立って危険に直面すること）、ドレッジをスタートさせた。

　計器面に変化が起きた。ぐんぐん時をさかのぼっている。一九五四年へ、そしてサンフランシスコのプレコグ全国大会へ。

　かたわらでは、ギリーが参考書片手に二十世紀慣用句を練習していた。「きっとここだっぺ……」エヘンと咳ばらいして、「キルロイここにあり」とつぶやいた。「どうなってんだよ？　やばい、ずらかろうぜ。やってらんないな、もう」ギリーは首をふった。「どうもこういう慣用句は正確な意味がつかめなくてね」とトッツオに詫びた。「かっこいいじゃん」

ようやく赤いライトがついた。ドレッジの旅が終わりに近づいたのだ。一瞬後にはタービンが停止した。

ふたりが到着したのは、サンフランシスコのダウンタウン、サー・フランシス・ドレーク・ホテルにほど近い歩道だった。

あたりには、時代遅れの風変わりな衣装を着た人びとが歩いていた。しかも、モノレールが見あたらないことにトッツオは気づいた。目につくすべての乗り物は、地上を走っていた。なんたる混雑。ぎゅうぎゅうに込んだ街路を、乗用車とバスがのろくさく走っている。青い服を着た役人が、必死に手まねで混雑をさばこうとしているが、トッツオの見たところ、救いようのない状態だ。

「第二段階にはいろう」といったギリーも、立往生した地上車の行列に目をまるくしていた。「なんと嘆かわしい。あの女の信じられないほど短いスカート。膝こぞうがほとんど露出しているぞ。どうしてここの女たちはウィスク・ウイルスにやられないのかな?」

「知らないよ」トッツオはいった。「とにかく、サー・フランシス・ドレーク・ホテルへはいろう」

ふたりはそろそろとタイム・ドレッジのドアをあけ、外に出た。そこでトッツオはある事実に気づいた。まちがいがひとつ見つかったのだ。早くも。

　この時代の男たちは、きれいにひげを剃っているではないか。

「ギリー」と早口にいった。「このあごひげと口ひげを早く始末しないとだめだ」つぎの瞬間、彼はギリーの付けひげをひきはがし、素顔を露出させた。だが、かつらはこのままでいいだろう。目につくすべての男性は、なにかの頭飾りをつけているようだ。トッツオの見るかぎり、頭の禿げた男はすくなかった。女たちも手のこんだかつらをかぶっている……いや、ほんとにかつらなのか？　もしかすると、天然の毛髪では？

　いずれにせよ、これでふたりともこの時代に通用する姿になった。サー・フランシス・ドレーク・ホテルへ——そう自分にいい聞かせながら、トッツオはギリーの先に立った。


　ふたりは敏捷に歩道を横ぎり——この時代の人びとは驚くほど歩みがのろい——たとえようもなく古風なホテルのロビーにはいった。まるで博物館だ、とトッツオは周囲を見まわしながら思った。もっとゆっくり見ていきたいが……しかし、そんなひまはない。

「身分証はだいじょうぶかな？」ギリーが不安そうにきいた。「検問をパスするかな？」

さっきのひげの一件ですっかり動揺しているのだ。

　ふたりの上着の襟には、巧妙に偽造された身分証が留めてある。それはちゃんと通用した。まもなくふたりはリフト、いや、エレベーターに乗って、目的の階へ運ばれた。

エレベーターから下りたそこは、込みあったロビーだった。ひげをきれいに剃り、かつらか天然の毛髪を生やした男たちが、あっちこっちでかたまりあって談笑している。それに、おおぜいの魅力的な女たち。肌に密着したレオタードと呼ばれる衣装をつけ、ほほえみながら歩きまわっている女もいる。この時代のスタイルで、いちおう胸を隠すことが要求されているとはいえ、なかなかの見ものだ。

ギリーが声をひそめた。「感激だよ。この部屋のなかには何人もの有名な――」

「わかる」トッツオはつぶやいた。プロジェクトの実行は、もうすこし先に延ばしてもよかろう。なにしろ、有名なプレコグたちに会える信じられないチャンス、絶好の機会だ。彼らとじかに話をして、その言葉を聞くことも……。

ダーク・スーツに身を包んだ長身のハンサムな男がやってきた。服がきらきら光っているのは、なにかの人工的な素材、合成物質の微粒子がくっついているかららしい。その男はメガネをかけ、髪を含めたあらゆるものが日に焼けて浅黒い感じだった。身分証の名前は……。トッツオは目をこらした。

その長身のハンサムな男がA・E・ヴァン・ヴォクトなのだ。

「ねえ」熱心なプレコグ支持者らしいひとりの男が、ヴァン・ヴォクトを呼びとめ、こう話しかけた。「あなたの『非A（ナル）の世界』を雑誌と単行本の両方で読んだんですが、まだあれが彼の顔だってことがなっとくできないんですよ。ほら、あの結末。あそこを説明してもらえますか？　それと、ゴッセンがあの木のなかへはいっていって、そのあと――」

ヴァン・ヴォクトは立ちどまった。柔和な微笑をうかべて答えた。「そうだね、ある秘密を教えよう。わたしはひとつのプロットを考えてから小説を書きはじめるが、いつも途中でプロットが、なんというか、行き詰まるんだよ。そこで、物語をしめくくるのにべつのプロットが必要になる」

近づいて聞き耳を立てたトッツォは、ヴァン・ヴォクトから磁力に似たものを感じた。とても長身で、強い精神性が感じられる。そう、とトッツォはひとりごちた。その言葉がぴったりだ。心を癒すような精神性。この人物からは生得の善良さが放射されている。

とつぜんヴァン・ヴォクトがいった。「あの男はわたしのズボンをはいているぞ」そういうと、その支持者をおきざりにして、すたすたと群集のなかへ消えてしまった。

トッツォは頭がくらくらした。いったいあれは現実のA・E・ヴァン・ヴォクトだったのだろうか――

「ほら」とギリーが袖をひっぱった。「あそこにいるとても大柄で愛想のいい男、あれがハワード・ブラウン。この時代に〈アメージング〉というプレコグ機関誌を編集している人物だ」

「飛行機に乗り遅れなきゃいいが」ハワード・ブラウンは、耳をかしてくれる相手を見ては、そういっていた。見るからにたのもしい大男なのに、きょろきょろとあたりを心配そうに見まわしている。

「アシモフ博士はきているのかな」ギリーがいった。

聞いてみよう、とトッツオは思った。金髪のかつらと緑のレオタードをつけた若い娘に近づいた。「**アシモフ博士はどこですか？**」この時代の言葉を使って、明瞭に質問した。

「さあ、知らないわ」とその若い娘はいった。

「彼はきていますか？」

「ううん」と若い娘はいった。

ギリーがまたトッツオの袖をひっぱった。「忘れたのか？　ポール・アンダースンを見つけなくちゃいけない。いくら若い女性と話をするのがたのしくても――」

「アシモフのことを聞いただけさ」トッツオは憤然と答えた。なんといってもアイザック・アシモフは、二十一世紀の陽電子ロボット産業ぜんたいの土台を築いた人物だ。彼が欠席なんてことがありうるのだろうか？

野外スポーツ愛好家らしい、たくましい体つきの男が、すたすたとそばを通りかかった。トッツオはそれがジャック・ヴァンスなのを知った。ヴァンスはどう見ても猛獣狩りのハンターという感じだ……用心しなくては、とトッツオは思った。もしこっちがなにかの口論に巻きこまれたらさいご、ヴァンスがあっさりとけりをつけるだろう。

見ると、ギリーがさっきの緑のレオタードと金髪かつらの娘に話しかけていた。「**マレ**

イ・ラインスターは？」とギリーは質問していた。「理論的研究の最先端にある、あの並行時間の論文を書いた人物ですよ。彼はここに――」

「知らないってば」と若い娘は退屈した口調で答えた。

ふたりの向かい側で、みんながある人物をとりかこんでいた。輪の中心にいる人物は、耳をかたむけたみんなにこうしゃべっている。「……そうさ、きみたちがハワード・ブラウンのように空の旅が好きなら、どうぞご自由に。だが、ぼくにいわせれば、あれは危険だ。ぼくは飛行機に乗らない。いや、車だって危険だよ。ぼくはいつも後部席で寝ころぶことにしてる」その人物は短い毛のかつらをつけ、蝶ネクタイをしていた。優しい丸顔の持ち主だが、瞳に強烈な光がある。

その人物がレイ・ブラッドベリと知って、トッツオはさっそく近づこうとした。

「よせ！」ギリーが小声で叱った。「われわれがここへきた目的を忘れるな」

ブラッドベリのむこうでバーのカウンターにすわった人物が、トッツオの目をひいた。ブラッドベリより年長で、苦労性らしい顔つき、小さいメガネをかけ、茶色のスーツを着て、カクテルをちびちび飲んでいる。初期のガーンズバック機関誌に載った似顔絵で、トッツオはその男に見おぼえがあった。ニュー・メキシコ地方に住むきわめてユニークなプレコグ、ジャック・ウィリアムスンだ。

「『航時軍団』は、いままでにぼくが読んだ最高の長篇SFだと思います」明らかにプレコグ支持者らしい男がそういうと、ジャック・ウィリアムスンもうれしそうに首をうなずかせた。

「最初は短篇にするつもりだったんだ。だが、どんどん話がふくらんできてね。うん、わたしもあの作品が好きだよ」

このあいだに、ギリーはぶらぶらと先へ進み、つぎの部屋へはいった。そこのテーブルには、ふたりの女とひとりの男が熱心に話しこんでいた。女のひとりは、黒髪のきりっとした顔立ちで、肩の露出したドレスを着ている——身分証からすると、イヴリン・ペイジ（〈ギャラクシイ〉編集長H・L・ゴールド夫人で、初期の同誌の副編集長）らしい。もうひとりの長身の女が、あの有名なマーガレット・セント・クレアであることを知って、ギリーはさっそく声をかけた——

「セント・クレアさん、〈イフ〉誌一九五九年九月号に掲載された、あなたの『緋色の六脚類』は、最高の——」そこでいいやめた。

なぜなら、マーガレット・セント・クレアは、まだその論文を書いていないからだ。というより、そんなものの存在さえ知らない。ぱっと顔をあからめて、ギリーはあとずさりした。「これはどうも」もぐもぐとつぶやいた。「失礼。頭が混乱しまして」

片方の眉を上げて、マーガレット・セント・クレアはいった。「〈イフ〉の一九五九年九月号ですって？　あなたはどなた？　未来人？」

「おもしろい」とイヴリン・ペイジがいった。「で、さっきの話のつづきだけど」彼女は黒い瞳でギリーをきびしく見つめた。「ねえ、ボブ、結局あなたの説によると――」彼女が向かい側の男にそう呼びかけるのを聞いて、ギリーははっと気がつき、喜びを感じた。その青白い顔をした不気味な人物こそ、ほかならぬロバート・ブロックなのだ。

ギリーはいった。「ブロックさん、〈ギャラクシイ〉誌に掲載されたあなたの『安息休暇』という論文は――」

「人ちがいじゃないかね、きみ」ロバート・ブロックはいった。「わたしは『安息休暇』という作品を書いたおぼえはないよ」

しまった、とギリーはほぞを噛んだ。またやらかした。『安息休暇』も、まだ書かれていない作品のひとつだ。早くこの場を離れるにかぎる。ギリーはもとの部屋へひきかえし……そして、身じろぎもせずそこに立っているトッツオを見いだした。

トッツオがいった。「アンダースンを見つけたぞ」

こんどは、ギリーがその場に凍りつく番だった。

議会図書館から提供された写真は、ふたりともすっかり頭にたたきこんである。そこに立っているのは、たしかにあの有名なプレコグだ。背が高く、ほっそりして、姿勢がいい。すこし痩せぎみで、カールした毛髪――それとも、かつら。メガネをかけた瞳には、温かく人なつっこい光が宿っている。アンダースンはウイスキー・グラスを片手に持ち、何人かのプレコグと話しあっているところだ。上機嫌らしい。

「ウム、あー、つまりだね」アンダースンがそういいかけたところへトッツオとギリーは近づき、そうっと輪のなかに加わった。「え、なに？」アンダースンはべつのプレコグにそういって、よく聞こうとするように耳のうしろへ手をかざした。「ああ、うん、そのとおり」アンダースンはうなずいた。「そうとも、トニー、それには百パーセント賛成だ」

トッツオはさとった。もうひとりのプレコグは、あの達人アンソニイ・バウチャーなのだ。二十一世紀の宗教復興に関するバウチャーの予知は、ほとんど超自然的なまでに正確だった。ロボットに関係した〈洞窟の奇跡〉のくわしい記述は……。トッツオは畏怖にうたれてバウチャーを見つめてから、アンダースンに向きなおった。

「ポール」とべつのプレコグがいった。「もしイタリア軍が一九四三年に侵攻した場合、イギリス人をどうやって追いだすつもりだったかを教えよう。イギリス人は、もちろん一流のホテルに泊っていたはずだ。そこでイタリア軍は法外な宿泊料金をふっかける――」

「そうか、そうか、なるほど」アンダースンは目を輝かせてうなずき、ほほえんだ。「イギリス人は紳士であるために、なにもいわないが――」

「しかし、翌日にはホテルをひきはらう」べつのプレコグがそのあとをしめくくり、グループ全員が大笑いした。ギリーとトッツオを除いて。

「アンダースンさん」トッツオはすっかり堅くなっていた。「わたしたちはミシガン州バトルクリークのアマチュア・プレコグ団体のものですが、あなたの写真を撮りたいんです。わたしたちが作った時間浚渫機（タイム・ドレッジ）のそばに立っていただけませんか」

「え、なに？」アンダースンは耳のうしろに手をあてがった。

トッツオはまわりの騒々しさに負けまいと声を張りあげ、いまいったことをくりかえした。ようやくアンダースンは理解したようだ。

「あー、ウム、で、それはどこにあるんだね？」アンダースンは愛想よくたずねた。

「表の歩道のわきです」ギリーがいった。「重すぎて、ここまで運べませんので」

「なるほどね、あー、もしそう長くかからなければ」とアンダースンはいった。「といっても、むりだろうな」アンダースンはグループのみんなに断わってから、エレベーターに向かうふたりのあとにつづいた。

「蒸気機関車の製作時間だ」がっしりした体格の男が、すれちがいしなに呼びかけた。

「蒸気機関車の製作時間だぜ、ポール」

「わたしたちは階下へ行くんです」トッツオが不安そうにいった。

「逆立ち歩きで階段を下りていけよ」そのプレコグはいった。むこうが上機嫌に手をふるあいだに、エレベーターがやってきて、三人はそれに乗りこんだ。

「きょうのクリスはごきげんだな」とアンダースンがいった。

「あたりき」とギリーが慣用句のひとつを使った。

「ボブ・ハインラインはきたかい?」下降のつづくなかで、アンダースンはトッツオにきいた。「ボブとミルドレッド・クリンガーマンは、猫の話をしにどこかへ行っちゃったんだってさ。それ以来、だれもふたりがもどったのを見ていない」

「それが人生さ」とギリーはべつの二十世紀慣用句を使った。

アンダースンは耳のうしろに手をあてがい、遠慮がちに微笑したが、なにもいわなかった。

ようやく三人は表の歩道に出た。タイム・ドレッジを見たとたんに、アンダースンはびっくりして目をぱちぱちさせた。

「こいつはたまげた」そっちへ近づいた。「これはみごとな出来だね。いいとも、あー、喜んでそばに立たせてもらうよ」アンダースンは骨ばった痩せぎすの体をすっくとのばし、トッツオが前にも気づいた、あの温かくて優しい微笑をうかべた。「あー、これでどうかな?」アンダースンは、ちょっぴりはにかみながらたずねた。

スミソニアン博物館から持ってきた本物の二十世紀のカメラで、ギリーはスナップを一枚撮った。「それでは、なかへどうぞ」そういって、ちらとトッツオに目くばせした。

「え、ああ、いいとも」ポール・アンダースンはそういうと、ステップを登り、ドレッジの入口をくぐった。「すごい、カレンがこれを見たら、きっとよろこぶだろうな」そういいながら、なかへ姿を消した。「いっしょに連れてくればよかった」

トッツオはすばやくそのあとを追った。ギリーがハッチをばたんと閉じ、運転席では、トッツオが操作マニュアルを片手に、ボタンをつぎつぎに押していった。

タービンがうなりを上げたが、アンダースンは気がついていないらしい。目をまるくして、制御盤に見とれている。

「すごい」とアンダースンはいった。

タイム・ドレッジは、アンダースンが制御盤を夢中で見つめるうちに、現在へとひきかえしはじめた。

4

ファーメティが三人を出迎えた。「アンダースンさん。これはこれは。信じられないほどの光栄です」握手しようとしたが、アンダースンはひらいたハッチのなかから外の都市に見とれていた。ファーメティが手をさしだしているのに気づかないようすだ。

「ちょっと」アンダースンは顔をひきつらせながらいった。「ウム、あー、いったいあれはなんだね？」

なによりも彼の目をひいたのはモノレール・システムらしい、とトッツオは判断した。これは奇妙だ。アンダースンの時代でも、すくなくともシアトルにはモノレールがあったのでは……いや、それとも？　あれができたのは、もっとあとのことか？　いずれにせよ、いまのアンダースンの顔には、大いにまごついた表情がうかんでいた。

「個人用車輛です」トッツオは彼のそばに立った。「あなたの時代のモノレールは、乗り合い車輛だけでした。そのあと、つまり、あなたの時代からあとで、各個人の住宅にモノレールのアウトレットが設置できるようになったのです。個人が自家用車をガレージからモノレール・ターミナルまで出せば、そこからシステムに乗り入れができます。おわかりでしょうか？」

しかし、アンダースンはまだ割り切れない表情だった。というより、いっそう深刻な顔つきになったようだ。

「ウム」とアンダースンはいった。「〝あなたの時代〟とはどういう意味だね？　ぼくは死んだのか？」いまでは憂鬱そうな表情になっていた。「あの世はもっと戦死者の館（ワルハラ）に近い感じだろうと思っていた。ヴァイキングなんかがいてさ。未来風の世界じゃなしに」

「あなたは死んでいませんよ、アンダースンさん」ファーメティはいった。「あなたの目の前にあるものは、二十一世紀中期の文化様式です。正直に申しあげると、あなたは誘拐されたんです。しかし、かならずもとの時代へ帰してさしあげます。これはわたし個人と公的機関の名においてお約束いたします」

　アンダースンはあんぐり口をあけたが、なにもいわなかった。ただ、外を見つめるだけだった。


　悪名高い殺人者のドナルド・ニルスは、移住局が送りだした光速宇宙船の資料図書室で、たったひとつのテーブルの前にすわっていた。計算の結果では、彼の身長は、地球の寸法で三センチしかない。にがにがしげに、ニルスは毒づいた。「こんな残酷で非常識な刑罰があるもんか。憲法違反だ」そこで自分が志願者なのを思いだした。ナクバレン収容所から出たい一心で志願したのだ。あのくそいまいましい牢獄め、と内心でつぶやいた。とにかく、あそこからは出られたぞ。

　それに、と自分にいい聞かせた。たとえ三センチの背丈でも、おれはこのボロ宇宙船の船長だ。もしかしてプロキシマに到着できたら、くそいまいましいプロキシマ星系の親玉になれる。あのガットマンといっしょに勉強したことは、むだにならない。ナクバレン収容所のやつらをを見かえしてやるためには、ほかにどんな……。

　副船長のピート・ベイリーが資料図書室のドアから首をつっこんだ。「おい、ニルス、おまえのいうように、古いプレコグ機関誌の〈アスタウンディング〉ってのをマイクロ複写で読んでみたよ。物質瞬送のことを書いた〈金星等辺形〉（宇宙通信ステーションを舞台にしたジョージ・O・スミスの連作短篇）

の論文な。いくらおれがニューヨーク一流のビデオ修理屋でも、あれを作るのはちょいとむりだぜ」彼はニルスをにらみつけた。「無理な注文ってもんだ」

ニルスは喧嘩腰でいった。「地球へもどらなくちゃだめなんだ」

「おあいにくだね」ベイリーがいった。「プロキシマでがまんしなよ」

怒りにまかせて、ニルスはテーブルの上のマイクロ複写を宇宙船の床へ払いのけた。

「あの移住局のくそ野郎！　おれたちをはめやがって！」

ベイリーは肩をすくめた。「とにかく、食い物はふんだんにあるし、まともな図書室もあるし、立体映画が毎晩見られるじゃないか」

「プロキシマへ着くころには」とニルスがとげとげしくいった。「どの映画も――」と計算して、「二千回はくりかえして見る勘定だ」

「じゃ、見るなよ。それとも、逆回転で見る手もあるか。おまえの研究はどうなってる？」

「〈スペース・サイエンス・フィクション〉に出た論文の複写を読んでるとこだ」ニルスは考え深げにいった。「『変数人間』（ディックが書いた短篇）って題名なんだがよ。超光速飛行のことが書いてある。物体がいったん消失してから、また現われるんだ。それを書いたむかしのプレコグによると、コールって男がその技術を完成させるらしい」しばらく思案してからいった。「もし超光速宇宙船を作ることができたら、おれたちは地球へ帰れる。地球を乗っ取れる」

「血迷った言い草だ」ベイリーはいった。

ニルスは彼を見つめた。「おれが船長だぞ」

「だとしたら」とベイリーはいった。「おれたちは血迷った船長を頭にいただいてることになる。地球へもどる手はないよ。プロキシマの惑星で人生をやりなおそうや。故郷へもどることは永久に忘れたほうがいい。ありがたいことに、この船には女たちも乗ってる。そうさ、たとえ地球へもどれたとしても……三センチの背丈しかない人間たちになにができる？　笑いものにされるのがオチだ」

「おれを笑いものにするやつは生かしちゃおかねえ」ニルスは静かにいった。

しかし、ベイリーが正しいことは、彼にもわかっていた。船内の資料図書室にある古いプレコグ機関誌のマイクロ複写を参考にして、プロキシマ星系のどこかの惑星へぶじに着陸できる方法が見つかったら、まだしも幸運だろう……それでさえ相当にむりな注文だ。

おれたちは成功するさ、とニルスは自分にいい聞かせた。ほかのみんながおれに服従し、ばかな質問をせずに、おれの命令どおりに動いてくれれば。

腰をかがめて、彼は〈イフ〉誌一九六二年十二月号のスプールを作動させた。それにはとりわけ興味をそそられた論文が載っている……しかも、時間はまだたっぷりある。これから四年の旅のあいだに、それを読み、理解し、実地にそれを応用すればいいのだ。

ファーメティがいった。「アンダースンさん、もちろんあなたはお得意の予知能力で、こういう事件を予想はされていたでしょう」なんとか落ちつこうと努力しても、ストレスで声がふるえていた。

「そろそろ帰らせてくれないかね」アンダースンの声はほぼ平静にもどったようだ。

ファーメティは、トッツオとギリーにすばやく目くばせしてから、アンダースンにいった。

「もうおわかりでしょう、われわれはある技術的難問に頭を痛めていましてね。だから、あなたをこの時間連続体へお連れしたんです。つまり――」

「それよりも、ウム、早くぼくを帰してくれたほうがいい」アンダースンは相手の話をさえぎった。「カレンがきっと心配してる」首をのばし、まわりをぐるっと見まわした。

「だいたいこんなぐあいじゃないかと思ってた」とアンダースンはつぶやいた。顔がピクリとひきつった。「ぼくの予想とあまり変わらないな……あそこにある背の高いものはなに？　むかしの飛行船の係留設備に似てるな」

「あれは」とトッツオがいった。「祈願塔です」

「われわれが悩んでいる問題は」とファーメティが忍耐強くいった。「〈イフ〉誌の一九五五年八月号の『夜の飛行』という論文で、あなたが扱われたものです。つまり、星間宇宙船の質量をとりのぞくことはできたんですが、まだその質量の復元に関しては——」

「ふーん、なるほど」アンダースンはうわの空だった。「ぼくもいまその話を書きかけてるところなんだ。あと二週間ほどでスコットに送れるだろう」説明をつけたした。「スコット・メレディス、ぼくのエージェントだよ」

ファーメティはちょっと考えてからいった。「アンダースンさん、わたしたちに質量復元の公式を教えてくださいませんか」

「ウム」ポール・アンダースンはゆっくりといった。「そうか、それが正しい用語らしいね。質量復元……それでいこう」こっくりとうなずいた。「公式はまだ考えてないんだ。あまり専門的な話にしたくないんでね。もし、公式があったほうがいいなら、ひねりだすことはできるが」そこで言葉を切ると、自分だけの世界へ閉じこもってしまったようだった。三人の男は待ちつづけたが、アンダースンはそれっきりなにもいわない。

「あなたの予知能力で」とファーメティはいった。

「え、なに？」アンダースンは耳のうしろに手をあてがった。「予知能力？」はにかんだ笑みをうかべた。「ああ、いや、それはどうかな。ジョン・キャンベルはそのての超能力を信じてるようだがね、デューク大学のちょっとした実験程度では証拠にならないと思うよ」

ファーメティはしげしげとアンダースンを見つめてから、静かにいった。「〈ギャラクシイ〉誌一九五三年一月号の巻頭論文をとってみましょう。題名は『地球防衛軍』……地下には人間、地上にはロボットが住み、ロボットは地上で戦うふりをしているが、戦争はすでに終わっています。ところが、人間はうまく偽造された報告にだまされて――」

「あれは読んだ」ポール・アンダースンはうなずいた。「なかなかいいと思ったよ、結末以外は。もっとも、ぼくはあまり結末を気にしないんだが」

ファーメティはいった。「じゃ、理解していただけますね。それとまったくおなじ状況が、第三次世界大戦中の一九九六年に起こったことを？　あの論文があったために、われわれが地上のロボットたちの欺瞞を見破ることができたことを？　あの論文のほとんど一語一語がまさに予言的で――」

「フィル・ディックだよ」アンダースンがいった。「『地球防衛軍』を書いたのは」

「彼をご存じなんですか？」トッツオがきいた。

「きのう、大会で会った」アンダースンは答えた。「初対面。とても神経質な男でね、気おくれして、なかへはいってこないんだ」

ファーメティがいった。「つまり、こういうことでしょうか。あなたがたのだれひとりとして、自分が予知能力者であることに気づいておられない？」あまりのショックに、声がすっかりうわずっていた。

「どうかな」アンダースンはゆっくりと答えた。「なかにはそれを信じてる作家もいるよ。

アルフ・ヴァン・ヴォクトとか」

「まだわかっていただけないんですか？」ファーメティがたたみかけた。「あなたはある論文でわれわれのことを書かれたんです――あなたは移住局と星間植民計画のことを正確に描写されたんですよ！」

ちょっと間をおいてから、アンダースンはつぶやくようにいった。「なんとね、こいつは驚きだ。いや、まったく知らなかったよ。ウム、教えてくれてどうもありがとう」

ファーメティはトッツオをふりかえった。「どうやらわれわれは、二十世紀中期に関する認識を根本的にあらためる必要がありそうだ」疲れた顔つきだった。

トッツオはいった。「彼らがその事実を知らないことは、べつにわれわれの目的にはひびきません。なぜなら、それを自覚しているか否かにかかわらず、予知能力はげんに存在するのですから」トッツオから見れば、それは明白なことだった。

こんなやりとりのあいだに、ぶらぶらと歩きだしたアンダースンは、近くのギフト・ショップの陳列窓をながめた。「おもしろい小物がある。せっかくきたんだから、カレンにおみやげを買っていってやりたい。どうだろうね――」ファーメティをふりかえって質問した。「ちょっとなかへはいって、見物してもいいかい？」

「はい、どうぞ」ファーメティはいらいらしながら答えた。

アンダースンはギフト・ショップのなかへはいった。自分たちの発見を論じあっている三人をそこに残して。

「いま、やるべきことは」とファーメティがいった。「彼をなじみぶかい環境のなかで落ちつかせることだ――タイプライターの前で。それから、質量の減少と復元に関する論文を執筆するように、彼を説得する。彼自身がその論文を事実とみなしているかどうかは関係ない。どのみち、事実になるわけだ。スミソニアンには、使用可能な二十世紀のタイプライターと、縦二十八センチ、横二十二センチの用紙が保存されているはずだ。きみの意見は？」

しばらく思案してから、トッツオはいった。「わたしの意見をいいます。彼をあのギフト・ショップへ行かせたのは大失敗でした」

「どうしてだ？」ファーメティがいった。

「トッツオのいいたいことはわかります」ギリーも興奮していた。「もう二度とアンダースンには会えないでしょう。妻への買物という口実で、彼は脱走したんですよ」

蒼白な顔になって、ファーメティは向きを変え、ギフト・ショップのなかへ飛びこんだ。トッツオとギリーもあとにつづいた。

店内はからっぽだった。アンダースンは脱走したのだ。彼の姿はどこにもなかった。

ギフト・ショップの裏口からそうっと外に忍びでて、ポール・アンダースンは思った。

たぶん、あの連中にはつかまらずにすむだろう。すくなくともすぐには。

ここにいるうちにやるべきことはいっぱいある。なんというチャンス！　年をとったら、アストリッドの子供たちにおもしろいむかし話を聞かせてやれるぞ。

しかし、アストリッドのことを考えたとたんに、彼はごく単純な事実を思いだした。いずれは一九五四年へもどらなくてはならない。カレンと幼いアストリッドのところへ。ここでなにを発見するにしても――それは自分にとって一時的なものだ。

しかし、それまでは……まず図書館へ行こう、どんな図書館でもいい。そして、歴史の本をじっくり読み、一九五四年からいままでの年月になにが起きたかを調べる。

まず知りたいのは、冷戦のことだ。アメリカとソ連がその後どうなったか。それに――宇宙探険。きっと一九七五年までに人類は月面へ到達したはずだ。いまは宇宙を探険しているところだろう。そうとも、時間浚渫機（タイム・ドレッジ）まであるぐらいだから、とっくに宇宙へ進出したにきまってる。

ポール・アンダースンは行く手にドアがあるのに気づいた。そのドアがあいているのを見て、ためらうことなくそこへ飛びこんだ。ここも商店らしいが、さっきのギフト・ショップよりは大きい。

「いらっしゃいませ」と声が聞こえ、禿げ頭の男が――ここの連中はみんな頭が禿げているらしい――近づいてきた。男はアンダースンの頭髪と服装をじろりと見た……だが、礼儀正しく、なにもいわなかった。「なにをさしあげましょう?」

「ウム」アンダースンは時間を稼ごうとした。いったいこの店はなにを売っているのだろう? まわりを見まわした。ピカピカ光る電子装置の一種らしい。しかし、いったいなんに使うものなのか?

店員がいった。「最近ナズルされたことはおありですか?」

「え、なに?」とアンダースンはいった。ナズルされた?

「春の新型ナズラーが入荷したんですよ」店員はそういうと、いちばん近くにある球形の機械に近づいた。「そうです。お客様はごくわずかながらイントローヴ気味ですね——気をわるくなさらないように。つまり、イントローヴはまったく合法的なんですから」店員はくすくす笑った。「たとえば、ちょっと風変わりなそのお召し物……それはご自分でお作りになったんですか? とにかく、自分で自分の服を作るのは、とてもイントローヴです。織るのもご自分で?」なにかすっぱいものでもなめたように顔をしかめた。

「いや。実をいうと、これがいちばんいいスーツなんだ」

「へっへっ。おもしろいジョークですね。うまいことをおっしゃる。でも、そのおつむは? 何週間も剃らずにおいてあるようですが」

「ああ、そうなんだ。たしかにナズラーが必要かもしれないな」どうやらこの世紀では、ちょうどむかしのテレビのように、だれもがそれを一台持っているらしい。文化の一部としての必需品なのだろう。

「ご家族は何人ですか？」と店員はたずね、メジャーをとりだして、アンダースンの袖の長さを測った。

「三人」アンダースンはぽかんとして答えた。

「いちばんお若い方はおいくつですか？」

「生まれたばかりの赤ん坊だ」

店員の顔からさっと血の気がひいた。「出ていってくれ」と押しころした声でいった。

「さもないと、ポルポルを呼ぶぞ」

「え、なに？　失礼だが？」アンダースンは耳のうしろに手をあてがい、相手の言葉をよく聞きとろうとした。なにがなんだか、よくわからなかった。

「おまえは犯罪者だ」店員はぼそぼそといった。「ナクバレン収容所へほうりこまれるべきだ」

「どうもおじゃまさま」アンダースンはあとずさり、その店から外の歩道に出た。最後に見えたのは、まだこっちを見つめている店員の姿だった。

「あなたは外国の方？」声がそうたずねた。女の声だった。呼びかけたその女は、歩道のへりで車をとめた。アンダースンから見ると、まるでベッドのような車だ。いや、事実、ベッドらしい。女は利発そうな目で彼をながめた。真剣な黒い瞳。つるつるに剃った頭には多少の違和感があるが、彼女が魅力的なのはたしかだ。

「べつの文化からきたんです」アンダースンは相手の姿から目を離せずに答えた。この社会の女たちは、みんなこういう服装なのだろうか？　むきだしの肩ならまだ話がわかる。しかし、ここまで——

それにベッド。このふたつの組みあわせは行きすぎだ。とにかく、彼女の職業はいったいなんだろう？　しかも、公共の場で。これはなんという社会だ……自分たちの時代とはモラルも変わってしまったのか。

「図書館をさがしているんですが」アンダースンはその車からすこし距離をおいてそういった。車というより、モーターと車輪、それに操縦用の舵柄がついたベッドに近い。

女は答えた。「図書館はここから一バイトの距離です」

「あー、その〝バイト〟とはなんですか？」

「どうやら、あなたはわたしをワングしてるのね」と女はいった。女の体で目に見える部分が、すべて暗赤色に染まった。「おもしろくもない冗談。その不愉快な毛深い頭とおんなじ。すくなくともわたしには、あなたのワングもその頭も、ぜんぜんおもしろくありません」そういいながらも、女は先へ進まなかった。その場に残り、彼をじっと見つめていた。「たぶん、あなたには助力が必要なのかも」と女はいった。「たぶん、あなたを哀れむべきなのかも。ポルポルがいつでも好きなときにあなたを逮捕できることは、もちろんご存じね」

アンダースンはいった。「あのう、どこかでコーヒーでも飲みながら、お話ししませんか？　ぜひ図書館を見つけたいんです」

「じゃ、ごいっしょに」と彼女は同意した。「ただ、〝コーヒー〟というものがなんなのか、見当もつきませんけれど。わたしにさわったらすぐニルプしますよ」

「それだけはやめてください。そんな必要はない。歴史の資料を調べたいだけなんです」

そこでアンダースンは気がついた。どんなものでもいい、技術的データが手にはいれば大いに役立つはずだ。

一九五四年へこっそり一冊持ち帰るとしたら、なにがいちばん価値があるだろう？　アンダースンは頭をひねった。年鑑か。辞書か……あらゆる分野を初心者向きに概観した学校の教科書か。うん、それだ。七年級か、高校の教科書。表紙はちぎって捨て、なかのページだけを上着の内ポケットにつっこめばいい。

アンダースンはいった。「学校はどこですか？　もよりの学校は」彼は切迫感にかられはじめた。あの連中がすぐうしろから追いかけてくることはまちがいない。

「なんですか、その〝学校〟というのは？」

「子供たちが通うところです」

女は静かにいった。「病的ね。かわいそうな人」

5

しばらくトッツオとファーメティとギリーは黙ってその場に立ちつくした。やがてトッツオがわざと感情を抑えた声でいった。「これから彼の身になにが起こるかは、もちろんおわかりでしょう。ポルポルが彼を逮捕して、モノレール特急でナクバレン収容所へ送りこむ。あの外見が問題です。ひょっとすると、もうそこへ送られたかもしれない」

ファーメティはさっそくもよりのビデオ電話へと駆けだした。「ナクバレン収容所当局に連絡をとる。ポッターと話しあうよ。彼なら信用できる」

まもなくポッター少佐のいかつい色黒の顔がビデオ・スクリーンに現われた。「やあ、きみか、ファーメティ。もっと囚人がほしいのかい？」くっくっと笑った。「きみたちはわれわれ以上のスピードで、彼らを使い捨てにしてるらしいな」

ファーメティは、ポッターの背後にある巨大収容所の野外レクリエーション区画をちらとながめた。政治犯も一般犯罪者もあたりをぶらつき、足の凝りをほぐしている。一部の囚人は退屈で意味のないゲームをしているが、そのゲームは労働監房から外へ出されるたびに再開され、ときには何カ月もつづくのだ。

「連絡をとったのは」とファーメティはいった。「ある人物がそちらへ連行されるのを防ぎたいからなんだ」彼はポール・アンダースンの外見特徴を教えた。「もしそんな人物がモノレールでそこへ運ばれてきたら、すぐに知らせてくれないか。それと、危害を加えないように。わかるかね？　彼を無傷でとりもどしたいんだよ」

「いいとも」ポッターはあっさり答えた。「ちょっと待った。いま新入りの囚人を走査させる」右側のボタンを押すと、三一五Rコンピュータが作動をはじめた。ファーメティにも低いブーンという音が聞こえた。いくつかのボタンを押してから、ポッターはいった。

「これで、その男がモノレールで連行されてきてもわかる。入所検問回路が彼を締めだすはずだ」

「まだその気配はないのかね？」ファーメティは緊張した口調できいた。

「ないね」ポッターは答え、わざとらしくあくびをした。

ファーメティは接続を切った。

「さて、どうします？」トッツオがいった。「ガニメデの嗅ぎつけスポンジを使って、追跡する手はありますが」しかし、それは不愉快な生物だった。獲物を見つけるとさっそくヒルのように血管系へ吸いつくのだ。「それとも、機械的な方法をとるか」とトッツオはつけたした。「探知ビームです。アンダースンの脳波データはありますよね？　しかし、それをやるとさっそくポルポルが乗りだしてきます」法律によって、探知ビームはポルポルしか使用を許されていない。なにしろ、ガットマンその人の隠れ場所をつきとめるのに成功した捜査器具なのだから。

ファーメティはぶっきらぼうに答えた。「わたしは全地球に第二種警戒警報を放送するほうがいいと思う。それによって、市民という平均的な密告者が活動をはじめる。第二種の手配人物を見つければ、自動的に懸賞金がはいると告示する」

「しかし、それだと彼が痛い目にあわされかねません」ギリーが指摘した。「群集心理でね。もっとよく考えてみましょう」

ややあって、トッツオがいった。「彼の身になって、純粋に理性的な観点から想像してみてはどうです？　もしあなたが二十世紀中期からわれわれの時代へ運ばれてきたとしたら、なにをしたくなるか？　どこへ行きたくなるか？」

ファーメティは静かに答えた。「もよりの宇宙港だろうな、もちろん。火星か、どこかの外惑星へのキップを買う――われわれの時代では日常茶飯事だが、二十世紀中期ではまったく問題外だから」

三人は顔を見あわせた。

「しかし、アンダースンは宇宙港の場所を知らないんですよ」ギリーがいった。「そこへの道をさがすだけで、貴重な時間をついやすことになります。われわれなら、地下モノレール特急で直行できますが」

　さっそく三人の移住局職員はそっちへ出発した。

「胸のおどる状況ですね」とギリーがいった。三人はモノレール特急の一等個室で向かいあわせにすわり、上下に体をゆすられていた。「二十世紀中期の人間がどんな考え方をするかを、われわれは完全に誤解していました。今後の教訓にしなければ。もう一度アンダースンをつかまえることができたら、さらに質問を進めるべきです。たとえば、ポルターガイスト効果。あれを彼らはどう解釈していたか？　それにテーブル・タッピング（死者の霊がテーブルなどにコツコツと音をさせて意志を伝える現象）——あの正体を彼らはちゃんと認識していたのか？　それとも、いわゆる〝オカルト〟の領域にそれをゆだねて、放置していたのか？」

「アンダースンはそういう疑問や、そのほか多くの疑問に解決の手がかりを提供してくれるかもしれん」ファーメティがいった。「だが、われわれの中心課題は依然としておなじだ。漠然とした詩的な暗示ではなく、正確な数学的表現で、質量復元の公式を完成するように、ぜひとも彼を説得しなければ」

　考え深げにトッツオはいった。「すばらしく頭のきれる男ですよ、あのアンダースンは。あのあざやかな脱走の手口を見てもわかります」

「そうだ」ファーメティはうなずいた。「けっして彼を甘く見てはならん。われわれは誤りをおかし、その誤りがはねかえってきたんだ」彼の表情はきびしかった。

ほとんど人けのない裏通りで足を急がせながら、なぜ自分はあの女から病的とみなされたのだろう、とポール・アンダースンはいぶかしんだ。そういえば、赤ん坊のことを口にしたとたんに、あの店員の態度もがらりと変わったっけ。ここでは出産が非合法なのか？それとも、かつてのセックスがそうだったように、公共の場で口にしてはならないタブーとみなされているのか？

なんにしても、ここにとどまるつもりなら、この頭を剃らなくちゃだめだ。それと、もしできれば、べつの服を手に入れなければ。

どこかに理髪店があるはずだ。それと、ポケットのなかの小銭。コレクターにとっては、おそらく価値があるだろう。

アンダースンは希望をこめて周囲を見まわした。しかし、目につくのは、この都市を形作る、光り輝くプラスチックと金属の高層ビルだけ、そのなかでどんな活動が行なわれているのか知るよしもない建築物だけだ。それはまったく異質の——

異質（エイリアン）の、とアンダースンが考えたとき、その言葉が心のなかで大きく立ちふさがった。なぜなら——前方にある家の戸口からなにかがぬらりとあふれ出てきたからだ。そしていま、彼の行く手は——どうやら故意に——その粘菌生物によってふさがれてしまった。体色はダーク・イエロー、人間なみの大きさがあり、歩道の上でピクピク脈を打っている。

ややあってから、粘菌生物は規則正しく波うつ動きでゆっくり近づいてきた。進化的発展をとげた人間か？　ポール・アンダースンはそう考えながらあとずさりした。まったくもう……そこで、いま自分が目にしているものがなんであるかをさとった。

この時代には宇宙旅行が実現している。いま目にしているのは、べつの惑星からきた生物だ。

「ウム」とアンダースンは巨大な粘菌生物に話しかけた。「あの、ちょっと質問していいですか？」

粘菌生物は波うつ前進運動を停止した。そして、アンダースンの脳のなかに、自分のものでない思考が形作られた。「質問はわかったよ。答えよう——わたしはきのうカリストから到着したばかりだ。しかし、そのほかにも、いくつかの質問をキャッチした。めずらしい上にきわめて興味深い質問を……きみは過去からきた時間旅行者だな」その生物から放射されてくるのは、思慮深く礼儀正しい好奇心と——知的な興味のこもった思考だった。

「そうです」アンダースンはいった。「一九五四年からのね」

「だから、きみは理髪店と、図書館と、学校をさがしているわけか。彼らに捕まるまでに残された貴重な時間で、そのぜんぶを一度に」粘菌生物は彼の身を案じているようだった。「どうしたらきみの力になれるかね？　なんならきみを吸収してあげてもいいが、それでは永久的な共生になるから、気が進まないだろう。妻と子供のことを考えているようだね。

この機会に、きみが不運にも言及した子供のことについて教えてあげよう。この時代の地球人は、強制的な出産禁止令にしたがっている。それ以前の時代にほとんど無制限の出産が行なわれていたからだ。戦争があったんだよ。ガットマンの狂信的な支持者たちと、マッキンリー将軍の率いる、よりリベラルな軍団とのあいだに。そして後者が勝った」

アンダースンはいった。「ぼくはどこへ行くべきでしょう？　よくわからなくなった」頭がずきずきし、疲労がひろがっていた。多くの事件が一度に起こったせいだ。さっきまではトニー・バウチャーとサー・フランシス・ドレーク・ホテルにいて、酒を飲んでおしゃべりしていたのに……いまはこれだ。カリストからきたこの巨大な粘菌生物と対面している。こんな状況に適応するのは――いくらなんでも――むずかしい。

粘菌生物はこんな思考を送りこんできた。「わたしはここで受けいれられているのに、彼らの先祖であるきみは、奇妙な存在だと思われている。皮肉だね。わたしからすると、きみはまったく彼らとおなじに見える。その縮れた茶色の頭髪と、それにもちろん、そのばかげた衣服はべつにして」カリストからきた生物はしばらく考えこんだ。「いいかね、ポルポルというのは政治警察のことで、彼らは変質者、つまり、敗北したガットマン支持者たちを捜索している。その連中はいまやテロリストとなり、みんなから憎まれているんだ。支持者たちの多くは、潜在的犯罪者階級の出身だ。つまり、反体制派、いわゆるイントローヴさ。いま流行の客観的価値体系を捨て、自分の主観的価値体系におきかえる人間だ。ガットマン派がほとんど勝利をおさめそうになってからというもの、これは地球人にとって生死にかかわる大問題なんだよ」

「ぼくは隠れようと思います」アンダースンは決意した。

「しかし、どこへ？　それは無理だ。地下へ潜伏して、ガットマン派、爆弾魔の犯罪者集団に加わらないかぎりは……だが、きみはそんなことをしたくないだろう。いっしょにすこし歩こう。もしだれかに不審がられたら、わたしの召使だということにする。きみには手という器官があるが、わたしにはない。そこでわたしは、気まぐれな思いつきから、きみに奇妙な衣服を着せ、頭髪も伸ばしっぱなしにさせた。そういうことにしておけば、責任はわたしのものになる。外世界の高等生物が地球人の召使を雇うことは、べつにめずらしくもなんともない」

「ありがとう」アンダースンは、粘菌生物が歩道の上でゆっくりした前進運動を開始するのを見て、緊張した口調でいった。「しかし、ぼくはまだやりたいことが――」

「わたしは動物園へ行く途中だ」粘菌生物は言葉をつづけた。

アンダースンの頭のなかに皮肉なイメージがうかんだ。

「お願いだ」と粘菌生物はいった。「きみの時代錯誤的な二十世紀のユーモアは、おもしろくもなんともない。わたしは動物園の居住者ではない。それは火星のグレブとかトローンとか、知能の低い生物のためのものだよ。惑星間旅行が実現して以来、動物園は——」

「宇宙港まで連れていってくれませんか？」アンダースンは、その要求をできるだけさりげない口調で持ちだした。

「公共施設へ行くのは、非常に危険だ」粘菌生物は答えた。「ポルポルがたえず監視をつづけている」

「それでもやはり行きたい」もし惑星行きの宇宙船に乗りこめたら、もし地球を離れて、ほかの世界を見ることができたら——

だが、むこうはこっちの記憶を消去するだろう、とだしぬけにアンダースンはわきあがる恐怖のなかでさとった。メモをとらなきゃだめだ、と自分にいい聞かせた。すぐに！

「あー、鉛筆はないですか？」と粘菌生物にたずねてから、「いや、待って。ありました。どうも失礼」どうやら粘菌生物は鉛筆を持っていないようだ。

上着のポケットから紙きれ——大会でもらった印刷物——をとりだして、アンダースンは短く断片的なメモをそこに走り書きした。なにが自分の身に起こったか、二十一世紀の世界でなにを見たか。それからすばやくそのメモをポケットにおさめた。

「賢明な行動だ」粘菌生物がいった。「では、宇宙港へ行こう。わたしのゆっくりしたペースに合わせてくれるならね。歩きながら、きみの時代以後の地球の歴史をくわしく教えてあげよう」粘菌生物は歩道を進みはじめた。アンダースンはいそいそとついていった。

とにかく、ほかにどんな選択がある？　「ソビエト連邦。あれは悲劇的だった。一九八三年の中国との戦争には、ついにイスラエルとフランスまでが巻きこまれ……悲しいことだったが、それでフランスをどうするかという問題はかたづいた——二十世紀の後半ではいちばん扱いにくい国のひとつだったからね」

さっきの紙きれに、アンダースンはそのことも書きつけた。

「フランスが敗北したあと——」粘菌生物は講義をつづけ、アンダースンはせっせとメモをとった。

ファーメティがいった。「やむをえん。グリンしよう。アンダースンが宇宙船に乗りこまないうちにつかまえなければ」彼が〝グリン〟という言葉で意味したのは、ちょっとした捜索ではなかった。ポルポルの協力を得た、大規模な捜索だ。できることならポルポルを巻きこみたくないが、いまとなっては彼らの助力がぜひとも必要に思える。あれからずいぶん長い時間が経つのに、アンダースンはまだ見つからないのだ。

行く手に宇宙港が現われた。直径何キロもの巨大な円盤形で、直立した障害物はまったくない。その中央には〈焦げ跡〉がある。長年にわたって、離着陸する宇宙船のロケット噴流に焼き焦がされた部分だ。ファーメティは宇宙港が好きだった。ぎっしりとたてこんだ市街の高層ビル群は、ここへきてとつぜんなくなる。ここには解放感がある。ちょうど子供時代の思い出のような……公然と子供時代を懐かしむ気分になれたらの話だが。

ターミナル・ビルは、地上で事故が起きた場合に備え、待合室の人たちを保護するため、レクセロイド層から二百メートルもの地下に作られていた。ファーメティは下りランプの入口にたどりつき、そこで足をとめて、トッツオとギリーが追いつくのをいらいらしたようすで待ちうけた。

「ニルプします」トッツオはあまり熱意のない声でいった。そして、手首に巻いたバンドを、思いきった一動作で断ち切った。

ただちにポルポルの小型艇が真上で停止した。

「われわれは移住局の職員だ」ファーメティはポルポルの中尉に説明した。自分たちのプロジェクトの概略、そしてポール・アンダースンを過去の時代からいまの時代へ運んできたことを——気は進まなかったが——相手に説明した。

「頭に髪の毛」ポルポルの中尉はうなずいた。「古めかしい服装。了解、ファーメティさん。彼が見つかるまでグリンをつづけます」中尉はもう一度うなずき、小型艇は飛び去った。

「連中は能率的ですな」トッツオはいった。

「だが、好感が持てない」ファーメティがトッツオの考えを代弁した。

「そばにいると、落ちつけませんよね」トッツオは同意した。「しかし、それはむこうも承知の上でしょう」

　三人は下りランプの上に乗った——そして、息もとまりそうなスピードで、地下のレベル・ワンへと運ばれた。ファーメティは目をつむり、奇妙な浮遊感に顔をしかめた。宇宙船の離昇に劣らず不快な気分だ。なぜ最近は、なんでもスピードが速くないといけないのだろう？　ひとつ前の十年間は、こうじゃなかった。万事がもっとのんびりしていた。

　三人がランプから下り、ぶるっと身ぶるいしているとき、さっそくポルポルのターミナル・ビル主任がやってきた。

「きみたちが探している男についての報告がはいった」グレーの制服のその士官は、そう知らせた。

「彼はまだ出発してなかった？　それはありがたい」ファーメティは周囲を見まわした。

「あそこだ」士官が指さした。

　マガジン・ラックのそばで、ポール・アンダースンが備えつけの雑誌をむさぼり読んでいた。

　三人の移住局員が彼をとりまくまでには、ほんの数秒しかかからなかった。

「あー、やあ、こりゃどうも」アンダースンはいった。「出発を待つあいだに、どんなものがまだ印刷されているかを見ておこうと思って」

　ファーメティはいった。「アンダースン、われわれにはあなたのユニークな才能が必要なんだ。きのどくだが、あなたを局まで連れ帰ることにする」

とたんにアンダースンの姿がかき消えた。音もなく包囲をすりぬけたのだ。三人がふりかえると、宇宙港のゲートへと駆けだした長身の痩せた人影が、みるみる小さくなっていく。

しぶしぶファーメティは上着のなかに手を入れ、麻酔銃をとりだした。「ほかに選択の余地がない」そうつぶやいて、引き金をひいた。

疾走していた人影が倒れ、ごろりところがった。ファーメティは麻酔銃をしまいこみ、ぼそぼそといった。「彼は回復する。膝をすりむいた程度で」ギリーとトッツオをふりかえった。「移住局で回復するという意味だよ」

三人は、宇宙港の待合室の床にのびている人影のほうへ歩みよった。

「われわれに質量復元の公式を与えてくれさえすれば、あなたの時間連続体へ送りかえしてあげよう」ファーメティは静かにそういうと、わきへうなずきを送った。局員のひとりが、古ぼけたロイヤルのタイプライターをかかえてきた。

移住局の奥まったオフィスで、ファーメティと向かいあってすわったポール・アンダースンはいった。「ポータブルは使わないんだよ」

「どうか協力してほしい」ファーメティは懇願した。「われわれにはあなたをカレンのところへもどすノウハウがある。奥さんと、生後まもないお嬢さんが、サンフランシスコのサー・フランシス・ドレーク・ホテルの会場で待っていることを忘れないように。アンダースン、あなたの全面的な協力がないと、移住局としても帰還に協力できなくなる。あなたの予知能力からすれば、それはおわかりのはずだ」

ちょっと間をおいてから、アンダースンはいった。「ウム、ぼくはいつもそばにポットのコーヒーがわいてないと、仕事ができないたちなんだ」

ファーメティは局員へぶっきらぼうに合図した。「では、特別にコーヒー豆を入手することにしよう。しかし、コーヒーをいれるのはあなたがやってほしい。スミソニアンのコレクションからコーヒー・ポットを調達するよ。われわれの責任はそこまでだ」

タイプライターのキャリッジをつかんで、アンダースンは検分した。「赤と黒のリボンか。ぼくはいつも黒だけのを使うんだがな。まあ、なんとかやれるだろう」まだ、ちょっぴりすねたようすでローラーに用紙をはさむと、彼はキーを打ちはじめた。ページのいちばん上にこんな文字が現われた――

『夜の飛行』――ポール・アンダースン

「〈イフ〉が買ったといったね？」彼はファーメティにたずねた。

「そう」ファーメティは緊張した口調で答えた。
アンダースンはタイプした——

〈宇宙進出株式会社〉での難問が、エドモンド・フレッチャーをちくちく責めたてた。第一に、宇宙船がまるごと一隻消失したこと。たとえその乗員たちが見ず知らずの人間ばかりだとしても、責任上、彼は心痛を感じていた。いま、体毛を剃るため、ホルモン含有石鹼を全身に塗りたくりながら

「最初から書きはじめるとは」ファーメティは皮肉な口調でいった。「まあ、ほかに代案がないなら、がまんして待つしかないか」じっと考えこみながらつぶやいた。「いったいどれぐらいかかるんだろう……どれぐらいのスピードで書けるかによるな。プレコグである以上、つぎの文章は頭にうかんでるはずだ。それなら、すらすら書けるだろう」それとも、これはただの願望思考だろうか？

「コーヒー豆はまだ届かないかね？」アンダースンがちらと目を上げてたずねた。

「そろそろ届くころだ」ファーメティが答えた。

「コロンビアがはいっているといいが」とアンダースンはいった。

コーヒー豆が届くよりもずっと早く、論文は完成した。

ポール・アンダースンはぎくしゃくと立ちあがり、長い手足を伸ばしながらいった。

「お望みのものはそこにある。質量復元の公式は、タイプ原稿の二十ページ目だ」

いそいそとファーメティはページをめくった。そう、たしかにある。彼の肩ごしにのぞいているトッツオにも、その一節が見えた――


もし、宇宙船がプロキシマ星系への軌道に乗っているなら、あの巨大な恒星の核反応炉そのものからヒルのように太陽エネルギーを吸いとって、質量をとりもどせばいいわけだ。そう、トレリの問題の鍵を握っているのはプロキシマそのものであり、いま、ようやくその問題は解決された。彼の脳のなかである単純な公式が回転した。


そして、その公式は、トッツオの目の前に記されていた。その論文によれば、失われた質量をとりもどすには、宇宙の究極のエネルギーである太陽エネルギーを物質に変換すればよい。その解答は、最初からわれわれの目の前にあったのだ！

長い苦闘は終わった。

「さて、これで」とポール・アンダースンはいった。「ぼくはもう自分の時代へ帰れるわけだね？」

ファーメティはあっさりと答えた。「そう」

「待ってください」トッツオは上司にいった。「まだあなたが見落とされていることがあります」それはタイム・ドレッジ備えつけの操作マニュアルで読んだ規約のひとつだ。トッツオはアンダースンに聞こえないように、ファーメティを部屋の隅までひっぱっていった。

「いま彼が持っている知識をそのままにして、もとの時代へ帰すことはできません」

「なんの知識だ？」ファーメティはたずねた。

「それは——いや、わたしにもよくわかりません。われわれのこの社会に関する知識かな。つまり、わたしがいいたいのは——あのマニュアルによると、時間旅行の第一原則はこうなんです。過去を変えるべからず。アンダースンをここへ連れてきたいまの状況では、たんに彼をわれわれの社会に接触させただけでも、過去は変わったわけです」

じっと思案しながら、ファーメティはいった。「きみの説が正しいかもしれん。あのギフト・ショップにいたあいだに、彼がなにかの品物を手に入れ、それを自分の時代へ持ち帰ったとすれば、テクノロジー革命が起こりかねない」

「それとも、宇宙港のマガジン・ラックで」とトッツオはいった。「それとも、そのふたつの地点のあいだの旅で。それに——彼やその同業者たちがプレコグだという知識さえもが」

「そのとおりだ」ファーメティはいった。「この旅の記憶を彼の脳から消去しなければならん」ファーメティは向きを変えて、ゆっくりとポール・アンダースンのそばへひきかえした。

「よく聞いてほしい。たいへん心苦しいが、ここであなたの身に起きたあらゆることを、あなたの脳から消去しなければならないんだよ」

アンダースンはしばらく間をおいてから答えた。「まずいな。そいつは残念だ」がっくり気落ちしたようすだった。「しかし、意外じゃない」と、この事件ぜんたいを達観したようにつぶやいた。「たいていはそんなふうに処理されるんだよな」

トッツオがたずねた。「彼の記憶細胞の改変をどこでやるんですか？」

「行刑省だ」とファーメティはいった。「われわれが囚人たちを手に入れたのとおなじルートさ」麻酔銃をポール・アンダースンに向かって構えながら、彼はいった。「われわれといっしょにきてほしい。きのどくだが……こうするしかないんだ」

6

行刑省で、無痛の電極ショックによって、ポール・アンダースンのごく最近の記憶が貯えられた脳細胞だけが、正確にとりのぞかれた。それから、なかば意識のない状態で、アンダースンはタイム・ドレッジのなかへ運ばれた。まもなく、一九五四年、もとの社会と時代へのもどり旅がはじまった。カリフォルニア州サンフランシスコのサー・フランシス・ドレーク・ホテルへ、彼を待つ妻と幼子のもとへ。

そのタイム・ドレッジがからっぽでもどってきたとき、トッツオとギリーとファーメティはほっと安堵の息をもらし、ファーメティはとっておきの百年物のスコッチの栓をあけた。この作戦は大成功だ。あとはプロジェクトに例の公式をあてはめるだけだ。

「彼が書いた原稿はどこだ？」ファーメティはウイスキーのグラスをおいて、オフィスのなかを見まわした。

原稿はどこにも見あたらなかった。しかも、いまトッツオは気がついたのだが、スミソニアンから借りうけた古いロイヤルのタイプライターも——やはりなくなっている。だが、どうして？

とつぜん、恐怖のさむけが背すじを這いのぼった。トッツオは理解した。

「たいへんだ」トッツオはだみ声でいった。グラスを下においた。「だれか、彼の論文が掲載された機関誌の複写を持ってきてくれ。早く」

ファーメティがいった。「どういうことだ、アーロン？　説明しろ」

「なにが起きたかに関する記憶を彼の脳から消去したために、彼があの機関誌にあの論文を書くことはできなくなったんですよ」トッツオはいった。「彼はここでわれわれと過ごした経験を、『夜の飛行』の土台にしたのにちがいありません」〈イフ〉の一九五五年八月号をさらいあげると、目次のページをめくった。

ポール・アンダースンの『夜の飛行』は、目次に出ていない。その代わり、七十八ページに、フィリップ・K・ディックの『ヤンシーにならえ』が掲載されていた。

結局、三人は過去を変えてしまったのだ。そしていま、プロジェクトのための公式は消えてしまった――永久に。

「やはり歴史に干渉すべきじゃなかったんです」トッツオはかすれ声でいった。「過去から彼を連れてきたのはまちがいだった」彼はふるえる両手で、グラスから百年物のスコッチをぐびりと飲んだ。

「だれを連れてきたって？」ギリーがふしぎそうにきいた。

「おぼえてないのか？」トッツオはあっけにとられて彼を見つめた。

「いったいなんの議論だ？」ファーメティが気みじかにいった。「それに、きみたちふたりがなんでわたしのオフィスにいる？　ふたりとも自分の仕事はどうした？」彼はスコッチの瓶を目にとめて、蒼白になった。「どうしてこの栓があいてるんだ？」

トッツオはおののく両手で機関誌のページを何度も何度もめくった。すでに彼の頭のなかでは記憶が薄れはじめていた。なんとかそれをひきとめようとしてもむだだった。自分たちは過去からだれかを連れてきた。ひとりのプレコグじゃなかったろうか？　しかし、だれを？　まだ頭のなかに残っているその名前は、だが、刻々とぼやけていく……アンダースンかアンダートン、そんな名前だ。たしか、移住局の星間飛行の質量減少プロジェクトとの関係で。

いや、そうだろうか？

うろたえたトッツオは首を横にふり、困惑した口調でいった。「頭のなかに、ある奇妙な言葉が残っているんです。〝夜の飛行〟。それがなんのことなのか、心当たりはありませんか？」

「〝夜の飛行〟」ファーメティはおうむ返しにいった。「いや、ぜんぜん心当たりがない。しかし、考えてみると――それはわれわれのプロジェクトにぴったりの名前だな」

「そうですね」ギリーが同意した。「きっとそれのことを指しているんでしょう」

「しかし、われわれのプロジェクトは〝水蜘蛛〟という名前じゃなかったですか？」トッツオはいった。すくなくとも、彼はそう思っていた。トッツオは目をぱちぱちさせ、精神を集中しようとした。

「実をいうと」とファーメティが答えた。「まだ命名はしていない」ぶっきらぼうに彼はつけたした。「しかし、きみの意見に賛成だ。そのほうがさらにぴったりの名前だよ。〝水蜘蛛〟か。うん、その名前は気にいった」

オフィスのドアがひらき、制服のメッセンジャーが戸口に現われた。「スミソニアンからきました。ご注文の品物です」メッセンジャーは包みをとりだし、それをファーメティのデスクの上においた。

「スミソニアンになにかを注文したおぼえはないが」とファーメティはいった。その包みをそろそろとあけると、なかから出てきたのは、ローストして、粉に挽いてあるひと缶のコーヒー豆だった。一世紀以上前のものだが、まだ真空パックのままだ。

三人はきょとんと顔を見あわせた。

「おかしいな」とトレリはつぶやいた。「きっとなにかのまちがいだ」

「まあいい」とフレッチャーがいった。「とにかく、〈水蜘蛛計画〉にもどろう」うなずきながら、トレリとギルマンは〈宇宙進出株式会社〉の一階にある自分たちのオフィスへと急いだ。そこはふたりがこれまで働いてきた民間企業であり、多くの労苦と挫折を味わいながら、長いあいだそのプロジェクトにかかりきってきたのだ。

サー・フランシス・ドレーク・ホテルのSF大会で、ポール・アンダースンはふしぎそうにあたりを見まわした。いままで自分はどこにいたのだろう？　なぜこの建物の外に出たのだろう？　しかも、あれから一時間が過ぎている。アンソニイ・バウチャーとジェイムズ・ガンはもう夕食にでかけたあとで、妻のカレンと赤ん坊の姿も見あたらない。

記憶にある最後の出来事は、バトルクリークからきたふたりのファンが、外の歩道においた展示品を見てほしいといってきたことだ。たぶん、自分はそれを見にいったのだろう。いずれにせよ、そこからあとの記憶はなにも残っていない。

アンダースンは妙にいらついた神経を静めるため、上着のポケットからパイプをとりだそうとした——手がさぐりあてたのはパイプではなく、折り畳んだ紙きれだった。

「なにかオークションに出品するものはないかね、ポール？」大会の役員が彼のそばへやってきてたずねた。「そろそろオークションがはじまるんだよ——急がないと」

まだポケットにあった紙きれを見つめていたアンダースンは、こうつぶやいた。「ウム。いまここに持ちあわせの品物で？」

「なんなら、発表ずみの作品のタイプ原稿でもいい。完成原稿でも、下書きでも、メモでも。まあ、そういうものがあれば」相手はそこでいいやめて待ちうけた。

「ポケットのなかにこんなメモがあった」アンダースンはまだそれに目をそそいでいた。筆跡は自分のものだが、書いたおぼえはない。どうやらタイム・トラベル物らしい。きっと、すきっ腹にバーボンの水割りをがぶがぶやったせいだ。「これを」とアンダースンはあやふやな口調でいった。「たいしたもんじゃないが、オークションにかけてくれてもいいよ」最後にもう一度だけそれに目を走らせた。「短篇のメモなんだ。ガットマンという政治家と、タイム・トラベルを使った誘拐の話らしい。それに、知能の高い粘菌生物も出てくる」衝動的に、アンダースンはそのメモを相手にわたした。

「ありがとう」相手はいって、オークションが行なわれている別室へと急いだ。

「わたしの指し値は十ドル」とハワード・ブラウンが大きくほほえみながらいった。「そのあとで、空港行きのバスをつかまえないとな」ドアがブラウンのうしろで閉まった。

カレンがアストリッドといっしょにアンダースンのそばに現われた。「オークションを見にいく？」と彼女は夫にたずねた。「フィンレイの原画を買わない？」

「ああ、いいとも」ポール・アンダースンは答え、妻と赤ん坊を連れてゆっくりとハワード・ブラウンのあとを追った。

時間飛行士へのささやかな贈物

A Little Something for Us Tempunauts

浅倉久志◎訳

アディスン・ダグは、プラスチックのまがいアカスギの滑りどめのついた長い坂道を、大儀そうにとぼとぼ登っていた。やや首をうなだれ、肉体の激しい苦痛に耐えているかのような足どりだった。ひとりの若い娘がそれを見まもっていた。彼女はとんでいって彼を支えてやりたかった。あまりにも疲れきったみじめなようすに胸が痛んだが、それと同時に、とにかく彼が生きてそこにいるという事実で心がはずみもした。一歩一歩と彼は近づいてくる。顔を上げようともせず、勘だけで歩いているように……まるでいままでにも何度かここへきたことがあるみたい、とだしぬけに彼女は思った。ばかに道順にくわしいなあ。なぜかしら？

「アディ」そう呼びかけながら、若い娘は駆けよった。「テレビでは、死んだといったのに！　全員死亡っていったわよ！」

アディスン・ダグは立ちどまり、長くもない黒い髪をかきあげようとした。発射に先立って、五分刈りにした髪の毛。だが、いまの彼はそれを忘れているらしかった。「テレビで見たことなら、きみはなんでも本気にするのかい?」いうと、彼はまた歩きだした。ためらいがちに、だが、こんどは微笑をうかべて。それから彼女に手をさしのべた。

ああ！　もう一度彼を抱き、そして予想していたよりも強い力で抱きすくめられるのは、すてきな気分だった。「ほかのだれかを探すつもりでいたのよ」彼女は息をあえがせた。「あなたの代用に」

「そんなことをしたら、ただじゃおかないぞ。第一、むりな話さ。だれもぼくの代用はつとまらない」

「でも、内破でなんともなかったの？　再突入のとき。ニュースでは――」

「忘れた」アディスンがいった。いつも彼が、そんなことは話したくない、という代わりに使う口調だ。これまではそんな口調をされるたびに腹が立ったのに、いまの彼女はそうならなかった。その記憶がどれほど恐ろしいものかが感じとれたのだ。

「一日二日、きみのところに泊まらせてもらうよ」いっしょに肩を組み、片流れの屋根の家のあけはなされた戸口に向かって坂道を登りながら、彼はそういった。「もし、よければね。あとで、ベンズとクレインもここへやってくるはずなんだ。早ければ今夜にも。みんなで話しあって、解決しなきゃならない問題がいっぱいある」

「じゃあ、三人ともぶじだったのね」彼女は苦悩にやつれた彼の顔を見上げた。「テレビでいってたことはみんな……」ようやく彼女は真相を理解した。いや、理解したように思った。「みんな、作り話だったのね。ロシア人をごまかすための、政治的な目的。でしょう？　つまり、ソ連にあの実験が失敗だったと思わせるために、再突入で――」

「ちがう」彼は答えた。「ソ連の時間飛行士（クロノノート）も、おっつけここへやってくるだろう。真相解明の手助けをするために。トード将軍の話だと、連中のひとりがすでにこっちへ向かっているそうだ。もう入国許可も出てるんだよ。事態の重大さを考慮して、ね」

「まあ」彼女はしばらく二の句がつげなかった。「じゃ、あれはだれをごまかすための作り話なの？」

「それより、なにか飲もう」アディスンはいった。「そのあとで、事のあらましをきみに説明してやるよ」

「あいにくカリフォルニア・ブランデーしか置いてないんだけど」

「酒なら、なんだって文句はいわない。いまのこの気分では」

アディスン・ダグがカウチに腰をおろし、後ろにもたれ、疲れと悩みをいっしょにした吐息をつくあいだに、彼女は急いでふたりのための飲み物をこしらえにかかった。

カーラジオのＦＭ放送がしゃべっている。「……初の実験が悲惨な結果に終わったことに、哀悼と遺憾の意を……」

「当局の寝言たわごと」クレインはラジオを切った。彼もベンズも、目的地の家を探しあてるのに手を焼いていた。ここへは前に一度しかきたことがない。そもそも、オーハイ（ロサンジェルスの北西にある小さな町）のはずれにあるアディスンの愛人の家で落ちあうことじたいが、これだけの重大な会議にしてはなんとなくズボラなやりかただと、クレインには思える。もっとも、その反面、野次馬にわずらわされなくてすむのはたしかだ。それに、時間もあまりないことだし……。だが、断言はできない。それだけはだれにもわからないことなのだから。

この道路をはさんだ丘陵も、むかしは森林地帯だったんだな、とクレインは思った。いまでは宅地造成と、そのあいだをつなぐ、融けてでこぼこなプラスチック道路が、見わたすかぎりの丘を醜く変貌させている。

「むかしはいい景色だったろうになあ」クレインは、車を運転しているベンズにいった。

「ロス・パドレス国有林がこの近くなんだ」ベンズがいう。「八つのときに、そこで迷子になってね。何時間ものあいだ、いまにもガラガラ蛇にやられそうな気がしたもんだ。棒きれがみんな蛇に見えたっけ」

「そのガラガラ蛇が、いまきみをつかまえたのさ」と、クレイン。

「おれたちみんなだろう」と、ベンズ。

「それにしても、死人になるのはぞっとしない経験だな」

「そう決めてかかるな」

「しかし、技術的には――」

「ラジオやテレビのいうことを真にうけるのか」ベンズは地の精そっくりの大きな顔をひきしめ、厳しくたしなめるように彼をふりかえった。「おれたちは、この地上のみんなとおなじように、べつに死んでるわけじゃない。ただ違うのは、おれたちの死亡の日付が過去にあるのに、ほかのみんなのそれは未来の不確定な時点にあるってことだけさ。事実、なかにはその日付がかなりはっきり決まってる連中だっている。ガン病棟の患者を見ろ。彼らにとっては、もうそいつは確実だ。おれたちとおなじぐらい――いや、おれたち以上に。たとえば、おれたちは過去へもどる前に、どれぐらいここにいられるだろうか？　おれたちはまだ猶予期間がある。末期のガン患者にはない許容範囲がある」

　クレインは皮肉にやりかえした。「つぎには、こういって気を引き立ててくれるんだろうな――苦痛がないだけでもましだ、と」

「アディにはある。きょう、あいつがよろよろとでかけてゆくところを、おれは見ていた。アディはこれを精神身体的にうけとった――肉体的な苦しみにしちまった。まるで神があいつの肩に乗っかってるみたいに。わかるか、身におぼえのない、でっかすぎる重荷を背負わされたんだよ。ただ、あいつは苦情を口に出したりはしないがね……ときどき、掌にあいた大釘の穴を指さしてみせるだけさ」ベンズはニヤリと笑った。

「アディにはわれわれ以上に、生きるための理由があるからな」

「だれにだって、ほかのだれよりも以上に、生きるための理由があるさ。おれだって、いっしょに寝てくれるカワイコちゃんはいないが、夕暮れにリバーサイド・フリーウェイを走っていくセミ・トレーラーの列を、もう何回か見たいとは思うよ。問題は、生きるための理由がどうこうってことじゃない。ただ、生きていてそれを見たい、そこに行きたいってことさ――だから、よけいに悲しいんだ」

ふたりは黙りこんで車を走らせた。


若い女の家の静かな居間では、三人の時間飛行士（テンプノート）が思い思いに腰をかけ、タバコをふかしながらくつろいでいた。アディスン・ダグは、ぴったり体に貼りついた白いセーターとマイクロ・スカートの彼女を、いつにもましてセクシーで魅力的だと思い、こんなに気をそそらないでくれたら、とわびしげに考えた。いまの自分は、実のところ、そうしたことにかかわりあう余裕がない。もうへとへとに疲れきっている。

「いったい彼女は」と、ベンズが若い女を指さしながらいった。「これがどういうことかを知っているのか？　つまり、おれたちがざっくばらんに話しあってもだいじょうぶなのかね？　彼女、それで気絶したりはせんだろうな？」

「実はまだ説明してないんだ」アディスンはいった。

「しておくべきだったたな」と、クレイン。

「なんのこと？」身をこわばらせた若い女は、まっすぐにすわりなおし、片手をじかに自分の胸にあてた。そこにない宗教的な装身具をつかもうとしたみたいだ、とアディスンは思った。

「われわれは再突入のときに死んだんです」ベンズがいった。たしかに彼は、三人の中でいちばん残酷な男だった。でなければ、すくなくとも、いちばん無神経な物言いをする男だった。「つまりですな、ミス……」

「ホーキンズです」娘は小声でいった。

「はじめまして、ミス・ホーキンズ」ベンズは独特の冷ややかでけだるげな仕草で彼女を値ぶみした。「ファースト・ネームはおありですか？」

「メリールウ」

「なるほど、メリールウね」そういってから、ベンズはほかのふたりに感想を述べた。

「なんだかウェートレスがブラウスの胸に縫いとりした名前みたいだな。わたしはメリールウ、これから二、三日のあいだか、でなければ、みなさんがあきらめてご自分の時間へ帰られるまでのあいだ、夕食や朝食や昼食や夕食や朝食をお給仕する係です。はい、ありがとうございます、五十三ドルと八セントいただきます、チップは含まれておりません。

それから、いっとくけど、もうあんたたち二度とここへもどってこないでよ、いいわね？」ベンズの声はふるえはじめた。そしてタバコを持つ手も。

「どうも失礼、ミス・ホーキンズ」ややあってベンズはいった。「われわれは再突入の際の内破で、全員やられちまった。ETAでここへきたとたんにそれがわかってね。つまり、ほかのだれよりも長いあいだそれを知っているわけ。船外時間活動へはいったとたんに、それがわかったんだから」

「だが、われわれにはどうすることもできない」クレインがいった。

「だれにもどうすることもできないんだよ」アディスンはメリールウにいって、彼女を抱きよせた。なにか既視感（デジャ・ヴュ）のような感じだったが、そこではたとさとった。——おれたちは閉じた時間の輪の中にいるんだ。何回も何回もこれをくりかえし、再突入の問題を解決しようと試み、そのたびにこれがはじめてだ、これ一回かぎりだと思いこみながら……しかもけっして成功することがない。これはいったい何回目なのか？　たぶん百万回目かもしれない。おれたちはここに百万回も集まり、おなじ事実を何度も何度もほじくって、結局どうにもならないのだ。それを考えて、骨のずいまで疲労を感じた。そして、こうした謎と取り組まずにすむほかのすべての人間に、一種の巨大で哲学的な憎しみを感じた。人はみな一つ所に往（ゆ）くと、聖書にもある。だが……おれたち三人にとってはちがう。おれたちはすでにそこへ行ってきた。いまもそこに横たわっている。だから、そのあともおれたちに地球上をうろつかせ、そのことで議論や心配をさせ、なにが故障したかを考えさせるのは、まちがっている。それは、本来なら、おれたちの後継者がやるべきことだ。こっちはもうたくさんだ。

しかし、アディスンはその考えを口には出さなかった――みんなのためを思って。

「たぶん、あなたがたはなにかにぶつかったんじゃないかしら」メリールウがいった。

ほかのふたりにちらと目をやって、ベンズが皮肉な調子でいった。「たぶん、われわれは〝なにかにぶつかった〟のかもしれん」

「テレビのニュース解説者がそういってたわ」メリールウはつづけた。「再突入の際に危険なのは、空間的な位相のずれで、隣接した物体と衝突することだって。つまり――」彼女は身ぶりをまじえた。「あれでしょう。〝ふたつの物体が同時におなじ場所を占めることはできない〟という法則。そこで、大爆発が起こるわけだわ」彼女は問いかけるように一同を見まわした。

「たしかにそれが最大の危険因子だ」クレインが認めた。「すくなくとも理論的にはね。偶発事故の問題が焦点になったとき、計画センターのフェイン博士が計算したとおりだ。しかし、われわれには、各種の安全固定装置があった。それが自動的に機能していればの話だがね。それらの補助装置が、ほかの物体と重なり合わないようわれわれを空間的に安定させてからでないと、再突入には移れないはずなんだ。むろん、それらの装置が順々に故障を起こした可能性はある。つぎつぎに。しかし、あのときは発射データのフィードバック測定鏡を見ていたが、どれも一致してわれわれが正常位相にあることを示していた。それに、なんの異常な信号も聞こえなかったし、見あたらなかった」彼は眉をよせた。「すくなくとも、あのときにはまだ事故は発生してなかった」

ふいにベンズがいった。「そういえば、おれたちの近親者がこれで金持になったのに気がついたかい？　おれたちの掛けてた連邦と民間の生命保険金が、ぜんぶはいってくるんだぜ。おれたちの〝近親者〟――おい、待てよ、そいつはおれたちのことじゃないか。何万ドルもの金を請求できるぞ、即金でな。それには代理店へ出向いて、こういうだけでいい。〝おれ死んだ。現ナマどんとよこせ〟」

アディスン・ダグは、公開の告別式のことを考えていた。検死のあとで、当局が企画したそれ。政府のおえらがたや、おでこの張りだした科学者連中を乗せて、ペンシルヴェニア・アヴェニューをしずしずと進む。黒い布に覆われたキャデラックの長い行列――しかも、おれたちはそこへ出席するのだ。ただ一度じゃなく、二度までも。一度目は、手で磨き上げられ、真鍮の金具がつき、国旗に覆われたオーク材の柩の中で、そして二度目は……おそらくオープンカーに乗りこんで、沿道に参列した群衆に手をふることになるだろう。

「葬式」と、彼は声に出していった。

ほかのふたりは、わけがわからず、怒ったように彼を見つめた。それからやがて、徐々に理解が生まれたようだった。彼はふたりの表情からそれを察した。

「いや」ベンズが声をきしらせた。「それは――むちゃくちゃだ」

クレインが強くかぶりをふった。「やつらは出席しろと命令するだろうし、そしたらわれわれは行くことになるさ。命令にさからうことはできん」

「われわれは笑顔をふりまかなきゃいかんのかね？」アディスンがいった。「くそいまいましい笑顔を？」

「いや」トード将軍はゆっくりと答え、肉垂のついた大きな顔を、ほうきの柄のような首の上でぶるっとふるわせた。皮膚の色はまだらできたならしく、詰襟の上についたたくさんの勲章が、肉体の一部を腐敗させはじめたように見える。「諸君が笑顔を見せる必要はない。逆に、しかるべく悲しみに沈んだ態度をとるべきだ。今回の全国民の哀悼のムードと合致するようにな」

「それはむずかしい」と、クレイン。

ソ連の時間飛行士は、なんの反応も示さなかった。やせて鼻のとがったその顔は、通訳用のヘッドホンでいっそうせばまり、気づかわしげな表情だけをたたえている。

「全国民は」と、トード将軍がいった。「この短いインターバルのあいだに、われわれの中の諸君の存在をもう一度認識するわけだ。すべての主要テレビ局のカメラが、予告なしに諸君をクローズアップする。それと同時に、各局のニュース解説者が、指示どおりに、ほぼつぎのような趣旨のことを視聴者に語りかけるだろう」将軍はタイプした草稿をとりだし、老眼鏡をかけ、咳ばらいして読みあげた。『カメラが、車の中の三人の人物をとらえたようです。だれなのか、まだ見分けがつきません。そっちのカメラでは見えますか？』」トード将軍は原稿を下においた。「ここで解説者たちはそれぞれの同僚に、アドリブをよそおってそう質問する。しばらくして彼らはさけぶ。『わかったぞ、ロジャー』それともウォルターか、ネッドか、それは個々のテレビ局によってちがうわけだが――」

「それとも、ビルですかな」クレインがいう。「かりにそれが、沼地の中のビュフォニーデ（ヒキガエルの学名。トード将軍の名前とひっかけてある）放送局だったとするとね」

トード将軍は彼を黙殺した。「彼らは口々にさけぶだろう。『わかったぞ、ロジャー。まちがいない、あそこにいるのは、あの三人の時間飛行士その人だ！　ということは、ひょっとすると問題がうまく解決……？』すると、べつの解説者が、もうすこし厳粛な口調でいう。『いまこの瞬間われわれが見ているものはだね、デイヴィッド』それともヘンリーか、ピートか、ラルフか、そのへんはまちまちだが――『人類がはじめてその目でたしかめた、専門家のいうところのＥＴＡ、つまり船外時間活動だと思うな。一見したところとは逆に、あそこにいる三人の勇敢な時間飛行士は、けっして――くりかえすが、けっして――われわれがふだん経験しているような存在じゃない。むしろ、未来への旅の途中で一時的に静止した三人の姿がカメラにとらえられた、というほうが正しいだろう。本来の計画では、その現象がいまから約百年先の時間連続体の中で起こるはずだった……だが、どうやら彼らはそこまで行きつけずに、いまここにいるわけだ。この瞬間、つまり、われわれにとっての現在に』」

アディスン・ダグは目をつむって考えた。いまにクレインが、テレビカメラに大写しされるときには、風船を持ち、綿菓子をしゃぶってもいいかと、質問することだろう。こんどのことで、おれたちはみんな発狂しかけている、だれもかれもが。それから彼はまたこうも考えた――おれたちはこのばかげたやりとりを、いままでに何度くりかえしてきたんだろう？

おれにはそれの証明はできない、と彼は疲れた気分で思った。だが、それが事実なのは知っている。おれたちはもう何回となくここにすわり、このくだらないスクラブル遊びをくりかえし、このたわごとに耳をかし、このたわごとをしゃべってきたんだ。彼はぞくっと身ぶるいした。このカビの生えたひとことひとことを……

「どうしたんだ？」ベンズが目ざとく見とがめた。

ソ連の時間飛行士がはじめて発言した。「あなたがた三人のチームにとって可能な、ETAの最大許容期間はどれぐらいですか？　そして、そのうちの何パーセントぐらいが、すでに消費されていますか？」

ややあってクレインが答えた。「きょうここへくる前に、そのことで概況説明をうけましたよ。それによると、われわれはETAの最大合計期間の約半分を、すでに消費しているらしい」

「しかし」と、トード将軍の重々しい声がわりこんだ。「国葬の日取りは、まだ残っている計算のETAの許容期間内におさまるよう、配慮してある。そのためには、剖検やその他の法的認定を急ぐ必要があったが、国民感情の点からも……」

剖検か、と考えたとたんに、アディスン・ダグはまた身ぶるいした。こんどは自分の考えを胸の中にしまっておくことができずに、口をひらいた。「こういうばかばかしい会議はもう打ち切りにして、みんなで病理学部へ行って、拡大されたカラーの組織標本でも見たらどうなんです？　そしたら、ブレーン・ストーミングで、なにかいい知恵が出てくるかもしれない。医学的解明に役立つような、重要なアイデアがね。解明——われわれに必要なのはそれなんだ。まだ存在しない問題に対する解明。問題はあとでこしらえりゃいい」彼は息をついだ。「だれか賛成者は？」

「おれは自分の脾臓(スプリーン)をスクリーンで見る気はないね」ベンズがいった。「パレードには出てもいいが、自分の剖検に参加するのはごめんこうむるよ」

「むらさき色に染めた自分のはらわたの切片を、沿道の会葬者に配って歩く手もある」クレインがいった。「われわれひとりひとりに、持ち帰り袋を支給してもらえばいいわけさ。

そうでしょう、将軍？　われわれは組織標本を紙吹雪のようにばらまいてゆく。となると、やはり笑顔を見せるべきだと思いますがね」

「笑顔の件では、すべての覚書に目を通してみた」トード将軍が前にある書類の山をめくりながらいう。「どれも、笑顔が国民感情とそぐわないという点で、意見が一致している。だから、その議題は決着がついたと考えてくれたまえ。諸君が現在進行中の剖検に参加する件については――」

「ここでぐずぐずしてると、見逃しちまうぞ」クレインがアディスン・ダグにいった。「おれはいつもサワリを見逃す星まわりなんだ」

それにはとりあわずに、アディスンはソ連の時間飛行士に向きなおった。「N・ガウキ士官」と、彼は自分の胸にぶらさがったマイクをつうじていった。「あなたの考えでは、時間飛行士の直面する最大の恐怖とはなんですか？　われわれの場合に起こったような、再突入の際の同時存在による内破の可能性ですか？　それとも、あなたがた自身の短いが大成功だった時間飛行のあいだに、それ以外のトラウマ的な妄想が、あなたやあなたの同僚を悩ませましたか？」

N・ガウキはしばらく間をおいてから答えた。「R・プレーニヤとわたしは、非公式な機会に、何度かそのことを語りあいました。だから、あなたの質問には、われわれふたりを代表してお答えできます。あのときわれわれにたえずつきまとっていた不安は、自分たちがうっかりして閉じた時間の輪にはいったのではないか、そしてそこから脱出できないのではないか、というものでした」

「つまり、永久に堂々めぐりをくりかえす、ということですか？」アディスン・ダグはたずねた。

「そうです、A・ダグさん」ソ連の時間飛行士は、重々しくうなずきながらいった。

これまでにたえて経験しなかったような恐怖が、アディスン・ダグの全身におしよせた。彼は力なくベンズをふりかえり、「くそ」とつぶやいた。ふたりはおたがいを見つめあった。

「おれには、そんなことが起こったような気は全然しないがね」ベンズは小声でそういうと、アディスン・ダグの肩に手をおいた。そして、強く肩をつかんだ。友情のこもった手だった。「おれたちは再突入で内破にあった。それだけのことさ。そう思いつめるなよ」

「もう解散にしてくれませんか？」アディスン・ダグは椅子から腰をうかせながら、のどのつまったようなかすれ声でいった。この部屋とその中にいる人々が、自分をめがけていっせいに迫りより、息をふさごうとしているように思えた。閉所恐怖症だ、とさとった。小学生のときにもこんなことがあったっけ。ティーチング・マシンに不意打ちのテストが出て、とてもできないとわかったときに……。「おねがいだ」彼は立ちあがりながらいった。みんなが、さまざまな表情でこっちを見つめている。ロシア人の顔つきはとりわけ同情的で、気づかわしげな皺が深く刻まれていた。アディスンはただひたすら……「家へ帰りたい」一同に向かってそういったとたんに、彼はひどく間の抜けた気分を味わった。

アディスンは酔っていた。夜もかなり更けた、ハリウッド・ブールヴァードのある酒場だった。さいわいメリールウがそばにいるので、たのしかった。すくなくとも、みんながたのしそうだといってくれた。彼はメリールウにすがりながらいった。「人生における偉大な調和、最高の調和と意義は、男と女だ。その絶対の調和だ。そうだろう？」

「ええ」と、メリールウがいう。「学校でそう教わったわ」今夜のメリールウは、彼の注文にこたえて、むらさきのベルボトムにハイヒール、それにミドリフをあけたブラウスというスタイルの、小柄なブロンドの娘になっていた。宵のうちの彼女はおへそにラピスラズリをはめこんでいたが、ティン・ホーの店で夕食をとっているあいだに、その宝石がポンととびだして、失くなってしまった。レストランの主人はかならず見つけておくと約束してくれたが、それ以来メリールウはずっとふさぎこんでいる。あれはシンボルだったの、と彼女はいう。だが、なんのシンボルなのかはいわない。いや、すくなくとも彼は思いだせない。たぶんそういうことなのだろう。彼女はその意味を話してくれたが、こちらが忘れてしまったのだ。

近くのテーブルで、アフロ・ヘアに縞のヴェスト、ふくらんだ赤いネクタイの若い上品な黒人が、さっきからアディスンを見つめていた。どうやらふたりのテーブルへやってきたいようすなのだが、気おくれしているらしい。そこで、いつまでも凝視をやめない。

「きみはこんな感じを持ったことがあるかい？」アディスンはメリールウにたずねた。

「つまり自分にはこれから起こることがはっきりわかっているような感じを？　ひとがつぎになにをいうかも。ひとことひとことと。すごく細かなことまで。まるで、自分がすでに一度その中で生きたことがあるような感じを？」

「だれにもそんな経験はあるわ」メリールウはいって、ブラッディ・メリーを一口すすった。

黒人が立ちあがり、ふたりのほうへ歩いてきた。そしてアディスンのそばに立った。

「おじゃまして申し訳ありません」

アディスンはメリールウにいった。「つぎに彼はこういうよ。〝どこかであなたにお会いしませんでしたか？　それとも、テレビでお見かけしたのかな？〟」

「そのとおり。そういうつもりでした」黒人がいった。

アディスンはいった。「きみが見たのは、きっと〈タイム〉の最新号の四十六ページ、医学の新発見の欄に出ていたぼくの写真だろう。ぼくはアイオワ州の田舎町の開業医で、広範囲に効いてしかも簡単に永遠の生命が得られる療法を発見して一躍有名になった。すでに製薬業界の大手数社が、ぼくのワクチンに入札をはじめている」

「あなたの写真を見たのはそこかもしれません」黒人はいったが、なっとくしたようすではなかった。酔っているようにも見えなかった。アディスン・ダグに強い視線をそそいだ。

「そちらの席にごいっしょさせてもらってよろしいでしょうか？」

「どうぞ」アディスン・ダグはいった。相手が、連邦保安局の身分証をさしだしたからだ。このプロジェクトの最初から取り締まりにあたってきた官庁だった。

「ダグさん」保安局員はアディスンの横にすわるなり、いいはじめた。「こんなところでああいうよけいなおしゃべりをしてもらっては困りますな。わたしだからよかったが、ほかの連中に気づかれたらおおごとですよ。すべては国葬の日まで極秘なんです。あなたがここにこられたことじたい、すでに連邦法違反だ。それをご存じでしたか？　本来なら逮捕するところですよ。しかし、これはむずかしい状況です。やぼな真似をして、騒ぎを起こしたくありませんからね。あなたのお仲間ふたりは、いまどこです？」

「わたしの家」と、メリールルウがいった。どうやらさっきの身分証に気づかなかったらしく、保安局員に語気するどく食ってかかった。「ねえ、あなた、さっさとどっかへ消えたらどう？　うちの主人は、とても苦しい目にあってきて、これだけしか気晴らしする機会がないのよ」

　アディスンは相手を見つめた。「ぼくはきみがここへやってくる前から、きみがなにをいいだすかを知っていた」そのひとことひとことをだ、と彼は思った。おれが正しく、べンズはまちがっており、そしてこれが、この再演が、どこまでもつづくのだ。

「おそらく」と、保安局員がいった。「あなたをミス・ホーキンズの家へ自発的に帰るようにしむけることはできそうですよ。たったいま、われわれ全員に緊急指令で——」右耳にはめたイヤホンを軽くたたいた。「もしあなたの居場所がわかったら伝言するようにと、こんな情報をうけとったんです。発射場の廃墟の中で……あそこで残骸をよりわける作業が進んでいることはご存じですね？」

「知ってる」アディスンはいった。

「どうやら最初の手がかりが発見されたようなんです。あなたがたのひとりがなにかを持ち帰った。つまり、出発前のすべての訓練に違反して、こちらから持っていった以外のよぶんな品物が、ＥＴＡから持ち帰られたということです」

「一つ聞きたいんだが」アディスン・ダグがいった。「かりに、だれかがぼくに気づいたとしたら？　このぼくの顔を思いだしたとしたら？　それがどうだというんだね？」

「大衆は、たとえ再突入が失敗だったとしても、時間飛行、アメリカ最初の時間旅行の発射実験は成功だった、と信じています。三人のアメリカ時間飛行士は百年未来へ——去年のソ連の実験より約二倍も遠くへ——送りだされた、とね。あなたがたがたった一週間の未来へ行っただけだという事実から大衆がうけるショックをやわらげるには、わざわざこの連続体を選んであなたがたが再出現したと信じさせるほうが——つまり、あなたがたがこの行事に出席したかった、いや、出席せずにいられなかったと――」

「事実、われわれはパレードに加わりたかった」アディスンは口をはさんだ。「一人二役で」

「あなたがたは、ご自分の葬列という劇的で厳粛な光景にひきよせられ、そこで各テレビ局の目ざといカメラマンに発見されるという段取りです。ダグさん、よろしいか、たいへんなハイレベルでの計画と経費が、この不幸な状況を救うために投入されているんです。われわれを信頼してください。わたしを信用してください。このほうが大衆にとっては受けいれやすい。それが大切なんです。もしわが国が次回の時間飛行を試みるとした場合にね。結局それは、われわれみんなが望んでいることなんだから」

アディスン・ダグは相手を見つめた。「われわれがなにを望んでいるって？」

おちつかなげに、保安局員は答えた。「時間飛行への挑戦ですよ。あなたがたがそうされたような。ただ、不幸なことに、あなたがたは二度とそれができません。悲惨な内破事故で三人とも死亡したために。しかし、ほかの時間飛行士が――」

「われわれがなにを望んでいるって？　それがわれわれの望んでいることだと？」アディスンの声が大きくなった。近くのテーブルの客が、いまでは彼らを見まもっていた。不安げに。

「そうですとも」保安局員はいった。「声を低くしてください」

「ぼくはそんなことを望んでないぞ」アディスンはいった。「ぼくは止まりたい、永久にストップしたい。地面の下、土の中で、ほかの死人たちといっしょに横たわりたい。もう夏の訪れなんて見たくない——おなじ夏の訪れなんて」

「ひとつ見れば、ぜんぶ見たとおなじ」メリールウがヒステリックにいう。「わたしは彼のいうとおりだと思うわ、アディ。このお店から早く出ましょう。あなたはお酒がはいりすぎてるし、もう夜も遅いし、いまのニュースのことも——」

アディスンは彼女をさえぎった。「どんなものが持ち帰られたんだね？　どのぐらいの重量超過？」

保安局員はいった。「予備的調査でわかったところでは、約五十キロの重さの機械器具がモジュールの時間場の中へ持ちこまれ、そしてあなたがたといっしょに帰還したらしい。それだけ質量がふえちゃ、たまったもんじゃないですよ」保安局員は身ぶりをつけたした。「その場でドカンだ。発進時にオープン・エリアを占めていた質量との差を、とても補償しきれなかったんです」

「うわあ！」メリールウが目をまるくした。「ひょっとすると、だれかに4チャンネルのステレオを一ドル九十八セントで売りつけられたんじゃない？　四十センチのエア・サスペンション・スピーカーと、ニール・ダイヤモンド大全集のおまけつきで」彼女は笑おうとしたが、うまくいかなかった。みるみる目がうるんできた。ささやくように——「ごめんなさいね、アディ。でも、なんだか……不気味だわ。つまり、ばかげてるじゃない？　だって、帰還のときの質量については、三人ともちゃんと説明をうけたわけでしょう？　最初に持っていったものに、紙きれ一枚もふやしちゃいけないって。フェイン博士がテレビでその理由を説明したのも、わたしは見たわ。それなのに、三人のうちのだれかが、五十キロもの機械器具を時間場の中に持ちこんだんですって？　そんなことをするなんて、最初から自殺する気だったとしか思えないわ！」

彼女の目から涙があふれた。そのひとしずくが鼻の頭にこぼれて、そこで動かなくなった。アディスンは反射的にそれを拭いてやろうと手を伸ばした。まるで一人前の女性というよりも、幼い女の子の世話をするように。

「分析調査の現場へ飛びましょうか」保安局員が席を立ちながらいった。アディスンとふたりで、メリールウを支えて立ちあがらせた。彼女は身ぶるいしながら一瞬そこにたたずみ、ブラッディ・メリーの残りを飲みほした。アディスンは彼女に対して鋭い悲しみを感じたが、もうつぎの瞬間にはそれは消えてしまっていた。なぜだろう？　そうすることにさえ倦み疲れたのではないか、と彼は思った。だれかを気にかけることさえ、倦きてしまう。もしそれが長くつづきすぎた場合にはだ。いつまでもいつまでも。永久に。そして、そのあげく、そのあとにまだ、これまでにだれも、神自身でさえも、知らなかった苦しみ、そして最終的には、偉大な神の心をもってしても屈伏するしかない苦しみが待っている。

混雑した酒場の中をすりぬけて、いっしょに表の通りへ出る途中で、アディスン・ダグは保安局員にいった。「われわれ三人のうちのだれが――」

「それはもうわかっています」保安局員は、メリールウのためにドアを支えながらいった。それからアディスンの後ろに立ち、連邦政府のグレーのヘリコプターに、赤いパーキング・エリアへ着陸するよう合図した。制服を着たもう二人の保安局員が、彼らのほうへ駆けよってきた。

「それはぼくだったのか？」アディスン・ダグはたずねた。

「まちがいなく」保安局員はいった。

葬列は胸のうずくほど厳粛に、ペンシルヴェニア・アヴェニューを進んでいた。国旗に覆われた三つの柩と、数十台の黒塗りのリムジンが、通りの両側に並んで、厚いコートを着こんでも寒さに身ぶるいしている群衆の前を通りぬけてゆく。空には低くもやがたれこめ、ビルの灰色の輪郭が、三月のワシントンの雨に濡れた薄暗がりに溶けこんでいる。

先頭のキャデラックを双眼鏡でのぞきながら、テレビの人気ニュースキャスター、ヘンリー・キャシディは、姿のない無数の視聴者に向かって語りかけた。「……小麦畑のあいだを抜けて、エブラハム・リンカーンの柩を首都での埋葬のために運び帰ったという、あの悲しい汽車のことが思い出されてまいります。なんという、きょうは悲しい日でしょうか。小雨まじりの暗くたれこめた空、なんというその日にふさわしい天候でしょうか！」そばのモニター・テレビでは、死んだ時間飛行士たちの柩を乗せた車を追っていたズームレンズが、四台目のキャデラックをパン・アップした。

テレビ局の技術者が、彼の腕を軽くつついた。

「カメラが、おなじ車に乗った見慣れない三人の人物をとらえたようです。さて、だれでしょうか」ヘンリー・キャシディは了解のしるしにうなずきながら、胸のマイクに向かっていった。

「ここからではまだ見分けがつきません。エヴェレット、そちらの場所からだと、もっとよく見えないかね？」彼はもうひとりのキャスターにそうたずね、ボタンを押して、エヴェレット・ブラントンに交替のキューを出した。

「それなんだよ、ヘンリー」ブラントンは興奮をつのらせた声でいった。「どうやらわれわれは、あの三人のアメリカ時間飛行士が、歴史的な未来への旅行の途中で再出現した瞬間を、現実に目撃しているらしいぞ！」

「それはこういう意味かね？」キャシディがいう。「つまり、なんらかの方法で彼らがあの事故を回避することが――」

「そうではなさそうだな、ヘンリー」ブラントンが、独特のゆっくりした、残念そうな口調で答えた。「われわれがいま驚愕の思いで目撃しているものは、西側世界がはじめて実際にこの目で見ることになった、専門家のいう船外時間活動なんだよ」

「ああ、なるほど、ETAね」キャシディは、放送開始前に渡された連邦政府お手盛りの台本にのっとって、さかしげにいった。

「そのとおりだよ、ヘンリー。一見したところとは逆に、あそこにいる三人の勇敢な時間飛行士は、けっして――くりかえすが、けっして――われわれがふだん経験しているような存在じゃない――」

「それでわかったよ、エヴェレット」キャシディは興奮した口調でさえぎった。公認台本に、〈キャシディ興奮した口調でさえぎる〉と書いてあったからだ。「わが三人の時間飛行士は、歴史的な未来旅行の途中で一時的に足をとめたわけであります。それは、現在から見て約百年先の時間連続体へと渡る旅であるはずでしたが……どうやら、この予想もしなかった葬儀の日の大きな悲しみとドラマが、彼らをここにひきよせたのでは……」

「ヘンリー、お話の途中をちょっと失礼」エヴェレット・ブラントンがいった。「いま思ったんだが、しずしずと進んでいた葬列がいま一時的にストップしたようすでもあるし、ひょっとすると、ここで直接に……」

「いや！」キャシディは走り書きのメモを渡されて、あわててさけんだ。〈飛行士インタビューするな。緊急。前回指示取消し〉と書いてある。「それはむりだと思うな……」言葉をついで、「……時間飛行士のベンズやクレインやダグと話をかわすというのは。きみがそうしたいのはわかるよ、エヴェレット。われわれもみんなそうしたいのは山々なんだが……」キャシディはブーム・マイクを後退させようと、必死に手をふった。すでにマイクが、ストップしたキャデラックのほうへ物欲しげに動きはじめていたからだ。キャシディは録音技師とカメラマンに向かって、激しくかぶりをふってみせた。

ブーム・マイクが揺れながら近づいてきたのに気づいて、アディスン・ダグはオープンカーのキャデラックの後部席で立ちあがった。キャシディはうめきをもらした。あの男はしゃべりたがっている、と気づいた。あの男は指示の取消しを受けなかったのか？　なぜわたしだけに変更が伝えられたんだ？　ほかのテレビ局のブーム・マイクだけでなく、ラジオ局のインタビューアーもいま現場へと急ぎ、三人の時間飛行士、とくにアディスン・ダグにマイクを突きつけている。ダグは、ある放送記者が大声で問いかけた質問に応じて、すでにしゃべりはじめていた。自分の局のブーム・マイクが切られているため、キャシディにはその質問も、ダグの応答も聞こえなかった。しかたなく、彼は自局のブーム・マイクに合図して、スイッチを入れさせた。

「……前にも起こっているんだ」ダグの大きな声がとつぜんはいってきた。

「どういう意味で、〝このすべては前にも起こっている〟のですか？」車のそばに立ったラジオ局の記者がいう。

「ぼくのいう意味は」合衆国時間飛行士アディスン・ダグは、紅潮した苦しそうな顔つきで宣言した。「ぼくがこの場所に立って何度も何度もおなじことをいい、みなさんがこのパレードと再突入時のわれわれの死を、無限にくりかえして見ているということだ。この閉じられた循環時間の罠を、なんとかして打ち破らなくちゃならない」

「すると、あなたがたは、再突入時の内破を避ける解決法を探しているわけですか？」別の記者が、アディスン・ダグを見上げてわめきたてた。「つまり、あなたがたが過去へもどったときに、機能不良を訂正できるような、そして、あなたがた三人のいのちを奪った――それとも、あなたがた三人にとっては、これから奪われることになる――あの事故を防止できるような、遡及的な方法を？」

ベンズ時間飛行士がいった。「そう、われわれのやっていることはそれです」

「あの猛烈な内破の原因をたしかめ、われわれが帰還する前にその原因を除去しようとしているんです」クレイン時間飛行士がうなずきながらつけたした。「すでに判明したところでは、どういうわけか、五十キロ近い重量に達するフォルクスワーゲンのエンジン部品、シリンダーや、ヘッド……」

これはひどい、とキャシディは思った。「これは驚きました！」彼は胸のマイクに向かって声を出した。「すでに悲劇的な死をとげたはずのわが時間飛行士たちは、日ごろの苛酷な訓練と規律から生まれる――なぜそこまで苛酷にするのかという理由が、いま明らかになったわけですが――強い意志力によって、自分たちの死をもたらした機械的エラーをすでに分析しおわり、もう一度発進現場へもどってぶじに再突入できるようにエラーの原因の究明と除去という面倒な作業にとりかかった模様であります」

「それにしても」と、ブラントンがマイクと自分のモニター用イヤホンにつぶやいた。「この近過去の改変は、いったいどんな結果をもたらすのでしょうか。もし、再突入で内破が起こらず、三人が死亡しなかったとすれば、当然三人がここにくることもなく――いや、これは複雑すぎて、わたしの手にはおえないよ、ヘンリー。これが例のタイム・パラドックスというやつだな。パサデナの時間内推進研究所のフェイン博士が、いつも雄弁にわれわれに説明してくれたあれだ」

　待機した各局の、すべてのマイクに向かって、アディスン・ダグ時間飛行士が、さっきよりおちついた声でこうしゃべっていた。

「再突入時の内破の原因を除去してはいけないんです。この罠から脱出する唯一の方法は、われわれが死ぬこと。死だけが唯一の解決法なんです。われわれ三人にとっては」キャデラックの行列がまた動きはじめたので、彼の談話は中断された。

つかのまマイクのスイッチを切って、キャシディは局の技術者にいった。「やつは狂ってるのかな？」

「時が答を出すでしょうよ」技術者は聞きとれないほどの小声でいった。

「合衆国の歴史に残る異常な瞬間は、時間旅行との関わりあいから生まれました」キャシディは生きかえったマイクに向かっていった。「ダグ時間飛行士の謎めいた言葉――彼にとって最大の苦悩の瞬間に、そしてある意味では全国民の苦悩の瞬間に、彼の口をついて出た言葉が、はたして悲嘆にとりみだした人間のうわごとなのか、それとも、あの奇怪なジレンマ――アメリカまたはソ連の時間旅行の実験がいずれ直面するかもしれないと――直面するだけではなく、致命的な打撃をこうむるかもしれないと――理論的にはわたしたちも最初からわきまえていた、あの奇怪なジレンマの本質を見ぬく正確な洞察なのか。それは――だじゃれのつもりはありませんので、お許しねがいたいのですが――いずれ時が答を出してくれるでしょう」

そこまでで、彼はあとをコマーシャルにひきついだ。

「どう思う」ブラントンの声が小さく彼の耳に届いた。相手は放送用マイクを切って、調整室と彼にだけ話しかけている。「もし彼のいうことが正しければ、あの哀れなやっこさんたちを死なせてやるべきじゃないか」

「彼らを解放してやるべきだな」と、キャシディは同意した。「まったく、ダグの顔つきや、あのしゃべりかたときたら！　まるで千年あまりもこんなことをつづけてるって感じだったぜ。ああいう目にだけはあいたくないもんだ」

「五十ドル賭けてもいい」ブラントンがいった。「連中は前にもこれを経験してるんだ。何度も」

「すると、われわれもおつきあいしてることになるな」と、キャシディ。

雨が降りだし、沿道に並ぶ会葬者を輝かせた。彼らの顔、彼らの目、彼らの衣服——あらゆるものがみじんに砕けた光の濡れた反射にきらめくうちに、頭上にたれこめた、形のない灰色の層の重なりは、しだいに暗くなってきた。

「放送はつづいているのかね？」ブラントンがたずねた。

おれの知ったことか、とキャシディは思った。早く一日が終わってほしい気分だった。

ソ連のN・ガウキ時間飛行士は、両手を激しくふりあげ、テーブルの向かい側にすわったアメリカ人たちに、切迫した口調で訴えかけた。

「これはわたし自身と、わたしの同僚の——時間旅行の先駆者としての功績で、彼にふさわしいソ連邦人民英雄の称号を与えられた——R・プレーニヤが、自己の経験と、お国の学界、およびソ連邦科学アカデミーの研究になる理論的資料にもとづいて述べる意見だとお考えください。われわれはA・ダグ時間飛行士の不安が的中しているのではないかと思います。また、彼が再突入に際して故意に行なった彼自身とチームメートたちに対する破壊行為、つまり、命令に違反して、ETAから大質量の自動車部品を持ち帰ったことは、ほかに脱出手段のなかった人間のやむにやまれぬ行動と見なすべきです。もちろん、決定権はあなたがたにあります。われわれはこの問題に対して、たんなる助言的立場しかとれません」

アディスン・ダグはテーブルの上でライターをおもちゃにしているだけで、顔を上げなかった。さっきからブーンと耳鳴りがしており、彼はその理由をいぶかしんだ。その音には、なにかエレクトロニクス的な性質がある。ひょっとすると、おれたちはまたモジュールの中にいるのだろうか、と思った。しかし、モジュールは感知できない。感知できる現実は、まわりにいる人たちと、テーブルと、指の中にある青いプラスチック・ライターだけだ。再突入作業中モジュール内では禁煙。彼はライターをていねいにポケットへしまいこんだ。

「閉じた時間の輪が成立したという具体的証拠はどこにもない」トード将軍がいった。「あるのはただダグ君の主観的な疲労感だけだ。自分はこのすべてを何度も繰り返しているという、彼の信念だけだ。彼がいうように、それはおそらく心理学的な性質のものなのだろう」将軍は目の前の書類をブタのようにほじくりかえした。「メディアには公開されなかったが、エール大学の四人の精神医学者が、ダグ君の心理構造について述べた報告書がここにある。それによると、彼の精神はいちじるしく安定であるが、やや躁鬱傾向が見られ、それが昂じると強い抑鬱におちいりやすい。この事実はもちろん今回の発射実験以前から考慮に入れられてはいたが、彼とチームを組むほかのふたりの陽気な性質がそれをうまく埋めあわせてくれるだろう、という計算だった。とにかく、彼の中にあるその抑鬱傾向が、いま異常に高いわけだ」将軍は書類をさしだしたが、テーブルをかこんだだれもそれを受けとろうとしなかった。「フェイン博士、強い抑鬱傾向のある人間が、時間をある特異なかたち、つまり、円環時間というか、時間が堂々めぐりをくりかえし、どこへも発展しないかたちで経験することは、事実ではないかね？　そこまで精神病が進むと、当人は過去を手離すことを拒絶する。そして、たえずそれを頭の中で再映写するわけだ」

「しかし」と、フェイン博士がいった。「時間の罠におちいったという主観的な感覚は、たぶんわれわれみんなが持つものかもしれませんよ」フェイン博士は、この計画の理論的土台を築く基礎研究をやってのけた物理学者だった。「もし、閉じた輪が不幸にもできあがったとすればね」

「将軍は自分で理解できない言葉を使っておられるようです」と、アディスン・ダグ。

「自分のよく知らない単語は、いちいち調べた」トード将軍がいった。「精神医学の専門用語……意味はわかっているつもりだ」

ベンズがアディスン・ダグにいった。「あのたくさんなフォルクスワーゲンの部品を、どこから持ってきたんだ、アディ？」

「まだ持ってきてない」とアディスン・ダグ。

「たぶん、最初に目についたガラクタをひろってきたのさ」クレインがいった。「手にはいるものならなんでもよかったんだ。帰還に移った直前にだよ」

「帰還に移るのはこれからだ」アディスン・ダグが訂正した。

「では、きみたち三人に対するわたしの指令を伝えよう」トード将軍がいった。「諸君は再突入の際に破損、あるいは内破、あるいは機能不良を起こすような、いかなる手段をもとってはならない。よぶんな質量を持ちこむことだけではなく、それ以外に諸君が思いつくかもしれない方法も禁止する。諸君は、スケジュールどおり、そして前回のシミュレーションを忠実に再現して、帰還しなくてはならない。これは、ダグ君、特にきみにいっておく」将軍の右腕のそばで電話のブザーが鳴った。将軍は眉をしかめ、受話器をとった。しばらく時間がたったのち、恐ろしく苦い顔つきになり、ガチャンと電話を切った。

「あなたの決定はくつがえされましたな」フェイン博士がいった。

「そう、くつがえされた」と、将軍。「この機会にいっておくが、わたし個人としてはむしろそのほうがうれしいんだ。わたしの決定は不愉快なものだったからな」

「では、われわれが再突入時の内破を準備していいということですか」ベンズがちょっと間をおいてからいった。

「その決定は、きみたち三人がくだすことになる」トード将軍がいった。「そこにかかってくるのは、きみたち自身の生命だからな。すべては諸君にまかされた。どちらでも好きな道をとりたまえ。もし諸君が、閉じた時間の輪の中にとらえられていると信じ、再突入時の巨大な内破でそれを撤廃できると信じるなら——」将軍は途中でいいやめた。ダグ時間飛行士が立ちあがったからだ。「また演説をはじめるつもりかね、ダグ君？」

「いや、関係者のみなさんにお礼をいいたかっただけです。われわれに決定をまかせてくださったことに対して」アディスン・ダグはそういうと、テーブルをかこんだ一同を、やつれた顔で大儀そうに見まわした。「ほんとうに感謝します」

「しかし」と、ベンズがゆっくりいった。「再突入でわれわれをふっとばしても、閉じた輪を撤廃できる可能性が増すわけじゃない。逆に、それが事の起こりになるかもしれないんだぜ、ダグ」

「われわれ全員が死ねば、そうはならんさ」クレインがいった。

「アディに賛成するのか？」と、ベンズ。

「死ねばそれまでだ」と、クレイン。「おれはこれをずっと考えてきた。ほかにわれわれをこんな状態から出してくれるどんな方法がある？　われわれが死ぬ以外に？　ほかに方法が考えられるか？」

「諸君は輪の中にいないかもしれないよ」フェイン博士が指摘した。

「しかし、いるかもしれない」と、クレイン。

ダグは、まだ起立したまま、クレインとベンズにいった。「われわれが決定をするときの相談に、メリールウを加えてもいいだろうか？」

「なぜだ？」と、ベンズ。

「ぼくはもうあまりはっきり物を考えられなくなっている」ダグはいった。「メリールウなら力になってくれるだろう。ぼくは彼女をたよりにしてる」

「いいよ」クレインがいった。ベンズもうなずいた。

トード将軍が冷静な顔つきで腕時計を見た。「諸君、これで討論を終わることにする」ソ連のガウキ時間飛行士がヘッドホンと胸のマイクをはずし、アメリカの三人の時間飛行士に駆けよって、握手の手をさしのべた。なにかロシア語でしゃべっているようすだが、だれにも理解できなかった。三人は陰気な顔で一同から離れ、ひたいを集めた。

「おれにいわせりゃ、おまえは狂ってるよ、アディ」ベンズがいった。「だが、どうやらいまのおれは少数派らしい」

「もし彼が正しければ」と、クレイン。「もし——百万に一つの偶然で——もしわれわれが永久におなじことをくりかえしているのなら、そうする理由はある」

「みんなでメリールウに会いに行くかい？」アディスン・ダグがいった。「いまから車で彼女の家へ行くか？」

「彼女は外で待ってるよ」と、クレイン。

トード将軍が、つかつかと三人の時間飛行士に近づいた。「いいかね、いまのような決定がくだされた裏には、ダグ、きみが葬儀の行列の中で見せた表情と行動に対する大衆の反応が、大きくものをいったんだ。国家安全保障会議の顧問たちは、大衆が、きみとおなじように、きみたち全員にとってけりがつくことを望んでいる、という結論に達した。つまり、このプロジェクトを救い、完全な再突入をなしとげるよりも、諸君が任務から解放されるほうが、大衆の心は安まるというわけだ。どうやらきみは彼らに深い印象を残したようだな、ダグ。きみがやってみせたあの哀訴で」いうと、将軍は彼ら三人をそこに残して、さっさと歩み去った。

「やつのことなんか忘れろ」クレインがアディスン・ダグにいった。「やつみたいな連中のことは忘れろ。おれたちは、しなければならんことをするだけだ」

「メリールウがそのへんを説明してくれるだろう」ダグはいった。彼女なら、どうすればいいか、どうすることが正しいかを、知っているはずだ。

「おれが彼女を呼んでくるよ」クレインがいった。「それから四人で車に乗ってどこかへ行こう。彼女の家でもいい。そこで、これからどうするかをきめる。いいな？」

「ありがとう」アディスン・ダグはうなずきながらいった。メリールウはどこにいるのだろうと考えながら、期待をこめてあたりを見まわした。たぶん隣の部屋かもしれない、どこかすぐ近くかもしれない。「感謝してる」と、彼はいった。

ベンズとクレインは顔を見合わせた。ダグはそれを見てはいたが、それがなにを意味するのか知らなかった。彼が知っているのは、自分がだれかを、とりわけメリールウを、必要としていることだけだった。この状況を理解するための力になってもらうために。そして、ここから脱出するためにどんな決定をくだすべきかを助言してもらうために。

メリールウは、彼ら三人を車に乗せて、ロサンジェルスから北を目ざし、フリーウェイの超高速レーンをヴェンチュラへ、そこから内陸への道をとってオーハイへ向かった。メリールウの運転は、いつもながらうまかった。彼女によりかかりながら、アディスン・ダグは自分の気分がほぐれ、いっときの平和に浸りつつあるのを感じた。

「女に運転させるほどいいものはないな」かなりのキロ数が沈黙の中で過ぎ去ったあと、クレインがいった。

「実に貴族的な感覚だよ」ベンズがつぶやいた。「女に運転させるってのは。まるで、おかかえ運転手のいるおえらがたになった気分だ」

メリールウがいった。「その女が車をなにかにぶつけるまではね。なにか大きな、のろい物体に」

アディスン・ダグがいった。「ぼくがきみの家へやってきたとき……あのアカスギの滑りどめのついた坂道を登ってきた、こないだのことだ。ぼくを見てどう思った？　正直に答えてくれ」

「あなたはまるでもう何回もそうしてきたみたいだったわ。くたくたに疲れきって、それで――死にたがってるみたいだった。おしまいにはね」彼女はいいよどんだ。「ごめんなさい、でもたしかにそんなふうに見えたのよ、アディ。あのときわたしは思ったわ——彼、ばかに道順にくわしいなって」

「つまり、ぼくが何回となくあの道を通ってるようにかい？」

「ええ」

「じゃあ、きみは内破に投票するわけだ」アディスン・ダグはいった。

「でも——」

「正直な気持をいってくれ」

メリールウがいった。「バックシートを見てちょうだい。床の上においてある箱」

小物入れから出した懐中電灯で、三人の男はその箱を調べた。アディスン・ダグは胸騒ぎをおぼえながら、その中身に目をやった。使い古され、錆びの出たフォルクスワーゲンのエンジンの一部。まだ油がくっついている。

「うちの近くにある外車修理工場の裏からひろってきたの」メリールウがいった。「パサデナへ行く途中だったわ。最初に目についたガラクタの中で、これなら重さも充分なような気がしたもんだから。発射のときのテレビで解説者がいうのを聞いたんだけど、二十五キロ以上の重量のものならなんでも——」

「これならやれる」アディスン・ダグがいった。「事実、やってのけたんだ」

「だとすると、もうきみの家へ行くまでもないな」クレインがいった。「これで議論の決着はついた。いまから南へ向きをかえて、モジュールへもどったほうがいい。そして、ETAから帰還の準備をはじめるんだ。それから再突入に移る」クレインの声は重苦しかったが、平静だった。「ご投票ありがとう、ミス・ホーキンズ」

「でも、あなたがた、とても疲れてるみたいだわ」

「おれは疲れてない」ベンズがいった。「腹が立ってるだけだ。無性に」

「ぼくに対してか？」アディスン・ダグがいった。

「よくわからん。ただ――えい、畜生」ベンズはそれっきり黙りこんでしまった。背をまるめ、途方に暮れたようにじっと動かない。車の中のほかの三人から、できるだけ離れていたいようすだった。

つぎのフリーウェイの交差点で、メリールルウは車を南に向けた。ある解放感がいまや彼女を満たしているように見え、アディスン・ダグは、すでに重荷と疲労のいくぶんかが消えはじめたのを感じた。

三人の男のそれぞれの手首で、緊急呼び出しのブザーが鳴りだした。彼らはびくっとなった。

「いまのはなに？」メリールルウが車のスピードを落としながらたずねた。

「至急トード将軍に電話連絡をとれという信号だよ」クレインは行く手を指さした。

「あそこにスタンダードのガソリン・スタンドがある。つぎの出口を出てください、ミス

・ホーキンズ。あそこで電話を借りるから」
数分後、メリールウは屋外電話ボックスの横へ車をとめた。「わるい知らせでなけりゃいいけど」

「ぼくが最初に話そう」ダグはいって、外へ出た。わるい知らせか——むりに笑おうとしながら、そう思った。たとえばどんな？　ダグはぎくしゃくと砂利を踏みしめて電話ボックスにはいり、ドアを後ろ手に閉めきり、硬貨を入れて、政府専用線の番号をまわした。

「おい、知らせがあるぞ！」交換手が電話をつなぎおわるのを待っていたように、トード将軍がいった。「連絡がついてよかった。ちょっと待ってくれ——これはフェイン博士からじかに説明してもらおう。わたしがいうより、そのほうがきみたちも信じる気になるだろうからな」カチッという音が何度か聞こえてから、フェイン博士の声がした。かぼそく、きちょうめんで、学者らしいその声は、だが、切迫して熱をおびていた。

「なんです、わるい知らせとは？」アディスン・ダグはたずねた。

「わるいとはいえないよ、かならずしも」フェイン博士はいった。「あの討論のあとで、いろいろと計算をしてみたんだが、それによると、どうやら——というのは、つまり、統計的にはほぼ確実でも、まだ確定と証明されたわけではないという意味だが——きみが正しいようだ、アディスン。きみたちは閉じた時間の輪の中にいる」

アディスン・ダグは荒々しく息を吐きだした。この横暴なずっこけ野郎、と彼は思った。

たぶんおまえは、最初からそれを知っていたんだろう。「しかし」フェイン博士は興奮した口調で、どもりがちにいった。「それだけじゃない。わたしの計算によると――これはおもにカリフォルニア工科大をつうじての共同作業の結果なんだが――その輪が保存される可能性がいちばん大きいのは、再突入で内破を起こすことなんだ。わかったかね、アディスン？　もしきみたちがあの錆びたフォルクスワーゲンの部品を持ち帰って、内破を起こしたりすれば、閉じた輪の中へきみたちが永久にとらえられる統計的可能性は、かえって大きくなるんだよ。ふつうに再突入して、ことが順調に運んだ場合よりも」

アディスン・ダグは無言だった。

「いいかね、アディ――ここを強調しなくちゃならないのが、わたしのつらいところなんだが――再突入の際の内破、とくにいま実行に移されかけているような種類の、巨大な、故意の内破は――わかるね、アディ？　わたしのいうことはのみこめるな？　なんとか返事してくれないか、アディ？　そういう内破は、きみが考えたような絶対にびくともしない時間の輪を、ほぼ確実に作りあげる結果になるんだ。われわれみんなが最初から恐れていたように」短い間。「アディ？　聞いているのか？」

アディスン・ダグはいった。「ぼくは死にたい」

「それは時間の輪からきた心身消耗のせいだよ。神のみぞ知るだ、きみたち三人がどれだけの回数をすでに経てきたかは——」

「ちがう」彼はいって、電話を切ろうとした。

「ベンズやクレインと話をさせてくれ」フェイン博士が早口にいった。「たのむ、きみたちが再突入にとりかかる前にだ。特にベンズと。わたしは彼とじっくり話してみたい——たのむよ、アディスン。これは彼らのためだ。きみの極度の心身消耗が——」

彼は電話を切った。電話ボックスを出て、一歩また一歩とひきかえした。

車にもどってみると、ほかの二人の呼び出しブザーがまだ鳴りつづけていた。「トード将軍がいってたが、自動呼び出しなので、きみたち二人のレシーバーはしばらく鳴りつづけるそうだ」アディスン・ダグはいって、車のドアを閉めた。「でかけよう」

「将軍はおれたちふたりに話したいといわなかったのか?」ベンズがたずねた。

アディスン・ダグはいった。「トード将軍は、われわれにささやかな贈物があることを知らせたかったんだ。われわれの功績に対して特別名誉表彰だかなんだか、そういうやくたいもないものが、議会で可決されたんだとさ。これまでだれももらったことのない、特別な勲章だそうだ。そいつが死後に授与されることになった」

「ふん、くだらねえ——それ以外に授与のしようがあるか」クレインがいった。

メリールウが、エンジンをスタートさせながら、嗚咽しはじめた。

車がガタガタ揺れながらフリーウェイにもどったあと、クレインがぽつりといった。

「きっとさばさばするぜ。これが終わればな」

それもそうそんなに先のことじゃない、とアディスン・ダグの心は告げていた。

彼らの手首では、緊急呼び出しブザーが、まだビーという音をひびかせている。

「ほっとくと、そいつに骨までしゃぶられるぞ」アディスン・ダグはいった。「ひっきりなしの官僚どもの声で、身も心もすりへらされるんだ」

車の中の三人は、物問いたげに彼を見つめた。不安と昏迷が混じりあっているようだった。

「ああ」クレインがいった。「この自動ブザーってやつは、まったく頭にくるよな」疲れた声だった。おれとおなじぐらいに疲れている、とアディスン・ダグは思った。そして、それを知ったことで、気持が軽くなった。それはおれが正しかったという証拠だ。

大きな水滴が風防ガラスにパタパタと当たる。雨が降りだしたのだ。それもアディスン・ダグにはうれしいことだった。短い一生の全経験をつうじての絶頂を、それが思いださせてくれたから。ペンシルヴェニア・アヴェニューをしずしずと進む葬列、国旗に覆われた柩。彼は目をつむって後ろにもたれ、いまはじめて快い気分に浸った。ふたたびまわりから聞こえてくるのは、悲しみに沈んだ人びとのすすり泣きだった。頭の中で彼は特別名誉勲章なるものを想像した。倦怠への褒賞だ、と彼は思った。疲れ果てたのを賛えるメダルだ。

頭の中に彼は自分の姿を見た。ほかの葬列に加わった自分自身、大勢の人々の死を悼む自分自身。だが、実はそれがひとつの死、ひとつの葬列なのだ。ダラスの街路をゆっくりと進んでゆく車の列、そしてキング牧師のそれ……。閉じた人生の輪の中で、自分にとって忘れられない、そしてだれにとっても忘れられない国民の哀悼の場へ、自分が何度も戻ってゆくのを見た。おれはつねにそこにいる。そして彼らもつねにそこにいる。それはつねにそこにあり、彼らのひとり残らずが、永久にそこへ帰りつづける。その場所に、その瞬間に、彼らは居合わせたがる。彼らすべてにとって最も大きな意味をもつ出来事に。

これがおれの贈物だ——彼らへの、国民への、この国への。おれはこの世界にすばらしい重荷をさずけた。永遠の生という恐ろしくも退屈な奇蹟を。

編者あとがき

『アジャストメント』『トータル・リコール』『変数人間』『変種第二号』に続くフィリップ・K・ディック短篇傑作選第五弾、『小さな黒い箱』をお届けする。

表題作は、『アンドロイドは電気羊の夢を見るか？』の（部分的な）原型となった短篇。〝小さな黒い箱〟とは、同書に登場する共感(エンパシー)ボックスを指し、荒野を歩くウィルバー・マーサーがここでも重要な役割を果たす。リドリー・スコット監督の「ブレードランナー」からはばっさりカットされてしまった要素だが、原作の中では、アンドロイドとともに小説を動かす両輪をなしている。ディック・ファン必読の短篇だ。

この「小さな黒い箱」を核に、本書には主として宗教や政治を扱った作品を収めた。全十一篇のうち、一九六三年～六六年発表の作品が六篇を占め、五〇年代の作品は三篇だけ（残る二篇は七〇年代と八〇年代の作品）。ディック短篇のおよそ七割（八十三篇）が五〇年代に書かれていることを考えると、後期寄りと言えるかもしれない。今回が書籍初収

録となる「ラウタヴァーラ事件」（別題「ラウタヴァーラの場合」）は、生前のディック
が商業誌に発表した最後の短篇。また、七四年発表の「時間飛行士へのささやかな贈物」
は、後期ディックを代表する名作として名高い。

以下、収録各篇の原題、初出媒体と、簡単な内容紹介（または著者の言葉）を。

「小さな黒い箱」“The Little Black Box” ワールズ・オブ・トゥモロウ誌一九六四年八月
号

本篇を収録した『ゴールデン・マン』巻末の「作品メモ」（浅倉久志訳）で、ディック
はこの作品について次のように語っている。

〈この短篇を使って、のちに『アンドロイドは電気羊の夢を見るか？』という長篇を書い
た。実をいうと、着想がうまく表現されているのは、この短篇のほうだ。ここでは、ある
宗教がすべての政治体制に対する脅威とみなされている。したがって、その宗教も、やは
り一種の政治体制、いや、ひょっとすると、究極的な政治体制であるかもしれない。カリ
タス（無償の愛）という概念は、わたしの作品のなかで、真正な人間を解く鍵として出て
くる。アンドロイドは真正な人間ではなく、たんなる反射性の機械にすぎないから、共感
を経験できない。この短篇では、マーサーがどこか別世界からの侵略者であるかどうかは
謎のままにされている。しかし、きっとそうにちがいない。ある意味では、すべての宗教

的指導者がそうだといえる……ただし、ほかの惑星からきたわけではないが〉
本篇は、『池澤夏樹＝個人編集 世界文学全集 第3集 短篇コレクション①』に再録された。編者の池澤氏は、扉裏の解題で、〈欧米圏の読者はウィルバー・マーサーにイエス・キリストを重ねて読むだろう。キリストの受難と苦悩を共有しようと力を尽くすことがキリストへの帰依から。／ではそれを実現する「小さな黒い箱」はガジェットになった教会なのだろうか〉と書いている。

「**輪廻の車**」"The Turning Wheel" サイエンス・フィクション・ストーリーズ誌二号（一九五四年）

舞台は、中国との戦争に敗れて変貌した未来のアメリカ。なにやら奇妙な宗教に支配されているらしい……。本篇の初訳を掲載した新潮文庫『悪夢機械』の解説で、訳者の浅倉久志氏は、エルロンという名前が、SF作家でサイエントロジー教会創設者のL・ロン・ハバードに由来するのではないかと指摘している。

「**ラウタヴァーラ事件**」"Rautavaara's Case" オムニ誌一九八〇年十月号

神の概念を風変わりな角度から検討する最晩年の短篇。「ラウタヴァーラの場合」のタイトルで仁賀克雄訳が〈日本版オムニ〉一九八四年一月号に掲載。今回が書籍初収録。なお、新約聖書の引用箇所は、新共同訳を使用した。

「**待機員**」"Stand-By" アメージング誌一九六三年十月号

超高度なコンピュータが統治する未来のアメリカで、万一それが故障したときのための
スタンバイ大統領に選ばれたダメ男の物語。『シビュラの目』『ペイチェック』所収。
主要登場人物のジム－ジャム（ジェイムズ）・ブリスキンは、一九六六年に出た長篇
『空間亀裂』（佐藤龍雄訳／創元SF文庫）の主人公（同作の中では黒人という設定）。
五六年に執筆された主流文学長篇 *The Broken Bubble*（著者の没後に刊行。未訳）にも、
ジェイムズ・ブリスキンという名の人物がラジオDJとして登場する。

「ラグランド・パークをどうする？」"What'll We Do with Ragland Park?" アメージング誌一九六三年十一月号

前作「待機員」が発表された翌月号のアメージング誌に続けて掲載された続篇。あっと驚く超能力を持つフォークシンガーが登場し、前作の主人公だったスタンバイ大統領、マックス・フィッシャーはまたまたたいへんな目に遭う。『シビュラの目』所収。

作中に登場する八角博士（ヤスミ）は俳句と称して短歌（らしきもの）を詠み、俳句は三十二音節だと断言したうえ（短歌は三十一文字なので三十一音節が正解）、「数えてみたけど三十三音節だったよ」とあっさり突っ込まれてます。バラッドの押韻を生かして訳すと、なんだか日本語ラップのライミングみたいに見えますが、フォークソングです。

「聖なる争い」"Holy Quarrel" ワールズ・オブ・トゥモロウ誌一九六六年五月号

歌による現実改変を描く「ラグランド…」に対し、こちらはコンピュータに入力するデ

ータを操作することで現実改変を試みる話。『シビュラの目』所収。

「**運のないゲーム**」“A Game of Unchance” アメージング誌一九六四年七月号

著者いわく、〈この短篇に対する気持ちは、ハーラン・エリスンに対する気持ちとよく似ている。わたしはこのちび公が好きだ。これはよくできた話で、結末は、わたしにも（こんど再読してみて）まったく意外だった。あるサーカスが致命的な危険を持ちこむ。そこへ第二のサーカスがやってきて、最初のサーカスと対抗する。そして、この正反対のものの相互作用は、実はあらかじめ仕組まれていて、最初のサーカスが勝つようにできている。まるで、この宇宙のすべての変化の底にある二つの力の対立が、実は八百長であって、タナトス、闇の力、陰、不和、つまり、破壊の力が勝つように仕組まれているようなものだ〉（浅倉久志訳／『まだ人間じゃない』所収「作品メモ」より）

「**傍観者**」“The Chromium Fence” イマジネーション誌一九五五年七月号

これまたロボットが登場し、清潔党と自然党の対立にからむ。『永久戦争』の巻末解説で、訳者の浅倉久志氏は、〈コンフォーミズムの時代に生きるディックの心境がにじみ出ているような、この暗くやりきれないムードが、訳者にはたまらなく魅力的だ〉と書いている。『永久戦争』のほか、『ペイチェック』にも収録。

「**ジェイムズ・P・クロウ**」“James P. Crow” プラネット・ストーリーズ誌一九五四年五月号

ミンストレル・ショーに出てくる、黒人を戯画化した人気キャラクター、ジム・クロウ(Jim Crow)が題名の由来。黒人の代名詞として(差別的な意味を込めて)使われる。また、「黒人差別」「人種隔離政策」などを指す言葉でもある。本篇では、黒人と白人の関係が人間とロボットの関係に置き換えられている。『マイノリティ・リポート』所収。

「**水蜘蛛計画**」"Waterspider" イフ誌一九六四年一月号

実在のSF作家ポール・アンダースンが主役をつとめる楽屋落ちコメディ。一九五四年にサンフランシスコで開かれた第十二回世界SF大会(ワールドコン)(愛称SFコン)に未来人たちがやってくる。『マイノリティ・リポート』所収。

「**時間飛行士へのささやかな贈物**」"A Little Something for Us Tempunauts" エドワード・L・ファーマン&バリー・N・マルツバーグ編『究極のSF』(一九七四年)

〈この最近作を書いたとき、わたしは宇宙計画に対して非常なむなしさを感じていた。宇宙計画は、スタートしたころ、われわれの胸をときめかせた——特に、最初の月面着陸はそうだった。だが、その後、それは忘れられ、ほとんど中止の状態で、歴史の遺物となった。そこで、わたしは一つの疑問をいだいた。もし、タイム・トラベルが国家的〝計画〟になったとしたら、それもおなじ運命をたどるのだろうか? それとも、タイム・トラベルのパラドックスがもつ本質の中に、もっと恐ろしい可能性がひそんでいるのではないか?〉(浅倉久志訳/『時間飛行士へのささやかな贈物』の「著者による追想」より)

編者略歴　1961年生，京都大学文学部卒，翻訳家・書評家　訳書『ブラックアウト』『オール・クリア』『混沌ホテル』ウィリス　編訳書『変種第二号』ディック　著書『21世紀SF1000』（以上早川書房刊）他多数

HM=Hayakawa Mystery
SF=Science Fiction
JA=Japanese Author
NV=Novel
NF=Nonfiction
FT=Fantasy

ディック短篇傑作選

小さな黒い箱

〈SF1967〉

二〇一四年七月十五日　発行
二〇二四年八月二十五日　二刷

（定価はカバーに表示してあります）

著者　フィリップ・K・ディック
編者　大森望
発行者　早川浩
発行所　株式会社 早川書房
郵便番号　一〇一‐〇〇四六
東京都千代田区神田多町二ノ二
電話　〇三‐三二五二‐三一一一
振替　〇〇一六〇‐三‐四七七九九
https://www.hayakawa-online.co.jp

乱丁・落丁本は小社制作部宛お送り下さい。
送料小社負担にてお取りかえいたします。

印刷・精文堂印刷株式会社　製本・株式会社明光社
Printed and bound in Japan
ISBN978-4-15-011967-6 C0197

本書のコピー、スキャン、デジタル化等の無断複製は著作権法上の例外を除き禁じられています。

本書は活字が大きく読みやすい〈トールサイズ〉です。